volume

2

© NIO

나에겐 이 어둠이 아늑했다

호시자키 콘
Kon Hoshizaki

절망에서 시작하는 이세계 생활,
신의 변덕으로 강제 방송 중

일러스트 Niθ

…저 놈이, 마왕.

흉악한 송곳니를 드러낸 늑대의 머리. 굵고 기다란 뱀의 꼬리.
입에선 으르렁거릴 때마다 불꽃이 뿜어져 나왔다.
그야말로— 공포를 구현해놓은 모습이었다.

괜찮아.

　아무도… 안 봐요.

　　달님을 빼고는요.

Contents

The Darkness
Was Comfortable
For Me

© Niθ

나에겐이어둠이 아늑했다

절망에서 시작하는 이세계 생활, 신의 변덕으로 강제 방송 중

호시자키 콘
Kon Hoshizaki

일러스트 Niθ

몽롱한 선잠 속에서,
나는 옛 꿈을 꿨다.

"있잖아, 히카루…… 넌 좋아하는 사람 있어?"

해 질 녘의 교실.

눈앞에서 나나미가 중학교 교복을 입고서 조금 불안해하는 얼굴로 나에게 말했다.

노을이 아무도 없는 교실을 붉게 물들였다. 나와 나나미만이 창가 자리에 앉아 있었다.

"좋아하는 사람? 으음~, 그런 사람은 딱히 없는 것 같은데."

나는 솔직하게 대답했다.

"없구나? 오호. ……세리카나 카렌은?"

"갑자기 여동생은 왜?"

"둘 다 엄청 귀엽잖아? 그래서 학교 애들한테는 흥미가 안 생기는 거 아냐?"

"여동생한테 그런 감정이 솟을 리가 없잖아. 게다가…… 걔네들 말고도 딱히 그런 상대는 없어. 난 아마 조금 늦게 찾아오려나 봐."

"흐음. ……그렇구나."

나나미가 그 말을 듣고서 납득한 듯했다.

실제로 나에게는 좋아하는 이성이 없었다. 나나미는 가족 같은 사이인지라 여동생 중 하나라고 느끼고 있었다. 두 여동생에게 휘둘리며 살아와서인지, 나는 여성이란 존재에 불신감을 품었는지도 모르겠다. 엄마가 집안일을 하지 않고 놀러 다니기 바쁜…… 이른바 다른 집 엄마와는 달랐다는 점도 원인일지 모르겠다.

"그럼 히카루는 어떤 사람을 좋아할 수 있을까? 연예인처럼 빼어난 미인이라면 사랑에 빠질까?"

"그런 사람이 애당초 나 같은 사람을 거들떠나 보겠어?"

"아~ 나왔다, 나왔다. 히카루는 정말 스스로를 과소평가하네."

"타당한 평가야."

"그럼 빼어난 미인이 고백하면 어쩔 거야?"

"빼어난 미인이라면 그야—."

대답을 하려는 순간 나는 눈을 떴다.

"……그야…… 뭐라고 했더라."

불쾌할 정도로 현실성이 뛰어난 꿈이었다.

그것은…… 실제로 중학생 시절 나나미가 질문했던 내용이었다. 그때 나는 뭐라고 대답했을까. 적당히 얼버무렸던 것 같기도 하고, 사귀겠다고 대답했던 것 같기도 했다.

여하튼 그것은 실없는 잡담에 불과했다.

'슬슬 일어나야지.'

시각을 확인했다. 벌써 아침이었다.

진즉에 해가 떠올랐을 시간인데도 실내는 어둑했다.

나는 몸을 일으켜 창문을 열었다. 도시 중심지에서 그리 멀지 않

은 이 여관은 시장도 가까워, 여러 사람들이 자아내는 시끌벅적한 소음이 2층인 이곳에까지 닿았다.

'빼어난 미인이 고백한다면 어쩔 거냐, 라…….'

어젯밤의 열기가 아직 남아 있는 듯했다.

빼어난 미인이 바짝 다가와 나는 그대로 무너질 뻔했다.

그러나 갑자기 눈앞에 드리워진 「희망」에 달려들었다.

……그녀의 마음조차 판돈으로 삼아서.

그녀— 리프레이아의 감정은 진심이겠지. 어째서 나 같은 놈을 좋아하게 됐는지 정말로 잘 모르겠다. 내가 목숨을 구해준 것으로 인해 잠시 이상해졌다고 보는 것이 타당했다.

그런 한때의 변덕을 이용하려는 나 자신이 토악질이 나올 만큼 역겨웠다. 그러나 달리 방법이 떠오르지 않았다.

스테이터스 화면을 여니 『시청률 레이스』에 대한 내용이 상세히 기재되어 있었다.

살아남은 이세계 전이자들과 정해진 기간 동안 「시청자 수」를 두고서 경쟁을 벌인다.

나는 그 이벤트에서 1위를 차지하여 나나미를 되살린다.

그러기로 결심했다.

『빼어난 미인이 고백하면 어쩔 거야?』

그때 나나미의 질문에 뭐라고 대답했는지 기억나지 않았다.

하지만 『지금』이라면 그 대답은 간단했다.

리프레이아를 이용하기 위해 파티를 맺기로 결심했지만, 24시간

생중계된다는 사실 앞에서는 함께 지내면서 『지구에 사는 70억 인류의 눈에 노출되는 것』 그 자체가 용서받을 수 없는 『죄』이니까. 나는 원래 그 누구와도 함께 해서는 안 됐다.

시청자들은 죽길 바랄 정도로 나를 증오하지만, 이번 이벤트가 지난 뒤엔 더더욱 가속하겠지. 빛이 날 만큼 눈부신 사람의 연심을 이용하는 쓰레기라며, 비난 여론이 활활 타오를 게 틀림없다.

"그래도…… 기필코, 되살려줄게."

꿈속에서 본 나나미는 죽었다는 게 거짓말인 것처럼 명랑하게 표정을 바꿔 댔다.

그날 그녀가 숨이 끊겨졌던 모습을 떠올렸다. 미래를 강제로 절단당했던 그 모습을.

이 바람을 이룰 수만 있다면.

그 후에는 어찌 되든 상관없었다—.

◇ ◆ ◆ ◇

나는 리프레이아가 묵고 있는 숙소 앞에 와있었다.

'리프레이아, 어젯밤 일을 기억하고 있겠지…….'

하나 우려되는 점이 있다면 바로 그것이었다. 그때 그녀가 술에 취했는지 맨 정신이었는지 확인할 방법이 없었다. 어쩌면 모든 걸 잊어버렸을 가능성도 있었다.

'그땐 그때 가서 생각해야겠지? 다시 권유하면 돼.'

어젯밤에는 여관으로 돌아간 뒤 「시청률 레이스」에 대해 상세히 알아봤다. 달랑 시청률이라고만 써놨지만, 패턴이 다양하기 때문이었다. 순간 최고시청률을 잴 수도 있을 것이며, 아니면 사람들이 얼마나 보는지 누계로 엄밀하게 재는 것일지도 모른다. 혹은 평균 시청률을 잰다는 패턴도 있다.

그 부분은 신도 아는지 레이스 규칙을 상세히 명기해 놨다.

· 시청률은 개최 기간 중「총 시청 시간」을 측정하기로 한다.

예를 들어, 한 사람이 여덟 시간을 본다면 여덟 시간이 올라간다. 모든 시청자들의 시청 시간을 합산하여 숫자가 가장 많은 사람이 1위를 차지한다는 뜻이겠지. 심플하면서도 확실한 측정 방법이라고 할 수 있을지도 모르겠다.

· 전이자끼리 협력하거나 메시지 기능을 이용하여 정보를 교환하는 것도 OK.

나와는 별로 관계가 없긴 하지만, 협력 플레이를 하거나 시청자와 상호작용을 하면 시청률을 쉽게 벌 수 있을지도 모른다.

· 호화 경품은 10위까지! 분발하여 참가해주세요!

경품 목록을 보니 확실히 호화로웠다. 그러나 나는 1위 상품인「망자 소생의 보주」말고는 눈에 들어오지 않았다.

1위를 차지하지 않으면 의미가 없다.

· 포인트 가불 제도를 이용한 자는 이번 이벤트에 참가할 자격이 없습니다.

그러고 보니 얼마 전에 포인트 가불 제도를 시작한다고 안내했던가.

뭐, 포인트를 가불하여 아이템 등으로 교환하여 유리하게 시작하는 것은 분명 치사한 행위일지도 모른다. 신은 그만큼 공정한 진행에 목을 맨다는 뜻인가.

나는 한바탕 알아보고서 침대 위에서 현 상황을 확인했다.

「실시간 시청자수 1억 9233만 명」

「누계 종합시청수 76억 3000만」

「북마크 등록 15억 1000만」

「총 획득 크리스털 78개」

「총 획득 포인트 9」

「전이자수 726/1000」

「크리스털 소지수 39개」

「포인트 소지수 5」

리프레이아와 보냈던 그날 밤 때문에 실시간 시청자수가 갑자기 늘었다. 다시 돌이켜봐도 마치 남 일처럼 실감이 나지 않았다. 그러나 그녀의 열기만은 잔불처럼 확실히 남아 있었다. 굳이 말하자면 아무 일도 없었지만, 그 장면을 여동생이나 부모님이 봤다고 생각하니 마음속이 심란했다.

'어쨌든 포인트가 있어.'

이 포인트는 크리에이트 언데드를 익혔을 때와 제1회 시청자 랭킹 제1위를 차지했을 때 부상으로 획득했다.

이세계로 전이한 뒤에도 이 포인트는 사용할 수가 있다. 아이템은 물론이고, 「신체 능력」이나 「내성」도 취득할 수 있다. 다만 「특수 능력」만은 특별한 범주에 속하는지 취득할 수가 없는 듯하다.

크리스털도 39개가 있다. 30개당 1포인트로 교환할 수 있지만, 크리스털 자체도 사용할 길이 있다. 이건 아껴두는 편이 낫겠지.

'5포인트라…….'

고민이 됐다. 체력 업 레벨1을 딱 획득할 수 있는 수치였다. 그러나 지금 이 비장의 5포인트를 사용하는 것은 도박이기도 했다. 이전엔 포인트를 남겨뒀기에 숲에서 살아남을 수 있었다. 앞으로도 그런 상황이 벌어지지 않으리라는 법이 없었다. 결계석은 아직 하나 있긴 하지만, 그것을 써버린다면 내 몸을 지켜줄 안전장치를 잃고 만다.

'근데 보험을 들어둔 전이자의 모험 따윈 시청한들 재미가 없겠지……?'

1위를 차지하기로 결심했다. 그렇다면 포인트는 『사용』할 수밖에 없겠지.

'하지만 조금이라도 시청률을 올리고 싶으니 레이스가 시작된 뒤에 써야겠네.'

그렇게 결심하고 어젯밤에는 잤다.

……솔직히 리프레이아와 겪었던 일이 자꾸 떠올라서 좀처럼 잠이 오지 않았지만.

그리고 지금. 실감은 나지 않지만 이미 시청률 레이스가 시작됐다.

나는 리프레이아를 기다리는 동안에 포인트를 쓰기로 했다. 주변에 아무도 없는 것을 확인하고서 허공에 대고 말하기 시작했다.

"안녕하세요, 쿠로세 히카루입니다. 오늘부터—."

나는 말을 하다가 멈췄다.

『시청률 1위를 목표로 삼겠습니다』라고 선언할까 말까…… 망설였다.

어쨌든 사람들은 내가 나나미를 죽이고서 이세계에 왔다고 여기고 있다.

그런 내가 1위를 차지하겠다고 선언한다면 시청자들은 1위를 거머쥐지 못하게 하려고 내 방송을 철저히 보지 말자고 선동할지도 모른다. 나나미를 되살리기 위해서 「망자 소생의 보주」가 필요하다고 호소해본들 누가 믿어줄까. 다른 용도로 사용…… 예를 들어 보주를 팔아서 한몫 단단히 챙기려는 게 틀림없다고 곱지 않게 받아들일 게 뻔하다.

아니…… 더 나쁘게 받아들일 가능성도 있다.

내가 1위를 차지해서 보주를 팔아버린다면 「아무도 진실을 아는 나나미를 되살릴 수가 없게 된다」. 다시 말해, 내가 나나미의 입을 막아버리기 위해 1위를 따내려고 한다―.

비뚤어진 사람이라면 그렇게 생각하지 않을까.

어차피 보주는 「자신에게 소중한 사람」이라면 되살릴 수가 있다.

일본의 전이자 모두가 나나미와 만난 적이 있었다. 개중에는 친해진 사람도 있겠지.

……뭐, 물론 그럴 경우에 나나미를 되살려 준다면야 내가 1위를 차지하지 못하더라도 문제는 없겠지. 그러나 그저 방해만 받다가 나나미를 되살리고 싶어 하는 사람 중 누구도 1위가 되지 못한다면 울려야 울 수도 없다.

그래서 말할 수가 없었다. 지금이 평상시였다면, 나에게 정나미가 떨어져 봐 주지 않는다면 그보다 고마운 일은 없겠지만, 지금만은— 지금만은 나를 봐줬으면 했다.

"……오늘부터 리프레이아랑 파티를 맺어 미궁을 탐색하겠습니다."

심플하게 일정만 중얼거렸다. 1위가 되기로 결심은 했지만, 구체적으로 뭘 해야 1위를 차지할 가능성이 높아질지 잘 모르겠다. 나는 크리에이터도 아닐 뿐더러 연예인도 아니었다. 일개 고등학생이니까, 시청률을 올릴 방법 따윌 알 턱이 없었다.

아는 것이라고는 리프레이아가 함께 있어준다면 그 미모에 힘입어 시청률이 올라갈 것이라는 점이었다. 그리고 내가 그녀를 이용한다는 이야기가 점점 퍼져나가 지구의 시청자들이 더욱 분개하겠지.

중요한 것은 행동이며 결과다. 1위를 차지하려는 속내가 이 타이밍에 시청자들에게 알려지는 것은 불리해지기만 할 뿐, 이점은 거의 없다.

—다만 아무것도 모르고 수억 개나 되는 호기심 어린 시선에 노출된 그녀에게는 미안한 마음뿐이었다.

원래는 용서받을 수 없는 행위였다. 그녀의 호의를 이용하여 속이는 것이나 마찬가지이니까.

그러나 그렇게라도 하지 않는다면 자력으로 1위가 되는 것은 불가능했다.

"미궁에 들어가기 전에 남아 있는 5포인트를 사용하여 『체력 업 레벨1』을 얻고자 합니다."

허공에 대고 중얼거리려니 꽤 부끄러웠지만, 시청자를 의식한 구도를 만들기 위해서는 필요했다. 어색하지 않거나 정신적인 대미지가 없다고는 할 수 없었다. 그러나 지금은 무리해서라도 옆으로 밀어뒀다.

스테이터스 보드를 조작하여 체력 업 레벨1을 선택했다.

〈5포인트를 소비하여 「체력 업 레벨1」을 취득하겠습니까? YES · NO〉

YES를 누르자마자 내 몸이 뜨거워지는 것이 느껴졌다.

육체가 변화한 것은 아닌 듯했다. 굳이 말하자면 체내 정령력이 활발해진 것 같은 감각이었다. 마물을 쓰러뜨렸을 때와 느낌이 비슷한지도 모르겠다. 이로써 단순 육체능력이 두 배로 늘었으니 놀랄 일이다. 현재는 실감이 나지 않지만 미궁에 가보면 알 수 있겠지.

"현재 리프레이아를 기다리고 있습니다. 어젯밤에 그녀와 일이 좀 있어서…… 얼굴을 마주하려니, 솔직히 조금 창피하고, 술도 마셨으니, 어쩌면 절 기억하지 못할지도 모르고—."

"히카루? 누가 있나요?"

"우왓, 깜짝이야! 리프레이아, 나왔어?"

현 상황을 설명하느라 리프레이아가 나온 것을 알아채지 못했다.

허공에 대고 중얼거리는 모습을 보이고 말았다. 괴짜라고 여겼으려나…….

"음, 뭐라고 중얼거리기에 무슨 일인가 싶어서……."

"아……아냐. 그냥 혼잣말이야. 좋은 아침."

"후후. 좋은 아침이에요."

그녀는 전사처럼 백은색 갑옷을 입고서 무식하게 큰 대검을 짊어지고 있었다. 플라티나 블론드빛 머리칼은 아침 햇볕을 쬐어 부드럽게 반짝였다. 눈처럼 하얀 피부는 잡티 하나 없이 투명했다. 동그란 호박색 눈동자는 아주 맑아서 내 음흉한 마음을 꿰뚫어볼 것처럼 순수했다.

'—아름다워.'

나는 충동적으로 모습을 숨기고 싶어졌다. 그녀의 앞에 모습을 보일 용기가 순식간에 시들어갔다.

어젯밤에는 대등한 기분으로 식사도 하고 대화도 나눴다.

그것은 밤의 마법 덕분이 아니었을까. 오로지 어둠이 나를 도와줬기에 가능하지 않았을까? 이 햇볕 아래에서는 내 본연의 모습이 다 드러나고 만다.

위아래 모두 새카만 초라한 옷을 걸쳤고, 검은 머리는 다듬지도 않고 그저 축 늘어져 있었다. 검은 눈동자를 덮고 있는 눈꺼풀은 잠이 부족해서 부었다. 허리에 찬 단검은 무기점에서 두 번째로 저렴한 물건이고, 키도 크지 않으며 얼굴도 평범했다. 명백히 어울리지가 않았다.

'……아니, 나쁜 결과가 벌어져도 돼. 그건 그것대로 시청률을 많이 벌 수 있을지도 모르니까.'

나에겐 우스꽝스러운 편이 딱 맞다. 시청자가 바라는 것은 내가 상처 입는 장면이겠지.

1위가 되기 위해서라면 얼마나 너덜너덜해지든 감당할 수 있었다. 나는 주먹을 쥐고서 말을 걸었다.

"리프레이아, 어제는 잘 잤어? 난 잠을 조금 설쳤어."

"히카루도? 나도 실은 잠을 조금…… 못 잤을지도. 에헤헤."

뺨을 조금 붉히며 눈을 이리저리 돌리는 리프레이아는 어제 대화를 나눴던 그 여자가 분명했다. 나는 조금 안심했다.

햇볕 아래에 서있으니 그녀가 찬란하게 빛난다. 그 모습은 마치 감히 범접할 수 없는 여신 같았다.

"어제 일…… 기억 나?"

"앗! 아아…… 네. 물론, 잊을 리가 없지요. 약속……했죠."

리프레이아가 그렇게 말하고서 뺨을 더욱 붉혔다. 내가 「보답」을 예약했다는 사실을 언급했다고 받아들인 듯했다.

참고로 보답은 예약이라는 형태로 뒤로 미루긴 했지만, 역시 실행할 생각은 없었다. 지구의 전 인류가 지켜보고 있다. 제아무리 시청률 1위를 노린다고 해도, 그 선은 절대로 넘어서는 안 되겠지. 나 자신은 얼마나 상처를 입든 상관없지만, 이 아름다운 사람을 내 이익을 위해서 노출시켜 더럽힐 수 있을 리가 없었다. 지금 이 순간도, 앞으로도 나와 동행하면 수억 명이나 되는 사람들의 구경거리가 될 것이다.

그것을 알리지 않고 이용한다. 알린다면 그녀는 「누군가가 보고 있다」고 의식하겠지. 나와 동행하지 않겠다고 거절할 가능성도 높다.

그래서 나는 비열하다는 걸 알면서도 그녀에게 말하지 않을 작정이었다.

이 2주가 지나가면 그 어떤 속죄든 다 하리라. 그것이 면죄부가 되지는 않겠지만, 그래도 그만큼 나는 나나미가 되살아나길 갈망했다.

"······함께 미궁을 돌자는 얘기 말이야. 나, 정말로 초보자야. 여러모로 알려줘."

"예, 물론이에요. 맡겨주세요!"

"그럼 가볼까. 2층부터 시작하면 될까?"

내가 재빨리 걸어 나가자 그녀가 「자, 잠깐만요」 하고 만류했다.

"길드에 얼굴을 내밀지 않으면 안 되잖아요?"

"길드······?"

"······히카루······. 역시 **무면허**였군요······."

무면허란 자격이나 허가도 없이 영업을 하는 사람을 가리킨다.

즉, 매번 어둠에 섞여 미궁에 들어가 입수한 물품을 암시장에 팔아치우는 나를 가리키는 말이었다. 변명도 할 수가 없었다. 애당초 리프레이아는 내가 암시장에서 거래하고 있음을 다 알지만.

"미안해. 애당초 난 길드가 뭔지 몰라. 거긴 뭘 위한 시설이야?"

"미궁 관리국이에요. 탐색자는 길드로부터 청부를 받아 마물을 토벌하고 정령석을 조달하니까요. 정식으로 탐색자 등록을 하고서 미궁에 들어갈 때마다 신청하지 않으면 들여보내주지 않는 걸요?"

"흐응, 몰랐어. 매번 몰래 들어갔거든. 하하하······."

웃을 일이 아닐지도 모르겠지만, 웃을 수밖에 없었다.

"······저한테라면 괜찮지만, 다른 사람한테는 말하지 않는 편이 좋을 걸요? 최악의 경우에는 붙잡힐 테니까."

상당히 위험한 다리를 건넜던 모양이다. 뭐, 이미 지나가버린 일이다.

"그럼 나도 탐색자 등록이 가능할까? 난 싸구려 여관에서 살아서 주소도 아무것도 없는데."

"전과자가 아니라면 누구라도 가능해요. 처음에는 최저 랭크에서 시작하지만, 히카루 정도의 술사라면 금세 그노움급까지 올라갈 수 있을 거예요."

"그노움급……? 리프레이아는 무슨 급이야?"

"전 현재『실베스트르급』이에요. 그노움의 한 단계 아래입니다."

리프레이아가 품속에서 은색 식별증을 꺼내 보여줬다. 상당히 외우기 어려운 명칭이지만, 이 식별증 소재로도 판별할 수 있으니 그리 어렵지는 않다고 했다.

우리는 미궁에서 도보 3분 거리에 세워진 미궁 관리국, 통칭 길드에 금세 도착했다.

미궁에서 그리 멀지 않은 곳에 세워진 길드는 견고한 석조시설이었다. 널찍한 로비에는 탐색자로 보이는 거친 사람들이 많이 모여 있었다.

리프레이아가 들어가자 남자들의 시선이 그녀에게로 쏠리는 것을 뒤따르는 나조차도 느낄 수 있었다. 그렇구나. 이래서야 이 안에서 파티 멤버를 찾을 마음이 들지 않을 만도 하겠다.

"오, 리프레이아. 그 꼬맹이는 뭐냐? 클럽클럽 인솔이라도 시작했냐?"

가까이에 있던, 자못 고약하게 생긴 남자가 리프레이아에게 말을 걸었다. 그녀가 발걸음을 멈췄다.

"아뇨. 그는 내 파티 멤버입니다. 무례한 발언은 용서하지 않겠어요."

"허어? 이런 꼬맹이랑 은 등급이 파티를 맺었다고? 야, 꼬맹이.

네놈은 무슨 등급이냐?"

리프레이아의 말을 듣고서 남자가 동요했다.

주변에서 귀를 쫑긋 세우고 있던 사람들도 나를 주목하고 있음을 알겠다.

나는 나대로 다른 생각을 하고 있었다. 설마 이런 판에 박힌 전개가 실제로 있을 줄이야!— 라고.

리프레이아는 길드에서도 다른 탐색자가 신경을 쓸 정도로 이색적인 존재인가 보다. 빼어난 미인에다가 무기도 커서 어딜 가든지 눈에 띄었다. 나와는 정반대의 존재였다.

어쨌든 나를 보고 있는 시청자 입장에서는 눈이 즐거울 전개였다.

이 자리에서 내가 저 고약한 남자에게 두들겨 맞더라도 충분히 이득이었다. 그야말로 시청자가 바라는 전개였다.

나는 리프레이아에게 「내가 대응할 테니 끼어들지 말아줘」 하고 나직이 말한 뒤 남자의 물음에 대답했다.

"지금 취득하러 가는 길이니 가장 아래 등급입니다. 초보자니까요."

"역시 클럽클럽이잖아! 뭐야, 그녀의 동생이라도 되냐?"

"뭐, 그런 셈입니다. 근데 그 클럽클럽은 뭡니까?"

"1층에서 곤봉을 휘두르고 다니는 신출내기 어린애들을 가리키는 말이야. 누가 뭐라 하지 않으니까 꼬맹이도 처음에는 1층에서 스켈레톤을 상대하며 춤추는 법을 익혀두는 편이 좋을걸. 미궁에서는 제 분수도 모른 채 설치는 놈부터 죽어나가거든."

성가신 시비꾼인 줄 알았는데 좋은 조언을 해주는, 남을 잘 챙겨주는 좋은 아저씨인 듯했다.

나는 그 「제 분수도 모른 채」 죽어갔던 탐색자의 잔해를 2층에서 여러 번이나 봐왔다.

아직 2층에 와서는 안 되는 녀석, 혼자서 내려오는 녀석, 미아가 된 녀석…….

그래서 신참이 그런 꼴을 당하지 않도록 선배가 눈에 불을 켜는지도 모르겠다.

1층에서 힘을 갈고닦으며 파티 멤버를 모으고, 준비를 제대로 갖춘 뒤 2층에 내려가라. 처음에는 계단 부근만 탐색하다가 적당히 끊고서 돌아와라…….

그렇게 할 수 없는 사람은 탐색자를 하기에 적합하지 않다.

"감사합니다. 이따가 곤봉을 조달할 예정입니다. 이 누나는 그냥 인솔자예요. 걱정이 많아서요."

"오호, 솔직한 건 좋은 일이야. 뭐, 누나가 난처해지지 않도록 열심히 해라. 리프레이아도 마음이 바뀌거든 우리랑 파티 좀 맺어다오."

남자는 핫핫핫, 하고 웃으며 떠나갔다. 정말로 성가신 시비꾼이었다면 치고받는 장면을 연출해도 좋았겠지만, 그냥 좋은 사람이었다.

뭐, 생각해보니 이런 시설 안에서 문제를 일으키는 사람이 많을 리가 없었다.

"히카루……. 뭔가요, 방금 그건?"

그러나 리프레이아는 조금 불만스러운 듯했다. 뭐, 솔직히 남자답지는 않았으니까.

"응? 내가 초보자인 건 사실이잖아. 원래는 곤봉을 휘두르며 돌아다니는 것부터 시작해야하니까. 리프레이아가 없었다면 그럴 작정이었고."

"내 동생이라니."

"거짓말도 방편이야. 저런 사람은 그저 참견하고 싶어 하는 것뿐이니 진심으로 상대해봤자 소용없어. 게다가 딱히 나쁜 사람처럼 보이지도 않던데?"

"그건 알지만요."

리프레이아가 남들 보란 듯이 나와 팔짱을 꼈다. 그러고는 그대로 카운터까지 연행했다.

뭐, 오누이끼리 팔짱 정도는 끼려나……

길드 카운터에선 지극히 사무적인 설명을 들었다.

팔을 줄곧 얽고서 딱 달라붙은 리프레이아를 무시하고서 설명을 제대로 들었다.

길드 직원이 미묘한 시선을 보냈지만 나는 굴하지 않는다!

탐색자 랭크는 최초 『스피리투스』급부터 시작한다. 숫자로 말하자면 제6등. 식별증은 『청동』이다. 이 청동 식별증은 2층에서 죽었던 탐색자의 주검에서 여러 차례 주운 바 있다. 설마 나도 이걸 갖게 될 줄이야.

참고로 각 계급은 이렇다.

제1등 『샐러맨델』급. 옥염강(獄炎鋼) 식별증.

제2등 『온디누』급. 마도은(魔導銀) 식별증.

제3등 『그노움』급. 금 식별금.

제4등 『실베스트르』급. 은 식별증.

제5등 『드라이어드』급. 흑단(黑檀)^{에보니} 식별증.

제6등 『스피리투스』급. 청동 식별증.

참고로 이 도시에 있는 최고 랭크 탐색자는 제2등 『온디누』급이라나?

길드에 별로 흥미는 없었지만, 계급명이 멋있어서 조금 열심히 올려볼까 싶은 마음이 들 정도였다. 운영자가 그만큼 유능하다고 말할 수밖에 없겠지.

탐색자가 목숨을 걸도록 유도하는 수법이 느껴졌다.

원래는 초보자 교습 코스라는 것도 있다고 했다. 한가한 탐색자가 1층에서 탐색자의 마음가짐을 지도해준다는데, 리프레이아가 「내가 할 테니 됐어요」라며 멋대로 거절했다.

뭐, 그녀가 가르쳐준다면 굳이 시간을 할애할 필요는 없겠지.

그리고 설명 막바지엔 「타인이 발견한 주옥(珠玉)^{오브}에 절대로 손을 대지 마」라고 철저히 신신당부를 했다. 보물을 가로채면 신수(神獸)가 나온다는 이야기를 꽤나 진지하게 받아들이는 듯했다. 조심하도록 하자.

그 후에 미궁에 들어가기 위한 등록을 마친 뒤 길드 내부에서 횃불, 식량, 식수, 포션, 청결한 천, 거즈 등 필요한 물품들을 사들였다.

"음…… 전투 멤버는 저랑 히카루면 충분하다고 치고, 척후는 어떻게 할까요?"

"척후라."

리프레이아의 물음에 순간적으로 「필요 없겠지」라고 대답할 뻔했다. 하지만 곰곰이 생각해보니 파티까지 맺은 마당에 독선적으로 밀어붙여서는 안 되겠지. 거기에 난 척후 전문가가 얼마나 유용한

지도 잘 모른다.

"여기서 고용할 수 있던가?"

"아뇨, 옆 시설에서요."

리프레이아의 안내를 받으며 길드 바로 옆에 있는 오래된 건물에 들어갔다.

입구에 「링크스 상조회」라고 적혀 있었다. 내부에는 온통 고양이 수인뿐이었다.

이 세계에서는 고양이 수인을 링크스라고 부르는 듯했다. 그게 종족명인 모양이다.

"링크스 척후를 고용할 때는 몇 가지 규칙이 있습니다. 우선 보증금이에요. 이건 먼저 지불해야만 합니다. 척후는 그 직무의 성격상, 저기…… 마물한테 당하기 일쑤이라서……. 그러니 보증금은 고용된 링크스의 목숨 값이에요."

만약에 고용한 척후가 미궁에서 사망한다면 당연히 그 보증금은 돌려받지 않는다.

그런 의미에서도 그야말로 목숨 값이라고 할 수 있겠지.

"그렇구나. 미궁 안에서는 무슨 일이 벌어질지 알 수가 없으니까."

"예. 척후를 미끼로 내던지고서 도망치는 파티도 있다고 하니까요."

"링크스가 더 잘 도망칠 것 같은데."

"다리에 부상을 입는 경우가 많아요."

부상. 역시 그게 문제인가. 현재 2층에서 다리를 다칠 일은 별로 없을 것 같긴 하지만, 이 세상에는 과거 그레이프푸르를 버렸던 파티처럼 매정한 놈들도 있다.

참고로 보증금이 놀랄 만큼 저렴했다. 고작 은화 5닢이었다. 링크스라는 종족이 이 도시에서 어떤 위치에 있는지 알 수 있는 금액이었다.

"척후 링크스는 지명할 수 있어?"

"가능하긴 하지만, 전 그 아이들을 구별할 수가 없어요. 히카루는 알겠어요?"

"물론. 얼굴이랑 품종이 완전 다르잖아."

낯이 익은 링크스가 구멍이 난 소파 위에서 뒹굴뒹굴하고 있었다. 나는 다가가서 말을 걸어봤다.

"지명할게. 그레이프푸르, 널 고용하고 싶어."

"냐냐냐?! 오빠, 누구예요냥?! 전 이래 뵈도 3층까지 내려갈 수 있어서 비싼데요냥?"

"그럼 가격을 좀 깎아줘야겠는데. 지난번에 줬던 포션 값만큼 말이야."

내가 웃으며 말하자, 그레이프푸르가 꼬리를 핏 세우고서 벌떡 일어섰다.

"그때 만났던 오빠!! 설마 얼굴을 드러낼 줄이야냥! 그땐 도와줘서 정말 정말 감사했습니다냥!"

"실은 얼굴을 드러낼 생각은 없었는데, 사정이 좀 바뀌었어. 척후를 부탁해도 될까?"

"저 같은 걸로 괜찮다면 부디! 바로 준비하고 올게요냥!"

그레이프푸르가 2층으로 펄쩍펄쩍 뛰어올라갔다.

척후를 고용할 작정이라면 조금이나마 아는 녀석이 낫겠지.

"······히카루, 저 링크스랑 아는 사이인가요?"

"예전에 2층에서 부상을 입고서 옴짝달싹도 못하고 있더라고. 그 때 입구까지 보내준 게 다야."

"······나 말고 다른 애도 도와줬구나."

"그야 2층 한가운데서 냥냥 울어대는데, 보고도 못 본 척할 수야 없지."

"히카루는 참 상냥하네요~."

"딱히. 이 정도는 보통이지."

리프레이아가 보내오는 질투와 비슷한 감정을 받아넘기고, 나는 궁금했던 것을 물어봤다.

"근데 왜 링크스만 남한테 『고용』되어 탐색자로 활동하는 거야? 다른 녀석들처럼 자유롭게 행동할 수 없는 무슨 이유라도?"

"그건 제가 대답해드릴 수밖에 없겠네요냥!"

벌써 계단을 내려온 그레이프푸르가 대화에 끼어들었다.

커다란 귀를 쫑긋 세우고 있는 것이 꽤나 귀가 밝아 보였다. 과연. 척후에 적합하겠구나.

"처음 뵙는 파티한테는 링크스의 역사부터 설명하는 게 규칙이에요냥. 그리하여 링크스의 사회적 지위를 조금이라도 끌어올리는 게 상조회의 이념입니다냥."

그레이프푸르가 냥냥거리며 설명해준 바에 빠르면, 원래 링크스는 전 세계에 있는 종족이었다. 그런데 밤눈이 밝고 청각이 뛰어나며 소리를 내지 않고 민첩하게 움직일 수 있어서 소매치기나 도둑질을 많이 벌였다고 했다. 그래서 실제로는 링크스가 저지르지 않았는데도 범인으로 몰리는 사건도 생기는 등 차별을 받는 처지로 점점 내몰렸다고 한다.

"링크스라는 종족한테는 치명적인 약점이 있어요냥. 다른 종족보다 훨씬 무력해요냥."

"그래서 그런 가느다란 검밖에 들질 못하는구나."

"이런 무기조차 제대로 휘두를 수가 없지만……."

확실히 완력이 없다는 것은 치명적이었다. 폭력에 저항하지 못하는 것이 종족 전체가 「약자」가 되어버린 결정적인 요인이었다. 「총」이라도 있다면 모를까, 완력이 모든 것을 좌우하는 이 세계에서는 더더욱.

"그래서 미궁에 들어가 위계를 올릴 수밖에 없다 이 말인가?"

"아뇨, 아뇨. 그렇지 않아요냥. 우린 싸울 수 없어서 위계를 올릴 수도 없어요냥. 고블린은커녕 스켈레톤조차 이길 수 없습니다냥."

"그럼 어떡해?"

"척후이니까. 슬쩍 보고 와서 경계하는 게 일이에요냥."

"그럼 강해질 수가 없잖아."

"지금은 그걸로 족해요냥. 돈을 모아서 대정령님과 계약하면 링크스도 드디어 탐색자가 될 수 있으니까요냥."

그렇구나. 링크스에게 「총」이란 정령술이었다.

그녀의 장비를 봐도 금전적으로 여유가 없다는 걸 알 수 있었다.

보증금은 은화 5닢이지만, 그것은 상호회가 받는 돈이니 당연히 죽은 링크스는 받을 수 있을 리가 없다. 그녀의 몫은 하루치 고용료인 소은화 1닢뿐이다. 3층부터는 소은화 5닢, 4층부터는 은화 2닢으로 올라간다지만, 그만큼 현저히 위험해진다. 애당초 따라다니던 파티가 전멸한다면 링크스도 살아남을 수가 없다.

"근데 대정령과 계약을 하는 데 돈이 들어?"

"금화 1닢이에요냥……."

"그렇게나 비싸구나."

큰돈이다. 하루 종일 일해 봤자 소은화 1닢밖에 받지 못하는 링크스로선 도저히 모으지 못할 것 같은 액수였다.

"자, 잠깐만요. 그레이프푸르……라고 했던가요? 대정령님과 계약을 맺는 데 금화 1닢이나 들다니 그럴 리가 없습니다. 빛의 대정령님과 계약할 때도 은화 10닢이었는데요? 이 도시의 대정령님이라면 계약할 때 은화 5닢도 안 들 텐데—."

"어……."

대정령과의 계약금은 실질적으로 이 신전을 관리하는 녀석들이 액수를 정한다고 한다. 즉 부르는 게 값이라는 뜻이다. 인간에게는 싸게, 아인(亞人)에게는 비싸게. 그런 짓이 태연히 일어나는 듯했다.

"링크스의 사정은 잘 알았어. 우리 파티에 있는 동안에는 최대한 벌게 해줄게."

"맞아요. 설마 금화 1닢이나 들다니……. 너무 이상해요……."

"잘 부탁드립니다냥……. 근데 이 셋이서 들어가는 건가요냥?"

밖으로 나오니 그레이프푸르가 멈춰 서서 의문을 드러냈다.

뭐, 3인 파티는 아무리 그래도 인원이 적다.

"그래. 뭐, 괜찮겠지."

"그렇죠, 오늘은 2층만 걸 거니까."

리프레이아가 낙관적으로 말했다.

나는 낙관적으로 보고 있지 않지만, 그래도 2층이라면 문제가 없으리라 예상했다. 연계가 잘 이뤄질지 불안하긴 하지만, 2층 탐색조차 못한다면 애당초 미궁을 돌아다니는 것 자체가 불가능하다. 최악의 경우에는 다크니스 포그로 모조리 뒤덮어버리면 어떤 적에게서든 도망칠 수 있고, 결계석도 아직 하나가 남아 있다. 오우거와 맨티스가 위협이긴 하지만, 기습만 당하지 않는다면 문제는 없겠지.

더욱이 다소 무모하게 행동하지 않으면 시청률이 올라가지 않을 거라는 걱정도 있었다.

"척후를 포함하여 3인 파티는 드문지라 확인을 좀 하고 싶은데요냥. 오빠는 정령술이 대단했고, 리프레이아 씨도 유명하죠냥."

"역시 리프레이아는 유명한가?"

"현란의 리프레이아라는 이름을 자주 듣거든요냥. 우리 링크스는 인간의 미적 감각을 잘 모르지만요냥. 다들 사귀고 싶다느니 결혼하고 싶다고 말하더라고요냥."

그렇구나. 지역 아이돌쯤 되는 건가? 나와 파티를 맺었다는 사실이 알려진다면 대놓고 해코지를 하지 않을까? 이 세계는 어디까지나 이세계이니 미적 감각이 지구와는 다를 가능성도 있다고 생각했는데, 역시 미인은 미인인가 보다.

"다들 그런 식으로 말하던가요……. 무섭네요. 히카루가 절 지켜줘야겠어요."

리프레이아가 팔짱을 낀 팔에 힘을 바짝 주었다.

그런데 길드에 있는 동안에 줄곧 이 상태였는데 괜찮으려나?

이제 대놓고 해코지를 당하는 거 확정 아닐까……?

"지켜주긴 뭘. 리프레이아가 더 강하잖아……."

"그야 정령술을 빼고 싸운다면 제가 더 강하긴 하죠. ……그래서, 지켜주지 않을 건가요?"

그녀가 지근거리에서 눈을 치떴다. 역시 그때 리프레이아가 취하지 않았다고 했던 건 사실이었는지도 모르겠다. 어제 부쩍 가까워진 거리감이 오늘도 여전하니까.

"지켜줄게. 적어도 나랑 동행하는 동안에는, 반드시."

"에헤헤~. 히카루라면 절대로 그렇게 말할 줄 알았어."

"냐냐냐! 러브의 냄새가 풍겨요냥! 두 사람은 사귀는 사이인가요냥?"

"그렇진 않아."

그레이프푸르가 그렇게 느낄 수밖에 없는 수준으로 리프레이아가 찰싹 달라붙었다.

여동생들이 허구한 날 양팔에 들러붙지 않았다면 위험할 뻔했다.

이것은 러브라기보다 응석이라고 해야겠지.

"아. 그리고 어느새 제가 현란이라는 별칭으로 불리는 모양인데, 아직 그 정도로 강하진 않거든요. 그레이프푸르, 슬며시 정정해주고 다녔으면 좋겠어요."

별칭 같은 것도 있구나. 나도 곧 「은 등급과 파티를 맺은 기생충 히카루」라고 불릴 것 같네.

"현란은 무슨 뜻이야?"

「고저스하다」와 비슷한 의미였던 것 같다. 곰곰이 생각해보니 험담처럼 느껴지기도 하는데, 그건 감각의 차이인가.

"현란은 제 검술 스승님의 별칭이에요. 전투 방식이 똑같아서 그리 부르는 거겠죠. 하지만 스승님은 샐러맨델급까지 올라간 전사이셔요. 저 같은 거랑은 비교조차 되지 않아요."

"싸우는 모습이 아름다웠지. 알 것 같아."

거대한 검을 온몸으로 휘두르며 싸우는 모습은 마치 춤을 추는 듯 아름다웠다.

그 모습은 그야말로 「현란」했다. 리프레이아의 미모와 어우러져 어둡고 축축한 미궁 속에서 눈부시게 빛날 정도였으니까.

"아름답다니……. 아, 그런가. 히카루는 내가 싸우는 모습을 봤군요."

"넋을 잃고 보다가 도와주는 게 늦어지긴 했지만."

"흐으응~. 넋을 잃고 봤다라……. 그럼 스승님과 조금이나마 가까워졌을까?"

"아아, 분명 『현란』했어."

"헤헤…… 기뻐라."

"냐냥—! 러브의 냄새가 풍겨요냥!"

어쨌든 멤버는 다 모였다. 시청자수도 예상외로 늘고 있었다. 역시 잠재적인 시청자가 많았다는 뜻이겠지. 어둠 속으로 숨어들지 않았더니 순식간에 억 명 돌파를 달성했다.

이 파티로 반드시 1위를 차지하겠다. 반드시.

미궁 입구를 지키는 네 명의 파수병들 중 한 사람에게 길드에서 발행해준 허가증을 보이고서 안으로 들어갔다.

제1층인 황혼명부가(黃昏冥府街)에서는 마물과의 전투를 피하며 제2층으로 내려가는 것이 가능했다. 물론 이곳에서 싸워도 되겠지만, 새삼스레 1층에서 싸워야할 의미는 없겠지.

"일단 모두의 전투력을 확인해두자. 그리고 어떻게 싸울지도."

예를 들어 우리가 전사 3인으로 구성된 무력파 파티였다면 이야기가 빨랐겠지만, 안타깝게도 그렇지 않았다.

섬멸력을 리프레이아에게 거의 의존해야만 했다.

"일단 그레이프푸르가 적을 발견하면 내가 발을 붙잡아두고 리프레이아가 각개격파. 이런 느낌으로 가야 하나?"

"난 그래도 상관없지만……. 정령술은 어쩌고요?"

"빛의 정령술은 어떤 게 있어?"

내가 묻자 리프레이아가 고개를 조금 숙이고서 작은 목소리로 대답했다.

"제가 쓸 줄 아는 건 두 가지뿐이에요."

"전에 봤던 라이트에, 또 하나는?"

"큐어 그로우. 상처를 치유하는 술식이에요."

두 가지밖에 없긴 하지만 어느 쪽도 유용하다. 특히 회복 술식이 있다는 건 든든했다. 미궁을 돌다가 작은 상처를 입는 건 피할 수 없다. 그때마다 크리스틸로 포션을 구입한다면 끝이 없다.

"그러고 보니 내 정령술은 어둠인데…… 괜찮을까?"

"뭐가……요?"

"저기…… 이 일대에서 쓰는 사람이 없다고 들어서."

"대정령님의 가호인 정령술을 쓰는 데 무슨 문제가 있겠어요? 어둠의 정령술사는 분명 적긴 하지만, 그건 어둠의 대정령님의 신전이 근처에 없어서 그런 것뿐이니."

어둠은 인식이 좋지 않을 거라고 우려했는데, 대정령은 어떤 속성이든 숭상을 받는 듯했다. 안심했다.

"그리고…… 저기, 히카루는 정령술을 얼마나 구사할 수 있는지 물어봐도 되나요? 혹시 다섯 가지 정도는 사용할 수 있나요……? 아무래도 그럴 리는 없나."

"난 여덟 가지를 사용할 수 있어."

"여, 여덟……?!"

리프레이아가 목소리를 뒤집으며 놀라워했다.

아마도 모든 종류를 구사할 수 있다는 뜻이겠지. 마지막으로 익힌 특수 술식 「암환」이 제8의 정령술이라고 했으니.

"뭐, 여덟 번째는 조금 특수해서 거의 쓸 수는 없겠지만."

"자, 잠깐만요……. 저기…… 제가 잘못 들은 건 아니죠? 일곱이 아니라 여덟이라고요……?"

괜히 솔직하게 말했나.

……아니, 앞으로 목숨을 걸고서 함께 탐색할 사이다. 여기서 능력을 숨겨 봐야 좋지 않다.

"여덟 가지야. 어둠 속성에는 그다지 공격적인 술식이 없어서 기대에 부응하지 못할지도 모르겠지만."

"아뇨……. 그때 히카루가 몇몇 정령술을 구사하는 모습을 직접 봤기에 대단한 정령술사라는 건 잘 알지만, 그런가요…… 여덟 가지군요……."

리프레이아가 반쯤 넋을 놓았다. 견습 빛의 성당기사인 그녀가 정령술을 두 종류밖에 쓸 수 없으니, 여덟 종류를 구사할 수 있는 건 꽤 비상식적인지도 모르겠다.

공공연히 밝힐 만한 정보는 아닌 듯했다.

"여덟 가지 정령술을 구사하는 게 그렇게나 드문가?"

"드물다고 할지……. 일반적으로 최고위 술자조차도 구사할 줄 아는 정령술은 일곱 가지거든요. 여덟 번째 정령술은 전설이라고 해야 하나. 대정령님께서 있다고 하니 있다고 추정만 되는…… 그런 술식이에요. 저도 사람은 사용할 수 없는 술식이라고 생각해왔고요."

"그렇구나……. 비밀로 해두는 게 좋을 것 같네."

어쨌든 여덟 번째 정령술은 언데드를 소환해낸다는, 사람들에게 알려지면 온갖 오해를 살 것 같은 술식이었다. 평범한 소환술인 나이트버그와는 계통이 다르다고 해야 할까, 위력이 다르다고 해야 할까…….

"아, 착각할까봐 말해두는데 정령술 자체의 위계는 아직 낮아서 종류만 많을 뿐 대단치는 않아. 다크니스 포그…… 어둠의 안개를 발생시키는 술식만 위계가 조금 높긴 하지만, 다른 건 1이나 2밖에 안 돼."

"위계가…… 올라간다고요……? 정령술의 위계가……?"

"그야…… 뭐."

어, 나 뭔가 이상한 소리를 했나? 숙련도 시스템이니까 많이 사용하면 오르는 거 아니었나?

"참고로 묻겠는데요. 그 가장 높은 정령술은 위계가 몇인가요?"

"4야."

"사, 사사사사사사앗?!"

리프레이아가 목소리를 더욱 뒤집으며 놀라워했다. 역시나 그 레벨까지 도달하니 숙련도가 좀처럼 올라가지 않았다. 다크니스 포그는 꽤 빈번하게 사용하는 술식인데도 아직 위계 5에는 도달하지 못했다.

"위계가 4라면, 상위 술식으로 변했나요……?"

"어, 응. 제3위계가 됐을 때 다크 미스트가 다크니스 포그로 변했어. 미스트를 구사할 때는 외부에서도 모습이 흐릿하게 보이는 것 같던데, 포그는 거의 완벽한 어둠이라서 활용하기가 꽤 편해졌지."

"하아~. 굉장하네요, 히카루…… 이게 바로 천재인가요……. 전 두 가지밖에 쓰지 못할 뿐더러 둘 다 위계가 여전히 1인데."

그런 식으로 말하니 미안한 마음마저 들었다.

나는 결코 천재가 아니라 신이 내려준 스킬의 혜택을 누리고 있는 것에 불과했다. 현지인의 눈에는 그야말로 진정한 의미로 치사하게 비치겠지만.

참고로 현재 어둠의 정령술 스테이터스는 이렇다.

제1위계 술식

· 암허(闇虛)【셰이드 시프트】숙련도 62
· 암관(闇棺)【섀도 바인드】숙련도 49
· 암소(闇김)【서먼 나이트버그】숙련도 55

제2위계 술식

41

- 암견(闇見)【나이트 비전】숙련도 82
- 암화(闇化)【섀도 러너】숙련도 76
- 암납(闇納)【섀도 백】숙련도 69

제4위계 술식
- 암현(闇顯)【다크니스 포그】숙련도 43

특수 술식
- 암환(闇還)【크리에이트 언데드】숙련도 1

숙련도가 생각만큼 올라가지 않았다.

제4위계까지 올라간 다크니스 포그의 성장이 정체된 것은 알겠지만, 섀도 바인드와 서먼 나이트버그 등도 나름 사용했는데도 아직도 제자리였다.

혹시 나중에 익힌 술식일수록 숙련도가 잘 안 올라가는 특징이 있는지도 모르겠다.

다만 제2위계에 있는 술식 3종은 조금만 더 오르면 제3위계다.

다크 미스트가 다크니스 포그로 바뀐 것처럼, 한 단계 위의 술식으로 변화할 것이다.

"그래서 저기…… 히카루. 하루에 어느 정도 쓸 수 있나요……?"

"헤아려본 적은 없지만, 50회 정도는 괜찮은 것 같아……. 괜찮아? 낯빛이 안 좋은걸."

리프레이아가 하얀 얼굴을 더욱 새하얗게 물들이고는 입술을 부르르 떨었다.

사용 횟수에 관해선 나도 조금 이상하다는 생각을 했다.

"히카루는, 사랑받는 자였던 건가요······?"

"사, 사랑받는······?! 뭐야 그게?"

굳이 말하자면 나는 미움받는 자다. 사랑받는 자? 그런 창피한 존재는 결단코 아니다.

"그, 그렇겠네요······. 사랑받는 자일 리가 없······나. 그럼 정령술에 굉장한 재능이 있다고 봐야 하나······. 대단해······."

"소질은 있겠지. 정령들한테 도움을 꽤 받았어."

그 숲에서 빠져나올 수 있었던 건 그야말로 이 소질— 정령의 총애 덕분이었겠지.

그래도 낮에는 정령술을 그렇게까지 연속으로 구사할 수 없었으니, 밤이나 미궁과 상성이 좋은 것 같았다. 특히 제1층보다는 어두운 제2층에서 어둠 속성은 꽤 유리하다.

"그럼 대화는 이쯤하고 슬슬 가볼까. 전투방식은 실전을 치르면서 조정해나가자. 처음에는 고블린이나 오크부터겠어."

말로 아무리 의논을 해본들 우리는 함께 싸워본 적이 없었다.

직접 해보지 않으면 알 수가 없고, 해봐야만 알 수 있는 것이 있다. 안전을 담보할 대책은 세워야겠지만, 어느 정도는 모험도 필요하겠지. 무엇보다 시청자들이 그것을 더 즐거워할 것이다.

"오우거 두 마리입니다냥. 두 마리 모두 무기 소지. 가볼까요냥?"

그레이프푸르가 정찰을 하고 돌아와 보고했다.

오우거는 맨티스를 제외하고 2층 최강의 마물이다.

더욱이 무기까지 소지했다면 꽤 버겁다.

"리프레이아, 일대일이라면 쓰러뜨릴 수 있겠어?"

"쓰러뜨릴 수 있어요."

"좋아, 그럼 한 마리는 그쪽으로 유도할게. 다크니스 포그."

어둠을 두르고서 접근하여 오우거 한 마리를 어둠 속에 가라앉혔다. 어둠에 먹힌 마물은 상황을 판단하는 데 시간이 걸려서 잠시 무력화할 수 있었다. 나머지 한 마리는 섀도 러너를 구사하여 리프레이아 쪽으로 유도했다.

"서먼 나이트버그."

나는 되도록 암소…… 소환술을 사용하면서 싸웠다. 내가 가진 술식 중에서 유일하게 직접 공격 능력을 지녔기 때문이었다.

일격으로 끝장낼 수 있는 술식은 아니지만, 오우거에게도 나름 대미지를 입혔다.

어둠 속에서 벌레들이 갉아먹자, 오우거가 무기를 마구 휘두르며 몸부림을 쳤다.

나는 숨이 붙어 있는 인간이라서 도저히 접근할 엄두가 나지 않았다.

체력 업 레벨1을 취득한 덕분에 거의 딴 사람처럼 몸을 놀릴 수 있게 됐고, 단검도 가볍게 느껴졌다. 아마 지금까지와는 비교도 되지 않을 정도로 개인 전투력이 상승했겠지.

그래도 오우거의 공격을 단검으로 막아내는 건 무모하게 느껴졌다. 숨통을 끊는 건 리프레이아에게 맡기는 편이 나을 듯했다.

한편, 그녀는 내 힘으로는 들어 올리는 것조차 힘겨울 것 같은 거대한 검을 휘두르며 무기를 든 오우가와 격렬하게 교전을 벌였다. 날 길이는 120센티미터, 폭은 20센티미터나 된다. 그야말로 쇳덩어리였다.

"섀도 바인드."

리프레이아가 우세를 점하는 상황에서 어둠의 촉수로 약간의 틈을 만들어냈다. 사지가 묶이자 오우거가 균형을 잃었다. 리프레이아는 그 빈틈을 노려 손쉽게 오우거의 목을 베어냈다. 인간형 마물밖에 나오지 않는 2층에서 섀도 바인드는 가히 필살기였다.

"리프레이아, 부탁해!"

"예!"

나는 다크니스 포그의 어둠을 축소하여 남은 오우거를 어둠 밖으로 내보냈다.

미리 합을 맞춘 대로 리프레이아는 그곳으로 달려가 대검을 비스듬하게 내리쳐 오우거를 일격에 해치웠다.

어둠에서 나오자마자 참격이 날아들자 오우거는 대응할 수가 없었다. 소환충들이 떼로 괴롭히고 있으니 더더욱 그랬다.

"좋았어. 고생했어. 다친 데는 없어?"

"예, 거의 일방적인 전투였으니까."

"그럼 다음으로 넘어갈까."

그대로 전투를 몇 차례 치렀다. 그 어떤 마물도 위험을 거의 겪지 않고 사냥할 수 있었다.

솔직히 말해서 이 멤버라면 2층 사냥은 간단한 부류에 속하겠지. 원래는 3, 4층을 향했어야 했을지도 모르겠다. 그러나 아직 첫날이었다. 2층에서 연계를 매끄럽게 조정해나가기로 정했다. 시청률을 고려한다면 더 아슬아슬한— 목숨을 걸고서 마물의 목숨을 빼앗는 장면을 보여줘야 할지도 모르겠지만, 역시나 아무런 준비도 없이 리프레이아와 그레이프푸르를 위험한 상황에 내몰 수는 없었다.

시청률 레이스는 2주나 이어지니까.

"저기, 히카루는 안 피곤해요? 술식을 꽤 연발했는데."

두 시간쯤 사냥을 계속하다가 리프레이아가 나를 염려하며 물었다.

"아니, 전혀. 한 전투에서 서너 번밖에 쓰지 않으니까."

"굉장하네요……."

더욱이 사용하지 않으면 숙련도가 올라가지 않는다. 여차하면 크리스털을 정령력 포션으로 교환하여 마신다는 수도 있다.

그보다 지금은 전투다. 돈도 벌어야만 하고, 시청률을 올리는 가장 빠른 방법은 역시 전투라는 확신도 있었다. 사실 시청자수가 쭉쭉 늘어나 3억 명을 유지하고 있었다.

다만 1위를 차지했을 적을 돌이켜본다면 아직 부족했다. 현재 목표는 10억 명이었다.

"저쪽에 오크 떼가 있습니다냥. 숫자는 여덟 마리. 무기를 소지한 놈과 맨손인 놈이 각각 절반씩."

"좋아, 해보자."

오크와 고블린 떼와 싸울 때도 거의 동일한 전술로 나갔다. 그보다도 원래 오크와 고블린은 리프레이아는 당연하고, 나 혼자서도 문제없이 쓰러뜨릴 수 있었다.

다크니스 포그로 모습을 숨기면서 달렸다.

리프레이아가 상대하는 녀석만 어둠 밖으로 빼놓고, 나는 어둠에 휩싸여 우왕좌왕하는 오크의 목숨을 단검으로 하나씩 베어나갔다.

체력 업 효과에 힘입어, 나는 마치 추수 작업하듯 단검을 휘둘러나 갔다.

리프레이아에게도 오크 따윈 상대도 되지 않았다. 단칼에 종이처럼 베어버렸다.

마물 여덟 마리를 거의 1분 만에 전멸시켰다.

"좋은 흐름이야. 푸르도 열심히 적을 잘 찾아내고 있네."

"네. 저 아이는 솜씨가 꽤 좋아요."

나는 다른 링크스와 파티를 맺어본 적이 없어서 모르겠지만, 척후를 여러 번 고용한 경험이 있는 리프레이아가 그렇게 말하니 사실이겠지.

모처럼 알게 된 인연이다. 그레이프푸르도 다른 사람 못지않은 탐색자가 됐으면 좋겠다.

"저쪽에 오크 한 마리. 이건 무시할까요냥?"

"푸르가 해볼래?"

"예? 하지만 전 오크는 도저히……."

"괜찮아. 지원할게."

미궁에서는 마물을 쓰러뜨려 정령력을 흡수함으로써 본인의 파워를 끌어올린다. 그러나 이것은 파티를 맺었더라도 「쓰러뜨린 자」에게만 적용된다.

즉, 척후는 영원히 강해질 수가 없다는 뜻이었다. 싸우질 않으니까.

모퉁이를 보니 오크 한 마리가 있었다. 맨손이었다.

무기를 들지 않은 오크는 무기를 소지한 고블린보다도 못한 마물이다. 연습 상대로서 딱 적격이다.

"내가 지원할 테니 그 검으로 곧장 목 부근을 찔러. 다크니스 포그."

그레이프루르를 이끌고서 정령술이 만들어낸 어둠 속을 나아갔다.

어둠에 휩싸이자 오크는 상황을 이해하지 못하고, 뿌키뿌키 하고 울어대기만 했다.

오크의 뒤쪽으로 우회하고서 그레이프루르가 손에 든 세검 끝으로 오크의 척추를 겨눴다.

"거기야! 있는 힘껏 찔러!"

"냣!"

기합과 함께 세검이 마물의 목에 스르륵 빨려들었다. 오크가 정령석으로 바뀌었다.

다크니스 포그를 풀었다.

"훌륭해. 이런 식으로 싸워나가면 푸르도 레벨이 조금은 오를 것 같네."

"후오……. 무언가가 몸속으로 들어와요냥……. 이게 정령력이냥……?"

"그래. 뭐, 오크 한 마리로는 별 변화가 없겠지만. 앞으로 수를 늘려가다 보면 달라지겠지."

솔직히 나도 위계인지 뭔지가 올라갔지만, 큰 변화를 실감하긴 어려웠다.

아니…… 미묘하게 변하긴 했지만, 전투에 익숙해져서인지 아니면 레벨이 오른 덕분인지 판단하기가 어려웠다.

시계를 확인하니 아직 13시였다. 간단한 휴대식을 먹고서 사냥을 계속하기로 했다.

46: 지구의 무명 씨
리프레이아 님, 진짜 미인 아냐?
히카루도 완전히 반했네.

50: 지구의 무명 씨
아싸한테는 감당하기 버거운 눈
부심…….

61: 지구의 무명 씨
쌍둥이가 리프레이아의 존재에
더 당황할 줄 알았는데 거의 언
급하질 않는걸. 어째서야?

62: 지구의 무명 씨
세리카가 그 부분은 몇 번 언급
했잖아.
「오빠는 상냥해서 그녀의 마음에
응해줄 수 없어」라거나 「지금 오
빠한테는 그녀가 필요해」라고 말
이야. 세리카는 계산이 치밀해

서 무섭네.

63: 지구의 무명 씨
세리카가 오빠한테 푹 빠져 있
는 건 어디까지나 계산된 위장
이니까.

68: 지구의 무명 씨
히카루, 제법 대화할 줄 알잖아.
더 소극적인 전이자도 많이 있지?

69: 지구의 무명 씨
알렉스조차 처음에는 엄청 우물
쭈물 거렸고, 심할 때는 울상까
지 지었어.

70: 지구의 무명 씨
그 쌍둥이의 오빠이니 기본 스펙
이 높은 거 아냐?

49

71: 지구의 무명 씨
쌍둥이한테 실컷 휘둘려왔던 결
과가 아닐지…….

72: 지구의 무명 씨
오빠가 거의 부모나 마찬가지였
다고 전에 얘기했으니, 아마 그
렇겠지.

74: 지구의 무명 씨
그 당시 둘의 대화.
세리카「그만큼 오빠한테 폐를
끼치긴 했지만, 그땐 우리도 어
렸으니까!」
카렌「마자마자.」

75: 지구의 무명 씨
너무 뻔뻔한 거 아냐?ㅋㅋ

76: 지구의 무명 씨
뭐, 초등학교 저학년은 사고를
치는 게 당연하지. 제대로 케어
하지 않았던 부모가 나빠.

77: 지구의 무명 씨
자세한 사정은 모르겠지만, 간
간히 엿보이는 정보만으로도 상
당한 막장 부모였다는 느낌이 드
는지라…….

78: 지구의 무명 씨
세리카가 명랑하게「부모 얘기는
하지 말기!」하고 말했잖아.

80: 지구의 무명 씨
와이드쇼에서도 히카루의 가족
이야기는 절대로 나오지 않던데.
세리카가 뒤에서 손을 쓰고 있다
는 소문이 꾸준히 나돌고 있지.

81: 지구의 무명 씨
너무 많이 알려고 하지 마. 그러
다가 사라진다?

109: 지구의 무명 씨
알렉스가 고용한 적이 있는 파인
애푸르는 그레이프푸르의 자매

인가?

호회는 지켜볼 가치가 있다고!

110: 지구의 무명 씨
다른 지역의 링크스도 이름을 비슷하게 짓는 경향이 있는 것 같으니, 자매인지 아닌지는 불명. 우리도 같은 이름이 발에 치일 만큼 많잖아?

112: 지구의 무명 씨
장모종 흑백묘인 파라란푸탕이 제일 좋아.

113: 지구의 무명 씨
파라란푸탕은 예쁜 고양이지…….

114: 지구의 무명 씨
어디선가 은근슬쩍 동물 캐릭터 성애자들이 집결하고 있다?!

115: 지구의 무명 씨
히카루가 링크스 상호회에서 더 농땡이를 부렸으면 좋겠어. 상

116: 지구의 무명 씨
드디어 미궁인가. 몇 번을 봐도 입구가 거대하네.

117: 지구의 무명 씨
히카루는 생각 이상으로 평범하네. 음침 캐릭터의 면모를 물씬 풍길 줄 알았는데.

118: 지구의 무명 씨
「오빠, 때때로 엄청 괴로운 표정을 지어……」라고 세리카가 말했는데, 어디가 괴로운 건지 잘 모르겠네. 포커페이스인가?

120: 지구의 무명 씨
리프레이아 님 같은 초절정 미인과 함께 행동하는데도 실실거리지도 않고, 거의 웃지 않고, 얼굴이 너무 창백하다곤 나도 생각했어.

123: 지구의 무명 씨
혼자서 마물을 사냥하는 모습을 봤으니 알고는 있지만, 역시 히카루는 너무 강해.

125: 지구의 무명 씨
밤눈이 있는 마물이나 시각에 의존하지 않는 마물을 제외하고는 무적이잖아.

126: 지구의 무명 씨
빛의 정령술에도 약하긴 하지만 말이야.

127: 지구의 무명 씨
평범한 인간은 거의 완벽하게 봉쇄할 수 있겠지. 리프레이아 님도 꽤 놀란 눈치였잖아?

128: 지구의 무명 씨
리프레이아도 비상식적으로 강하던데 말이야.
그건 검이라기보다 쇳덩어리잖아.

129: 지구의 무명 씨
리프레이아 씨는 견습 빛의 성당기사인데도 술식은 통 젬병이구만.

131: 지구의 무명 씨
아니, 아니. 애당초 정령술을 그렇게 휙휙 쓸 수가 없대도. 정령력 업을 취득한 전이자조차도 겨우 다섯 가지를 배울까 말까잖아? 리프레이아 님은 아직 열여섯 살이니 술식을 두 가지밖에 구사할 수 없더라도 평범한 거야.

135: 지구의 무명 씨
리프레이아 님, 최고야.
정말로 춤을 추는 것 같아.

136: 지구의 무명 씨
오크나 고블린이 손도 못 쓰고 날아가 버리는 광경을 보니 무쌍 시리즈의 맛이 느껴진다.

137: 지구의 무명 씨
위계라는 게 올라가면 저토록 강력해지나?

138: 지구의 무명 씨
그래. 괴물화잖아.
인간의 경우에는 마인(魔人)이 된다고.

139: 지구의 무명 씨
어…… 어둠의 대마도사 히카루가 언젠가 마인이 된다는 소린가……?

141: 지구의 무명 씨
다크니스 포그를 연발하는데, 시청자 입장에서는 화면을 가려버려서 별로라는 걸 알기나 할까? 시청률을 올리고 싶어 하는 주제에 하는 짓은 순 엉터리 아냐?

142: 지구의 무명 씨
「리프레이아 씨가 화면에 나오면 자신은 찍히지 않아도 문제없다고 오빠는 생각하는 거예요, 이거.」
「확실히 리프레이아 씨가 예쁘긴 하지만요—.」
「뭐…… 이용할 수 있는 건 이용하면 됩니다. 난 오빠만 무사하다면…….」
「그거야! 리프레이아 씨 위주로 홍보 영상을 팍팍 내보내자고~.」
라고 하더라.

143: 지구의 무명 씨
쌍둥이들의 태세전환이 대단해.

149: 지구의 무명 씨
그나저나 역시 히카루한테는 잠재적인 시청자가 많았구나.
첫날부터 2억 명을 돌파하다니, 장난 아닌데?

150: 지구의 무명 씨
미궁을 탐색하는 등 모험을 벌이는 전이자가 적으니, 그것만으로도 주목을 끌만하지.

156: 지구의 무명 씨
그러고 보니 잔느는 시청률 레이스가 시작됐는데도 마이페이스네. 그 아이, 정신 구조가 어떻게 되어 있는 거지?

157: 지구의 무명 씨
그야말로 강철로 되어 있다. 강철 소녀.
라 퓌셀이라고 하기에는 너무 강해.

159: 지구의 무명 씨
나 실시간으로 보고 있는데, 잔느는 무슨 마을에서 산적을 퇴치해달라고 부탁받았어.

160: 지구의 무명 씨
시청률 레이스, 최대 라이벌은 잔느가 될 테니까. 덧없는 인상이 풍기는 핏기가 흐릿한 얼굴.

가련한 소녀의 모습. 그 겉모습과는 어울리지 않는 투박한 무구. 그리고 정신적으로 흔들리지 않는 심지 굳은 성격. 격렬한 전투력. 모든 것이 심금을 울려. 역시 그녀는 1000명 중에서 단 하나뿐인 수재야. 용사라고. 히카루+리프레이아+그레이프푸르 연합군도 이길 수 있을지 어떨지…….

161: 지구의 무명 씨
히카루는 용사가 될 만한 그릇은 아닌걸.

162: 지구의 무명 씨
뭐, 그래도 시청률 레이스는 우리의 싸움이기도 해.
세리카랑 카렌이 뭔가 작전을 구상하고 있겠지.

163: 지구의 무명 씨
광고는 꽤 돌리고 있던데.

164: 지구의 무명 씨
아직 첫날. 이제부터 어떻게 전
개될지 기대돼.

"그럼 탐색 성공을 축하하며, 건배—!"

해가 지기 전에 우리는 탐색을 마무리 짓고, 길드에서 정령석을 환금했다.

혼돈의 정령석은 얻지 못했지만, 색깔이 들어간 정령석은 나름 나와 줘서 벌이가 쏠쏠했다.

하루에 번 금액치고는 충분했다.

참고로 환금은 리프레이아에게 맡기고서 나는 밖에 숨어 있었다. 나 같은 게 같이 있다가 옆에서 졸개라느니 기생한다느니 애완견이라느니 시비를 걸어오면 성가셔지기 때문이었다.

……사람이 많은 곳을 싫어하기 때문이기도 하지만.

"저도 참가해도 괜찮나요냥?"

"그야 당연하지. 뭐, 모두 술은 뺐지만."

"전 술을 못 하니까 문제없어요냥."

최근에 술 때문에 사고를 저질렀기에, 나와 리프레이아는 자숙하기로 했다.

식당은 지난번과 동일했다. 가격이 적당하고 맛도 좋고, 실내가 어스레해서 내 정신 건강에 이로웠다.

뒤풀이를 할지 말지 망설였지만, 시청률을 위해선 리프레이아나 그레이프푸르와 함께 하는 시간을 늘리는 편이 좋으리라는 계산도 있었다.

사람들은 나를 미워하고 싫어한다. 그런 밉상이 이세계에서 충실히 살아가는 모습을 보여주면 시청률이 내려갈지도 모른다—. 싫어하는 인간이 즐겁게 이세계 생활을 만끽하는 모습 따윈 보통은 보고 싶지 않을 터.

그러나 그런 생각과는 반대로, 시청자수는 아침부터 줄곧 상승곡선을 그렸다. 호감의 반대말은 무관심이라는 말이 있을 정도로, 싫다는 감정은 때로는 강한 동기를 부여하는 듯했다.

싫어하기에 오히려 눈을 뗄 수가 없다. 이 숫자는 수많은 사람들이 나를 싫어한다는 증거이기도 했다.

"그리고…… 돈도 이렇게 받아도 되는 걸까요냥?"

"아니, 그건 푸르가 쓰러뜨린 몫을 준 것뿐이야. 뭐, 금화 1닢에는 턱없이 못 미치겠지만 그래도 챙겨둬."

"우우…… 정말로 상냥해냥……. 보통 이만한 액수를 모으려면 한 달은 필요한데냥……."

"고작 소은화 4닢인데……."

오늘은 은화 10닢이나 벌었다. 꽤 하이페이스로 마물을 왕창 사냥하긴 했지만, 그럼에도 상당한 액수였다. 이만한 돈이면 몇 주는 살아갈 수 있겠지.

"근데 리프레이아는 강하더라. 존경스러워."

"전 오히려 히카루를 존경해요. 그토록 자유자재로 술식을 구사하다니."

"술식을 써본들 마물을 쓰러뜨리지 못해서야 위계를 올릴 수가 없는데 말이지……."

아마 오늘 하루 만에 리프레이아는 더욱 강해졌을 것이다. 나보다 마물을 열 배는 더 많이 쓰러뜨렸다. 원래부터 나보다 훨씬 강했는데, 이래서야 차이가 점점 벌어지고 말리라.

"그럼 히카루도 무기를 새로 조달하죠."

"하고 싶지만 돈이 없어."

"제 이름으로 외상을 달아두면 괜찮은데요. 은 등급은 신용이 있으니까."

"아무래도 그건 미안하지."

리프레이아가 나를 묘하게 신용한다니 달갑긴 하지만, 역시나 그런 식으로 무기를 사는 건 좀.

"팔면 돈이 될 만한 물건……이 있긴 한데."

"그럼 그걸 팔면 어떨까요?"

"아니…… 관둘래. 그건 그렇고, 무기점은 둘러보고 싶네."

내 소지품 중에서 가장 비싸게 팔릴 물건은 숲에서 발견했던 「창월은사초」일 것이다. 그 빛나는 꽃을 아이템 감정으로 살펴봤더니 「고가에 거래된다」고 나왔을 정도였다. 어쩌면 금화 1닢 정도는 나갈지도 모르겠다. 그러나 현재 그렇게까지 돈에 쪼들리는 형편도 아니고, 무기를 꼭 구입해야 하는 상황도 아닌데 굳이 팔아도 될까 싶긴 했다. 그 아이템을 적정가에 사줄 만한 곳과 연줄도 없으니까.

맨티스의 정령석이라면 팔아도 될지도 모르겠지만, 그건 그것대로 크리에이트 언데드의 촉매— 비장의 패가 될 수 있으니 조급하게 팔아서는 안 되겠지.

"뭐, 은화라면 10닢 정도 갖고 있으니 그걸 선금으로 주고서 살 수 없을까?"

"앗, 돈을 그렇게 많이 가지고 있나요? 그럼 살 수 있어요! 내일 가죠. 내 무기를 만들어줬던 가게는요, 실력이 굉장히 좋아요. 가격도 적당하고요!"

"어? 진열된 무기를 사는 게 아니라 주문제작도 할 수 있어?"

"당연하잖아요. 기존 가게에서는 히카루의 전투방식에 딱 맞는 무기를 살 수 없을 걸요?"

그런가? 어쨌든 그 단검을 주 무기로 쓰는 것은 앞으로 어려워질 듯했다. 부러져서 아주 못쓰게 되기 전에 새로운 무기를 주문해두는 편이 낫겠지.

"그럼 내일은 대장간에 가야겠네요! 나도 간 김에 정비를 좀 받아볼까."

"푸르는 어쩔래? 대장간을 들른 뒤에 미궁에 들어갈 예정이라 널 고용할 생각인데."

"아침은 약해서 잘래요냥. 들어갈 때가 되면 불러주세요냥."

그렇구나. 고양이라서 오래 자야하는가 보다. 편견일지도 모르겠지만.

어쨌든 일정을 거기까지 정하고서 그날은 해산했다.

그나저나 대장간이라. 불의 대정령의 영역에 많다고 하던데, 어떤 느낌일까?

이튿날.

이른 아침부터 리프레이아와 길드에서 만나 미궁 탐색증을 발급받은 뒤, 그레이프푸르의 하루치 고용료를 미리 지불했다. 예약해두지 않으면 다른 탐색자가 고용해버릴 테니까.

그 후에 둘이서 불의 대정령의 신전 방향으로 나아갔다.

이 도시는 십자로의 각 정점마다 대정령의 신전이 세워져 있고, 중심에 미궁을 두고 있는 구조였다.

북쪽이 땅, 동쪽이 바람, 서쪽이 불, 남쪽이 물이다.

내가 묵고 있는 여관 일대는 물의 대정령의 영역이었다. 미궁에서 가까운 곳이라서 그간 대정령의 신전은 본 적도 없었다. 신전 안에는 진짜 대정령이 있고, 무진장 솟아나는 정령력으로 도시에 에너지를 공급해주고 있단다.

"요컨대 대정령은 신전에 붙잡혀 있는 건가?"

"……그런 의견도 있긴 있어요. 하지만 대정령님들도 마음만 먹으면 신전의 구속 따윈 간단히 파괴할 수 있으니 기본적으로는 인간을 돕고 있다……고 여겨지고 있어요."

"왠지 석연치 않은 말투네……."

"도시를 계획할 때 대정령님을 이용…… 아니, 협력을 받은 건 사실이니까……. 그 덕분에 우린 미궁에서 정령석을 발굴하여 윤택한 생활을 영위할 수 있고요."

"미궁이 있으면 불이익은 없나? 예를 들어, 마물이 쏟아져 나온다거나?"

"히카루, 그런 것도 몰랐군요― 아, 도착했어요."

대화를 나누며 걷다가 목적지인 대장간에 도착했다.

아직 이른 아침이라고 할 수 있는 시간인데도 굴뚝에서 연기가 피어올랐다. 망치로 리드미컬하게 쿵쾅쿵쾅 두드리는 소리가 들렸다.

도시는 넓지만, 그렇다고 해서 일본의 도시처럼 거대한 것도 아니었다. 건물 밀도가 높고, 자동차가 없어서 길은 하나같이 매우 비좁았다. 그래서 그만큼 도시 범위도 좁았다.

"안녕하세요~."

"어서 와. 오오, 리프레이아구나. 검을 수리하러 왔니?"

대장간은 기껏해야 열 평이 될까 말까 한 부지에 세워져 있었다. 실내에 열기가 가득해서 더웠다.

점주 아저씨는 근육이 우락부락하고 키가 작았다. 그 덥수룩한 수염을 보니 대장일이 특기인 어느 종족이 떠올랐지만, 역시나 「당신, 드워프?」 하고 물어볼 수 있을 리가 없었다.

"아뇨, 오늘은 이 사람의 무기를 제작하려고요."

"오호, 리프레이아가 소개했으니 해줘야지. 어떤 게 좋으냐?"

주인장이 묻자 나는 생각해뒀던 무기 사양을 말했다.

"양손으로도 잡을 수 있는 단도. 칼날 길이는 이 정도로."

어젯밤에 나에게 어떤 무기가 잘 맞을지 생각해뒀다.

나는 어둠을 두르고서 싸우니 방패를 들어봤자 별로 의미가 없었다. 기본적으로 양손무기를 사용하면서 변칙적인 수단으로 싸워야만 한다. 그래서 상황에 따라 양손으로도 잡을 수 있는, 단날검이 좋을 듯했다.

칼날은 팔꿈치에서 손가락 끝에 해당하는 길이로 제작하려고 하니…… 30~40센티미터 정도?

칼날이 짧기에 내가 감당할 수 있는 범위에서 중량을 늘려 두껍게 만들어줬으면 좋겠다.

당연히 시청자의 취향을 고려한 선택이기도 했다.

시청자들은 내가 상처를 입기를 바라고 있다. 그런데 사정거리가 긴 무기— 창이나 활을 사거나, 방어구를 충실히 갖춰서 안전하게 전투를 벌이는 것은 바라지 않겠지. 단도는 코앞까지 접근하지 않으면 공격할 수 없으니 저절로 하이 리스크가 된다.

이 정도는 해줘야 시청률 1위라는 하이 리턴을 얻을 수 있겠지.

"칼날이 휘도록 만들어줄까?"

"아뇨. 거의 찌르기 용도로 사용할 것 같으니 직도(直刀)로."

단도다. 칼날에 곡선을 넣어봤자 강도만 떨어지겠지. 단단함을 중시하고 싶다.

"흐으음. 잠깐 만져보마."

주인장이 내 몸을 착착 만져댔다. 근육의 느낌을 살펴보는 것 같은데, 뭘 알아낼 수 있나?

"이걸 휘둘러보게."

이번에는 벽에 걸려 있던 검들 중 하나를 건넸다.

날을 세우지 않은 것 같은 투박한 브로드소드였다. 무게가 꽤 나가서 내 힘으로는 다루기가 어려울 듯했다. 더욱이 이런 장검은 한 번도 사용해본 적이 없는지라 휘둘러보라고 한들 어설프게 흉내내 보는 수밖에 없다.

검을 반복하여 휘두르려고 하니 조금 부끄러웠지만, 이런 판타지 세계에서는 흔한 일일지도 모른다. 검을 3분쯤 휘둘렀더니 주인장이 「그 정도면 됐다」 하고 말했다.

"위계가 9 정도 되는군. 검사로서 앞으로 기대가 되는 수준인데."

"위계를 알 수 있습니까?"

"척보면 척이지. 원래 네 근육량으로 그 검을 그렇게까지 휘두를 수는 없으니까."

"그렇구나."

내 경우에는 「체력 업 레벨1」이 있어서 실제 위계는 더 낮을 테지만.

"히카루는 정령술사예요. 실력이 뛰어나죠."

"오호. 그럼 단도는 호신용인가."

호신용은 아니지만, 내 전투방식을 입으로 설명하기는 어려울지도.

"실제로 해보는 편이 빠를 것 같은데? 리프레이아, 어떻게 생각해? 보여줘도 될까?"

"정령술사로서 그렇게까지 특수하게 싸우는 편은 아니니, 괜찮지 않을까요? 근데 여긴 불의 대정령님의 영역이라서 어둠의 술식을 보여주기가 어렵지 않을지……."

"실내이니 조금 어둡게 하면 괜찮아."

나는 주인장에게 간략히 설명하고서 기술을 직접 보이기로 했다.

"그럼 갈게요. 다크니스 포그."

넘쳐흐르는 어둠이 활활 타오르는 화로조차도 암흑 속으로 묻어버렸다.

나는 아저씨에게 접근하여 조용히 목덜미를 만졌다.

"이런 느낌입니다."

나는 어둠을 해제했다.

"너…… 너너, 너…… 대정령님의 영역에서 정령술을 이렇게까지 구사할 수 있는 거냐……? 게다가 어둠이라니. 리프레이아, 굉장한 녀석을 발견했구만."

"저도 놀랐어요. 히카루…… 정말로 대단하죠."

그렇게 칭찬하면 오히려 몸 둘 바를 모르겠다고.

분명 도시 안에서는 구사하기가 꽤 어렵긴 하지만, 그래도 미궁 내부와 비교하여 10분의 1 정도의 효과는 낼 수 있다.

"뭐, 어쨌든 알겠다. 이런 전투방식에는 필살의 일격만을 가할 수 있는 무기가 더 적합하겠군. 리치가 짧은 만큼 공방전에 적합하지는 않으니, 그 점은 양해해다오."

"그야, 물론이죠."

때마침 큰 작업을 끝마친 참이라서 단도를 바로 제작해주기로 했다. 금액은 은화 30닢. 선금으로 은화 10닢을 지불한 뒤 잔금은 다 완성됐을 때 지불하기로 약속했다.

은화 20닢을 버는 것은 쉽지 않겠지만, 최악의 경우에는 맨티스의 정령석을 팔면 되겠지. 그것 하나만 해도 은화 10닢은 나간다고 하니.

"근데 은화 30닢만 받아도 괜찮습니까? 대로변에 있는 도구점에서는 대량으로 제작하는 창조차도 은화 12닢은 받는데."

"그런 뭐든지 취급하는 상점은 바가지를 씌우거든. 대장간에서 물건을 사들여서 가격을 뻥튀기해서 팔지."

"그랬던 거군요……."

즉, 내가 지금 주문한 단도를 바가지 상점에서 구입했다면 은화 60닢은 줘야 했다는 뜻인가.

리프레이아 덕분에 무기를 만족스럽게 조달했다.

대장간에서 나온 뒤 리프레이아가 뭐라도 요기를 하자고 제안했다.

"불의 대정령님의 영역에는 맛있는 가게가 많아요! 역시 요리는 화력이니까."

"어제 가게도 맛있긴 했지만 기대가 되네."

불의 대정령의 영역에서는 하여간 화력이 강해진다고 한다.

불의 정령구(精靈具)는 시중에 유통되고 있다지만, 이곳에서는 불의 화력이 두 배 이상이라서 화재도 빈번하게 벌어진다나? 위험한 구역인 것 같다는 생각도 들지만, 지구 출신인 나와는 가치관이 다를지도 모르겠다.

사실 밥을 먹을 상황이 아닌지도 모르겠지만, 시청률을 올리는 데는 기여해줄 듯했다. 내가 지구에서 이 장면을 봤다면 틀림없이 이 세계의 음식 문화에 흥미가 생겼을 테니까.

리프레이아가 신나게 내 손을 끌어당기며 커다란 가게에 들어갔다. 절반 정도가 오픈 테라스로 되어 있는 잡다한 가게였다. 아직 아침이라고 할 수 있는 시간인데도 자리가 절반 이상 차있었다. 다른 손님이 앉은 테이블을 보니 큰 접시에 재료가 잔뜩 들어간 야키소바 같은 음식을 주문한 듯했다.

"맛있어 보이는걸. 아, 이번에는 내가 살게. 대장간도 소개해줬으니."

"예? 그래도 돼요? 우와! 아, 그럼 주문할게요."

아침을 가볍게 먹고 오길 참 잘했다. 그레이프푸르에게도 선물로 사줄까 해서 테이크아웃도 주문했다. 야키소바가 테이블에 나와서 드디어 먹으려는 차에—.

이변이 벌어졌다.

"……왠지 정령력의 느낌이 이상하지 않나?"

"느낌? 딱히 아무것도 안 느껴지는데……."

"아니, 이 느낌은…… 예전에 어둠의 주인이 나왔을 때랑 비슷한 것 같은데……."

기본적으로 이 도시는 정령력이 농후하다. 평소에는 그 농후한 힘이 미궁으로 흘러드는데, 아까 전부터 힘의 흐름이 바뀐 것처럼 느껴졌다.

같은 정령술사인 리프레이아가 느끼지 못했으니 내가 착각했는지도 모르겠다.

"히카루! 저기!"

"음? 어, 오오오오오?! 뭐야, 저건……?"

식당이 큰길에 면해서 길거리의 상황이 잘 보였다. 웅성거리고 있는 사람들 너머에서 정체불명의 화염이 흔들리고 있었다. 마치 캠프파이어가 큰길을 걷고 있는 듯했다.

"화염? 무슨 공연인가? ……아니, 아닌가."

사나워진 정령력은 활활 타오르는 저 무언가에서 흘러나오는 게 분명했다.

그 주변에서 정령들이 술렁술렁 소란을 피웠다. 기온까지 올라간 것 같았다.

"저건…… 불의 대정령님이에요."

리프레이아가 어리둥절해하며 중얼거렸다.

"대정령…… 저게? 저렇게나 타오르다니."

"대정령님께서는 자연의 모습을 띠고 계시니까요. 불의 대정령님께서는 화염에 휩싸인 헌걸찬 모습이에요. 히카루는 아직 신전에 얼굴을 비춘 적이 없군요."

"그렇지. 용건도 없으니까."

나는 이미 어둠의 대정령과 계약했고, 시청자의 눈을 피해 수수하게 살아가도록 유념했기에 기본적으로 불필요한 장소에는 가본 적이 없었다.

"그나저나 왜 신전에서 밖으로 나오셨을까요……?"

"드문 일이야?"

"예. 대정령님을 한곳에 붙들어두기 위해서는 막대한 노력…… 아니, **희생**이 필요하니까요."

나는 야키소바를 맛있게 먹으면서 별로 심각하게 생각하지 않았다. 저 대정령은 내가 불러내고 말았던 「어둠의 대정령」과는 다르다고 생각해서였다. 그래서 무시근하게 큰길을 바라보고 있었다. 대정령이 미끄러지듯 이쪽으로 걸어왔다.

백 미터 앞까지 접근했을 때 목소리가 들렸다.

―맛있겠다! 맛있겠다! 이쪽에서 맛있을 것 같은 냄새가 풍겼다!

―내게 먹히고 싶다고, 내게 발견되고 싶어서 안달이 난 녀석의 냄새다!

―찾았다! 거기, 찾았다고! 내게 사랑받고 싶은 녀석이 저기 있다!

불의 대정령이 나를 보고 있었다. 똑바로. 활활 타오르는 눈빛을 반짝이며.

온몸에 화염을 휘감고 있는 남자의 모습. 훈도시만 달랑 입은 대장부.

© Niθ

그 몸은 여러 가닥의 쇠사슬에 연결되어 있었다. 신관으로 보이는 여성들이 필사적으로 그 쇠사슬을 잡아당겼다. 그러나 신관들의 힘으로는 대정령을 저지하지 못하고 질질 끌려가기만 했다.

"왜, 왠지 상태가 이상하네요……? 아니, 애당초 대정령님께서 큰 길이 나온 것 자체가 이상사태—."

"리프레이아. 아마 저것의 목적은 나야."

"예? 앗?"

"미안, 설명은 이따가 할게."

나는 자리에서 일어나 리프레이아의 어깨에 손을 댄 채 섀도 백에서 꺼낸「결계석」을 깼다.

어둠의 대정령 때와 동일한 패턴이었다. 아무리 생각해도 내가 목적이었다.

—음음~? 뭐야아, 이 술식은.

—젠장! 가까이 다가갈 수가 없다! 바로 여기 있건만!

—아아! 이게 뭐냐! 우오오오오!

불의 대정령이 격분하면서도 서서히 멀어져갔다.

결계석은「위험을 밀어내는 결계」다. 접근하려고 하면 할수록 반발력이 늘어난다.

더욱이 어둠의 대정령과 달리 녀석이 단세포인 것도 운이 좋았다.

"……위험했어. 설마 신전에 다가가면 이런 일이 벌어지나."

앞으로는 신전에 접근하는 것 자체가 위험하다고 인식해야겠다.

이 맛있는 식당에 더는 올 수 없게 돼서 아쉽지만.

"히카루……? 이 막 같은 게 뭐죠?"

"위험을 밀어내는 결계. 그 대정령이 날 노리는 것 같아서 펼쳐봤어. ……이게 없었다면 먹혔겠네."

"먹히다니……. 즉, 히카루는 역시나 사랑받는 자라는 뜻……?"

"아니……라고 말하고 싶지만, 모르겠어."

사랑받은 자란 정령의 총애를 획득한 인간을 가리키는 의미인가? 이야기의 흐름으로 보아 그렇게 받아들일 수밖에 없었다.

"리프레이아, 그 『사랑받는 자』가 뭐야?"

"그걸 모르다니……. 히카루는 역시 어딘가 이상하네요."

즉, 상식이 없다는 소리겠지. 그야 그렇다. 아직 이 세계에 온 지 얼마 안 됐으니.

그 알렉스라는 녀석처럼 이세계에서 왔다고 얼른 밝히는 편이 나을까. 새삼스레 숨겨봤자 의미도 없을 것 같고.

"저기…… 히카루는 아무도 없는데도 시선이 느껴지거나, 어디선가 웃음이 들리거나…… 그런 경험을 한 적 없나요?"

"어?! 이, 있어! 어떻게……?"

"역시……! 그게 사랑받는 자의 특징이에요. 사랑받는 자 주변에는 정령들이 모여들거든요."

그 웃음도, 시선도 모두 정령이 보낸 것이었나.

그렇다면 비웃음도. 호기심 어린 시선도. 모두…… 나의 피해망상이 아니었다는 말인가?

"그럼 난 『사랑받는 자』가 맞을 거야. 아마도."

"……근데 모를 일이네요. 왜 사랑받는 자인데 정령술을 구사할 수 있나요……?"

"잠깐, 가까워, 가깝다고!"

리프레이아가 두 팔을 엄청난 힘으로 쥐고서 갑자기 접근하자 심장이 두근거렸다.

그러나 무슨 이야기를 하는지 잘 모르겠다.

"히카루가 느꼈던 시선이나 웃음은 모두 작은 정령들이 보낸 거예요. 그들의 목소리가 들리고, 시선이 느껴지고, 때로는 모습까지 보인다…… 그게 『사랑받는 자』이니까요."

"그거랑 정령술이 관계가 있나?"

"관계가 있다고 해야 할지…… 원래 사랑받는 자는 정령술을 익힐 수가 없습니다."

"어째서?"

"계약을 하려고 해도 대정령님한테 먹히고 마니까."

무서워! 소름이 끼치긴 하지만, 뭐…… 그렇겠네. 오늘 나타난 대정령도 맛있겠다는 소리를 연발했으니.

숲에 등장했던 어둠의 대정령도 그런 말을 했던 것 같았다.

"대정령님께서는 사랑받는 자를 아주 좋아해요. 히카루도…… 조심해줘요. 오늘처럼 신전에 묶인 대정령님이라면 모를까, 자연에 존재하는 대정령님의 눈에 띄면 포식당하고 말아요."

"어어…… 응. 알겠어. 조심할게."

과거 몸소 경험했으니까……. 그 어둠의 화신은 역시나 대정령이었겠지. 나를 먹으려고 했고, 결계석이 통하지 않았다면 죽었을 것이다. 아니, 오늘도 결계석이 없었다면 어떻게 됐을지 모르겠다. 미궁까지 도망치면 어떻게 될지도 모르겠지만, 전력으로 쫓아온다면 끝끝내 벗어나지 못하리라.

"어쨌든, 그래서 사랑받는 자와 정령술에는 연관이 있어?"

"네. 『정령에게 사랑받는 자』이니까요. 원래 정령술은 정령의 힘을 빌려서 행사하는 것. 히카루의 경우에는 우리 일반인보다 손을 빌려주는 정령이 수십 배나 더 많을 거예요."

"그렇구나……."

"히카루. 우리 정령술사가 하루에 얼마나 술식을 구사할 수 있는지 아나요?"

"아니……."

"세 번에서 열 번. 많이 쓴다고 인정받은 사람도 열다섯 번 정도예요. 그 이상으로 무리하게 썼다가는 기절하고 말아요."

"진짜로……?"

설마 그토록 차이가 날 줄은 몰랐다.

역시 『정령의 총애』는 30포인트짜리 스킬답다……고 말하고 싶지만, 대정령이라는 천적이 있다고 생각하니 일장일단이라고 해야 하나? 판단하기가 어려웠다.

그나저나…… 사랑받는 자라니 얄궂다. 나는 미움받는 자인데.

"근데 그 대정령은 미궁에서도 나와?"

"아뇨. 대정령님께서는 미궁에는 나타나지 않으십니다."

다행이다. 포인트가 거의 다 떨어졌는데 저런 존재와 얽힌다면 끝장이다.

"아침에, 대장간에 들어가기 전에 말하려다가 말았는데요……. 대정령님께서 나타나지 않는 대신에 미궁에는 『마왕』이 출현합니다.

이게 미궁을 인위적으로 만들어냈을 때 겪을 수 있는 최대의 폐해겠네요. 대정령님만큼 강력한 마왕은 좀처럼 출현하지 않지만, 히카루도 주의하지 않으면—."

"않으면?"

"마왕도 사랑받는 자를 아주 좋아해요……."

"야단났네……. 근데 그 마왕은 애당초 뭐야?"

이렇게 타인과 대화를 나눌 수 있게 되고서 깨달은 사실인데, 나는 이 세계를 너무나도 잘 모른다. 줄곧 사람과 얽히지 않고 살아왔으니 어쩔 수 없다고는 해도 정도라는 게 있다.

"미궁에 들어가면서도 마왕을 모르나요……?!"

"그래서 초보자라고 했잖아."

"마왕은 미궁에 소용돌이치는 『혼돈의 정령력』이 고이는 곳에서 출현하는, 마(魔)의 화신입니다."

"마물과는 다른가?"

"마물은 혼돈의 정령을 머금은 다양한 정령들의 집합체라서 순도가 높지 않아요. 쓰러뜨리더라도 혼돈의 정령석이 거의 나오질 않으니까요."

"혼돈의 정령석이 더 비싸던가?"

가격은 중요하다. 탐색자는 요컨대 정령석을 수집하는 발굴자이니까.

나도 하나 갖고 있긴 하지만, 고가라는 정보밖에 모른다. 얼마나 비쌀까.

"차원이 달라요. 혼돈의 정령석은 모든 용도로 사용할 수 있고,

복잡한 마도구는 혼돈의 정령석이 없으면 작동하질 않거든요. 크기가 같은 색깔이 들어간 정령석에 비해 열 배는 더 비싸요."

"그렇구나……."

그러고 보니 예전에 정령석을 아이템 감정해본 적이 있었다.

스테이터스 보드를 열어 과거 이력을 표시했다.

『정령석 : (혼돈) 혼돈의 정령 결정은 괴물화한 동물의 체내에서 채취하거나, 마물을 죽이면 드물게 출현한다. 혼돈이란 정령들이 순수한 속성을 얻지 못한 채 뒤섞여 있는 상태다. 모든 속성을 담고 있기에 「마석」이라고도 부른다. 마왕으로부터 드랍 확률 100%. 통상 마물 및 괴물로부터 드물게 드랍되므로 귀중하다. 대형 정령석은 정령력의 원천으로서, 마도구의 에너지원으로서 고액에 거래된다. 해당 개체는 불꽃 성성이 괴물체에서 드랍한 것이다. LL사이즈. 레어 소재.』

과거 불꽃 성성이가 드랍했던 정령석을 감정했을 때 나온 결과였다. 감정했던 아이템은 이력에서 찾아서 표시할 수가 있었다. 그때는 무슨 의미인지 몰랐지만 지금은 알겠다. 마왕에게서는 100% 드랍된다. 그리고 귀중품이고 마도구 에너지로 쓸 수 있다고도 한다.

……중요한 내용이 전부 적혀 있었구나.

"그리고 히카루. 당신이 사랑받는 자라는 사실은 저와 단둘만의 비밀이에요. 특히 신관 관계자한테는 절대로 말하면 안 돼요."

"왜 비밀이야?"

"신관 관계자한테 발각됐다가는 산 제물로서 감금되고 말 테니까요."

"진짜……? 앞으로 조심할게. 근데 리프레이아도 신관 관계자 아니던가?"

"전 그냥 견습이니까요. 게다가…… 산 제물은 반대예요. 실은 이런 미궁도시를 세우는 것도 자연의 섭리에 반하는 일이니."

"그래? 리프레이아의 고향에는 빛의 대성당이 있다고 했던가? 거기서는 산 제물을 쓰지 않나?"

"실티온은 자연 신전이거든요. 산 제물을 써서 대정령님을 붙들어두는 인공신전과는 다릅니다."

미궁도시를 세우려면 대정령이 필요하고, 그러기 위해서는 사랑받은 자를 산 제물로 쓴다……. 그런 소리겠지. 느닷없이 미궁도시의 어둠을 들여다본 기분이었다.

"처음에 안 사람이 리프레이아라서 다행이야. 운이 나빴다면 지명수배자가 됐겠네……."

"네. 그러니까 정말로 조심하기예요?"

리프레이아가 진지한 표정을 지은 것으로 보아 정말로 위험하겠지.

결계석이 있었으니 망정이지 없었다면 끝장이 났을지도 모른다.

그러나 30포인트나 써서 정령의 총애를 취득한 사람 중에는 산 제물이 되었거나 대정령에게 먹히는 등 함정에 걸린 사람이 제법 많지 않을까?

특히 대정령에게 먹히는 것은 피할 수가 없겠지. 30포인트로 총애를 얻은 뒤 10포인트를 더 써서 정령술을 취득한 사람은 꽤 적을 테니까.

총합 40포인트는 꽤 큰 숫자거든.

"아— 그나저나 놀랐어요. 히카루랑 있으니 놀랄 일만 계속 벌어지네요. 정령술도 굉장하고, 대장간에서도 무섭게 생긴 아저씨한테 당당히 주문하고, 사랑받는 자에다가 대정령님을 밀어낼 수 있는 이런 마도구까지 갖고 있고."

"아니, 마지막 사건은 위험하긴 했지. 그보다 이거 효력이 꽤 오래 유지되니까 밥이나 마저 먹자."

결계석은 한나절 동안 효력이 지속된다. 위험을 멀리 밀어내는 효과라서인지 주변의 무해한 사람들의 눈에는 우리가 여기 있다는 게 보이는 듯했다.

결계석이 딱 하나밖에 없었기에 중대한 국면 때 사용하고 싶었는데, 설마 이렇게 쓰게 될 줄이야……. 뭐, 시청률을 끌어 모으려면 이런 돌발적인 사건도 필요한가?

참고로 야키소바는 맛있었다. 이세계인데도 음식이 맛있다니 전 일본인으로서 꽤 높이 평가했다. 만약에 고기구이나 빵밖에 없는 세계였다면 음식을 직접 해먹는 것도 고려했을지도 모르겠다. 아니면 맨날 크리스털로 샌드위치만 교환해서 먹었을지도.

잠시 뒤 신전 관계자가 상황을 확인하기 위해 허둥지둥 달려왔다. 그러나 그들은 우리의 모습을 볼 수 없었는지 그냥 지나가버렸다. 리프레이아가 말한 대로 「사랑받는 자」를 찾으러 왔겠지.

"슬슬 결계를 풀어도 될 것 같은데. 대정령의 기척도 없어졌고. 신전으로 돌아갔나?"

"아, 예……. 그럴 거예요. 히카루, 신전에서 『사랑받는 자』를 관리하는 이유는 이런 불상사가 벌어지지 않도록 방지하기 위해서이기도 해요. 그 점을 절대로 잊지 말아주세요."

"어어, 나도 먹히고 싶진 않거든. 신전에는 접근하지 않도록 할게."

현재 소지한 포인트는 제로다. 크리스털은 30개 이상 있으니 1포인트짜리 결계석을 교환하는 것 자체는 가능하지만, 매일 이런 해프닝 때문에 결계석을 쓸 수는 없는 노릇이었다.

다행히도 대정령의 기척을 외웠다. 일정거리 안으로 접근하지만 않는다면 괜찮을 듯했다.

"꼭이에요? 이런 일이 반복되면 신전에서도 온 도시를 샅샅이 뒤져서라도 히카루를 찾을 테니까. 그들이 마음만 먹으면 이 도시에는 더는 머물 수가 없게 돼요……. 꼭이에요?"

"알겠어. 절대로 다가가지 않겠어. 약속할게."

리프레이아가 여러 번 당부하자, 나는 그녀와 약속했다.

어쨌든 나에게 대정령은 천적임을 완전히 이해했다. 다가갈 리가 없다.

그 후에 결계를 풀고서 길드까지 달려갔다.

대정령의 기척은 다시 느껴지지 않았다.

미궁 탐색은 순조로웠다.

엄밀히 말하자면 익숙한 곳에서 마물을 계속 사냥하기만 할 뿐이니 탐색이라는 말에 어폐가 있을지도 모르겠다. 그러나 다음 계층으로 넘어가기에는 장비도 부실하고, 해두고 싶은 일도 있었다.

리프레이아는 4층까지 경험했고, 그레이프푸르도 3층을 정찰할 수 있다고 한다.

그러니 나에게 맞춰주고자 2층에서 사냥하고 있는 것이었다. 뭐, 우리가 마물을 사냥하는 속도가 워낙 빨라서 어설프게 3, 4층에 가는 것보다 돈벌이가 오히려 더 쏠쏠하다고 리프레이아가 말하긴 했다.

"맨티스예요냥!"

그날 오후. 드디어 고대했던 마물이 나왔다.

"리프레이아. 내 지원을 받으면서 저 녀석을 쓰러뜨릴 수 있는지 시험해봐. 무리할 필요는 없지만, 되도록 빠르게. 앞으로 아래층을 진행할 예정이니까 강적과 맞닥뜨리더라도 1분 안에 쓰러뜨릴 수 있는지 시험해두고 싶어."

"알겠어요."

나와 리프레이아의 연계는 호흡이 꽤 맞아떨어지는 수준까지 올라왔다.

새도 바인드는 효과시간이 짧지만 순간적인 구속력이 뛰어나다. 그 찰나의 허점을 잘 찌를 수 있다면 크리티컬 히트를 확실히 가할 수 있다. 나와 리프레이아는 그 타이밍을 맞추기 위해서 며칠을 소비했다.

맨티스는 이 계층의 마물 중에서 별로 호전적이지 않은 부류에 속한다. 떼로 덮치는 고블린이나 오크와 달리 서서히 다가와 슥삭, 하고 공격하는 타입이다.

그래서 척후가 먼저 발견했을 경우에는 맨티스에게서 도망치는 것이 정석이었다. 그런 상황에 쓰라고 도주용 연기구슬을 판매할 정도였다.

나는 어둠에 섞여 맨티스에게 조금씩 접근했다.

리프레이아는 대검을 보란 듯이 과시하며 거리를 좁혀나갔다.

맨티스가 강력한 이유는 실로 심플했다. 힘과 스피드, 모두 오우거보다 우월하고, 앞발은 기다란 낫처럼 생겼다. 즉, 빈손인 경우도 있는 다른 마물과 달리 무조건 무기를 소지하고 있다는 뜻이었다. 그 낫으로 리프레이아가 대검으로 가하는 일격을 받아냈을 정도니 그 힘과 강도를 가늠해볼 수 있었다. 상식적으로 생각하면 저렇게 가느다란 낫은 일격에 부러져야 할 것 같은데, 그런 경우를 한 번도 본 적이 없었다.

사마귀처럼 생긴 대가리에서는 표정을 전혀 읽을 수 없었다.

인간처럼 생긴 근육질 상반신에는 군살이 하나도 없었다. 마물인데도 홀딱 반할만한 모습이었다. 하반신은 곤충 그 자체로 네 개의 다리가 상반신을 지탱했다. 균형을 무너뜨리는 것은 어려울 듯했다.

나는 리프레이아를 도왔을 때 저 마물을 한 번 쓰러뜨린 적이 있긴 했지만……. 냉정하게 생각해보니 용케도 쓰러뜨렸구나 싶을 만큼 맨티스는 강력한 마물이었다.

참고로 4층과 6층에서도 맨티스가 출현한다고 했다. 즉, 저 녀석은 그 수준에 해당하는 마물이라는 뜻이었다. 왜 2층에 나타나는지는 잘 모른다고 했다.

맨티스와 리프레이아와의 거리가 10미터 안으로 좁혀지자 나는 다크니스 포그를 주변에 퍼뜨렸다. 그와 동시에 나이트버그를 수환하여 공격을 개시했다.

어둠 속에서도 마물은 기척에 반응했다. 맨티스쯤 되니 어둠 속에서도 내 위치를 대강 감지하고서 공격을 가하려고 했다. 그러나 나이트버그의 기척을 늘려서 그 시도를 봉쇄했다.

또한 맨티스에게 접근하는 리프레이아의 기척을 지워버리는 효과도 기대할 수 있었다.

"섀도 바인드!"

리프레이아가 필살의 간격 안으로 들어가자마자 다크니스 포그를 해제하고서 곧바로 섀도 바인드로 맨티스의 행동을 봉했다.

섀도 바인드는 대상을 봉쇄하자마자 효과가 급속도로 줄어든다. 그래서 마물이 비교적 일찍 자유를 되찾는다. 효과시간은 마물마다 다르지만 대부분 20초를 넘지 않는다. 발을 묶어두는 데 쓰기에는 미덥지 않지만, 한순간 꼼짝할 수 없는 틈을 만들어내는 기술로서는 대단히 유용하다.

즉, 공격과 동시에 섀도 바인드를 먹이면 상대는 회피도 방어도 할 수 없다는 뜻이었다. 하물며 어둠 밖으로 나오자마자 공격을 당했으니.

이것이 나와 리프레이아의 연계였다. 반드시 적중하는 필살공격이었다.

리프레이아가 사람 몸뚱이만한 대검에 온 힘을 실어 공격을 가했다. 형언하기 어려운 위력이다.

촤악! 리프레이아가 체중을 실어서 비스듬하게 베자 맨티스가 일격에 절명했다.

오우거보다 곱절은 큰 정령석이 바닥에 데구루루 떨어졌다. 아쉽게도 혼돈의 정령석은 아니었지만, 색깔이 들어간— 바람의 정령석이었다.

"좋아……! 잘 먹혔어. 맨티스한테도 통하니 3층 마물도 어떻게든 상대할 수 있을 듯한데."

미궁에서 두려운 상황은 전투를 질질 끌다가 다른 마물에게서 협공을 받는 것이다. 그 사태를 막기 위해서는 척후를 활용하여 반드시 선제공격을 가해야만 한다. 그리고 전투를 신속하게 마쳐야만 한다. 이 두 가지가 매우 중요하다.

맨티스를 이십여 초 만에 쓰러뜨릴 수 있다면 2층은 이제 위험하지 않은 것이나 마찬가지였다.

물론 방심은 금물이지만, 3층도 아마 문제는 없겠지.

리프레이아와 그레이프푸르가 말하기를 제3층 『무혹의 대정원』은 2층처럼 떼로 출몰하는 마물이 없어서 우리 파티와 잘 맞는다고 했다.

여하튼 실제로 가봐야 알 수 있겠지만, 이 결과를 보니 자신감이 생겼다.

"너무 잘 먹혀서 무서울 정도네요……. 일격에 해치우다니……."

"리프레이아, 대단해냥! 척후로서 오래 활동했는데 맨티스를 이토록 시원스럽게 쓰러뜨린 파티는 본 적이 없어요냥."

"히카루야말로 대단합니다. 내가 아니라도 은 등급 이상의 전사라면 누구든 동일한 결과를 낼 수 있어요……."

"아니, 호흡이 맞느냐가 더 중요하지. 리프레이아가 날 신용해준 덕분이야. 조금이라도 주저했다면 타이밍이 어그러져서 막아냈을 테니까."

그 일격을 막아냈다면 진흙탕 싸움이 펼쳐졌을 것이다. 끝내 이기긴 할 테지만, 전혀 스마트하지 않고 부상을 입을 가능성도 올라간다.

이 미궁에서 마물과 전투를 벌이는 행위는 「사냥」이다. 철저히 일방적으로 쓰러뜨릴 수 있는 상황을 만들어서 싸워야만 한다.

물론 진땀을 빼는 전투도 경험을 쌓아두는 것도 중요하겠지만.

"좋아. 오늘은 이만하고 올라갈까."

"그럼 내일부터 3층?"

"아니, 내일은 쉬도록 하자. 연일 전투를 실컷 벌여서 피로도 쌓였을 테고, 무기도 다 완성됐겠지. 무기를 받으면 직접 휘둘러보면서 연습하고 싶어."

우리는 미궁에서 나온 뒤 그 길로 길드에 들렀다.

정령석을 팔고 보고를 하기 위해서인데, 이번에도 리프레이아에게 부탁했다.

길드에 보고한다는 것은 탐색자의 계급이 올라간다는 의미도 있기에 원래는 모두가 가야만 하지만, 대표자가 보고해도 된다. 물론 그전에 파티를 등록해야만 하고, 그럴 경우에 은 등급 이상의 실적이 있는 자가 대표를 맡아야하는 등 규칙도 많긴 하지만.

뭐, 아무 제한도 없이 대표자만 보고해도 되도록 풀어놔버리면 실제로는 탐색에 참여하지 않았던 자의 계급까지 올라갈 수 있으니 부정행위를 방지하기 위해서 정당한 조치라고 할 수 있으리라.

반대로 말하자면 그만큼 은 등급 이상의 탐색자를 신용한다는 의미였다.

단도 의뢰 잔금을 아슬아슬하게 지불할 수 있는 액수이긴 했지만,

며칠 만에 한 사람당 20닢을 벌어들인 것은 상당한 페이스였다. 길드 매입 담당자도 놀랐을 정도였다. 청동급은 등록하고서 3개월, 혹은 정령석을 30회 팔면 다음 등급인 흑단급으로 올라갈 수 있다.

스피리투스

드라이어드

그래서 내 계급은 여전히 최하위인 청동— 제6등이었지만, 청동급 중에서 이만큼 벌어들인 탐색자는 전례가 거의 없다고 했다.

……뭐, 은 등급 리프레이아와 파티를 맺었으니 그냥 졸졸 따라다니기만 했을 거라고 보는 듯했지만.

실베스트르

참고로 길드 등급을 올리려면 시험을 꼭 받아야만 한단다. 부정행위(돈을 주고 산 정령석을 납품하는 등)로 등급을 올리려는 자가 꼭 나와서 방지하기 위해서라나?

"그럼 모레 보자고."

"저, 저기, 히카루. 저도 내일 대장간에 같이 가도 될까요? 어차피 한가하거든요."

"뭐, 상관없긴 한데…… 오후에는 좀 볼일이 있어서 오전만이야. 아침에 데리러 갈게."

"와아. 그럼 내일 일찍 일어날게요. 약속한 거예요?"

일이 그렇게 됐다. 자, 내일은 바빠지겠네.

333: 지구의 무명 씨
리프레이아 님, 완전히 사랑에 빠졌잖아!

334: 지구의 무명 씨
문득 히카루를 눈으로 쫓는 느낌도 그렇고, 이미…….

335: 지구의 무명 씨
가슴이 너무 두근거려서 죽을 것 같아.

336: 지구의 무명 씨
히카루가 전혀 눈치채지 못한 게 웃겨. 이 둔탱아~!!

337: 지구의 무명 씨
아니, 눈치채지 못한 척 하는 거겠지.
리프레이아 님, 이미 고백도 했으니.

338: 지구의 무명 씨
리얼리티 쇼 같은 게 아니라 그냥 리얼 그 자체인데? 연기가 아닌 사랑을 엿보는 배덕감에 난…… 난…….

339: 지구의 무명 씨
나도 이런 사랑을 하고파~.

340: 지구의 무명 씨
리프레이아 님, 은근슬쩍 「제 이름으로 외상을 달아두면 괜찮은데요」 하고 말해버렸어. 나쁜 남자한테 척척 내어줄지도 몰라. 위험해—!

342: 지구의 무명 씨
긍정적인 것은 좋은데 이런 느낌

으로 1위를 따낼 수 있을까?

343: 지구의 무명 씨
한가롭다고는 할 수 없겠지만, 어두운 미궁에서 주로 활동하니 제아무리 리프레이아 님의 눈부신 미모가 있다고 해도 좀 그렇지.

344: 지구의 무명 씨
꽁냥꽁냥 거리는 모습만 봐도 즐거운데?

345: 지구의 무명 씨
지금 잠정 27위지? 나쁘지는 않은데…… 상위권이 너무 막강하지.

346: 지구의 무명 씨
맥스 님의 좀비 절멸 대작전이 너무 재밌으니 말이야.

347: 지구의 무명 씨
좀비들한테 포위당한 상황에서 결계석으로 농성하는 그 장면은

완전히 좀비 영화 그 자체라서 대박 웃겨.

348: 지구의 무명 씨
왜 미국인은 그리도 좀비를 좋아하냐? 그냥 징그럽잖아.

349: 지구의 무명 씨
영화 같은 걸 너무 많이 봐서 감각이 마비됐겠지.

355: 지구의 무명 씨
어둠 속성을 택한 다른 전이자는 어떻게 써먹고 있어? 히카루랑 똑같아?

356: 지구의 무명 씨
똑같아 사용하긴 하는데, 다크미스트는 솔직히 미묘하네. 어두운 곳에서 쓰면 모를까…… 환한 곳에서는 대놓고 나 여기 있소, 하고 알리는 꼴이잖아.

357: 지구의 무명 씨
가장 비주류일 것 같은 땅 속성
이 낮은 레벨대에서는 가장 강하
다는 얄궂은 결과. 레벨이 올라
가면 빛과 물이 우세해지지만.

358: 지구의 무명 씨
좋지, 그라벨 미스트.

359: 지구의 무명 씨
히카루처럼 다크니스 포그랑 서먼
나이트버그를 동시에 구사할 수
있는 수준이 되지 않으면 어둠은
진가를 발휘할 수 없다고 생각해.

360: 지구의 무명 씨
아니, 섀도 백 하나만으로도 유
리하거든. 오히려 그게 본체인
수준.

362: 지구의 무명 씨
언젠가 히카루도 다른 던전에 도
전하는 날이 올까?

363: 지구의 무명 씨
죽지만 않는다면 말이지. 던전 익
스플로러로 활동하면 죽음을 짐
짝처럼 짊어지고 다니는 꼴이야.
지금은 안전을 보장하는 보험이
있으니 괜찮지만, 그런 건 약간의
불운으로 뒤집어질 수 있으니까.

364: 지구의 무명 씨
파티로 활동하다 보면 다른 멤버
가 위험에 처하는 상황도 있을
수 있겠네……. 리프레이아 님이
나 푸르가 죽는다면 한동안 일어
서지 못할걸…….

365: 지구의 무명 씨
근데 불의 대정령이 히카루를 먹
으려고 왔는데 그 후에 혹시…….

366: 지구의 무명 씨
아마도 달래기 위해서 감금해둔
사랑받은 자를 바쳤겠지.

367: 지구의 무명 씨
Oh……. 그래서 리프레이아 님이 신전에 가까이 가지 말라고 누차 에둘러 경고했나…….

368: 지구의 무명 씨
리프레이아 님은 당연히 대정령을 달래는 법을 알고 있을 테니까.

369: 지구의 무명 씨
성격이 착해서 히카루한테 차마 말하지 못했나?

370: 지구의 무명 씨
대정령은 사랑받는 자를 빠는 동안에는 완전히 얌전해지니까…….
더욱이 대정령한테 빨린 사랑받는 자는 죽는다…….

380: 지구의 무명 씨
잡아먹힐 뻔했는데도 히카루가 냉정해서 무섭더라. 야키소바를 태연히 먹을 상황이냐!

388: 지구의 무명 씨
정령의 총애는 진짜 지뢰 스킬이야. 능력 그 자체는 강력하긴 하지만……. 총애를 선택하고서 연금을 당해버린 전이자한테 가족들이 메시지를 보내고는 있지만, 도저히 도망칠 수가 없대. 특별한 이유가 있다기보다 여하튼 성당기사들이 강해서 말이야.

406: 지구의 무명 씨
히카루를 응원하지만 1위는 글쎄다? 나나미가 되살아났으면 좋겠고, 세리카랑 카렌도 홍보를 팍팍 날리고 있지만.

407: 지구의 무명 씨
순위가 꾸준히 오르고 있어. 1위가 되어야만 한다는 동기가 남들과는 다르니까.

이튿날. 아침부터 리프레이아와 합류하여 대장간으로 향했다.

"오늘은 정말로 검만 받고 끝내는 거다? 요즘에 계속 미궁을 돌아다녔으니 느긋하게 쉬는 편이 낫지 않겠어? 내일부터 또 사흘은 연속으로 돌아다닐 작정이니까."

"예, 저도 오늘은 검을 봐달라고만 해둘 테니 다 마무리하면 여관에서 쉴게요."

리프레이아가 그렇다고 했다. 뭐, 실제로 이 세계의 탐색자들이 어느 정도 빈도로 휴식을 취하는지 전혀 모르니 뭐라고 말할 수가 없었다.

그레이프푸르의 말에 따르면 한 번 탐색한 뒤에 한 번 쉬는 패턴이 많다고 했다. 육체를 혹사시키는 일이니 그 정도가 적정한지도 모르겠다. 뭐, 우리 파티는 상황이 상황인지라 그럴 수가 없었다. 리프레이아가 힘들다고 말한다면 바꿀 테지만, 현재는 이 페이스로 가고 싶었다.

"왔군. 자, 다 됐다."

대장간에 도착하니, 주인장이 나와서 단도를 내밀었다. 퉁명스럽긴 하지만 일처리가 빠르고 정성스럽다.

"문제는 없을 것 같다만 확인해다오. 칼집과 자루는 검은 벚나무로 만들었고, 미끄러지지 않도록 자루에 가죽 끈을 둘러놨다. 마음에 들지 않거든 원하는 끈으로 교체해도 돼."

주인장이 만들어준 단도는 칼집과 자루 모두 검은빛이 돌았다. 내가 어둠의 정령술을 보여줘서 그에 맞춰줬겠지. 내가 검은 복장을 입은 것도 고려했는지도 모르겠다.

얼핏 보니 짧은 검처럼 생겼다. 그러나 무게가 묵직해서 잘 다룰 수 있을지 잠깐 불안했다.

"히카루, 히카루. 얼른 도신을 보여줘요."

"알고 있어. 왠지 긴장되네……."

칼집에서 단도를 뽑았다. 서슬이 번쩍이는 칼날을 상상했으나—.

"오, 오오…… 검은빛이야……!"

"히카루한테 딱 어울려요!"

놀랍게도, 도신마저 검은색이었다. 역시 이세계다. 설마 검은 도신을 제작하다니…….

"흑운철(黑隕鐵)로 날을 벼렸다. 실은 그 철은 인기가 없어서 재고가 남아돌았거든. 그래도 네게 딱 맞지?"

"예. 아주 마음에 들긴 하는데…… 운철이라고요? 하늘에서 떨어졌다는?"

"음, 천강철(天降鐵)이라고도 부르지. 진귀한 철은 아니지만, 일정한 양을 구할 수가 없어서 단검을 제작하는 데 말고는 써먹을 수가 없는데, 검은 도신을 싫어하는 손님들이 많아서 골머리를 썩던 차였다. 그 철은 밤의 여신한테 사랑받는 철이라고 불린다. 네 정령술과 상성도 좋겠지."

"히카루, 어둠의 대정령님은 여신이에요. 불과 땅과 빛의 대정령님께서는 남신이자 태양신의 권속, 물과 바람과 어둠의 대정령님께서는 여신이자 월신의 권속. 어둠의 대정령님께서는 월신과 가장 가깝다고들 하죠."

그런 구분이 다 있었구나. 아니, 실제로 대정령이 존재하고 의사

소통도 가능하니 단순한 사실이겠지. 신이 실존하는 세계는 현대 일본에서 전이해온 사람의 입장에서 현실감이 없다고 해야 할지, 뭐라고 해야 할지.

동화를 들려주는 건지, 사실적인 정보를 알려주는 건지 잘 모르겠네.

"어둠의 대정령님은 밤의 여신이라고도 불리지. 덕분에 인간 앞에서는 모습을 거의 드러내지 않지만."

"신전도 자연 신전밖에 없죠. 밀리에스타스의 어둠의 대성당, 한 번 가보고 싶어라."

"신관 녀석들이 기를 쓰고서 어둠의 대정령님을 찾는 모양이던데 말이야. 빛의 대정령님과는 반대로 밤에만 나타나시지? 달빛만으로 찾아내는 건 어렵지 않을까 싶은데."

"빛의 대정령님은 역시 찾아내는 게 어렵다고 하죠. 기존처럼 자연 신전을 찾아내는 게 고작일 거라고 봐요."

주인장과 리프레이아가 대정령 토크를 시작해버렸다. 의외로 둘 다 대정령 오타쿠일지도 모르겠다. 들어본 적이 없는 단어들이 팍팍 튀어나왔다.

나는 대화를 이어나가는 두 사람을 아랑곳하지 않고, 단도를 확인하는 작업에 들어갔다.

의외로 일본도와 비슷한 물건이 나왔다. 이게 나의 솔직한 감상평이었다. 주문한 대로 제작했으니 결과적으로 그렇게 됐다고 볼 수도 있었다. 검은 칼집에 검은 자루. 자루 끝이 고리로 되어 있으니 끈을 끼워서 동여매면 떨어뜨릴 일은 없을 듯했다.

도신의 길이는 35센티미터 정도였다. 양손으로 들 수 있도록 자루도 25센티미터쯤 됐다. 총길이는 약 60센티미터. 도신은 꽤 무겁지만, 자루가 길어서인지 들어보니 별로 무겁다는 느낌은 들지 않았다.

밖으로 나가 휘둘러봤다. 역시 묵직하긴 하지만, 휘두르거나 찌르는 데 문제는 없었다. 현재 내 전투방식에는 공방전을 벌인다는 개념 자체가 없으니 정확히 공격할 수 있는 것이 무엇보다 중요했다.

"좋네……. 굉장히 좋아……."

무엇보다 멋있어서 좋았다. 단도를 제작해달라고 부탁하긴 했지만, 일본도가 없는 세계인지라 의도가 제대로 전해지지 않았을 가능성도 생각했다. 그러나 칼날 폭이 7센티미터에 두께도 2센티미터나 되는, 반쯤 둔기 같은 이 물건은 내 상상을 훌쩍 뛰어넘어 대(對)마물용 병기다운 존재감을 주장했다. 멋지다……!

"마음에 든 모양이로구만. 이런 때마다 대장장이로서 보람을 느끼지."

"히카루가 저렇게 웃는 건 좀처럼 보기 어렵거든요. 굉장히 기쁜가 봐요."

어느새 두 사람이 내 모습을 지켜본 듯했다. 조금 창피했다. 나는 검을 칼집에 집어넣었다.

"굉장히 좋습니다. 줄곧 비실한 단검으로 헤쳐 온지라 이제야 어엿한 탐색자가 된 기분입니다."

"그렇군. 탐색자와 무기는 떼려야 뗄 수 없는 관계이니까. 새로운 짝지라고 여기고서 소중히 다뤄다오. 손질하는 방법은 아나?"

"기름을 바르면 되던가요?"

"그렇지. 더러워지면 천으로 오래된 기름을 닦아내고서 새로운 기름을 옅게 발라두면 돼. 미궁에서 사용하면 더러워질 일은 거의 없을 테니 너무 신경 쓸 필요는 없겠지."

그렇구나. 미궁의 마물은 사체를 남기지 않는다. 즉, 무기에 피나 체액이나 살점이 묻을 일이 없다는 뜻이다. 오히려 모험가의 땀이나 피로 더러워질 가능성이 더 높을지도 모르겠다.

손질 방법도 들었으니, 잔금인 은화 20닢을 지불했다. 손질용 천과 기름도 받은 뒤 검을 허리에 찼다.

"자, 리프레이아. 어제도 말했지만, 오늘은 볼일이 있으니 이만 헤어지자. 내일 아침에 데리러 갈게."

리프레이아의 얼굴에 더 놀고 싶다고 적혀 있었지만, 오늘은 정말로 할 일이 있었다.

미련이 남지 않는다고 한다면 거짓말이겠지만, 나는 그 유혹을 뿌리치고서 걸어 나갔다.

골목을 빠져나와 크게 우회하여 길드로 향했다. 미궁의 입장 허가증을 발행받고서 포션을 몇 개 구입한 뒤 홀로 미궁에 들어갔다.

시청률 1위를 따내는 방법. 여러 번이나 말했지만 내가 목숨을 거는 것이 가장 효율이 좋다.

시청자들은 내가 죽기를 바라고 있을테니—.

700명이 넘는 전이자들 중에서 최고가 되는 방법. 그것은 스스로를 죽음의 위기에 몰아넣는 것이다. 내 머릿속에서는 그 이외에는 떠오르지 않는다. 내가 평범하게 생활하는 모습만 보여준다면 시청자들은 밉살스럽게만 여기겠지. 그런 걸 보고 싶어 하는 사람은 없다. 나는 충실하게 모험만 해서는 안 된다. 그러나 이것은 나쁜 의미로 주목을 끄는 수단이라고도 할 수 있다.

탐색에 조금 익숙해져 우쭐해진 나머지 분수도 모른 채 홀로 위험으로 가득한 아래층으로 내려간다…….

내가 죽길 바라는 시청자들에게는 바라 마지않는 전개다. 언제 죽을지 알 수 없는 미궁 아래층에서 단독으로 행동한다면 높은 시청률을 이끌어낼 수 있을 터다.

나나미를 되살린다. 그것이 가능하다면 내 목숨을 거는 것이 당연하다.

지금만은 지구에서 보내오는 시선도, 비웃음조차도 힘으로 바꿔서 전진하겠다.

2층까지 단숨에 내려간 뒤 3층으로 이어지는 계단 앞에서 장비를 확인했다.

막 받은 단도에 예비 무기인 단검, 방어구는 암야의 팔 방호대뿐. 여전히 방어력이 거의 없는 구성이다. 이것이 내 스타일이다.

주변에 아무도 없는지 확인하고서 헛기침을 한 번 한 뒤 입을 열었다.

"음— 지금부터 혼자서 제3층『무혹의 대정원』에 내려가 볼까 합니다. 사전지식이 거의 없지만 열심히 생중계할 테니, 잘 부탁드립니다."

생중계 따윈 해본 적이 없어서 어떻게 말해야 좋을지 모르겠다. 더 무뚝뚝하게 구는 편이 좋을까. 캐릭터를 만드는 편이 낫다는 걸 알고는 있지만 실천하기가 어려웠다.

"그리고 어둠의 정령술의 위계가 3으로 올라가면서 랭크 업한 술식이 두 가지 있습니다. 하나는 수수하긴 기술인데, 섀도 백이 섀도 스토리지로 변화했습니다. 집어넣을 수 있는 양이 늘어난 것 같습니다."

눈에 띄는 변화는 아니지만 엄청나게 편해졌다. 용량이 8배 정도 늘어났기 때문이었다. 이러면 갑옷이나 방패를 여러 개 넣어두는 것도 가능할 것이다. 예비 무기를 넣어둘 수 있고, 붕대나 식량, 포션 등도 망가질 걱정 없이 옮길 수 있게 됐다. 다른 탐색자 파티는 포터를 고용한다고 하는데, 적어도 내가 있는 파티에서는 불필요하다.

"다른 하나는 섀도 러너입니다. 이건 팬텀 워리어라는 술식으로 바뀌었습니다. 가까이에 있는 마물한테 시험해보죠."

조금 걸어가니 오우거를 발견했다. 운 좋게도 혼자였다.

"오우거입니다. 새로운 무기도 테스트할 겸 싸워보겠습니다. 오늘은 혼자이니 신중하게."

나는 다크니스 포그로 모습을 감추면서 오우거를 향해 술식을 영창했다.

"팬텀 워리어."

술식을 발동되자마자 정령력이 어둠으로 변환됐다. 그 어둠이 점차 사람처럼…… 전사의 모습으로 바뀌어갔다.

갑옷과 투구를 입고서 왼손에는 방패를, 오른손에는 커다란 검을 든 전사였다.

그것은 완전한 어둠이 아니라 셰이드 시프트처럼 어둠에 숨어든 인간을 모사한 존재였다. 마물의 눈으로는 아마 사람과 구별할 수 없을지도 모를 만큼 완성도가 뛰어났다.

팬텀 워리어가 검과 방패를 쾅쾅 두드리며 시선을 끌면서 한 걸음 한 걸음 힘차게 내디뎠다. 그렇게 오우거에게 서서히 다가갔다. 그러자 오우거도 무기를 들고서 반격태세를 취했다. 나는 다크니스 포그를 최소한으로 좁힌 뒤 어둠 속에서 검을 뽑아 우회하여 오우거에게 몰래 접근했다.

"그아아아아!"

오우거가 팬텀 워리어에게 도끼를 휘둘렀다.

그러나 어둠의 전사는 환영 같은 존재. 도끼날은 허공을 갈랐고, 팬텀 워리어는 여전히 건재했다. 챙챙 소리를 내면서 오우거를 공격하는 시늉을 하고 있지만, 물론 실체가 없기에 대미지도 없었다.

나는 팬텀 워리어에게 온통 시선이 쏠린 오우거의 목덜미에 단도를 찔러 넣었다.

마물이 일격에 절명하고, 주먹만 한 정령석이 덜커덩 떨어졌다.

"팬텀 워리어, 멋진 술식이군요. 여전히 공격력은 없지만 다수의 적을 상대할 때 발을 붙들어두는 용도로도 기대할 수 있을 것 같습니다."

다크니스 포그를 해제하여 정령석을 주우면서 생중계를 재개했다.

실제로 섀도 러너와는 비교할 수 없을 만큼 실전에 적합한 술식이라고 할 수 있겠다. 섀도 러너는 그저 그림자를 보내서 시선을 잠시 딴 데로 돌리는 게 고작이었다. 그러나 팬텀 워리어는 아무리 봐도 전사처럼 생겼다. 인간이든 마물이든 무시하기가 어려울 터다.

"그럼 새로운 술식도 시험해봤으니 3층으로 내려가 보죠. 죽지 않도록 최선을 다할게요."

나는 다크니스 포그를 유지하면서 계단을 내려갔다.

계단은 꽤 길었다. 1층은 지하라기보다는 반지하 같은 느낌이었고, 내려가다 보면 조금씩 황혼명부가 드러나는 구조였다. 2층으로 이어지는 계단은 빌딩 계단을 두 계층쯤 내려가는 느낌이었다. 기수지하감옥(飢獸地下監獄)의 높이가 그리 높지 않아서 그렇겠지.

그리고 3층으로 내려가는 지금 내가 밟고 지나간 계단만 해도 이미 백 단은 넘었다.

'그나저나…… 뭐지? 마음이 차분하다고 해야 할까…… 편안해…….'

동료와 있을 때와는 달랐다. 혼자서 어둠에 숨어 있으니 기묘한 안락함이 느껴졌다.

파티를 짜서 행동하면 동료를 늘 생각할 필요가 있었다.

어디 다치지는 않았는지. 무리하고 있지 않은지 등. 미궁을 탐색하면서 늘 긴장해야만 한다. 적어도 혼자서 돌아다닐 때보다도.

그리고 한 가지 더. 파티를 조직한 뒤 나는 전투할 때만 어둠속에 숨어들게 됐다.

즉, 기본적으로 모습을 노출하고 다닌다는 의미였다.

'무리했던 건 바로 나였구나…….'

시청률 1위를 차지한다. 그러기 위해서라면 뭐든지 하기로 결심했다.

그렇다고 웃음이나 시선이 사라진 것은 아니었다.

안 들리는 척 했다. 느끼지 못한 척 했다. 자꾸만 느껴지는 목소리와 시선은 전부 정령이 내는 것이라고 스스로를 타일렀다. 리프레이아가 말했듯이 그 목소리와 시선은 정령의 총애— 「사랑받는 자」의 특징이니 그것은 사실이겠지.

그러나 한 번 「그렇게」 받아들였던 목소리와 시선을 출처가 다르다거나 무해하다고 납득할 수 있을지 어떨지는 별개의 이야기였다.

나 따위가 1위를 차지할 수 있을 리가 없다는 웃음소리. 목적을 위해서 타인을 이용하는 나를 지켜보는 호기심 어린 시선들.

밖으로 내색하지 않도록— 환하고 명랑하게 잘 처신하고 있나 모르겠다.

익숙해졌다고 생각했다. 실제로 익숙해지기 시작했다는 실감도 느껴졌다.

그러나 아직은 무리였다. 불현듯 「그것」이 내 마음의 약한 부분을 훑고 지나갔다.

하지만 목소리도 시선도 통하지 않는 어둠 속에서라면 나는 자연스럽게 존재할 수 있었다.

생중계를 하는 것은 괴롭지만, 어둠 속에 있다면 혼잣말을 하는 거나 마찬가지였다. 시청률을 위해서 홀로 미궁을 탐색하는 거라고 스스로에게 애써 변명했지만, 의외로 내가 이 어둠을 바랐을 뿐인지도 모르겠다.

혼자서 아래층으로 내려가는 것도 실은 무서웠다. 계단을 내딛는 다리가 후들거렸고, 소름도 온통 돋았다. 그래도 목숨을 여러 번이나 구해줬던 『어둠』을 향한 믿음이 그 공포를 누그러뜨렸다.

다크니스 포그의 깊은 어둠을 통해서 정령들의 기척이 피부에 느껴졌다. 정령의 총애의 효과인지 나를 도와주려는, 내 힘이 되어주려는 따뜻한 의지 같은 것이 느껴졌다.

그래서 나는 혼자지만 혼자가 아니었다.

이 몽롱한 칠흑 속에서, 나는 아늑함마저 느꼈다.

"계단이 굉장히 깁니다. 계단만 오르락내리락 해도 트레이닝이 되겠네요."

대중없이 생중계를 하면서 내려가니 드디어 출구가 보였다.

"……대단하네요. 도저히 미궁 내부라고는 할 수 없는 광경입니다. 1층도 꽤 대단했지만, 3층은 차원이 다릅니다. 누가 만들었을까요?"

계단 끝에 녹색 정원이 펼쳐져 있었다.

하늘은 흐렸다. 아니, 엄밀하게 말하자면 하늘은 아니었다. 그저 안개가 자욱해서 그렇게 보였을 뿐이었다. 정체 모를 광원이 있어서 2층처럼 어둡지는 않았다. 다만 짙은 안개가 계층 전체를 지배하고 있는지 시야가 나빴다.

100미터 앞까지밖에 보이지 않았다. 과연 「무혹의 대정원」이라 불릴 만했다.

내 술식과 상성이 좋을지 나쁠지 현재로서는 판단할 수가 없었다.

"그럼 탐색을 개시하겠습니다."

애써 무심한 척 생중계를 하고 있지만, 실은 겁을 꽤 먹었다.

낯선 계층. 어떤 마물이 출몰하는지조차 나는 의도적으로 알아보지 않았다.

결계석도 마련해두지 않았다. 시청률을 올리기 위해 내가 할 수 있는 일은 목숨을 배팅하는 것뿐이니까.

"일단 계단 근처부터 탐색해볼까……."

2층에 비해 3층은 아주 밝았다. 리프레이아와 그레이프푸르는 이 계층이 내 술식과 상성이 좋을 것 같다고 말했지만, 이 공간에 술식으로 어둠을 빚어내면 부자연스럽게 보일 듯했다.

상성, 나쁜 거 아냐……? 그런 기분이 들었다.

막 받은 새 단도를 뽑은 뒤 전투가 갑자기 벌어지더라도 대처할 수 있도록 대비하면서 조금씩 앞으로 나아갔다. 무혹의 대정원은 그 이름대로 널찍한 정원인 듯했다. 도중에 석조 분수의 흔적과 10단 정도 되는 계단으로 이뤄진 구조물도 보였다. 서양식 정원을 모방한 것 같은 계층이었다. 조금 나아가니 이제 내려왔던 계단이 시야에서 사라져버렸다. 이래서야 맵핑을 하더라도 미아가 될 듯했다. 그리고 나는 당연히 맵핑 따윈 하지 않았다.

"저쪽에 뭔가 있군요."

마물이었다. 그것도 꽤 대형. 너무 가까이 접근하면 상대가 알아차릴 가능성이 있었다.

어느 정도 떨어져서 관찰하는 것이 중요했다. 어떤 상대인지 모르니까.

"저건…… 몸집이 비대한 남자네요. 3층 마물을 사전에 조사해두지 않아서 저게 뭔지 잘 모르겠지만, 덩치가 큰 만큼…… 힘도 강력할 것 같습니다. 통나무 같은 저 곤봉에 한 번 얻어맞으면 여지없이 작살나겠네요……."

길드에는 제1층에서 제5층까지 출현하는 모든 마물의 특징이 적힌 커다란 종이가 벽에 붙어 있고, 아무나 열람할 수 있다. 길드의 입장에서 마물은 곧 정령석이나 마찬가지다. 정보를 굳이 숨길 이유가 없다. 보다 효율적인 공략법도 적혀 있는지라 공략하는 기분은 별로 맛보지 못할지도 모르겠다.

리프레이아가 나에게 그 사실을 들려줬지만, 의도적으로 그 정보를 보지 않고 이곳에 왔다.

미궁을 얕잡아본 것은 아니지만, 내가 그 정보를 조사한다면 시청자들도 그 정보를 알게 된다. 사전에 모든 걸 다 알아버린 모험이 뭐가 재밌을까? 내가 위험한 상황을 여유롭게 회피하는 장면을 보고 즐거울까?

그딴 게 재밌을 리가 없었다. 안전이 확실히 보장된 모험 따윈 동네 산책보다도 못하다.

"마물의 약점은 모두 정령석이 발생하는 지점이라고 합니다. 그렇다면 목과 몸통의 연결부겠군요. 형태가 불명확한 마물은 알기 어렵지만, 척추동물과 흡사한 마물은 약점이 뻔히 보입니다."

이 사실은 리프레이아가 알려준 것이었다. 나도 무심결에 약점 같은 지점으로 보이는 목 부근을 공격하곤 했는데 설마 그곳이 약점이었다니. 처음 알았을 때는 놀랐다.

"어떻게 공략할까요……. 술식을 쓰지 않는 건 역시 어려우니 평소처럼 해보겠습니다."

나는 다크니스 포그를 휘감은 채 마물에게 접근했다. 상대는 키가 2미터에 가까운 덩치였다. 내 키는 약 170센티미터, 마물의 목덜미가 아슬아슬하게 닿을 듯했다.

'자, 이 녀석은 알아채는 녀석일까 아닐까?'

둔감인지 민감한지는 시험해보지 않으면 알 수 없었다. 모든 마물이 둔감하다면 편하겠지만.

'눈치챘나?'

역시 어둠이 접근해오자 부자연스럽게 느꼈는지, 상대가 이쪽을 빤히 주시했다. 직경이 50센티미터나 되는 저 곤봉에 얻어맞는다면 속수무책으로 숨을 거두게 될 것이다.

눈앞의 덩치는 얼굴까지 살이 뒤룩뒤룩 쪘다. 그러나 붉게 빛나는 눈만큼은 날카로웠다. 이쪽을 경계하는 게 명백했다.

자, 어쩌지.

나는 마물을 중심에 두고 원을 그리듯 이동했다. 그러나 마치 다 보이는 것처럼 덩치는 시선을 결코 떼지 않았다. 그렇다고 해서 적극적으로 공격을 가하지도 않았다.

단순히 의아해하는 듯했다.

자, 이제부터 어떻게 싸울지가 문제였다. 내 공격의 성질상 어떤 마물이든 난동을 부리면 공격에 당할 가능성이 높았다. 어둠에 숨어 접근해본들 마물이 무기를 마구 휘두르기만 해도 맥없이 날아가 버리겠지.

그래서 그렇게 하지 못하도록 포석을 깔아둘 필요가 있었다.

나는 어둠의 범위를 급격하게 넓혀 덩치를 삼켰다. 갑자기 어둠에 휩싸이자 마물이 놀라서 불빛을 찾아 주변을 두리번거리며 당황했다. 나는 그 반응을 보고서 각오를 굳혔다.

용기를 쥐어짜내 후들거리는 다리에 채찍질을 가하며 상대에게 부딪치듯 달려들었다.

상대가 발소리를 감지하고서 무턱대고 공격을 가하려는 그 순간—.

"—섀도 바인드."

어둠이 마물의 비대한 몸통을 얽매어 움직임을 구속했다.

결국 이 술식이 결정타였다. 다크니스 포그를 퍼뜨려 마물을 당황시킨 뒤 빠르게 접근, 지근거리에 다다르면 섀도 바인드.

바인드의 효과시간이 유지되는 동안에 필살의 검으로 일격에 끝장낸다.

"우오오오오!"

기세를 올리며 2미터짜리 거인에게서 느껴지는 본능적인 공포를 억눌렀다.

정면에서 몸으로 부딪치다시피 덩치의 목젖 부위에 단도를 찔렀다.

도신이 35센티미터쯤 되는 단도가 마물의 약점에 이르러 치명적인 크리티컬
일격을 가했다.
히트

거인이 소멸하더니 커다란 정령석이 덜커덩, 떨어졌다. 땅의 정령석이었다.

"헉……헉…… 무, 무섭긴 했지만 쓰러뜨렸습니다. 섀도 바인드는 우수하네요."

생중계하는 내 목소리가 떨렸다.

어둠을 펼치긴 했지만, 거대한 상대를 정면에서 쓰러뜨리는 공격이었으니 무섭지 않을 리가 없었다.

내 방어력은 종잇장이나 마찬가지였다. 어쩌다가 얻어맞은 주먹 한 대에 치명상을 입었을지도 몰랐다.

섀도 바인드의 효과시간은 짧다. 리프레이아와 타이밍을 맞추는

연습을 실컷 했기에 스스로도 적응하긴 했으나 아주 약간— 단 1초라도 어긋났다면 방어했을 가능성이 있다. 그리 된다면 몰아치는 반격에 당하여 패배하리라.

절대로 실패해서는 안 되는 공격. 그 대신에 성공했을 때의 효과는 막대했다.

"힘이 제법 잘 실려서 새 무기도 다루기가 쉽습니다. 역시 대장간에서 주문한 무기는 좋군요."

무엇보다 싸구려 단검과는 달리 부러질 우려가 없는 것도 좋았다.

"그럼 탐색을 계속하겠습니다."

무혹의 대정원은 꽤 넓었다. 미궁이라고 하면 구획이 딱딱 나눠진 미로 같은 구조를 떠올리기 마련인데, 1층은 거리였고 3층은 정원이었다.

식물이나 구조물에 막혀 통행할 수 없는 지점이 있긴 했지만, 기본적으로는 뚫려 있었다. 통로도 넓었다. 마치 마물과 조우하여 전투를 즐기라는 듯 만들어진 느낌이었다. 2층보다 3층에서 싸우는 탐색자가 왜 많은지 이유를 알 것 같았다. 뭐니 뭐니 해도 이곳은 2층처럼 어둡지 않았다. 불빛이 필요하지 않다는 것만으로도 꽤 편했다.

"마물을 발견했습니다. 고블린만한 녀석이랑, 저건 뭘까요? 소악마처럼 생긴 마물입니다."

시끄럽게 기이기이 울어대는 고블린(대형) 세 마리. 소악마처럼 생긴 마물은 날개가 달려서 날아다닐 수 있을 듯했다.

"소환술을 써서 어떻게 나오는지 한 번 지켜보겠습니다. 서면 나이트버그."

위계가 올라가니 나이트버그도 향상됐다. 한 번에 소환할 수 있는 벌레의 숫자가 늘었다.

벌레 하나하나는 약하지만, 숫자로 밀어붙이니 공격 효과가 괜찮았다. 상대의 의식을 돌리는 것도 가능했다.

참고로 나이트버그는 약한 마물에게는 충분한 살상능력이 있다.

나이트버그가 마물들에게 쇄도하여 그 육체를 가차 없이 갉아나갔다. 고블린(대형)과 소악마 모두 대단한 마물은 아닌지 대미지를 입히고 있다는 느낌이 들었다. 어쩌면 이대로 멀리서 나이트버그만 연발해도 이길 수 있지 않을까 싶었는데, 소악마가 예상치 못했던 행동에 나섰다.

『그라벨 미스트!』

무려 정령술을 구사했다. 목소리에 호응하듯 정령력이 고조되더니 소악마 주위에 작은 돌과 자갈들이 무수히 출현했다. 예전에 봤던 탐색자도 썼던 땅의 정령술이었다.

'정령술을 쓰는 녀석이 있을 줄이야······.'

나이트버그들이 허공에 부유하는 무수히 많은 돌멩이에 스스로 부딪쳐 파스스 소멸해갔다. 나이트버그는 날렵하고 작아서 공격에 잘 맞지 않는다는 특성이 있지만, 작은 장애물들을 무수히 생성하는 술식에는 약했다. 순식간에 수십 마리 수준까지 줄어들고 말았다.

고블린(대형)만 있었다면 나이트버그만으로도 쓰러뜨렸을지도 모르겠다. 저 소악마는 물리공격으로 신속히 처치하는 편이 나을 듯했다. 나는 다크니스 포그의 범위를 넓히고서 달려 나갔다.

"섀도 바인드!"

고블린(대형)과 소악마 모두 깊은 어둠이 느닷없이 몸을 휘감자 우왕좌왕하기만 했다. 그 상황에 바인드까지 시전하자 위험이 거의 사라졌다.

소악마를 처리한 뒤 고블린(대형)들도 차례대로 죽여 나갔다.

마물이 정령술을 구사해서 살짝 놀랐지만, 그만큼 육체는 튼튼하지 않은 듯했다. 조금 주의하면 그렇게까지 위험한 마물은 아닌 듯했다. 나는 일반 고블린의 정령석보다 더 큰 정령석을 주운 뒤 미궁 안으로 계속 걸어갔다. 탐색은 이제 막 시작됐다.

"길을 잃어버린 것 같습니다. 지금 제가 어디에 있는지 전혀 모르겠습니다."

깊은 안개에 휩싸인 대정원에서 나는 시청자를 향해 중얼거렸다.

그 후로 좀비처럼 생긴 마물을 두 마리 쓰러뜨렸다. 움직임이 완만해서 섀도 바인드를 구사했더니 손쉽게 쓰러뜨렸다. 그런데 대정원 안에서 비슷한 구조물들이 연달아 나온 바람에 현재 위치를 까먹고 말았다.

무혹의 대정원이란 이름은 그저 장식이 아니었다. 저 멀리서 정원을 에워싸는 외벽이 보인다든지, 특징적인 구조물이 보이지 않았다. 주의를 기울여 다리나 석상 같은 구조물의 위치를 체크하더라도 이 계층에서 자신의 현 위치를 정확히 파악하기란 어려울 듯했다.

"포인트도 없어서 지도와 교환할 수도 없으니 어떻게든 출구를 향해 나아가도록 하겠습니다."

나는 그렇게 중얼거리면서도 내심 냉정했다.

무혹의 대정원에서 길을 잃기 십상이라는 정보를 리프레이아에게 이미 들어서였다.

즉, 의도적으로 미아가 됐다는 뜻이었다. 시청률을 올리기 위해서.

"정원을 에워싸는 외벽에 도달한다면 벽을 따라 계단을 찾아낼 수 있을지도 모릅니다. 일단 계단을 발견하는 걸 목표로 하죠. 이 계층에서는 다크니스 포그를 쓰더라도 마물이 위치를 감지하기에 전투에서 벗어날 수 없습니다. 위기인지도 모르겠지만, 힘껏 애써볼게요."

어떤 마물이 나올지도 모르는 상황에서 홀로 미궁을 헤매는 것은 의심할 여지없는 자살행위였다. 30분쯤 뒤엔 주검으로 변하더라도 결코 이상하지 않은 상황이었다. 위험한 걸 알면서도 급격하게 늘어나는 시청자수를 보니 올바른 방향임을 확신할 수 있었다.

나나미의 목숨을 구해내려고 한다. 당연히 내 목숨을 걸어야만 값어치가 맞아떨어지겠지.

다크니스 포그로 모습을 숨기면서 광대한 정원을 나아갔다. 하늘은 여전히 희미하게 밝았다. 제2층과는 정반대였다. 평범한 탐색자가 왜 이 계층에서 싸우길 선호하는지 이해가 됐다.

—위험해.

—조심해.

출구를 향해 걸어 나가니 어디선가 목소리가 들려왔다.

그 순간 옆에서 강렬한 충격이—

"크윽?! 뭐, 뭐야—?!"

운 좋게 팔 방호구로 막아낸 덕분에 직격타를 맞지 않고 피할 수 있었다. 그러나 몸은 땅바닥을 튕기며 데구루루 굴렀다. 차가운 돌바닥에 옷과 속살이 가차 없이 긁혔다.

공격을 받아낸 왼팔에 강한 통증이 일었다. 어쩌면 뼈가 부러졌는지도 모르겠다.

고개를 드니 그곳에는 나무가 있었다.

……아니, 나무 마물이었다. 모습이 흡사하여 미처 알아채지 못하고 바로 옆까지 접근을 허용하고 말았다.

가지를 스륵스륵 흔들며 느릿느릿 움직이는 그 모습은 솔직히 별로 강해보이진 않았다. 그러나 크기가 크고 힘도 강력했다. 실제로 단 한 번의 공격에 상당한 대미지를 입고 말았다.

"……설마 저런 나무 괴물 같은 게 있을 줄은 몰랐습니다. 방호구를 거의 착용하지 않았으니 뼈가 부러졌을지도 모르겠습니다."

그래도 아직 나는 냉정하게 떠들어댈 여유가 있었다. 입으로 재잘거리는 와중에도 왼팔이 욱신거리며 강렬한 아픔을 호소했다. 긁힌 상처에서는 붉은 피가 계속 흘렀다. 육체는 경종을 울리는 반면에 마음 한구석에서는 「잘 됐어」, 「좋은 해프닝이야」라고 생각했다.

움직여지지 않는 왼팔을 그대로 두고서 단도를 쥐었다.

상대는 거대한 나무 괴물. 어디에 관절이라도 있는지 마치 가지가 팔 같았다. 가지 끝부분이 날카로워서 찔렸다가는 무사할 성 싶지 않았다. 땅속에서 기어 나왔는지, 아니면 원래 저렇게 생겼는지 뿌리를 문어 다리처럼 놀리면서 이쪽으로 굼실굼실 다가왔다.

"다크니스 포그가 통하지 않는 상대는 처음입니다. 시각이 아닌 다른 감각으로 날 의식하는 것 같습니다."

냉정한 척 떠들고는 있지만, 식은땀에 온몸이 젖었다. 호흡도 거칠어졌다.

"셰이드 시프트!"

내 모습과 반쯤 닮은 어둠의 분신을 출현시켰다. 그저 눈속임에 불과하고, 시각에 의존하지 않는 상대에게 의미가 있을지 의문이었지만 없는 것보다는 낫겠지.

"팬텀 워리어!"

어둠의 전사도 출현시켜 검으로 방패를 요란하게 챙챙 두드려 주의를 끌었다.

다행히도 소리에는 민감하게 반응하는지 그쪽으로 주의가 다소 쏠렸다.

나는 크게 우회하여 나무 마물의 배후를 잡아냈다. 곧바로 술식을 행사했다.

"섀도 바인드!"

어둠의 촉수가 가지를 얽어맨 순간, 단도로 찔렀다.

"단단해!"

육체를 지닌 마물과는 달리 상대는 나무 그 자체였다.

그 껍질에 단도를 박아 넣는 것은 지극히 어려웠다. 애당초 완력이 부족했다.

칼로 콱콱 찌르긴 했지만, 도저히 약점에는 미치지 못했다.

그러는 동안에 바인드가 점점 풀려갔다.

"서먼 나이트버그!"

나이트버그를 소환하고서 거리를 벌렸다. 한손으로는 무리였다.

나는 새도 스토리지에서 길드에서 샀던 중급 포션을 꺼내 상처에 끼얹었다.

전투의 흥분 때문인지 고통은 이미 느껴지지 않았다. 그러나 마비가 점점 풀려가는 감각은 느껴졌다. 왼팔은 치유의 스크롤 (중)이라도 쓰지 않으면 치료할 수 없을 줄 알았는데, 감각이 서서히 되돌아왔다.

불행 중 다행인지 부러지지는 않은 듯했다.

"구도모오오오오……."

무수히 많은 벌레들이 줄기와 가지를 갉아먹자 나무 괴물이 포효를 지르며 가지를 사락사락 흔들었다.

"뭐…… 뭐야……?"

주변에서 새로운 기척…… 아니, 울음소리 같은 게 명확히 들렸다.

"설마, 동료를 불렀나……?"

그 예상이 적중했다. 거대한 곤봉을 쥔 남자 덩치 둘이 안개 너머에서 느릿느릿 다가오는 게 아닌가. 한 마물을 상대하는 데 시간을 질질 끌면 이런 사태가 충분히 벌어지리라 알고는 있었지만, 이해는 되지 않았다.

'도망칠까—? 하지만…….'

다행히도 마물들의 움직임이 별로 빠르지 않았다. 정령술을 뿌려대며 도주한다면 문제없이 달아날 수 있겠지.

—도망친다. 그 선택지는 당연하다.

—그러나 도망치면 어떻게 될까?

나는 결사의 각오로 이곳에 홀로 왔다. 시청률을 획득하여 1위를 차지하기로 정했다.

그 각오는 이만한 위기에 줄행랑을 칠 정도로 가볍지 않을 터였다. 나는 궁지에 몰리면 달아나기 위해서 이곳에 온 것이 결코 아니었다. 오히려 이 상황을 바라고 여기까지 왔다.

"왼팔은 간신히 움직여집니다. 세 마리는 많긴 하지만…… 해치우겠습니다."

결단을 내리자 머릿속에서 무언가가 전환된 것처럼 각오를 굳힐 수 있었다.

일단 저 나무 괴물은 무시하고 덩치들 쪽으로 달려갔다.

'저 녀석들한테는 다크니스 포그가 통해.'

어둠의 범위를 단숨에 넓힌 뒤, 섀도 바인드로 움직임을 봉쇄하자마자 달려들어 단도로 약점을 찔렀다. 그 과정을 반복하여 덩치들을 처치했다.

스스로도 놀라울 만큼 몸이 잘 움직여졌다. 죽음을 의식해서 집중력이 늘었는지도 모르겠다.

두 마리의 덩치가 정령석으로 변하여 바닥에 떨어졌지만, 그대로 두고서 나무 괴물과 대치했다.

제아무리 딱딱한 마물일지라도 어차피 나무였다. 팬텀 워리어로 주의를 끈 뒤 배후로 우회하여 섀도 바인드로 봉쇄한 뒤 공격했다. 한 번 공격할 때마다 정령술을 세 개나 쓰는 것은 꽤 힘겨웠지만, 이것 말고는 다른 방법이 떠오르지 않았다. 리프레이아가 있었다면 다크니스 포그만으로도 충분히 싸울 수 있었으리라. 역시 혼자서는 어렵다는 뜻이겠지.

그러나 처음부터 다 알고서 왔다.

어렵기에 한다. 어려우니 잘 됐다.

공방전을 세 번쯤 벌인 끝에 나무 괴물이 정령석으로 바뀌었다.

그 마물은 나와 상성이 최악이었다. 그러나 덕분에 순간 시청자수가 4억 명을 돌파했다. 나쁘지 않았다.

"부상을 좀 입었지만, 좋은 전투경험을 쌓았네요. 그럼 다음으로 넘어갑니다."

나는 허세를 떨면서도 태연한 표정을 지었다. 정령력을 과도하게 써서 몸이 뜨거워지기 시작했다.

그렇다. 이런 전투를 여러 번이나 거듭하는 것은 불가능하겠지.

그 후에 출구를 찾아 돌아다니면서 고블린(대형) 열다섯 마리, 좀비 같은 마물 여덟 마리, 소악마 5마리, 덩치를 다섯 마리 쓰러뜨렸다.

나무 괴물은 거의 나오지 않는지 그 이후로는 출현하지 않았다.

그 이외의 마물들은 다크니스 포그가 유효했다. 어둠이 유효하다면 상대의 전력을 대폭으로 깎을 수 있었다. 나는 차분히 목숨을 거두기만 하면 됐다. 물론 그에 상응하는 결단력이 필요했지만, 그동안 경험은 꽤 쌓았다.

마물을 쓰러뜨릴 때마다 정령력을 조금씩 흡수하여 신체 능력이 향상되어 간다는 실감도 들었다.

"어둠의 정령술을 활용한 전투방식을 제법 터득한 것 같습니다.

더 강한 마물이 나타난다면 모르겠지만, 리프레이아가 왜 3층에서도 통할 거라고 단언했는지 알 것 같습니다."

나는 떠들면서 예전에 봤던 기억이 있는 열 단쯤 되는 계단을 내려갔다.

그대로 곧장 나아가니 돌아가는 길— 2층으로 이어지는 계단이 입을 쩌억 벌리고 있었다.

미아가 됐던 것은 사실이지만, 실은 나는 방향감각에 꽤 자신이 있는 편이었다. 자신이 어느 방향에서 왔는지 늘 파악해두면 본격적으로 미아가 되지는 않는다. 그러나 시청자의 눈에는 운 좋게 계단까지 돌아온 것처럼 비치겠지.

"출구입니다! 슬슬 한계였는데, 이제 살아 돌아갈 수 있을 것 같습니다."

생중계하면서도 스스로 뻔뻔스럽다고 느꼈다. 나 같은 발연기 배우는 또 없겠지. 눈치가 빠른 시청자에게는 들통 났을지도 모르겠지만, 생중계 그 자체는 덤 같은 요소였다.

결국 행동으로 보여줄 수밖에 없으니까.

"그럼 이로써 오늘의 1인 탐색을 마치겠습니다. 내일부터는 다시 파티와 함께 탐색할 테니 잘 부탁합니다."

그렇게 생중계를 마무리 짓고서 어둠을 두른 채 미궁을 빠져나갔다.

솔직히 미아처럼 전혀 낯선 계층을 헤맸더니 육체적으로도 정신적으로도 격심하게 소모됐다.

그래도 내가 이렇게까지 할 수 있는 이유는 그 숲에서 「죽음이 코앞까지 엄습했던 감각」을 줄곧 맛봐왔기 때문인지도 모르겠다.

오늘 탐색은 거의 어둠 속에서 생중계를 했다. 어쩌면 예상보다 재미가 없었는지도 모르겠다. 그러나 마지막에 시청자수가 5억 명을 넘었다. 잠정종합순위는 이로써 14위였다.

역시 내 짐작은 틀리지 않았다. 목숨을 걸었던 것이 기폭제가 되어 순위가 대폭 올랐다고 봐도 되겠지.

—그리고 이 결과는 많은 사람들이 내가 죽길 바라고 있다는 사실을 증명하는 것이기도 했다.

675: 지구의 무명 씨
리프레이아 님, 함께 있고 싶다는 감정이 여기까지 전해져서 굉장히 귀여워. 오히려 히카루가 쌀쌀맞은 남친처럼 보여.

676: 지구의 무명 씨
단도, 멋지던데!

680: 지구의 무명 씨
좋네, 신 무기.
나도 이세계에서 나만의 무기를 제작하고 싶어라.

682: 지구의 무명 씨
위아래가 온통 새까만 옷차림에 닌자 검까지. 이제 완전한 NINJA야. 외국인도 대환영. 역시 일본에는 NINJA가 실존했어!

695: 지구의 무명 씨
음음음? 리프레이아 씨랑 진짜로 따로 행동?

698: 지구의 무명 씨
길드에서 정보 수집이라도 하려나?

704: 지구의 무명 씨
쌍둥이가 「역시…….」, 「오빠 바보」라고 하던데 왜 히카루를 나무라는 거야?

705: 지구의 무명 씨
혼자서 미궁에 들어가려고 해서? 리프레이아한테 비밀로 했다는 건 아무리 생각해도 객기를 부리겠다는 의도라고 봐야겠지.

707: 지구의 무명 씨
생중계 시작이다! 많이 어설픈데!

708: 지구의 무명 씨
3층??? 혼자서??

709: 지구의 무명 씨
위험하지 않나? 3층은 어둠이
깔린 스테이지가 아니라서 2층
처럼 잘 되지 않을 텐데.
이거 게임이 아닌뎁쇼?

710: 지구의 무명 씨
알렉스 파티 셋이서도 퍽 고생했
을 정도니까. 같은 전이자로서 알
렉스와 히카루의 실력 차가 현저
하지는 않을 테니 어떨는지…….

711: 지구의 무명 씨
어둠의 대마도사한테도 한계는
있어. 어둠속에 줄곧 숨어 있으
면 괜찮을지도 모르겠지만, 시
청자 입장에서는 별로 재미난 장
면은 아닌데.

712: 지구의 무명 씨
게다가 사전에 정보도 파악해두
지 않아서 위험해. 교묘하게 나
무처럼 행동하는 트렌트나 정령
술을 쓰는 그렘린 같은 마물이
있고, 구울한테 물리면 마비까
지 걸리니까.

713: 지구의 무명 씨
마비는 위험하던데. 혼자 있을
때 걸렸다가는 틀림없이 게임 오
버야.

714: 지구의 무명 씨
트롤 2인조랑 맞닥뜨렸으니 그
냥 죽겠네.
아무리 생각해도 서몬 나이트버
그 따위로 어떻게 쓰러뜨리겠냐
고, 저거.

715: 지구의 무명 씨
일단 비장의 패인 크리에이트 언데드가 있어. 그 술식은 실제로 무지막지하게 강력해. 아마 맨티스의 돌을 아직 갖고 있을걸? 그러니 여차하면 그걸 써서 위기를 모면할 수 있을 것 같은데?

716: 지구의 무명 씨
그야 맨티스를 불러내면 강해지겠지만, 전투를 한 번 모면해본들…….

717: 지구의 무명 씨
제아무리 고레벨의 어둠의 정령술을 구사할 수 있다고 해도 무기는 저 단도가 고작이잖아? 리프레이아 님이 그 큰 무기를 사용하는 데 다 이유가 있다고. 단도로 고블린이나 오크를 상대하는 거라면 모를까, 3층은 무모하다니까?

718 : 지구의 무명 씨
가든 팬서가 출현하면 무조건 죽겠네…….
알렉스 일행이 한 번 맞닥뜨렸다가 육포를 내던지며 필사적으로 도망쳤잖아…….

719: 지구의 무명 씨
넌 참 걱정도 해주고 착하네.
난 흥미진진해졌는데 말이야.

720: 지구의 무명 씨
이런 녀석이 있으니 히카루가 무모한 짓을 벌이는 거겠지. 메일박스를 열지 않으니 아무리 메시지를 보내봤자 소용없고 진짜로 위험해.

723: 지구의 무명 씨
팬텀 워리어, 짱 유용한데!

724: 지구의 무명 씨
아니, 무기를 소지한 오우거도

순삭이잖아.
어, 어라아??

725: 지구의 무명 씨
※무기를 소지한 오우거는 멤버를 풀로 갖춘 탐색자들조차도 상황에 따라 도망치는 마물입니다.

726: 지구의 무명 씨
아니, 이거 엄청난 거 아냐? 방금 새도 바인드 없이도 쓰러뜨렸어. 일대일만 놓고 보면 잔느보다도 강한 거 아닌가???

734: 지구의 무명 씨
진짜로 3층으로 내려갔다……
히카루…….

737: 지구의 무명 씨
세리카랑 카렌도 말수가 부쩍 적어졌어. 진짜 무모한가 봐.

738: 지구의 무명 씨
히카루…… 생중계는 고맙긴 한데, 목소리가 덜덜 떨리잖니…….

741: 지구의 무명 씨
사망하는 전이자가 줄어드는 추세였는데 늘어나나? 오늘?

742: 지구의 무명 씨
역시 어둠 속에 숨어서 3층이 어떻게 생겼는지 구경만 하고 나오겠지.

743: 지구의 무명 씨
「오빠, 사람들이 자길 싫어한다고 착각하고 있으니 무모한 짓을 벌이면 그 사람들이 기뻐하리라…… 짐작하고서 이런 짓을.」
「다들 걱정해주고 있는 것도 모르고…….」
그 둘은 히카루가 한시라도 빨리 메시지를 열어 보도록 모든 공작을 총동원하는 게 좋겠어.

744: 지구의 무명 씨
히카루는 자기가 무모하게 행동하면 「얼른 안 죽어주나 세력」이 기뻐하리라 예상한 건가? 실상은 「목숨 좀 아껴라 세력」이 걱정하면서 보고 있는데…….

750: 지구의 무명 씨
역시 다크니스 포그는 상성이 안 좋아.
3층은 전체적으로 허여스름해서 무지 눈에 잘 띄어. 히카루가 어디에 있는지 알 수 있어서 좋긴 하지만, 마물도 알 거 아냐, 저거.

751: 지구의 무명 씨
느닷없이 트롤과 맞닥뜨린 히카루.
게다가 무기까지 소지한 개체네.

752: 지구의 무명 씨
벽에 파묻혀서 「되돌아가…….」, 「돌아가라고…….」 하고 경고하

는 녀석이 되고 싶어.

754: 지구의 무명 씨
진짜로 싸울 생각이냐고…….

755: 지구의 무명 씨
예전에 트롤이 휘두른 곤봉에 맞고서 알렉스의 동료가 초주검이 됐잖아.

756: 지구의 무명 씨
카니벨이 거품을 물고 쓰러졌던 그 사건 말이지…….

757 : 지구의 무명 씨
순 · 삭!

758 : 지구의 무명 씨
으응?!

759: 지구의 무명 씨
짱 쎄다아아아!

760: 지구의 무명 씨
진짜냐??

761: 지구의 무명 씨
뭐어어어어어어 (°Д°) 어어어
어어어어?!

762: 지구의 무명 씨
배짱 한 번 두둑하네. 그 단도로
는 거의 밀착하지 않으면 쓰러뜨
릴 수 없다고.

763: 지구의 무명 씨
반대로 리치가 긴 곤봉을 들고
있어서 쓰러뜨릴 수 있었던 걸지
도. 맨손 트롤은 손바닥을 휘두
르잖아.

766: 지구의 무명 씨
왠지 스피커에서 오열하는 소리
가 들려오는데.

767: 지구의 무명 씨
울지 마, 세리카, 카렌…….

768: 지구의 무명 씨
「우, 우우우~~. 왜 저런 무모한
짓을 벌이는 거야아. 오빠, 바
보…….」
「죽어버리면 모든 걸 다 잃는 건
데……. 오빠는 그런 계산도 못
하나. 저런 어수룩한 모습이 귀
엽긴 하지만…… 그래도 이건 역
시 무리…….」

769: 지구의 무명 씨
미안하지만, 가슴속이 두근거렸
어…….

770: 지구의 무명 씨
히카루는 분명 바보지만, 남자
한테는 알면서도 저질러야만 하
는 때가 있는 거야…….

771: 지구의 무명 씨
히카루, 통 돌아갈 기미가 없네.
홉고블린, 그렘린이랑 맞닥뜨렸
고…….

773: 지구의 무명 씨
그렘린은 땅의 정령술을 구사해
서 꽤 성가실 텐데!

774: 지구의 무명 씨
나이트버그가 봉쇄됐는데도 꿈
쩍도 하질 않네.

775: 지구의 무명 씨
근데 히카루가 자꾸 나아가는데
괜찮은 건가? 저긴 길을 자주 잃
어버리는 지점 아니던가? 알렉
스 일행은 상세한 지도를 갖고
있으면서도 헤맸을 정도라고??

776: 지구의 무명 씨
구울 나왔다!

777: 지구의 무명 씨
순·삭!

778: 지구의 무명 씨
히카루만 딴 게임을 하고 있는
것처럼 강해.

779: 지구의 무명 씨
구울은 이빨에도 손톱에도 마비
독이 분비돼서 꽤 위험한데, 공
격에 맞지만 않으면 어떻게든 될
거라는 정신이로군.

780: 지구의 무명 씨
히카루는 독 내성이 있으니까.

782: 지구의 무명 씨
「길을 잃어버린 것 같습니다」라
고? 뭐야, 왜 저렇게 침착할 수
있지? 우리 귀요미 히카루는 어
디로 갔어?

783: 지구의 무명 씨
저 차분한 모습을 보니 왠지 정신이 이상해진 것 같아서 불안해진다…….

787: 지구의 무명 씨
스스로를 궁지에 자꾸 몰아넣는 스타일로 시청률을 얻으려는 전략치고는 좀 지나친 거 아냐? 우리도 저런 건 원하지 않는다고요……. 리프레이아랑 꽁냥꽁냥거리기만 해도 충분한데요?

789: 지구의 무명 씨
「왜?! 왜?! 왜 저런 짓을 하는 거야?! 리프레이아 씨랑 파티를 맺었잖아! 안전하게 싸워도 시청자를 늘릴 수 있는데! 우리가 무조건 1위를 거머쥐게 해줄 테니 평범하게 모험해도 되는데!」
세리카 절규 중.

790: 지구의 무명 씨
세리카와 카렌 모두 애를 쓰는데 오빠한테 전해지질 않아서 불쌍해.

791: 지구의 무명 씨
시청자가 순조롭게 늘고는 있지만, 1위 말고는 안중에도 없으니 위험을 무릅쓰는 수밖에 없다고 판단할 만도 하겠지.

793: 지구의 무명 씨
트렌트!!

794: 지구의 무명 씨
야단났네(야단났네).

795: 지구의 무명 씨
히카루가 공격을 당한 거 처음 보는 것 같은데.

796: 지구의 무명 씨
트렌트한테는 어둠이 통하지 않

121

나! 불의 정령술에는 약하면서!

797: 지구의 무명 씨
세리카랑 카렌이 여태껏 본 적이
없을 정도로 당황했다. 역시 친
오빠의 저런 모습을 지켜보는 건
괴롭겠지…….

798: 지구의 무명 씨
그야 그렇겠지. 경우에 따라서
는 죽을 수 있는데?
그리고 죽으면 그걸로 끝.

801: 지구의 무명 씨
지금 「뼈가 부러졌을지도 모르겠
습니다」라고 말할 때냐고. 얼른
도망쳐……. 트렌트는 굼뜨니까.

802: 지구의 무명 씨
어둠의 정령술 풀코스로 싸울
모양.
오랜만에 셰이드 시프트를 봤다.

803: 지구의 무명 씨
역시 한 팔로는 안 되지. 트렌
트, 정령술에는 약하지만 물리
방어력이 높으니까.

804: 지구의 무명 씨
트롤 두 마리도 불러내다니. 히카
루는 운이 너무 나쁜 거 아냐???

805: 지구의 무명 씨
아…… 이거 진짜 죽는 거 아
냐……?

806: 지구의 무명 씨
히카루가 「해치우겠습니다」래. 각
오가 너무 장렬하잖아. 오랜만에
크리에이트 언데드를 쓸 건가?

807: 지구의 무명 씨
잔느랑 동일한 유형의 인간이었나.

808: 지구의 무명 씨
「오, 오오오오, 오빠아아아아아!!!」

「죽지 마아아아아아아아!!」

809: 지구의 무명 씨
가족이 저런 위기에 처하면 나라
도 서럽게 울 거야…….

810: 지구의 무명 씨
우리가 응원하는 거야!!
히카루를 살아서 돌아오게 하려
면 이제 이 수밖에 없어!!

811: 지구의 무명 씨
어?

812: 지구의 무명 씨
하???

813: 지구의 무명 씨
트롤 두 마리를 삭제시켰다고??

814: 지구의 무명 씨
진짜냐…….

815: 지구의 무명 씨
어둠의 범위가 넓어지더니 10초
뒤에 트롤이 정령석으로 변해버
렸다.
뭔 일이 벌어졌는지 전혀 모르겠
(이하 생략).

816: 지구의 무명 씨
히카루가 너무 멋있어서 눈물 핑
돌았어…….

817: 지구의 무명 씨
트롤 두 마리는 알렉스 파티도
그냥 도망치는 마물이잖아.

821: 지구의 무명 씨
NINJA로구나!

822: 지구의 무명 씨
히카루, 진짜, 크리티컬 장인.

824: 지구의 무명 씨
트렌트랑 상성이 나쁜 것 같았는

데 결국 쓰러뜨렸구나. 왠지 걱정한 내가 바보처럼 느껴질 정도로 강해.

825: 지구의 무명 씨
세리카랑 카렌도 기가 막혔는지 입을 쩍 벌리던데.

826: 지구의 무명 씨
알렉스 일행의 땀내 나는 전투를 봤더니 더더욱 히카루의 이단적인 활약이 두드러지네…….

827: 지구의 무명 씨
뭐어? 「좋은 전투경험을 쌓았네요」라고?
세리카랑 카렌이 얼마나 걱정한 줄 아냐……?

828: 지구의 무명 씨
난 히카루가 좀 무서워졌어. 역시 쌍둥이 오빠야. 결코 평범한 고등학생이 아니었던 거야…….

829: 지구의 무명 씨
검이나 창 같은 백병 무기로 자신보다 생물로서 명백히 강한 마물과 싸우는 건 머리 나사가 풀리지 않는 한 불가능하다고 다른 전이자들도 누누이 말해왔잖아.
알렉스조차 잘 싸운 편이고. 히카루랑 잔느는 이상한 놈들이야.

830: 지구의 무명 씨
태연하게 다음 마물과 전투를 개시한 히카루.
이번에는 그렘린도 순삭인가……. 대체 우린 뭘 보고 있는 거지? 히카루는 2층에서만 빛나는 타입이라고 했던 녀석 당장 나와…….

837: 지구의 무명 씨
전투 템포가 진짜 대단해. 전투 태세를 취하는 사전 액션이 없다고 해야 하나, 지나가다가 그냥 죽이는 것 같아…….

842: 지구의 무명 씨
아니! 3층에서 저런 템포로 사냥할 수가 없잖아, 보통은! 트렌트를 제외한 전부를 몇 초 만에 죽이다니. 남들처럼 공방전을 벌일 수 없는 구성인 건 알지만!

843: 지구의 무명 씨
트롤을 저렇게 빨리 사냥하다니, 진짜 미쳤다.

844: 지구의 무명 씨
무기도 성능이 뛰어날 테지만, 굳이 말하자면 본인의 이상한 실력이 더 두드러져…….

845: 지구의 무명 씨
히카루는 2층에서는 고블린과 오크밖에 쓰러뜨리질 않았어. 오우거와는 리프레이아와 합류한 뒤에 싸웠고, 맨티스도 리프레이아와 싸우면서 약해진 녀석을 한 번 쓰러뜨렸을 뿐. 그래서

단독행동의 잠재력을 잘 몰랐던 거야. 리프레이아에 비해 레벨도 낮고, 힘도 약하고, 실질적으로 빈약한 인상마저 풍겼기에 혼자서 3층에 내려가는 건 자살행위나 마찬가지라고 다들 여겼지. 어둠의 정령술은 강하고, 크리에이트 언데드도 비장의 패라고 할 수 있어. 하지만 정작 본인이 약하다면 시간벌이에 불과해. 우리 모두 그렇게 생각했어. 근데 막상 뚜껑을 열어봤더니 어때? 잔느를 웃도는 전사가 설마 이런 형태로 출현할 줄이야! 난 진심으로 전율했어!!

846: 지구의 무명 씨
아니, 실제로 닭살 돋았어.
애당초 정령술이 강하긴 하지만, 히카루의 정령술은 죄다 보조해주는 기술뿐이라서, 도망치는 거라면 모를까 본인이 싸우는 건 무모하다고 생각했어.

854: 지구의 무명 씨
잠정 14위까지 올라갔으니…….

855: 지구의 무명 씨
히카루의 전투력에 전율하여 시청자가 늘었다는 사실을 본인은 눈치 못 챘겠네…….

860 : 지구의 무명 씨
누가 더 강한지 토론하는 게시판은 지금 난리 났어. 애초부터 히카루는 정령술이 뛰어나서 최상위권에 포진하긴 했지만, 느닷없이 최강설이 대두됐으니까.

861: 지구의 무명 씨
단순히 강력함만 놓고 보면 최강이라고 해도 과언이 아니지. 환한 곳에서도 저토록 강하니 밤에는 더 강해진다는 뜻이라고.

862: 지구의 무명 씨
단독 전투도 저만큼 수행할 수 있을 뿐만 아니라 서먼 나이트버그를 구사할 수 있고, 여차하면 크리에이트 언데드도 있으니까…….

863: 지구의 무명 씨
미치겠다.

864: 지구의 무명 씨
잔느한테 「히카루는 너보다 강하던데」라는 내용의 메시지 좀 보내지 마ㅋㅋ
저래 봬도 잔느는 자기가 얼마나 강한지 꽤 신경 쓰고 있으니까.

865: 지구의 무명 씨
히카루가 죽지 않을지 걱정했는데…… 이게 뭐야. 이세계로 전이한 사람들을 엿보는 건 악취미이고, 신이 무슨 꿍꿍이인지 의문이라고 생각했건만 이게 바로 인간의 가능성인가…….

866: 지구의 무명 씨
실시간으로 보길 잘 했어요.
TwiN/SiS한테 고맙네요.

867: 지구의 무명 씨
오랜만에 가슴이 뜨거워졌다.
내일 일 쉬어야겠어.

868: 지구의 무명 씨
아니, 출근은 해라.

이튿날 이른 아침부터 리프레이아와 길드에서 만났다.

오늘은 예정대로 리프레이아와 그레이프푸르 셋이서 제3층 「무혹의 대정원」에 갈 예정이다.

어제 미궁— 그것도 혼자서 3층에 들어갔다는 것은 물론 비밀로 했다. 나무 괴물에게 얻어맞아 넝마가 돼버린 옷은 비슷한 것을 찾아서 교체했다. 의심할 여지조차 줘서는 안 된다.

링크스 상호회에서 그레이프푸르를 고용한 뒤 길드에서 허가증을 발행받았다. 평소였다면 밖에서 기다렸을 테지만 오늘은 3층을 처음으로 도전하는 날이라서 길드 자료를 살펴두기로 했다.

"3층은 길을 헤매기 쉬우니 주의해야 해요. 그리고 마물 정보를 히카루도 기억해주세요."

"이건가? 그렇군…… 2층보다 마물 종류가 많구나."

꽤 잘 그린 일러스트와 함께 3층 마물의 이름과 특징이 게시되어 있었다.

고블린(대형)은 홉고블린, 소악마는 그렘린, 좀비는 구울, 덩치는 트롤, 그리고 그 나무 괴물은 트렌트라고 한다.

"구울은 마비독을 지니고 있다……. 무섭네."

"떼로 출몰하면 요주의예요. 마비된 동안에는 정말로 꼼짝도 못하니까."

"마비에 걸린 적이 있어?"

"딱 한 번이지만요. 파티 멤버가 도와줘서 고비를 넘겼지만."

만약에 어제 마비에 당했다면 나는 틀림없이 죽었겠지. 시청자들은 구울에게 제발 물리길 바라면서 봤을까? 그렇다면 더 고전하는 모습을 보여주는 편이 좋았을까.

시청자는 알렉스가 탐색하는 장면도 봤을 테니 3층 정보를 이미 갖고 있을 것이다.

4층 이하로 내려가지 않으면 보다 신선한 장면을 제공하기가 어려울지도 모르겠다.

"트렌트는 정령술이 약점…… 특히 불의 정령술이 유효하구나. 무기 공격은 잘 통하지 않는 것 같네."

"꼭 그렇지도 않은걸요? 내 검이라면 그리 고생하지는 않아요. 무기를 소지한 마물과 조우하면 서로가 가진 무기를 맞부딪칠 수밖에 없지만, 트렌트는 가지로 휘두르기만 하는지라…… 벌목하는 느낌이에요."

"벌목……."

뭐, 확실히 팔을 휘두르기만 했다. 리프레이아와는 상성이 좋겠지.

저 마물이 나타난다면 리프레이아에게 맡기자.

"가장 강한 마물은 가든 팬서……구나. 싸워본 적 있어?"

"아뇨, 몇 번 만난 적은 있지만, 전투해본 경험은 없습니다. 팬서가 나오면 무조건 도망치는 수밖에 없죠. 맨티스보다 강하니까."

"팬서는 느닷없이 덮치는 경우도 있어요냥. 육포를 먹여서 그 틈에 달아나든가, 연기구슬을 던지는 게 유효하니 착실히 챙기는 게 중요해요냥. 그리고 정령술을 사용하며 대적하는 방법밖에 없지만, 이 파티라면 쓰러뜨릴 수 있지 않을까냥?"

"음? 마물이 고기 같은 것도 먹어?"

그런 현장을 한 번도 본 적이 없는데. 아니, 애당초 마물 자체가 죽으면 정령석으로 변하는 신기한 생명체이니…… 아니, 인간도 미궁 안에서는 동일한가.

"마물은 태어났을 때부터 뭘 먹은 적이 없어서 늘 희미하게 굶주려 해요. 먹을거리를 던져서 달아나는 건 탐색자의 기본상식이죠."

"그럼 마물이 굶어 죽기도 하나?"

"미궁 안에는 정령으로 가득해서 굶어 죽지는 않죠. 우리도 그 안에서는 배가 별로 고프질 않잖아요."

"응? 그게 정령의 영향이었어?"

모르는 것투성이였다. 확실히 미궁에 있는 동안에는 배가 별로 고프지 않다고 느끼긴 했다.

긴장해서 그런 줄 알고 별로 신경 쓰지 않았는데…….

"어쨌든 육포는 제가 하나 갖고 있는 게 전부이니, 팬서는 조심해야겠네요."

"그래, 선제공격을 당하면 어려워지겠지. 나도 육포를 준비해둘게."

어제 탐색하면서 가든 팬서와는 만나지 않았다. 어떤 상대이든 기습을 받으면 위태로워질 수 있기에 거의 줄곧 다크니스 포그를 사용했다. 그런데 오늘도 그렇게 하는 편이 나을지도 모르겠다. 도주용 육포는 길드에서도 살 수 있어서 세 개 정도 구입해뒀다. 참고로 인간이 먹어도 문제는 없단다. 비상식량이기도 하다는 뜻인가? 그래서인지 가격이 비쌌다.

"어쨌든 2층에서 통용되던 전법이 통할지 시험해보면서 가도록 하죠."

"그래야지. 그리고 리프레이아는 내 서포트 없이 이 트롤이라는 마물을 쓰러뜨릴 수 있겠어?"

"쓰러뜨릴 수 있어요. 오우거랑 크게 다를 게 없거든요. 저랑 상성이 나쁜 마물은 맨티스처럼 재빠른 타입이죠."

"그럼 가든 팬서만 조심하면 되려나."

"그렇겠죠. 그리고 그렘린도 일단은 주의하세요. 그 마물은 정령술을 쓰거든요. 팬서는…… 히카루가 지원해주지 않는다면 공격을 적중시키는 것조차 어려울지도 몰라요."

3인 파티 때는 전투방식이 달라진다. 나는 철저히 서포트에 집중하면서 리프레이아의 화려한 전투에 초점을 맞춘다. 그녀가 화려하면 화려할수록 시청률도 올라갈 테지.

사흘을 탐색한 뒤 하루는 쉬기로 했다. 그 휴일은 내가 홀로 탐색을 진행한다.

파티를 맺고서 미궁을 돌 때는 견실한 전투로 시청률을 모은다. 이렇게 투 트랙으로 1위를 노리자.

아무리 전이자가 1000명이 있다(엄밀히 말하자면 이제 약 700명밖에 남지 않았지만)고 해도 모두가 시청자를 끌어 모을 수 있는 삶을 영위하고 있을 리가 없겠지.

생활하는 데도 돈이 든다. 시청률에 전력으로 매진할 수 있는 사람만 있지는 않을 터이다.

셋이서 제3층『무혹의 대정원』에 내려가 탐색을 개시했다.

리프레이아는 주로 3층을 탐색한지라 손수 제작한 지도에 메모가 빼곡히 적혀 있었다. 익숙해지면 구조물의 미묘한 특징의 차이를 보고서 헤매지 않고 탐색할 수 있게 된단다.

"곧바로 찾아냈어요냥. 홉고블린 한 마리. 어떻게 할까냥?"

"내가 해치울게."

고작 혼자 나타난 홉고블린은 대검의 일격에 두 동강이 났다. 여전히 무시무시한 공격력이었다.

"히카루, 일행이랑 떨어지면 안 돼요? 이 계층은 미아가 되면 끝장이거든요."

"그렇게 위험한가?"

"그야 지상으로 돌아갈 수가 없게 되면 어쩔 도리가 없잖아요. 마물과 평생 싸울 수는 없는 노릇이고, 우린 단둘…… 푸르까지 포함하여 셋뿐인 파티이니까요."

리프레이아의 말에 따르면 고작 셋이서 3층을 탐색하는 것은 상당히 무모하다냐?

척후는 전력이 아니므로 실질적으로는 둘이다. 다만 리프레이아는 회복수단도 갖고 있는 전사이고, 나는 포터를 겸임할 수 있다. 그런 의미에서는 5인 파티에 상당하는 전력을 보유했다고 봐도 되겠지. 보통은 전위에 전사 셋을 두고, 나머지 셋은 백업요원이니까.

한동안 걸어가니 직경이 약 100미터나 되는 광장에 나왔다.

중앙부에는 춤추는 개구리를 본뜬 듯한, 뭐라 형언할 수 없는 2미터짜리 조각상이 있었다.

"개구리 상이에요냥. 오늘은 이 부근에서 사냥을 할 건가요냥?"

"그래야죠. 첫날이니 딱 괜찮지 않을까요? 어느 정도 돌아다니면서 3층에 익숙해질 필요도 있을 테지만…… 그건 내일부터 하기로 하죠."

"그럼 좀 보고 올게요냥. 마물은 전부 괜찮아요냥?"

"가든 팬서만은 피하도록 하죠."

"알겠어요냥."

리프레이아와 그레이프푸르가 둘이서 오늘의 탐색 계획을 세워나 갔다. 개인적으로는 가든 팬서와도 싸우고 싶었지만, 아직 첫날이 었다. 오늘은 잠자코 따르자.

"히카루, 여긴 개구리 광장이에요. 3층에서 가장 넓은 광장이죠. 이 광장에만 올 수 있다면 개구리 얼굴이 향한 방향으로 걸어가기 만 하면 출구가 나오니 최소한 이 정보만이라도 기억해줘요. 그리 고 여기서 전투를 벌이거나 쉬는 탐색자도 많으니 거점으로도 삼을 수 있어요. 무슨 일이 벌어지면 도움을 받을 수도 있습니다."

그렇구나. 땅바닥에 판석이 쫙 깔려 있는지라 전투— 정령석 획득 을 노리고 사냥할 때 적합한 장소인 듯했다. 다른 구조물이 없어서 대검을 마구 휘두르기에 적합한 장소일지도 모르겠다.

참고로 어제도 왔기에 이 장소는 낯익었다. 시청자들 입장에서는 너무 심심해서 재미없는 장소일지도 모르겠지만, 미궁 안에 이토록 넓은 공간이 있다니 참으로 신기했다.

굳이 이치를 따져보자면 이 장소는 지하 깊숙한 곳에 있을 것이 다. 그것도 지하 수백 미터 아래에. 도시의 지하에 이런 미궁이 존 재하고 있다는 뜻이다. 그런데도 공기도 있고, 인간의 생존활동에 지장을 주는 가스가 있는 것도 아니다. 그야말로 인간이 공략하기 위해서만 존재하는 것 같은 장소다.

"트롤이에요냥. 한 마리인데 어쩔 건가요냥?"

"하자. 늘 하던 전법으로."

내가 마물을 어둠에 가라앉힌 뒤 신호와 동시에 밖으로 꺼내고서 섀도 바인드를 건다. 그 순간에 리프레이아가 전력으로 공격을 가한다. 나 혼자서도 트렌트를 제외하고는 먹혔던 방식이었다. 문제없이 트롤도 쓰러뜨릴 수 있었다.

탐색을 순조롭게 진행했다. 우리는 3층 수준의 파티가 아니었다.

나는 힘은 약하지만 정령술을 꽤 구사하는 편이고, 리프레이아는 전사로서 실력이 뛰어났다. 그레이프푸르도 척후로서 유능한 편이겠지. 여러 마물들과 충돌하지 않도록 능숙하게 유도하면서 마물을 찾아내줬다. 그녀도 종종 마물과 전투를 벌여서 위계를 조금이나마 올려왔다. 홉고블린 정도는 약점을 찔러서 일격에 쓰러뜨릴 수 있게 됐다.

"3층도 어떻게든 될 것 같네. 뭐, 소득은 2층과 별반 다를 게 없는 것 같지만."

"마물 숫자가 2층보다 적으니까요. 그렇다고 해서 이 인원으로 4층이나 5층에 내려가는 건 무서우니 이 정도가 타당하지 않을까요?"

"리프레이아는 4층까지 내려가 본 적이 있던가?"

"잠시 내려가 본 적은 있네요."

제4층 「우룡대폭포(雨龍大瀑布)」는 거대한 폭포가 있는 동굴 계층이라고 한다.

"4층은 탐색하기에는 별로 적합하진 않아요. 물의 정령술사와 불

의 정령술사는 필수입니다. 가능하다면 빛의 정령술사도 있는 편이
좋겠죠."

"듣기만 해도 성가신 곳인 것 같네."

"그래요. 성가신 곳이죠. 마물은 강력하고 땅바닥은 미끄럽고 물
에 젖기 십상이고, 춥고 어둡고 이상한 곳에서 마물이 느닷없이 튀
어나오죠……."

그렇구나. 그런 점에서 3층은 싸우기가 편했다. 안개는 있지만 몸
이 젖을 정도는 아니고, 춥지도 덥지도 않았다. 지면 상태도 좋고,
마물도 별로 강하지 않았다. 무엇보다 어둡지 않았다.

"그러고 보니 길드에서 볼 수 있는 정보는 5층까지던데, 6층 이하
는 어떻게 이뤄져 있어?"

"이 도시에서 가장 깊숙이 나아간 파티가 도달한 계층이 바로 6층
입니다."

"즉, 6층은 아직 공략이 되지 않았다…… 이 말인가."

5층은 「영광으로 향하는 나락」, 6층은 「새벽의 황금평원」이라는
이름이 붙여졌다고 한다.

제5층 「영광으로 향하는 나락」도 꽤나 성가셔서, 목숨을 잃는 탐
색자가 많다고 했다. 그런데 리프레이아는 4층조차 버겁다고 했다.
즉 4층과 5층, 6층…… 그 이후로는 어설픈 파티로는 헤쳐 나갈 수
없다고 봐야겠지.

"6층에 대한 정보는 있어?"

"글쎄요? 길드는 갖고 있을지도 모르겠지만, 길드도 깊은 계층을
탐색하는 것은 추천하지 않으니까요."

"추천하지 않는다? 탐색을 시키는 게 일인데?"

"정령석 자체는 1층에서 5층 사이에서도 충분히 모을 수 있으니까요. 억지로 심부를 탐색하다가 실력 있는 탐색자를 잃는 편이 더 손해잖아요?"

"그런가. 정령석을 더 많이 모을 수도 없다면 굳이 더 아래로 내려갈 만한 매력이 없나……."

"다만 심부를 탐색하지 않으면 마와(魔渦) 중심 농도가 너무 올라가서 표층에서 상당히 하이 페이스로 마물들을 사냥할 필요가 있다고 하지만요."

미궁에서 얻을 수 있는 것……. 당연히 정령석을 얻을 수 있지만, 반대로 말하면 그것뿐이었다.

물론 「신수의 선물」도 있지만, 그것은 좀처럼 받기 어려울 뿐더러 2층에서도 얻었을 정도다. 심층에 내려갔다고 더 자주 받을 수 있는 게 아닐지도 모르겠다.

그러나 선물을 상당히 비싸게 팔 수 있을 것 같으니 돈벌이가…… 되긴 하려나? 미궁 안에서 보주 상태로는 양도할 수 없지만, 미궁을 나간 뒤 개봉하면 매각할 수 있다.

그리고 전투 그 자체와 위계를 올린다는 행위에서도 가치를 찾아낼 수 있겠지.

그러나 그것은 탐색자로서 조금 특수한지도 모르겠다. 다들 먹기 살기 위해서 탐색자로서 활동한다. 모험을 무릅쓰면서까지 심부를 탐색할 필요가 없었다.

"저쪽에 그렘린 두 마리랑 트롤 한 마리 혼성 파티예요냥. 적절히 싸우지 않으면 제법 성가신 녀석들인데 어쩔까요냥?"

정찰하러 나섰던 그레이프푸르가 돌아와서 전투를 개시했다. 리프레이아는 트롤을, 나는 그렘린 두 마리를 상대하기로 했다. 혼성 파티임에도 간단히 처리했다.

그리하여 별 위험 없이 우리 파티의 3층 탐색 첫날이 무사히 끝났다.

"주스이긴 하지만, 건배."

"술이 아니라서 아쉽긴 하지만, 건배!"

"전 술을 마실 수 없어서 주스도 기뻐요냥. 건배."

탐색을 마치고서 뒤풀이를 했다.

신전 근처에는 갈 수 없어서 안전한 범위에 있는 식당에 들어갔다.

요즘에 의도적으로 여러 식당을 시도해보고 있다.

나는 원래 일본인이라서인지 입맛이 까다롭지 않다고 해야 할까, 먹을 수 있는 음식이 많았다. 리프레이아도 먹는 것을 좋아했다. 그레이프푸르도 평소에는 변변히 먹질 못하는지 음식을 사줄 때마다 매번 기뻐해줘서 나까지 흐뭇해졌다.

그리고 아마도 모험을 마친 뒤 이런 장면을 좋아하는 시청자들도 많을 듯했다. 내가 음식을 먹는 장면을 기뻐할 시청자는 없겠지만, 나머지 둘은 별개겠지.

며느리가 미우면 손자까지 밉다는 속담이 있으니 두 사람도 미움을 샀을지도 모르겠지만……. 그렇다고 해도 모험하는 장면만 보여줘서는 시청률을 올리기 어려울 듯했다. 긴장과 완화가 필요하겠지.

"첫 식당은 긴장이 되네요."

"그러게, 길드에서 추천하는 식당이라고 했지?"

"길드의 업무는 꽤 광범위하지요……."

뭐, 길드로서도 탐색자들을 조금이라도 더 많이 이 도시에 붙들어 두고 싶겠지. 위탁업무라서 탐색자가 없으면 돌아가질 않으니까.

"근데 냄새가 좋아. 치즈랑 새우라고 했던가?"

"맞아요. 전 새우를 먹어본 적이 없어서……. 바다에서 잡은 건가요?"

"전 강에서 잡은 작은 새우를 자주 먹어요냥. 자꾸 찾게 되는 맛이거든요냥? 이건 크기가 크니 바다에서 잡은 게 아닐까요냥."

다른 테이블에 나온 요리를 보니 랍스터라고 해야 할지, 대하라고 해야 할지 꽤 거대한 새우였다. 전이하기 전에는…… 그럭저럭 먹어본 적이 있었다. 여동생이 갑각류를 좋아해서 수수께끼의 인터넷 아르바이트나 인디즈 게임으로 번 돈으로 이따금씩 엄청난 양을 시키곤 했다.

잠시 뒤 요리가 나왔다. 껍질을 반쯤 깐 거대한 새우에 소스를 바르고 치즈를 얹어 오븐에 구워낸 듯했다. 요리 이름은 새우 테르미도르라고 입구에 적혀 있었다. 그런데 잘 와닿지 않았다. 새우는(이 세계의 식재료가 다 그렇지만) 지구의 것보다 곱절이나 더 컸다. 만약에 이것이 대하였다면 굉장히 비쌌을 것이다.

"호쾌한 요리네. 따끈따끈해서 맛있을 것 같아."

"이거, 비싸지 않을까요냥? 이런 거 먹어도 괜찮을까요냥?"

"괜찮아. 음식은 다함께 먹는 게 더 맛있어."

비싸다고는 해도 은화 1닢 정도였다. 아직 환금하지는 않았지만, 어제 혼자 탐색하면서 획득한 정령석도 있었다.

시청률 레이스 기간 중에는 돈을 아낄 이유가 없었다. 돈을 최대한 뿌려서 시청률을 올리고 싶었다. 음식으로 돈을 쓰는 것은 의외로 중요하겠지. 요리 방송과 동물 방송은 방송국의 필수 소재라고 어디선가 본 기억도 있으니까.

끝이 두 갈래인 커다란 포크로 새우를 먹었다. 걸쭉하게 흘러내리는 치즈와 짙은 소스가 어우러져 맛이 농후했다. 이거 소스에 새우 내장을 이용했구나.

"꽤 맛있어요. 빵하고도 잘 맞고."

밥을 부르는 맛이었다. 아마 동양인이라서 그런 생각이 드는지도 모르겠다.

"으~음, 황홀해냥. 민물새우하고는 전혀 달라요냥."

"그, 그렇게 맛있나요? 으…… 좋아…… 먹어 볼게요……."

거대 새우 앞에서 리프레이아가 진지한 표정으로 각오를 굳혔다. 확실히 새우는 처음 먹을 때 용기가 필요한 해산물일지도 모르겠다. 일본에도 새우를 거북해하는 사람이 제법 있는데, 리프레이아는 어떨는지. 그저 까닭 없이 싫어하는 거라면 다행이겠지만.

"에잇!"

그녀가 기합을 넣고서 새우 살을 입 안에 넣었다. 처음 보는 음식을 먹을 때는 용기가 필요한 법이지.

"마…….."

"마?"

"마…… 맛있어—!"

리프레이아의 얼굴이 활짝 반짝였다. 입에 맞는 듯해서 다행이었다.

"지금 감동했습니다. 이렇게나 맛난 걸 모르고 살았다니……! 우물우물."

"갑각류는 좋아하는 사람만 좋아하니까. 우리 여동생도 아주 좋아하거든."

"오호! 히카루에겐 여동생이 있었군요!"

"응. 나랑 달리 완성도가 무지 뛰어난 여동생이야."

내가 이런 이야기를 하면 카렌과 세리카의 귀에도 들릴까.

그 녀석들은 내가 나나미를 죽인 범인이 아님을 믿어줄 것 같았다. 그렇기에 타인과 갈등을 빚으며 괴로워하고 있지 않을까. 「설마 가족 중에 살인귀가 있다니! 우리도 피해자입니다!」 하고 말한다면 편할 테지만, 두 사람은 그런 선택을 하지 않겠지.

세상과 싸우면서 상처를 입는 건 원치 않는데 말이야……

"우와~. 근데 히카루도 전투할 때 강하고, 지시도 잘 내리고, 술식도 적확하게 구사해서 굉장히 우수하다고 보는데요?"

"그렇게 말해주니 기쁘긴 하지만, 우리 여동생들의 우수성은 그런 차원이 아냐. 뭐라고 설명해야 좋을지 모르겠지만."

두 여동생들은 모두 유치원 시절부터 영어를 유창하게 구사할 줄 알았고, 새로운 분야에 도전해나가는 의욕과 뭐든지 흡수해나가는 두뇌가 매우 뛰어났다. 초등학교에 입학하기 전부터 신동으로서 유명했다. 텔레비전에도 여러 번 나왔고, 부모님에게는 더할 나위 없이 자랑스러운 자식들이었다.

"그런가요? 부모님께서도 우쭐하시겠네요."

리프레이아가 무심히 던진 말에 가슴이 철렁했다.

"그러게."

나는 짧게 대답하고서 부모를 언뜻 생각했다. 부모님은 뭐라고 해야 할까…… 강한 사람들인지라 아마 세상 사람들이 나를 나나미 살인범이라고 규탄하더라도 별로 괘념치 않겠지. 애당초 아버지와 어머니가 나를 걱정하며 보고 있을까? 내 머릿속에서 그런 장면이 잘 떠오르지 않았다.

막 전이했을 때는 느닷없이 숲에 내던져진 기겁할 만한 상황이었기에 역시나 가족들이 걱정했으리라 솔직히 생각했다.

그러나 지금은—.

"—히카루? 괜찮아요? 왠지…… 굉장히 괴로워하는 표정인데."

"응, 아아, 미안해. 가족을 좀 생각하고 있었어."

"……사정이 있군요. 뭐, 탐색자는 대개 그렇긴 하지만."

캐물을 줄 알았는데, 남의 개인사를 건드리지 않는 것이 불문율인가 보다.

뭐, 내 사정은 너무 특수해서 이야기해본들 이해하지 못할 가능성이 높았다. 시청률 레이스를 마친 뒤 어차피 말해줄 생각이지만, 지금은 아직 그때가 아니었다.

"저에게도 여동생이 있어요. 굉장히 뛰어난 아이인데…… 후후, 그것도 히카루랑 똑같네요."

"나도, 나도! 우린 오남매예요냥!"

역시 고양이 수인이라서 한 번에 태어나는 숫자가 많은가? 쓸데없는 궁금증이 떠올랐다. 이름도 오렌지푸르나 레몬푸르 등으로…… 지을 리는 없겠지?

새우 테르미도르는 맛있었다. 배가 고프기도 해서 테이블에 나온 접시를 깨끗하게 피웠다. 그렇게 더 추가하고 말았다. 위계가 올라가면 괴물화가 진행되어 식욕이 늘어난다고 들었다. 그래서 그런가? 전투에 능숙해질수록 식비가 점점 더 많이 들지도 모르겠다.

"그리고 보니 마물의 약점은 주로 목인데, 왜 그런 거야?"

나는 궁금했던 것이 떠올라 리프레이아에게 물어봤다.

"목에 정령석이 있어서 그런 게 아닐까 싶은데."

"아닌데요? 명맥(命脈)이 모이는 지점이라서 그래요. 애당초 정령석은 『살아있었다는 증표』라서, 죽었을 때 명맥의 중추에서 생성돼요. 살아 있는 동안에는 존재하지 않습니다."

"그렇구나…… 근데 명맥이라니……?"

"정령력이 흐르는 영맥이 있어요. 몸속에."

리프레이아가 말하기를 인간도 마물도 몸에 정령력이 흐른다고 한다. 그 중심점이 목 부근에 있어서 그곳이 파괴되면 속수무책으로 죽을 수밖에 없단다.

그래서 그 부분만이라도 방어구를 두르라고 누누이 당부하는 실정이었다. 이야기를 듣고 나니 확실히 두려워졌다. 돈이 모이거든 방어구를 제작하자. 자세히 보니 두 사람 모두 목 부근을 완벽히 방호하고 있었다. 나처럼 훤히 드러내고 다니는 사람이 드물다나?

"어떤 이유가 있어서 방어구를 착용하지 않는구나 생각했는데……. 설마 몰랐다니……. 히카루는 더 공부하는 편이 좋겠군요."

"길드에 초보자를 위한 지침서 같은 책은 없나?"

"책에 의존하지 말고 내가 알려줄 테니 괜찮아요. 뭐든지 물어봐 주세요."

리프레이아가 가슴을 툭툭 두드렸다.

가르쳐준다니 솔직히 고마웠다. 지구와는 다른 세계. 배워야만 하는 상식이 너무 다른지라, 무엇이 다른지조차 알아차리지 못하는 경우가 너무 많았다.

그야말로 뭘 모르는지조차 모르는, 그런 상태이니까.

"근데…… 리프레이아는 탐색자야? 아니면 견습 기사? 기사를 목표로 하고 있으니 시험 때까지는 여기서 수행한다고 생각해도 될까?"

테이블에 나온 추가 요리를 먹으면서 물어봤다. 다른 탐색자의 개인사를 묻는 것이 결례라면 꽤 미묘한 질문이리라. 그러나 나는 그녀를 알고 싶었다.

리프레이아의 존재는 탐색자들 중에서도 이질적이었다.

이따금씩 눈에 띄는 베테랑 탐색자들 중에는 리프레이아처럼 좋은 방어구를 착용하고서 대범한 얼굴로 아래로 계속 내려가는 사람들도 있었다. 그러나 그녀는 3층에서 주로 활동하는 중급 모험가에 불과했다.

견습 성당기사라서 좋은 장비를 갖고 있는 건 알겠지만, 굳이 탐색자 흉내를 내는 이유를 잘 모르겠다고 해야 할까…… 탐색자와 견습 기사가 이어지지가 않았다.

"리프레이아도 목적이 있어서 여기 있는 건데도 날 도와주고 있잖아. 그래서 나도 도울 일이 뭐 없을까 해서 말이야. ……대답하기 난처하다면 굳이 말하지 않아도 되지만."

"목적 말인가요. ……일단 전 두 가지 이유 때문에 미궁에 들어가요. 그 중 하나는 돈이죠. 미궁 탐색은 위험한 만큼 돈벌이가 쏠쏠

하니까."

"나머지 하나는?"

"저는 견습 성당기사라고 했죠? 바로 그거예요."

"응? 그게 관련이 있나?"

"그렇구나……. 히카루는 성당기사가 뭔지도 모르는군요."

성당기사는 이 세계에서는 상식인가?

기사라고 해도 수많은 직업 중 하나에 불과하니, 상식이라고 할 만큼 널리 알려졌을 것 같진 않은데.

"성당기사…… 대정령님을 모시는 신전을 수호하는 기사한테는 두 가지 힘이 필요합니다. 우선 단순한 전투력…… 이건 무예와 위계를 가리키는 거죠. 그리고 나머지 하나『정령술』. 빛의 대신전의 성당기사를 목표로 삼은 저는 빛의 정령술을 반드시 구사해야만 합니다."

"그럼 조건을 이미 만족한 거 아냐? 리프레이아는 위계도 꽤 높겠지."

"네. 위계와 검 기술은 문제없습니다. ……근데 히카루라면 알죠? 전 정령술을 잘 다루지 못해요."

리프레이아가 조금 괴로운 얼굴로 털어놓았다. 나라면 알 거라고 했지만 잘 모르겠다. 빛의 정령술을 쓸 만한 상황이 없었고, 내 정령술만으로도 어떻게든 넘어갔기에 리프레이아의 술식은 최초에 몇 번 시험 삼아 구사한 것을 본 것이 전부였다. 그 후에 탐색할 때는 쓰지 않았다.

내가 그녀의 정령술을 전력 외라고 판단했다고 생각해서였을까?

……아니, 현실적으로 그게 정답이었나.

어둠과 빛은 상성이 나쁜 것은 확실하니까.

"즉, 정령술이 성당기사가 될 만한 수준에 미치지 못한다…… 그런 뜻이야?"

"맞아요. 성당기사가 되려면 제4의 술식인 포톤 레이를 구사할 줄 알아야만 해요. 저희 가문은 대대로 성당기사단장을 배출해온지라, 장녀인 저도 당연히 그리 되리라 다들 기대했지만…… 이 나이가 되도록 정기사도 되지 못한 팔푼이인걸요."

"리프레이아…….."

나는 그런 줄도 모르고 파티에서 그녀를 「전사」로서 이용해왔다.

파티 멤버로서 실격이네.

"제 여동생은 정령술이 엄청 뛰어나요. 어찌나 술식이 눈부신지 『광휘의 플로라』라고 불렸을 정도입니다. 그에 비해 전 빛날 수 없는 『잿빛의 리프레이아』……."

나는 스스로 노력한 게 아니라 치트로 능력을 얻어낸 이방인이다.

이런 내가 이 세계에 태어나서 자라난 그녀의 절실한 고민을 간단히 위로해줄 수 있을 리가 없었다.

그러니 내가 해줄 수 있는 것은 딱 하나였다. 그녀의 정령술을 단련해주는 것. 그뿐이겠지.

"리프레이아. 그 제4의 술식을 쓸 줄 알게 되면 문제없는 거지?"

"엇? 네…… 하지만 여태껏 정령술을 계속 써왔는데도 안 됐거든요. 저, 미궁에 들어간 지 1년은 넘었는걸요? 보통은 술식의 위계가 올라가고도 남을 시간인데."

"아니, 아직 포기하기에는 이르지. 아무런 보답도 못하고 도움만 받는 게 괴로웠던 참이었어. 앞으로 9일밖에 남지 않았지만, 그 동안에 제4의 술식을 쓸 수 있게 되도록 서포트할게."

"서포트하겠다고 한들…… 하루에 술식을 다섯 번 쓰는 게 한계라서……."

그녀가 아는지 모르겠지만, 정령술은「숙련도제」다.

즉, 사용한 횟수만큼 강해진다. 실전에서 쓰면 숙련도가 더욱 쉽게 오른다. 예를 들어 내 다크니스 포그는 그저 어둠에 숨기 위해서 쓰면 이제 숙련도가 전혀 오르지 않는다. 그러나 전투할 때 상대를 어둠으로 휘감기 위해 구사하면 올라가곤 한다. 그녀의 정령술도 그런 방법으로 단련할 수 있을 것이다.

아마 그녀는 라이트를 그저 광원으로밖에 사용하지 않았던 게 아닐까.

전투하면서 쓰지 않는다면 숙련도를 올리는 것은 어렵다.

"뭐, 어쨌든 시도해보자. 그나저나 궁금했는데 본인과 술식의『위계』가 올라간 걸 어떻게 알아?"

실은 누구나 스테이터스 보드는 꺼내볼 수 있는 건 아니겠지…….

"대정령님께서 알려주시는데요? 아니, 히카루는 물어볼 수 없잖아요! 아― 그렇구나……. 불편하네요, 사랑받는 자는."

대정령은 그런 편리한 존재였구나.

레벨을 알려주는 신이라……. 정말이지, 판타지다.

"어라……? 근데 히카루, 다크니스 포그의 위계가 4라는 걸…… 어떻게 아는 건가요?"

"뭐, 그 부분은 언젠가 말해줄게."

그것을 이야기하려면 이세계 전이부터 설명할 필요가 생긴다.

모든 것이 다 끝나면 들려주기로 하자.

우리가 대화를 나누는 동안에 그레이프푸르는 묵묵히 배를 가득 채우고는 새근새근 자고 있었다.

역시 고양이인지도 모르겠다.

이튿날.

우리는 아침부터 미궁에 들어갔다.

"오늘도 사냥을 하긴 할 텐데, 리프레이아의 정령술 숙련도도 올려나갈 생각이야."

"숙련도……? 정령술을 쓰다가 익숙해지면 위계가 올라간다는 얘기를 분명 듣긴 했지만. 근데 벌써 꽤 많이 썼거든요? 적어도 여동생보다."

"개인차는 있겠지."

나는 제4의 술식이 어떤 것이었는지 모호할 정도로 단숨에 여러 가지를 익혀버렸다.

리프레이아가 어째서 술식을 잘 익히지 못하는가. 그 이유는 모르겠다.

다만 올바른 방식으로 적절하게 여러 번 사용한다면 반드시 길이 열릴 것이다.

아니, 그것 말고는 할 수 있는 게 없다.

"우선 라이트…… 그게 『광현(光顯)』인 것 같은데, 그걸 충분히 구사할 줄 아는 게 전제라고 봐. 나도 『암현(闇顯)』인 다크니스 포그— 처음에는 다크 미스트였는데, 그것만 계속 썼더니 다양한 술식이 생겨났으니까."

"그렇군요……. 탐색 중에 라이트는 거의 사용하지 않고 큐어 그로우만 썼습니다."

"횃불로 대용할 수 있는 라이트보다 회복술을 우선하는 건 당연하다면 당연하겠지만, 아마 그게 위계가 올라가지 않았던 원인이 아닐까?"

하물며 3층까지 진행하면 라이트를 쓸 상황 자체가 없다.

큐어 그로우만 자꾸 쓰게 된다.

내 경우에 빗대자면 다크 미스트를 쓰지 않고 섀도 러너만 계속 구사한 느낌이려나? 그렇게 생각하니 왜 숙련도가 올라가지 않고 다른 술식을 쓸 수가 없는지 이유를 알 것 같았다.

어디까지나 느낌이지만, 나에게는 묘한 확신 같은 것이 있었다. 다크니스 포그와 그 이외의 술식을 구사할 때 느낌이 서로 달랐기 때문이었다. 표현하기가 어려운데, 다크니스 포그만은 어둠의 정령을 불러낸다는— 아니, 생성한다는 느낌이 든다고 해야 하나.

"그래도 라이트도 꽤 많이 써왔는데요? 2층에서는 편리하니까요."

"그거, 횃불을 대신한 조명으로서 활용하지 않았어?"

"엇…… 그런데요……."

역시 전투에서 사용하는 것이 핵심이겠지. 할 수 있는 만큼 해보도록 하자.

"리프레이아, 하루에 다섯 번을 쓸 수 있다고 했던가? 술식 말이야."

"아, 예."

"그럼 3층에 가기 전에 2층에서 라이트로 마물을 쓰러뜨리자. 상대는 오우거가 괜찮으려나."

우리는 그렇게 정하고서 이동했다.

1층을 통과하고서 2층에 도착했다.

3층을 알고 나니 2층이 더욱 어둡고 축축하게 느껴졌다. 괜히 지하감옥이라는 명칭이 붙은 게 아니구나 싶었다. 뭐, 미궁하면 떠오르는 이미지가 딱 이렇긴 하지만.

"그럼 먼저 확인해두겠는데, 라이트 술식은 주변을 환하게 밝히기만 해? 열로 대미지를 줄 수는 없을까?"

"밝히기만 해요. 히카루의 어둠과 마찬가지로 실체는 없습니다."

그렇다면 내 어둠과 병행하여 구사한다면 상당히 강력하게 활용할 수 있을 듯했다.

"그러고 보니 처음에 만났을 때 리프레이아가 라이트로 내 어둠을 걷어냈는데, 리프레이아의 술식이 강해서 그랬던 게 아닐까?"

"설마요! 제 술식으로 히카루의 술식을 어떻게 지울 수 있겠어요. 그건 『대(對)속성 덮어쓰기』. 빛과 어둠은 반대속성이라서 나중에 구사한 쪽이 반드시 이겨요. 빛과 어둠의 정령이 동일하다는 사실과 관련이 있다고 하던데요?"

"나중에 구사한 쪽이 반드시 이긴다……? 정말?"

"히카루가 그 사실을 몰랐다는 게 오히려 더 놀라운데요."

정령술은 강해서 편리하다고 생각했는데 터무니없는 약점이 있었다.

다크니스 포그를 지워버리는 것은 나에게 치명타라고 할 수 있었다.

그러나 빛 속성을 지닌 마물은 드문 것 같으니 그 점은 다행일지도 모르겠다.

"그리 걱정할 거 없어요. 동일한 종류의 술식만 덮어쓸 수가 있거든요? 빛과 어둠의 속성 중에서 동일한 종류를 꼽자면 아마 현현술(顯現術), 허상술(虛像術), 소환술(召喚術)뿐일 거예요. 뭐, 허상술은 자기 근처에 분신을 만드는 술식이라서 덮어쓰기와는 무관할지도 모르겠지만."

"그렇구나……."

다른 술식까지 간단히 지워지는 건 아니라고 하니 잘 됐다. 어쨌든 라이트로 다크니스 포그를 확실히 걷어낼 수 있다는 사실은 늘 염두에 두는 편이 좋겠네.

나에게 다크니스 포그는 그야말로 생명줄이라고 할 수 있는 술식이니까.

고블린이나 오크를 적당히 날려버리며 돌아다니다가 오우거를 발견했다.

두 마리에, 무기를 소지했다. 꽤 강적이다.

"하나 더 확인할게. 리프레이아 본인은 라이트가 발생하는 빛에 영향을 받지 않는 거지?"

"아, 네. 환해지는 은혜는 느껴지지만, 눈이 부셔지지는 않습니다."

"그럼 내가 신호할 테니 타이밍에 맞춰 라이트를 오우거한테 건 뒤 검으로 공격해. 실제로 해봐야 느낌을 알 수 있으니 계속 시도해 보자."

"아, 예!"

나는 다크니스 포그를 구사하여 어둠에 섞여든 채로 둘이서 경계하고 있는 오우거들에게 접근했다. 그러고는 어둠의 범위를 넓혀 두 마리를 모두 감싸버렸다.

2층 마물은 어두운 내부를 배회하는 주제에 시각에 의지한다. 다크니스 포그 같은 칠흑의 어둠에는 대응하지 못한다. 아마 다크 미스트였다면 의미가 없었을 테지만.

시야가 막히자 오우거가 당황했다.

동료가 곁에 있을 경우에 오우거는 무기를 마구 휘두르지 못하고 주저한다. 의외로 동료의식이 있는지도 모르겠다.

다크니스 포그의 효과는 최대 반경 10미터.

나는 한계치인 10미터까지 오우거와 거리를 띄운 뒤 리프레이아에게 신호를 보냈다.

"지금이야!"

"넵! 라이트!"

다크니스 포그가 생성한 어둠을 사라지면서 오우거의 눈앞에 눈부신 광구(光球)가 출현했다.

"우가아아아아아아!"

두 오우거들이 갑작스러운 빛에 눈을 다치고서 고통스러워했다.

"먹혀들었다!"

예상했던 대로 시각에 의존하는 마물에게는 유효한 듯했다.

어둠과 빛은 표리일체. 어둠이 통한다면 당연히 빛도 통한다. 그런 거겠지.

혼란에 빠져 무기를 반쯤 놓아버린 오우거들.

한밤중 같은 어둠 속에서 갑자기 태양을 직시한 것이나 마찬가지였다. 인간이었다면 한동안 눈이 멀어서 아무것도 보이지 않겠지.

전투 중에는 결정적인 빈틈이었다. 이 시점에서 승패는 결정된 것이나 마찬가지.

참고로 나는 팔로 빛을 가려서 그럭저럭 괜찮았다.

"섀도 바인드!"

문제는 없겠지만 만약을 위해 바인드로 오우거 두 마리를 구속했다.

바인드는 보통 한 마리에게만 거는 술식이지만, 효과 범위를 넓힐 수도 있다. 다만 그 경우에는 구속력이 꽤 약해진다. 오우거라면 2초쯤이면 구속이 풀리고 말겠지.

그러나 2초라도 문제없었다. 리프레이아는 눈을 다친 데다가 꼼짝도 못 하는 오우거들을 대검으로 연달아 해치워나갔다. 예상한 결과이긴 했지만, 보아하니 내가 술식을 구사하지 않더라도 동일한 수법으로 상대를 위축시킬 수 있을 듯했다.

엄청나게 유용한 술식이긴 하지만, 리프레이아는 단독으로 오우거를 쓰러뜨릴 수 있는 전사였다. 굳이 하루에 다섯 번밖에 쓸 수 없는 술식을 활용하면서까지 마물을 번잡하게 죽일 필요가 있나 싶었겠지.

"뭐, 평상시와 비슷하긴 하지만, 실전에서 술식을 쓰면 이런 느낌이야. 아마 이 과정을 매일 반복하면 숙련도가 나름 올라갈 거야."

잘난 척할 의도는 없었지만, 숙련도가 표시되는 스테이터스 보드가 있다는 점에서는 내가 갖고 있는 정보가 더 많다고 할 수 있었다.

그리고 어떤 조건에서 숙련도가 더 잘 올라가는지도.

"화, 확실히…… 왠지 술식을 더 잘 썼다는 실감이 느껴져요. 실전에서 이 술식을 구사하다니…… 생각해 본 적이 없었습니다. 포톤 레이 이외에는 덤이라고…… 생각했어요."

"덤이라니. ……리프레이아, 난 다른 술식을 그런 식으로 본 적은 없지만, 『현(顯)』이야말로 가장 중요하고 본질적인 술식이고, 반대로 나머지가 덤이라고 봐. 내 술식도 다른 건 없더라도 난처하지 않지만, 암현— 다크니스 포그는 없으면 큰일이야."

"그, 그렇죠……. 그렇구나……."

그러고 보니 처음 만났을 때 리프레이아는 라이트를 시시한 술식이라고 했다. 그 인식에서 착각이 시작된 게 아니었을까?

그래서야 빛의 정령도 힘을 빌려줄 리가 없겠지.

"술식 연습은 독학으로 해? 선생님 같은 사람이 힌트를 줘야하는 거 아냐?"

나는 「현현술」을 실전에서 사용하는 것이 술식 전체를 늘릴 수 있는 가장 좋은 방법임을 체험하며 깨달았다. 그러나 어쩌면 더 좋은 방법이 있을지도 모른다.

이세계에 온 지 얼마 안 된 나보다는 이 세계 사람들이 더 많은 것을 연구했을 테니.

"아뇨…… 정령과 감응하는 건 개인의 자질에 달렸다는 인식이 있어서 그런 건 거의 없어요. 여동생은 천재라서 계약한 지 1개월 만에 포톤 레이를 취득해버려서 연습 방식에 따라서 정령술이 성장할 수 있다는 생각은 해본 적도 없는지라……."

"으~음, 이토록 정령술에 의지하는 세계인데도 그게 말이 되나 싶은걸……?"

"어쩌면 빛의 대신전이 조금 특수한지도 모릅니다. 뭐라고 해야 할까…… 폐쇄적이니까."

리프레이아의 말에 따르면 빛의 대정령의 신전은 숫자가 적다고 한다. 그녀의 고향인 실티온도 「애초부터 빛의 대정령이 있던 곳」에 신전과 도시를 세웠다고 한다.

이곳처럼 대정령이 넷이나 모여 있고, 탐색자와 마구 계약하는 도시와는 다르다……는 뜻이겠지.

그러나 「현」 술식을 왜 등한시했는지 생각해보니 알 것도 같았다.

나도 어엿한 전사였다면 섀도 바인드만 사용했을지도 모르겠다.

"뭐, 어쨌든 최대한 해보자. 어차피 하루에 사용할 수 있는 횟수가 한정되어 있으니."

"저쪽에 오크가 있어요냥. 어쩔까요냥?"

"쓰러뜨리고서 오우거를 또 찾아보자."

"알겠다냥!"

오크와 고블린은 정령술 연습상대로는 부족했다. 리프레이아가 너무 강해서 학살만 벌어질 뿐이니까.

그리하여 리프레이아는 오우거를 상대하며 빛의 정령술을 연습했다.

리프레이아는 평범하게 일대일로 싸우더라도 오우거를 쓰러뜨릴 수 있다. 무력만 놓고 봐도 오우거보다 강하다. 그런 우위를 바탕으로 다크니스 포그와 라이트를 곁들이면 일격으로 확실히 쓰러뜨릴 수 있다.

다크니스 포그를 쓰지 않고 라이트만 단독으로 뿌리더라도 오우거를 꽤 위축시킬 수 있었다. 다크 미스트와 동일한 레벨의 술식이라는 게 믿기지 않을 만큼 강했다.

빛 속성에는 포톤 레이라는 강력한 공격술에다가 회복술까지 있다. 어둠에 비해 꽤 직접적으로 유효하기에 강력한 속성이라 할만했다.

……뭐, 나에게는 이 어둠의 정령술이 잘 맞으니 딱히 상관없지만.

"헉, 헉……. 역시 다섯 번을 쓰니 꽤 소모됐네요……."

리프레이아가 얼굴을 붉히고서 숨을 헐떡였다.

정령의 총애를 받지 않은 사람은 정령술을 다섯 번 쓰는 것이 꽤 버거운 듯했다. 나는 3층으로 내려가기 전에도 다섯 번 넘게 구사했으니 감각의 차이가 현저히 다르다고 할 수 있겠지.

나는 두 사람 몰래 크리스털 3개로 정령력 회복 포션을 교환했다.

"리프레이아, 이걸 마셔."

"어, 앗, 이게 뭔가요? 주스?"

"정령력을 회복해주는 주스."

내가 너무 태연하게 건네서인지 농담으로 받아들였나 보다. 리프레이아가 웃으며 받은 뒤 단숨에 마셨다.

뭐, 맛은 오렌지 주스랑 판박이지만.

"고맙습니다. 맛있네요—. 앗, 어? 어라……? 왜??"

"몸에서 열기가 싹 빠져나갔지?"

"이, 이거 진짜로 정령력 포션이었어요?"

"그렇다고 했잖아."

"근데 정령력 포션은 가격이 은화 5닢이나 하잖아요?"

"우연히 생겼을 뿐이니 괘념치 마."

정령력 포션은 부상용 중급 포션보다 비싸다. 한 병에 은화 5닢이나 나가니 꽤 고가다.

"그럼 3층에 내려가서 정령술 연습을 계속하자, 리프레이아."

"어, 예에에?! 계속한다고요? 히카루도 상당히 버겁죠?"

"이제 며칠밖에 없으니까. 그때까지는 포톤 레이를 익혀야 하잖아."

"그 말…… 지, 진심이었어요?"

시청자들이 보고 있다. 이벤트는 많으면 많을수록 좋다.

더욱이 내 사정 때문에 미궁을 함께 돌아주고 있는 것이니 그녀도 얻어가는 게 있어야만 한다.

나는 1위를 차지하여 나나미를 되살린다.

리프레이아는 포톤 레이를 익혀서 성당기사 시험에 합격한다.

그레이프푸르는 평소보다 돈을 더 많이 벌고, 위계도 조금씩 올린다.

이 정도로는 두 사람을 이용한 것에 대한 속죄가 되지 않겠지만, 조금이라도 고마워해준다면 그나마 위안이 될 듯했다.

그것이 그저 마음이 홀가분해지고 싶다는 감정에서 비롯된 위선일지라도 말이다.

3층에서는 다크니스 포그로 어둠에 빠뜨린 뒤 라이트를 발하면 대부분의 마물을 혼란에 빠뜨릴 수 있었다.

원래부터 하루에 사용할 수 있는 횟수에다가 정령력 포션을 두 병 사용했으니 합계 15회. 이제 남은 날이 그리 많지 않기에 제4의 술식을 터득할 수 있을지는 미지수. 그러나 리프레이아 본인도 성과가 꽤 있다고 느끼고 있으니 어쩌면 어떻게든 될지도 모르겠다.

그렇게 3층 사냥을 사흘 연속으로 다녔다.

가든 팬서는 결국 출현하지 않았다. 그러나 꾸준한 사냥으로 2층에서보다 돈을 더 많이 벌었다. 나 역시 트롤을 제외한 마물은 적극적으로 쓰러뜨렸으니 위계가 올라갔겠지. 몸이 가벼워졌고 전투도 익숙해진 듯했다. 지금 이 상태라면 2층 고블린이나 오크쯤은 정령술을 쓰지 않고도 쓰러뜨릴 수 있을지도 모르겠다.

"자, 히카루. 내일은 휴일이죠? 난 대정령님께 위계와…… 새로운 술식을 쓸 수 있게 됐는지 여쭈러 다녀올게요."

"그래? 대정령이 알려준다고 했지? 포톤 레이를 터득했으면 좋겠네."

"아하하. 아무리 그래도 고작 사흘 만에 익힐 수는 없대도요."

"그런가?"

이 세계의 정령술사들은 새로운 술식이 싹텄는지 스스로는 알 수가 없어서 근처에 있는 대정령에게 묻는다. 가는 김에 위계도 물어본다니 결과가 기대된다.

나는 스테이터스 보드가 있으니 당연히 물어보러 갈 필요가 없었다.

그나저나 스테이터스 보드 자체가 상당한 치트 능력이다. 시계도 있고 알람도 설정할 수 있고, 3포인트로 세계지도도 확장할 수 있으니까.

시청률 레이스는 앞으로 7일 남았다. 오늘로 딱 일주일— 절반이 지난 셈이었다.

순위는 아직 1위와는 거리가 멀었다.

내일은 혼자서 제4층에 내려간다—.

시청률 레이스 8일차. 오늘은 휴일로 나흘 전과 마찬가지로 혼자서 미궁에 들어왔다.

시청자수는 꾸준히 늘어서 6억 명에 도달했지만, 순위는 아직 8위였다.

지구 인구를 70억 명이라고 가정한다면 시청률이 8.5% 정도라고 할 수 있나?

엄청난 숫자라고 할 수도 있겠지만 8위는 8위다.

나는 이벤트 초반에 시청자수가 적었기에 후반에 시청자를 압도적으로 끌어 모으지 않으면 1위가 될 수 없다. 그러니 기존대로 행동해서는 1위가 되기 어렵다고 봐야겠지.

남은 시간은 이제 절반밖에 없었다. 1위가 되려면 무언가 특별한 것이 필요했다. 모든 전이자들이 아무도 달성하지 못했던 무언가가.

오늘날은 정보 사회다. 누군가가 무언가를 달성한다면 그 뉴스가 순식간에 전 세계에 퍼져나간다. 하물며 이세계 전이자 소식이니 더더욱 그렇겠지.

다만 무엇을 달성해야 할지 떠오르지 않았다.

그래서 목숨을 거는 것이었다. 오늘은 단독으로 제4층 「우룡대폭포」에 내려간다.

2층까지는 모든 마물들을 무시하고 지나갈 수 있겠지만, 3층은 조우한 마물들을 확실히 처리하면서 나아가야만 했다.

1, 2층에서는 다크니스 포그에 숨으면서 지나갈 수 있지만, 3층에서는 통하지 않기 때문이었다. 억지로 진행했다가는 맞닥뜨렸던 마물들을 죄다 끌고 다니는 꼴이 되겠지.

그런 위험을 무릅쓸 바에야 마물을 만나는 족족 죽이는 편이 안전했다.

3층 지도는 길드에서 구입했다. 아주 저렴하게 파는 것으로 보아 거의 종이 값만 받고서 배포하는 듯했다. 길드의 입장에서 이런 정보를 아낄 이유가 전혀 없으니까.

탐색자는 많으면 많을수록 좋고, 사망자는 적으면 적을수록 좋은 법이다.

지도가 있어서 별 고생 없이 최단경로로 지나갈 수 있었다. 다만 4층으로 이어지는 계단은 거의 끝에서 끝까지 걸어가야만 도달할 수 있기에 시간이 걸릴 수밖에 없었다.

더욱이 가는 길 말고도 돌아오는 길도 고려해야만 하기에 왜 리프레이아가 4층 이하로 내려가는 것은 어렵다고 했는지 이해가 됐다.

어쨌든 4층으로 이어지는 계단에 도착한 뒤, 잠시 휴식을 가졌다.

정령술은 꽤 많이 쓰더라도 괜찮지만, 육체는 그렇지 않았다.

내 위계…… 즉, 레벨이 어느 정도 올랐는지 스테이터스 보드로는 확인할 수 없기에 강해졌는지 실감이 잘 나지 않았다.

'신한테 요청이라도 해볼까? 레벨제이니 알 수 있게끔 개선하라고.'

대정령에게 물어보러 가면 알려준다고 하지만, 나는 그것이 불가능해서 자신의 레벨도 모른다. 레벨은 기준 같은 것이지만 그 기준이 의외로 중요하다. 길드에서도 4층에 내려갈 수 있는 최소 권장 위계까지 정해놨을 정도다.

참고로 2층의 최소 권장 위계는 6.

3층은 최소 10. 4층은 최소 20이다.

더욱이 이 숫자는 「6인 파티」가 기준이고, 더욱이 거의 전원이 정령술을 구사할 수 있다는 것이 전제다.

그때까지는 1층에서 열심히 위계를 올리고, 동료를 찾고, 정령술을 계약하기 위한 돈을 모으라는 뜻이었다. 권장 6인 파티는 「전사 셋, 회복술사 하나, 척후 하나, 포터 겸 예비 요원 하나」로 편성된다고 한다.

내 위계는 얼마나 될까. 대장간 주인장은 내 몸짓을 보고서 9정도는 된다고 했다. 나는 「체력 업 레벨1」을 취득했기에 그 당시에 위계가 4~6 정도가 아니었을까 추측됐다.

그리고 그로부터 며칠밖에 지나지 않았기에 현실적으로 내 위계는 아무리 높아도 10 전후인 것 같다. 즉, 원래는 풀 파티를 구성하더라도 이제야 3층에서 활동할 수 있는 수준이다.

그런데 단독으로 4층에 내려가려고 한다. 완전히 무모하다.

그래도 하는 거다. 그렇기에 하는 거다.

"그럼 4층에 내려가 보려고 합니다. 4층은 3층에 비해 위험도가 꽤 높아서 바짝 집중해야 합니다. 죽고 싶지는 않으니까요."

죽으면 나나미를 되살리는 것도 허사가 된다. 모든 게 물거품이 된다.

죽지 않으면서도 최고의 퍼포먼스를 보여야만 했다.

다크니스 포그는 사용하지 않고 맨몸으로 계단을 내려갔다.

방심은 금물이지만, 계단에서는 마물이 출몰하지 않는다니까. 물론「순 거짓말이잖아」하고 한탄해본들 아무도 도와주지 않으니 이조차도 꽤 위험한 행동일지도 모르겠다. ……그 위험을 감수하러 가는 길이니 새삼스러울 것도 없지만.

"4층 권장 레벨은 풀 파티 기준으로 20레벨이라고 합니다. 전 제레벨을 몰라서 뭐라 말할 수가 없지만, 20이 아니라는 건 확실해요."

소리가 비지 않도록 떠들면서 내려갔다.

"4층에서는『자이언트 크랩』,『슬라임』,『맨티스』,『사하긴』,『리자드맨』,『라미아』, 그리고『스킬라』가 출현한다고 합니다. 어둠과 상성이 나쁠 것 같은 마물을 꼽자면 슬라임과 리자드맨이 아닐까요. 어둠에 숨어도 아랑곳 않고 공격하는 상대는 꽤 버겁습니다."

이번에는 길드에서 정보를 수집해왔다.

내가 아무 정보도 없이 미궁에 내려갔다가 죽을 위기에 처한다면 시청자가 늘어날 것이다. 그러나 늘어날 시청자수와 처음 보는 마물에게 당하여 죽을 위험성을 저울에 달아보니 4층 정보가 필요하겠다고 판단했다.

4층 마물은 전체적으로 2층이나 3층보다 꽤 강한 듯했다.

당장은 슬라임을 주의할 필요가 있겠지. 정령술에 약하다고 하니 서치&디스트로이 모드로 갈 수밖에 없었다.

리자드맨은 뱀이냐 도마뱀이냐에 따라 달라진다. 뱀이라면 시력이 약한 대신에 열 감지 기관을 갖고 있을 가능성이 있다. 그 경우에는 꽤 위험하다. 지금까지 어둠이 통하지 않았던 마물로 3층의 트렌트를 꼽을 수 있다. 그러나 그 녀석은 움직임이 굼뜨고 공격력이 강하지는 않았다. 그러나 리자드맨은 아주 강할 것 같고 다리도 빠를 것 같았다. 어둠에 섞여 달아날 수 없는 상대는 나에게 있어 취약이었다.

참고로 라미아는 하반신은 뱀이고 상반신은 인간이라서 열 탐지 기관은 갖고 있지 않겠지. ……아마도.

어쨌든 어떤 마물에게 어둠이 통할지 시험해볼 필요는 있었다.

가장 강적인 스킬라는 하반신이 기다란 촉수 형태로 되어 있는, 여자처럼 생긴 마물이다. 그 모든 다리를 무기로 삼을 수 있기에 접근하는 것조차 어려운 강적이라고 한다. 더욱이 라미아 서너 마리를 동반하여 출현하는 경우도 있다고 한다. 그 경우에는 고레벨 베테랑 파티일지라도 전멸당할 수 있다나. 길드에서도 육포나 연기구슬을 마구 뿌려서 퇴각하라고 권고할 정도다.

"길드에 여러 정보들이 게시되어 있는데, 그 내용에 따르면 마물이란 『혼돈의 정령력』의 영향을 받은 존재라고 합니다. 그 모습이 「많이 뒤섞여」 있을수록 혼돈의 영향을 크게 받은 것이라는군요. 라미아는 뱀과 인간, 리자드맨은 도마뱀과 인간, 사하긴도 물고기와 인간, 맨티스는 사마귀와 인간. 그런 마물은 『혼돈의 정령석』을 떨어뜨릴 가능성도 높다고 합니다."

혼돈의 정령석은 평범한 마물도 일정 확률로 떨어뜨린다.

지난번에 혼자 탐색했을 때와 파티원들과 탐색했을 때도 여러 개 입수하여 보관해뒀다.

"4층에서는 크리에이트 언데드를 써볼까 합니다. 어둠의 정령술 중에 그런 술식이 있는데, 혼돈의 정령석이 있으면 돌로 변하기 전의 마물을 생성할 수가 있습니다."

나는 혼자서 4층 탐색을 하러 왔고, 더욱이 종전과는 달리 4층을 탐색하는 파티도 현저히 적었다. 크리에이트 언데드를 쓰는 장면을 누가 볼 위험성은 낮을 듯했다.

"물소리가 들리네요. 긴장해서인지 온도도 올라간 느낌입니다."

계단은 3층으로 내려갈 때와 마찬가지로 길었다.

3층을 봤을 때도 생각했지만, 땅속에 이런 공간이 있다는 게 조금 믿기지가 않았다.

잠시 뒤 계단이 끊어졌다. 두두두두두, 하고 폭음이 울렸다.

땅바닥은 물보라에 젖어 있었다. 공기에도 수분이 섞여 있어서 서 있기만 해도 옷이 축축해졌다.

"……경관이 엄청납니다. 이걸 오직 탐색자만이 볼 수 있다는 게 아쉽습니다."

계단을 다 내려가니 그야말로 용이 꾸불꾸불 승천하는 것 같은 거대한 폭포가 보였다.

내가 있는 곳은 아마 폭포의 중간 지점인 듯했다.

물이 꽤 높은 곳에서 쏟아지는 것 같은데, 지하 수맥인가?

일단 4층 지도를 확인하고 왔지만, 입체적인 계층이라서 지도만 봐서는 잘 파악이 되질 않았다. 보아하니 실제로 걸어보지 않으면 알 수가 없을 듯했다.

"높이가 100미터쯤 되는 것 같습니다. 용소(龍沼)에 떨어지면 뼈도 못 추리겠네요."

내 말소리가 시청자에게 들릴지 불안해질 정도로 폭포 소리가 어마어마했다.

내가 있는 위치에서는 용소가 보이지 않았다. 그러나 안전난간도 없을 뿐더러 미끄러지지 않도록 바닥에 무슨 조치가 되어 있는 것도 아니었다. 당연히 붙잡을 만한 밧줄도 달려있지 않았다.

쑥 미끄러지면 그대로 풍덩— 그리 되더라도 이상하지 않을 위험 지대였다.

"4층은 몹시 위험합니다. 탐색을 왜 권장하지 않는지 이유를 알 것 같습니다. 굉음 때문에 마물의 기척을 감지할 수 없다는 점도 위험성을 끌어올리는 것 같습니다."

실제로 고요한 공간에서는 발소리나 숨소리로 많은 정보를 얻어낼 수가 있다.

그것들이 폭포 소리에 지워졌으니 기습을 당할 가능성이 훌쩍 높아졌다고 생각해야만 한다.

"그럼 탐색을 개시하겠습니다. ……아, 그 전에 새로운 술식을 시험해보겠습니다."

암견의 위계가 3이 되면서 새로운 술식으로 바뀌었다.

"어둠 속에서도 사물을 볼 수 있는 『나이트 비전』이 『다크 센스』로 변화했습니다. 시험해보죠."

　현재 숙련도는 이렇다.

【어둠의 정령술】
　제2위계 술식
　• 암허(闇虛)【셰이드 시프트】숙련도 4
　• 암관(闇棺)【섀도 바인드】숙련도 74
　• 암소(闇召)【서먼 나이트버그】숙련도 69
　제3위계 술식
　• 암견(闇見)【다크 센스】숙련도 0
　• 암화(闇化)【팬텀 워리어】숙련도 6
　• 암납(闇納)【섀도 스토리지】숙련도 5
　제4위계 술식
　• 암현(闇顯)【다크니스 포그】숙련도 88
　특수 술식
　• 암환(闇還)【크리에이트 언데드】숙련도 1

　드디어 제1위계가 없어졌다. 순서대로 성장하고 있다고 할 수 있
겠지.

　개인적으로는 나이트버그가 다음 단계로 나아가는 것이 기대됐
다. 나에게 있어 유일한 공격술이니까.

　그러나 사용횟수를 보면 나이트버그는 올리기 힘든 부류라고 할
수 있다. 이대로는 바인드가 먼저 제3위계로 올라가리라.

"그럼 갑니다. 다크 센스!"

제4층은 3층에 비해 대단히 어두웠다. 1층과 2층의 중간쯤 되려나?

술식을 행사한 순간, 마치 어둠을 주사(走査)하는 레이더처럼 지각의 파장이 퍼져나가는 것이 느껴졌다.

신기한 감각이었다. 시야 범위의 어둠 속에서 『지각』이 퍼져나갔다. 지형과 그곳에 마물이 숨어있는지도 알 수 있었다.

나이트 비전이 어둠 속에서도 보이는 술식이었다면, 다크 센스는 어둠 속에 있는 것을 탐지해내는 술식이겠지. 그 둘은 비슷한 것 같으면서도 다르다.

능동적으로 발견할 수 있다는 것은 크다.

더욱이 효과 범위도 넓어서 반경 100미터 정도도 주사할 수 있었다.

나를 중심으로 지각이 구형으로 퍼져나가서 입체적으로 탐사할 수 있었다. 이 정도 성능이라면 물속에 숨어 있는 사물도 발견할 수 있을 듯했다.

나는 술식의 효과를 말로 설명하면서 다크 센스로 찾아낸 마물 쪽으로 걸어갔다.

제4층은 표면이 축축하게 젖은 바위동굴이었다. 천장과 벽이 울퉁불퉁해서 마물이 숨어 있기 좋은 지점이 많았다.

그리고, 목표물은 존재한다는 걸 알면서도 발견하기 어려운 형상을 띤 마물이었다.

"있습니다, 슬라임입니다. 한 마리가 벽에 달라붙어 있습니다."

거리는 이쪽에서 20미터쯤 떨어져 있었다. 나를 알아챘는지는 모르겠지만, 반투명하게 바위와 반쯤 동화된 모습이었다. 자칫 못보

167

고 지나칠 수도 있을 듯했다.

"서먼 나이트버그."

나이트버그는 사정거리가 긴 공격술이다. 벌레이니 당연하다면 당연할지 모르겠지만.

소환된 어둠의 벌레들이 날갯짓을 붕붕 하면서 일제히 슬라임 쪽으로 쇄도했다.

슬라임의 공격수단은 먹잇감의 몸에 들러붙어서 녹이거나 질식시키는 것이라고 한다. 그러나 어둠의 벌레처럼 실체가 있는 듯 없는 듯 모호한 상대에게는 그 효과가 떨어진다.

벌레가 명맥의 중추를 깨물자 슬라임이 십여 초 만에 정령석으로 바뀌었다.

있다는 걸 모른다면 성가시겠지만, 먼저 발견하기만 한다면 문제는 없는 듯했다.

"무사히 쓰러뜨렸습니다. 역시 선제공격이 중요하군요. 4층에서는 다크 센스가 활약할 것 같습니다. 유효범위가 약 100미터나 되니까요."

이곳처럼 어두운 2층도 시야가 나쁘긴 하지만, 전체가 인공물처럼 만들어진 계층이다. 땅과 벽, 천장까지 모두 돌로 만들어졌다. 그래서 통로에서는 앞과 뒤만 조심하면 문제가 없었다. 그러나 4층은 그렇지 않겠지. 리프레이아가 4층을 싫어하는 기분을 알겠다.

"그럼 탐색을 좀 해보도록 하겠습니다. 일단 4층 지도는 확인하고 왔지만, 입체적인 계층인지라 거의 도움이 되질 않네요. 손으로 더듬듯 나아가도록 하죠."

의미가 있는지 알 수 없는 어설픈 생중계를 하면서 계단에서 조금 떨어져 지형을 확인했다가 다시 돌아오기를 반복했다.

 마물이 어떤 식으로 나타나는지, 어떤 식으로 감각을 활용하는지, 얼마나 빠른 속도로 습격하는지 등…… 글자로 적힌 정보를 읽긴 했지만 잘 모르겠다. 결국 직접 부딪쳐가며 익히는 수밖에 없었다. 지난번에는 「3층은 그리 어렵지 않다」는 사전정보가 있었기에 다소 무모하게 행동할 수 있었지만, 4층에서도 그랬다가는 정말로 죽겠지. 시청자 입장에서는 재미없을지도 모르겠지만, 이것이 최선이었다.

 "다크 센스."

 한동안 걷다가 다크 센스로 시야 밖에 있는 마물을 발견했다.

 일단 다크니스 포그도 병용하고 있기에 기습을 당할 일은 적겠지만, 방심은 금물이었다. 척후도 없으니 처음 겪는 계층에서는 술식을 아껴서는 안 된다.

 "안쪽에 자이언트 크랩 두 마리가 있군요. 생각보다 크기가 큽니다."

 다크 센스로 마물을 감지하면, 눈으로 보지 않았는데도 모습까지 감각으로 알 수 있어서 편리했다.

 자이언트 크랩은 커다란 게로 인간을 절단할 수 있을 만한 집게발을 갖고 있을 뿐만 아니라 단단한 껍질이 온몸을 뒤덮고 있었다. 이 녀석도 나와 상성이 나쁠 것 같은 마물이었다.

 무엇보다 크기가 거대했다. 경차만큼— 크다고 한다면 역시 과장이겠지만, 체감상 그것에 가까웠다. 리프레이아처럼 거대무기를 갖고 있다면 싸울 수 있을 테지만, 평범한 무기로 상대했다가는 고초를 겪을 것 같았다.

길드에서 명맥의 중심— 약점의 위치를 알아보고 오긴 했는데, 저 녀석의 약점은 눈과 눈 사이였다.

"솔직히 제 전투력으로 자이언트 크랩 두 마리와 전투를 벌이기는 어렵겠지만…… 여기서 물러설 수는 없습니다. 해보겠습니다."

허리에 찬 단도를 뽑고서 어떻게 싸울지 머릿속으로 궁리했다.

어둠의 정령술에 의지하여 전투를 벌이면 한 번의 돌발 사태에 파멸적인 상황에 내몰릴 수가 있었다. 하물며 지금 나는 혼자였다. 아무에게도 도움을 받을 수가 없었다.

그래도— 아니, 그렇기에 하는 거다. 지금보다 더 많은 시청자를 모으려면 보는 사람이 「저 녀석 곧 죽겠어」 하고 기대할 만한 상황을 스스로 빚어낼 수밖에 없다.

나에게는…… 그 방법밖에 떠오르지 않았다.

다크니스 포그로 어둠을 생성하여 몸에 두른 채로 자이언트 크랩 쪽으로 슬금슬금 접근했다. 보아하니 감각이 아주 예민한 마물은 아닌지, 20미터까지 접근했는데도 나를 알아챈 낌새가 없었다.

"팬텀 워리어."

나는 지형에 몸을 숨긴 채로 팬텀 워리어를 출현시켰다.

이 녀석은 활용하기가 까다롭다. 자칫 기습의 기회를 스스로 날려버릴 수 있기 때문이었다. 그러나 확실성이라는 측면에서는 포기하기 어려웠다.

환영의 전사가 검으로 방패를 때리면 저벅저벅 걸어갔다.

거대 게가 금세 알아채고서 몸을 일으켜 임전태세를 취했다.

'의외로 잽싼데.'

거대 게가 서걱서걱 움직여 집게발 사이에 팬텀 워리어를 끼우듯 공격했다.

꽤 호전적일 뿐만 아니라, 움직임이 생각보다 더 빨랐다. 저 거대 게는 4층 안에서는 약한 부류에 속하리라 짐작했는데, 상향 수정하는 편이 낫겠다. 역시 탐색자들이 4층을 괜히 싫어하는 게 아니었다.

나는 어둠에 섞인 채로 팬텀 워리어와 격투를 벌이는 게에게 다가갔다.

심장 소리가 귀에 들릴 정도로 긴장했다.

단도를 쥔 손이 부들부들 떨려서 당장에라도 떨어뜨릴 것만 같았다.

3미터까지 접근한 나는 다크니스 포그의 범위를 넓혀 거대 게 두 마리를 감쌌다.

동시에 섀도 바인드로 움직임을 봉쇄했다.

어둠의 촉수들이 게의 팔다리를 칭칭 얽매는 것을 보면서 마물에게 돌진했다.

'하나, 둘!'

자이언트 크랩의 미간에 단도를 찔러 넣었다.

껍질의 무른 부위가 빠직, 하고 부서지는 감촉과 함께 단도가 속살에 파고들어 명맥을 절단했다.

한 마리를 죽인 뒤 칼을 뽑고는 곧장 나머지 한 마리도 같은 방식으로 처치했다.

커다란 정령석이 덜그럭하고 떨어지는 소리와 함께, 전투 종료를 알렸다.

"헉, 헉. ······다크 센스."

정령술로 마물이 접근하지 않는지 주변을 탐지한 뒤 돌을 줍고서 호흡을 가다듬었다.

—쓰러뜨렸다.

결과만 놓고 말하자면 3층 마물과 동일하게 쓰러뜨렸다.

그러나 정신력이 많이 소모됐다. 처음으로 싸우는 마물이니 당연하다면 당연하겠지만.

가장 잘 통했던 전술은 같은 종류의 다른 마물을 상대할 때도 거의 먹힌다는 사실을 수많은 경험을 통해 깨달았다. 지성이 더 높은 마물이 출현한다면 달라질지도 모르겠지만, 그때는 그때다.

혼자서 싸우는 건 리스크가 크지만, 잘 먹혔을 때 얻을 수 있는 리턴도 크다고 할 수 있었다.

"정령석은 무구와 물이네요. 이 정도 크기면 꽤 비싸게 팔리겠죠. 4층은 어려운 만큼 3층보다 벌이가 더 짭짤할지도 모르겠습니다."

나는 일단 계단으로 돌아가 다시 다른 방향을 탐색하기 시작했다.

계단의 출구 앞에는 거대한 폭포가 있어서 그쪽으로 나아갈 수가 없었다.

나아갈 수 있을지도 모르겠지만, 발이 미끄러져 거꾸로 폭포에 처박히는 것만은 피하고 싶었다. 다가가지 않는 편이 낫겠다. 일단 좌우로 통로가 이어져 있으니 그쪽을 탐색해나가자.

슬라임을 소환술로 처리하면서 나아가니 다른 마물의 반응이 느껴졌다. 육안으로도 확인했다.

"리자드맨이 있습니다. 한 마리입니다만…… 엄청 강해 보입니다."

뭐라고 해야 하나…… 거대하다. 트롤과 비슷하다. 2미터는 되어

보인다.

더욱이 트롤과 달리 근육으로 된 갑옷이 온몸을 감싸고 있었다. 걷는 모습만 봐도 그 강력함이 전해질 정도였다. 또 방패와 검도 소지했다.

"리자드맨은 감각기관이 인간과 다를지도 모르겠습니다. 뱀한테는 피트 기관이라는 적외선을 감지하는 기관이 있죠. 구조가 비슷하다면 저 마물도 열을 감지하고서 습격할 가능성이 있습니다. 다만 얼핏 보아하니 도마뱀과 닮아서 그럴 위험성은 없는 것 같습니다만……"

열을 감지하여 습격하는 타입이라면 나의 천적이라고 할 수 있다. 조사해볼 필요가 있다.

나는 꽤 떨어진 곳에서 팬텀 워리어를 내보냈다.

이 환영의 전사는 내 의지대로 소리를 내지 않고 이동할 수도 있다.

한편, 나는 계단으로 바로 대피할 수 있도록 리자드맨과의 거리를 더욱 벌렸다.

팬텀 워리어가 조용히 리자드맨에게 다가갔다.

"리자드맨이 팬텀 워리어가 온 걸 알아챘네요. 전투가 시작됐습니다. 아마 피트 기관에만 의지하는 건 아닌 듯합니다."

리자드맨이 팬텀 워리어를 알아채지 못했다면 상황은 더 안 좋을 뻔했다. 이 마물은 시각이 아닌 열을 탐지하는 타입(혹은 다른 지각)이라는 증거일 테니까.

둘 다 갖고 있을 가능성도 없지는 않겠지만, 일단 희망은 남았다.

"스읍— 하아—. 그럼 다녀오겠습니다."

나는 깊이깊이 호흡하면서 각오를 굳혔다.

처음으로 싸우는 마물과는 자칫 사투가 벌어질 가능성이 있으므로, 미리 각오를 해뒀다.

마음을 굳게 먹지 않으면 예기치 않은 사태가 벌어졌을 때 몸이 굳어버린다.

늘 최악을 생각하며 행동한다. 이런 미궁 안에서는 당연한 자세다.

저 마물은 자이언트 크랩보다 강하다. 그리고 당연히 나보다도 강하다— 그런 직감이 들었다.

나는 아직도 환영의 전사와 싸우고 있는 리자드맨에게 어둠을 두른 채 접근했다.

"서먼 나이트버그."

잠시이라도 의식을 딴 데로 돌리기 위해 나이트버그를 소환했다. 저 정도 마물에게는 별로 효과가 없겠지만, 붕붕 날아다니면 꽤 신경에 거슬릴 것이다. 더욱이 팬텀 워리어를 상대하면서 그쪽에도 의식을 기울여야만 한다. 어둠에 숨어서 조용히 접근하는 나를 신경 쓰는 기색은 보이지 않았다. 그러나 지금껏 겪어보지 못했던 강력한 압박감이 느껴졌다.

단단해 보이는 비늘이 표피를 뒤덮고 있었다. 내 단도로 꿰뚫을 수 있을지 불안감이 스쳤다.

'그래도 할 수밖에 없어! 여기까지 왔으니까!'

고작 한 마리뿐인 리자드맨을 쓰러뜨리지 못한다면 4층 탐색은 불가능했다.

"섀도 바인드!"

나는 어둠을 펼치고서 단숨에 뛰었다. 동시에 어둠의 촉수를 생성하여 리자드맨의 온몸을 얽맸다.

'할 수 있어!'

배후에서 일격을 가했다. 트롤을 상대했을 때와 마찬가지로 일격으로 끝장— 낼 줄 알았다.

그러나 리자드맨이 억지로 바인드를 풀고서 몸을 살짝 돌렸다.

그 바람에 검의 궤도가 어그러져 단도가 비늘이 덮여 있는 왼쪽 어깨에 박히고 말았다.

'아뿔싸!'

불행 중 다행이라고 할지, 아직 바인드의 효과가 사라지지는 않았다. 바인드가 최대로 효과를 발휘하는 순간부터 몸을 조금씩 틀었겠지.

리자드맨이 사벨처럼 생긴 단날검을 옆으로 휘둘렀다. 나는 어깨에 박힌 채 뽑히지 않는 단도에서 손을 놓고서 반사적으로 팔 방호대로 받아냈다.

"큭……!"

팔이 부러지는 것 같은 충격을 받았다.

무심결에 몸을 뒤로 날려서 위력이 다소 경감되긴 했지만, 찌릿찌릿 마비된 왼팔을 한동안 가눌 수 없을 듯했다.

바인드가 효과를 발휘하는 중인데도 검을 이토록 빨리 휘두르다니. 마물의 상태가 만전이었다면— 그리고 신수가 준 선물인 암야의 팔 방호대가 없었다면 분명 잘려나갔을 것이다.

나는 마음속으로 근사한 선물을 준 신수 리리무프에게 감사를 표했다.

리자드맨은 검을 마구 휘둘러댔다. 아마 어둠 속에서 사물을 보지 못하는 듯했다. 그것을 알아낸 것만으로도 다행이었다. 이대로 도망쳐도 되겠지만, 단도가 녀석의 왼쪽 어깨에 꽂혀 있었다. 저 무기는 회수하고 싶었다.

'지금 쓰는 게 맞을까?'

섀도 스토리지에서 혼돈의 정령석을 꺼냈다. 맨티스의 돌. 리자드맨보다는 약할 테지만, 즉석 동료로서는 충분하겠지. 나는 돌을 꽉 쥐고서 그 술식을 영창했다.

"―크리에이트 언데드!"

정령석에서 빛이 넘쳐흘렀다. 별을 수놓은 것 같은 혼돈의 돌에서 생명의 불이 두근, 하고 점화됐다.

찬란한 섬광이 빛이 되어 녹아내리기 시작했다. 색색의 빛이 돌에서 넘쳐흘렀다. 신기한 박동과 함께 돌에서 방출되는 열기가 살아 있는 것처럼 서서히 상승해갔다.

"이 술식을 쓰는 건 두 번째인데…… 마치 돌에 생명을 부여하는 것 같네……."

그야말로 생명 그 자체를 돌에 주입하는 듯했다. 다른 정령술과 달리 내 몸에서 정령력이 빨려나가는 느낌도 들지 않았다. 뜨겁게 넘쳐흘렀던 빛이 모여들더니 이내 농밀하게 부풀어 올랐다.

나는 돌을 손에서 놓았다. 이내 돌이 녹색 형상을 띠기 시작하더니 마물의 모습으로 완성됐다.

"……."

맨티스 좀비가 조용히 그곳에 서 있었다.

정령력이 흔들거리며 피어올랐다. 술식의 작용 때문일까.

내가 다크니스 포그를 풀자 맨티스가 리자드맨 쪽으로 서서히 걸어 나갔다.

리자드맨도 이내 임전태세를 취했다. 이유는 모르겠지만 맨티스 좀비가 적임을 알아챈 듯했다. 같은 마물이라고 방심시킨 뒤에 찌르는 전법은 쓸 수 없을 듯했다.

두 마물이 육탄전을 개시했다. 그 순간—.

"섀도 바인드!"

그림자 촉수가 리자드맨의 육체를 구속했다. 맨티스가 낫으로 연격을 날리자, 순식간에 마물이 바닥에 쓰러져 정령석으로 바뀌었다. 너무나도 결말이 싱거워서 조금 놀랐다. 그러나 잘 생각해보면 맨티스는 리프레이아보다도 개별 전투력이 높다. 그렇다면 이 결과는 당연하다고 볼 수 있겠지.

반대로 말해서 맨티스와 내가 이런 결과를 낼 수 없었다면 리프레이아와 4층으로 내려오는 것은 불가능하다는 뜻이었다. 단순한 이야기였다.

"……."

전투는 끝났지만 맨티스 좀비가 아직 그곳에 있었다.

지난번에 「불꽃 성성이」를 소환했을 때는 금세 사라졌다. 정령술 자체의 레벨이 올라간 덕분인지, 혹은 던전이라는 특수한 환경이 술식을 강화했는지 모르겠다. 어쨌든 든든한 동료였다.

나는 단도와 리자드맨의 정령석을 주운 뒤 다크 센스로 주변을 탐지했다.

"저쪽에 자이언트 크랩이 있어. 가자."

"……."

맨티스는 엄청나게 과묵했다. 그러나 의사소통은 가능한지 묵묵히 따라왔다.

그리고 아무런 연습도 한 적이 없는데도 연계가 착착 맞아떨어졌다. 자이언트 크랩 정도는 손쉽게 격파할 수 있었다.

"으음, 역시 내가 만들어낸 언데드라서 그런가?"

아마 말을 하지 않아도 의사소통이 가능한 모양이다.

그것은 순간마다 전황이 바뀌는 전투라는 무대에서는 꽤 커다란 이점이었다.

그 후에도 리자드맨과 자이언트 크랩을 여러 마리 쓰러뜨렸다. 보아하니 입구 부근에는 이 녀석들과 슬라임밖에 없는 듯했다.

이 계층에서 출현하는 마물은 그밖에도 「사하긴」, 「맨티스」, 「라미아」, 「스킬라」 네 종류다. 사하긴과 싸워보고 싶은 마음이 조금 있었는데, 반어인(半魚人)이라서 물속에 숨은 것일지도 모르겠다.

더욱이 너무 깊숙이 들어갔다가 스킬라와 맞닥뜨릴까 봐 두려웠다.

스킬라는 4층 최강의 마물. 나 혼자서는 아무리 용을 써도 이길 수 없겠지.

"뭐…… 이미 충분히 무리하고 있지만 말이야."

중얼거려봤으나 맨티스 좀비는 대답하지 않았다. 나만을 위한 충실한 전사. 어둠 속성은 솔직히 꽤 수수하지만, 제8의 술식은 정말로 특별한 술식이라는 걸 다시 확인했다.

맨티스 좀비는 마물과 여섯 번째 전투를 마친 뒤 사라졌다.

시간으로 따지면 한 시간쯤 되려나. 혼돈의 정령석 하나를 소비한 것치고는 꽤 유용한 서포터였다. 괜히 숨겨진 술식이 아니리라. 참고로 맨티스와 함께 쓰러뜨렸던 리자드맨에게서 혼돈의 정령석이 하나 나왔다. 여차하면 다음에는 그걸 불러낼 수 있다.

제 몫을 해내는 전사(게다가 쓰다가 버릴 수 있다!)를 불러낼 수 있는 술식, 그 유용성은 헤아릴 수가 없었다.

"쌀쌀해졌습니다……. 리프레이아가 했던 말이 이해가 됩니다. 기온도 원체 낮긴 하지만, 폭포에서 날아든 물보라에 옷이 젖어서 그런 것 같습니다."

4층에 와서 입구 부근만 탐색한 것 같은데도 옷이 흠뻑 젖어버렸다. 기온까지 내려가면서 몸이 꽤 차가워졌다. 전투 자체를 맨티스 좀비에게 맡겼기에 몸을 많이 움직이지 않아서 그렇기도 하리라. 이러다가 감기에 걸릴지도 모르겠다. 시청률 레이스 도중에 쓰러지다니 웃기지도 않는 일이다. 일단 질병 내성도 있고, 포션류도 여차하면 교환할 수 있으니 어떻게든 되겠지만. 일단 옷을 갈아입기로 했다.

다크 센스를 써서 주변에 마물이 없는지 확인하고서 여벌옷으로 갈아입었다.

리프레이아가 불이나 물의 정령술사가 필수라고 했던 이유는 다 이것 때문인가? 흠뻑 젖을 때마다 옷을 계속 갈아입을 수도 없는 노릇이니 불의 정령술이나 물의 정령술로 물을 말려야겠지. 불이나 물 속성에 그런 술식이 있는지는 잘 모르겠지만.

스테이터스 보드를 확인하니 4층에 온 지 아직 1시간 반밖에 지나지 않았다.

앞으로 네 시간 정도는 사냥을 계속하고 싶었다.

"4층에 적응하기 위해서라도 다시 한번 크리에이트 언데드를 써볼까 합니다."

리자드맨의 「혼돈의 정령석」을 꺼냈다.

"크리에이트 언데드!"

반짝이는 혼돈의 빛이 리자드맨을 부활시켜 나갔다.

근육질의 전사. 검과 방패를 장비하고 있는 게 이상했지만, 마물은 원래 그런 법이겠지.

"자, 언데드는 시간제한이 있으니 쭉쭉 가보겠습니다."

리자드맨 좀비는 그리 오랫동안 머물지는 못할 것이다.

단기 결전 때 쓴다면 편리하겠지만, 필드를 함께 이동하면서 사용하기에는 불안한 시간이었다. 혼돈의 정령석은 좀처럼 나오지 않지만, 확률로 따져 봐도 리자드맨이나 맨티스처럼 강하면서도 「섞여있는」 마물에게서는 나름 잘 나오겠지.

나는 다크 센스를 함께 쓰면서 안으로 나아갔다.

"리자드맨입니다만…… 두 마리…… 아니, 세 마리가 있군요. 역시 위험할 것 같습니다."

두 마리가 한 마리보다 꼭 두 배 더 강하느냐고 묻는다면 그렇지 않다.

몇 배는 더 귀찮아지겠지.

하물며 세 마리라면 속수무책으로 패배할 가능성이 커진다.

오우거나 트롤조차 두 마리가 한계인데 설마 리자드맨 세 마리가 동시에 솟아날 줄이야…….

'……한 마리는 내가 쓰러뜨리고 나머지 한 마리는 언데드가 쓰러뜨린다. 마지막 한 마리는 기세를 몰아 이겨낼 수 있지 않을까?'

나는 그렇게 작전을 세웠다. 아니, 작전이라는 단어는 너무 거창하다. 될 대로 되라, 죽기 아니면 까무러치기, 라고 표현해야 할지도 모르겠다.

"다크니스 포그……!"

싸우지 않는다는 선택지는 없었다. 나 혼자라면 도망칠 수는 있겠지만, 언데드 리자드맨까지 생성한 상황이었다. 지금 도망친다면 혼돈의 정령석을 쓴 보람이 없었다.

리자드맨을 데리고서 어둠 속을 나아갔다.

맨티스 언데드 때도 그랬지만, 신기하게도 내가 생성해낸 언데드는 어둠 속에서도 앞이 보이는 듯했다. 나를 잘 따라오는 것으로 보아 정령력으로 연결되어 있을지도 모르겠다.

어둠 속에서도 적이 보이는 전사는 거의 무적이지만, 단지 내 뒤만 졸졸 따르고 있을 가능성도 있었다. 어둠 속에서 전투를 시키는 건 지나친 모험이다. 약한 마물을 상대로 미리 시험해볼 걸 그랬다.

"한 마리가 약간 떨어져 있으니 그 녀석부터 노리겠습니다."

불과 10미터 정도지만, 이 차이는 컸다.

동굴 안에서 되울리는 폭포 소리가 나와 언데드 리자드맨의 발소리와 호흡하는 소리를 지워줬다. 4층은 전반적으로 어둑했다. 폭포 근처에 신기한 광원이 있어서 1층과 비슷하게 밝지만, 가로로 난 굴

속에 들어가면 2층과 별반 차이가 없었다.

즉, 내 다크니스 포그로 모습을 거의 완벽하게 은폐할 수 있다는 뜻이었다.

여기서부터는 한 치의 판단 실수도 용납되지 않는다.

상대가 더 우월한 상황. 선제공격의 이점을 최대한 살려야만 했다.

"서먼 나이트버그."

나이트버그를 발생시켜 리자드맨 세 마리에게 덤벼들게 했다. 동시에 세 마리를 다크니스 포그 속으로 빠뜨렸다. 리자드맨은 어둠에 대응할 수 없는 타입이니, 적어도 몇 초는 벌 수 있으리라.

"섀도 바인드!"

근처에 있는 한 마리를 어둠 밖으로 꺼내자마자 바인드.

언데드가 즉각 그 녀석의 명맥의 중심을 베어냈다.

'하나!'

바인드는 효과가 남아 있는 동안에는 다시 구사할 수가 없지만, 술식이 적용됐던 상대가 죽는다면 이야기는 달라진다. 바로 재사용이 가능해진다. 바인드를 쓰지 않고 리자드맨에게 접근하는 것은 솔직히 너무 무서웠다.

그러나 이로써 상황은 2대2.

리자드맨 두 마리가 나이트버그에게 검을 마구 휘둘러댔다. 설불리 접근하는 것은 위험했다.

나는 어둠을 또 조작하여 근처에 있던 한 마리를 밖으로 내보냈다.

곧바로 언데드와 전투가 시작됐다. 같은 리자드맨인데 어떻게 자신과는 이질적인 「적」임을 금세 알아차리는 걸까? 썩은 내라도 풍기나?

"섀도 바인드."

공격 동작에 들어가려는 순간에 어둠에서 튀어나온 촉수들이 리자드맨의 사지를 묶었다.

제아무리 사나운 마물일지라도 약점이 존재하고, 순간의 빈틈을 찌를 수 있다면 반드시 처치할 수 있다. 언데드의 찌르기가 적중했다. 두 번째 마물도 절명하여 정령석을 떨어뜨렸다.

"남은 한 마리는 제가 처리하겠습니다."

나는 언데드를 대기시킨 뒤 어둠에 섞여 리자드맨을 관찰했다.

아직 상황을 파악하지 못했는지 붕붕 날아다니는 나이트버그를 계속 공격하고 있었다.

검을 휘두르는 속도가 매서웠다. 그대로 맞았다가는 두 동강이 나고 말겠지.

나는 이 계층에서 「공격을 당하면 일격에 죽는 인간」이었다. 그러나 약점만 적중시킬 수 있다면 나 역시 마물을 일격에 쓰러뜨릴 수 있었다. 하지 못할 이유는 없었다.

리스크만 놓고 본다면 다른 마물도 별반 다르지 않았다. 오우거의 일격이든, 트롤의 일격이든, 게의 일격이든 정통으로 맞으면 즉사한다는 사실은 변함이 없으니까.

"셰이드 시프트, 팬텀 워리어."

셰이드 시프트는 마음이 조금이나마 편해질까 싶어서 일단 써뒀다.

팬텀 워리어만 보이도록 어둠을 조작한 뒤 나는 슬쩍 배후로 우회했다.

리자드맨은 환영의 전사와의 전투에 대비하고자 검을 휘두르는 것을 멈추고서 요격태세를 취했다.

나는 배후에서 조용히 접근하여 새도 바인드를 사용하여 리자드
맨의 자유를 빼앗았다.

그리고 경추 말단. 정령력의 명맥의 중심에 혼신의 힘으로 단도를
찔러 넣었다.

조용히. 내 존재가 들키지 않도록. 소리 없이 모든 동작을 수행했다.

그 리자드맨 역시 찍소리도 내지 못하고 정령석으로 바뀌어 바닥
에 덜커덩 떨어졌다.

"……혼돈의 정령석입니다. 이로써 본전을 찾았군요."

애써 냉정한 척 떠들었지만, 내 심장은 빠르게 뛰고 있었다.

바인드의 구속력은 절대적이지 않다. 뿌리치고서 일격을 당할 가
능성이 늘 도사린다. 리자드맨이 접근을 알아챘는지, 바인드에 정
말로 꽁꽁 묶였는지 알 수 있는 수단은 내가 상대를 쓰러뜨리든가
— 아니면 스스로 대가를 치르는 수밖에 없으니까.

리자드맨 세 마리에게서 혼돈의 정령석이 하나, 물의 정령석이 두
개 나왔다.

4층은 폭포 스테이지답게 물의 정령석을 떨어뜨리는 마물이 많을
지도 모르겠다.

그 후에도 나는 너무 깊숙이 들어가지 않았다. 종종 크리에이트
언데드로 리자드맨을 불러내면서 혼자서 전투를 계속했다.

슬라임, 자이언트 크랩, 리자드맨, 사하긴까지. 리자드맨도 일대
일이라면 타이밍을 잘 맞춰서 확실히 쓰러뜨릴 수 있게 됐다. 새로
운 계층을 살펴보러 온 것치고는 성과가 충분하다고 할 수 있겠지.

사하긴은 물속에서 튀어나오는 반어인이었다. 그러나 다크 센스로 위치만 파악한다면 대처하기가 편했다. 홉고블린과 힘은 동급이지만, 삼지창을 들고 있어서 다소 성가실지도 모르겠다.

가혹한 전투를 거듭하느라 남들이 나를 어떻게 봤을지 신경 쓸 겨를이 없었다. 그러나 시청자수도 꽤 늘었다. 역시 처음에 리자드맨의 공격에 당했던 게 주효하지 않았을까?

역시나 죽으면 아무 의미가 없으므로 죽지 않도록 영리하게 처신하는 것이 대전제이긴 했지만, 애초부터 여유는 없었다.

그러나 시청률이 순간적으로 1위가 됐다. 종합순위는 아직 1위에 미치지 못했고 남은 날도 적었다. 무언가 기폭제가 하나 더 필요하겠지.

스킬라와 싸우든가, 아니면 어둠에 섞여 4층을 돌파하여 5층으로 내려가든가.

아니면 무언가 다른 수단이 있을까? 이제 고민할 시간이 그리 많지 않았다―.

【모든 전이자 시청률 레이스 중간경과】

전이자 넘버 1000 쿠로세 히카루.

○순간 시청자수 1/714

○총 시청 시간 4/714

689: 지구의 무명 씨
또 혼자서 길드에 왔는데.
역시 4층에 가나?

690: 지구의 무명 씨
4층이라면 분명 알렉스 일행이
우쭐거리면서 내려갔다가 혼비
백산 줄행랑을 쳤던 계층이었지?

691: 지구의 무명 씨
맞아. 그때 그 장면이 이거.(동
영상 링크)

692: 지구의 무명 씨
전설의 카니벨VS게 장면이네.

694: 지구의 무명 씨
드퀘에서도 그럭저럭 고전했던
녀석.

695: 지구의 무명 씨
가벼운 마음으로 동영상을 봤는
데, 게가 너무 커어어어어어!

700: 지구의 무명 씨
리자드맨은 멀리서 보고서 「미쳤
다」, 「미쳤다」, 「미쳤다」를 연발
하며 퇴각했으니까. 실제로 리
자드맨은 먼발치에서 봐도 미쳤
다는 느낌이 풀풀 풍기잖아. 저
건 드래곤이라고……

702: 지구의 무명 씨
4층은 위험해. 슬라임은 어디에
있는지 알 수가 없으니. 걷다가
갑자기 머리 위로 떨어지곤 하던
데? 알렉스 일행은 3인 파티라
서 어떻게든 도망쳤지만, 히카
루는 달랑 혼자잖아? 이번에야
말로 죽을걸?

703: 지구의 무명 씨
슬라임이 입을 막아버리면 정령
술이 봉쇄된다고…….

705: 지구의 무명 씨
시청률은 분명 오르겠지만, 정령
이게 우리가 바라는 것인가……?

706: 지구의 무명 씨
아, 이번에는 마물 정보랑 지도
를 제대로 확인하고 가는 것 같
아. 장하다, 히카루.

707: 지구의 무명 씨
혼자서 4층에 들어가는 것 자체
가 장한 일이 아냐…….
저런 무모한 인간은 근래에 처음
봐…….

738: 지구의 무명 씨
어느새 히카루가 3층에 도달했
는데 역시 이상해.

3층을 산책하는 기분으로 통과
하다니 웃음밖에 나오질 않아.

760: 지구의 무명 씨
별 위험 없이 계단까지 오긴 했
는데, 돌아갈 때도 왔던 길을 되
짚어야 하잖아. 리레미트[#1]가 없
어서 불편하네.

762: 지구의 무명 씨
세리카랑 카렌의 선전공작에 힘
입어 시청자가 꽤 늘었어. 종합
순위는 8위인데 순간적인 순위
는 4위까지 올라갔어. 아마 오늘
탐색 덕분에 2위나 3위까지 올
라갈 거야.

763: 지구의 무명 씨
쌍둥이가 홍보하지 않았다면 더
무모하게 굴지 않았을까? 굿잡
이야.

#1 리레미트 게임 드래곤 퀘스트 시리즈에 등장하는 던전 탈출 주문.

767: 지구의 무명 씨
잔느, 너무 강해. 혼자서 도적단의 아지트에 쳐들어가 도적을 몰살하고서 마을 아가씨를 구해 내다니. 현대인과는 조금 동떨어진 강한 멘탈의 소유자야.

768: 지구의 무명 씨
잔느는 일숙일반#2 스타일을 내추럴하게 확립했어.
「배고프네(꼬르륵~)」부터 이야기가 시작되는 느낌.

769: 지구의 무명 씨
전이할 때 가져왔던 점프의 그 만화 같은데…….

770: 지구의 무명 씨
그래도 잔느는 가장 인상적인 장면을 뽑아내고서 이제 마을을 떠났으니, 히카루한테 기회는 있어. 잔느는 시청률 레이스를 별로 의식하지 않는 것 같던데.

771: 지구의 무명 씨
솔직히 리프레이아를 육성하는 과정을 보여주기만 해도 1위가 될 만한 잠재력이 있어. 약속이라는 폭탄도 있고 말이야.

773: 지구의 무명 씨
리프레이아는 야한걸.

775: 지구의 무명 씨
홍보용 동영상은 카렌이 제작하는 것 같던데, 리프레이아를 내세우는 버전과 히카루를 내세우는 버전이 따로 있어. 정말로 뭘 좀 아네.

779: 지구의 무명 씨
리프레이아랑 파티를 맺은 지 그리 오래되지 않았는데도 히카루는 지시를 잘 내리네. 리프레이

#2 **일숙일반** 여행길에 하룻밤 묵어 한 끼 식사를 대접받는다는 뜻. 조그마한 은덕을 받았음을 이르는 말.

아도 어디선가 언급했는데, 보통 저런 식으로 지시를 내리면서 싸울 수 있나?

780: 지구의 무명 씨
뒤풀이 때 말했지.
그러고 보니 그때 쌍둥이 이야기도 나왔는데, 그때 세리카랑 카렌은 어떻게 반응했어?

781: 지구의 무명 씨
그땐 전례 없이 목소리 톤이 진지했지…….

782: 지구의 무명 씨
의외로 복잡한 관계성이 언뜻 엿보여서 좀 무섭더라.

783: 지구의 무명 씨
세리카는 비교적 처음부터 무서웠어.

784: 지구의 무명 씨

「우린 분명 우수하긴 하지만, 오빠가 없었다면 이렇게 되진 못했을 거예요.」
「근데 오빠한테는 그게 족쇄가 되고 말았네. 우린 바보라서 그걸 너무 늦게 알아차렸지.」
「카렌의 말이 맞아. 우린 바보인지라 흥미가 있는 것에만 정신이 팔려서 그 뒤에서 누가 희생했는지까지는 미처 눈치채지 못했어요. ……그러니 앞으로 평생에 걸쳐서 오빠한테 은혜를 천천히 갚아나가자, 하고 둘이서 그렇게 맹세했는데. 이런 형태로밖에 돌려줄 수가 없으니 답답해서 미칠 것 같아.」
「하지만 아직 모든 게 다 끝난 게 아닌걸. 신의 시스템은 『인간의 강한 마음』을 바탕으로 제작됐을 가능성이 있으니까. 언젠가 반드시 상황을 타파할 수 있는 때가 올 거야. 그리고 반드시 오빠와 나나미를 모두 되찾을 거야.」

785: 지구의 무명 씨
무슨 일이 있었던 건지…….

786: 지구의 무명 씨
사랑이 깊어도 너무 깊어…….

787: 지구의 무명 씨
이력 좀 보고 올게…….

789: 지구의 무명 씨
세리카와 카렌도 어지간한 마음이 아니었다면 이렇게까지는 하지 못했을 거야. 천재이긴 해도 이런 쪽으로 행동력을 발휘하는 건 별개의 이야기니까…….

798: 지구의 무명 씨
히카루가 생중계를 시작했다.
저 어색한 말투가 중독성이 있네.

802: 지구의 무명 씨
히카루가 말하는 건 대부분 다 알려진 정보이지만, 메시지를 열어보질 않으니 시청자가 정보를 얼마나 갖고 있는지 모르겠구나……. 4층 마물도 설명해주고 있는데 그 역시 알렉스가 이미…….

803: 지구의 무명 씨
데이터베이스화됐으니까. 하지만 알렉스 일행은 게랑 슬라임이랑 사하긴하고만 싸웠으니, 그 이외의 마물과 맞닥뜨린다면 첫 등장이긴 해.

804: 지구의 무명 씨
라미아는 흡입력이 있을 테니…….

805: 지구의 무명 씨
스킬라도 말이야. 라미아와 스킬라 모두 꽤 안쪽으로 들어가지 않으면 나오지 않는다던데.

806: 지구의 무명 씨
스킬라는 문어녀 같은 마물이

지? 어쨌든 히카루랑 상성이 나쁘겠네.

807: 지구의 무명 씨
라미아의 뱀 몸뚱이에 칭칭 휘감겨 가버리는 히카루…….

808: 지구의 무명 씨
진정한 의미로 가버릴 것 같아.

809: 지구의 무명 씨
절경 나왔다!

810: 지구의 무명 씨
4층 폭포는 굉장하네. 실제로 보고 싶어.

811: 지구의 무명 씨
대화면 텔레비전으로 보고 있는데 최고야.

812: 지구의 무명 씨
히카루가 필사적으로 애를 쓸수

록 집에서 과자랑 주스를 마시며 즐기는 게 점점 미안해지네.

813: 지구의 무명 씨
신이 나쁜 거야…… 신이……(우물우물).

814: 지구의 무명 씨
쌍둥이가 되게 조용한데, 드디어 기도 모드에 들어가 버렸나…….

816: 지구의 무명 씨
소리가 굉장해. 이래서야 마물이 있어도 모르겠다.

817: 지구의 무명 씨
다크 센스?! 엄청 유용하잖아.

818: 지구의 무명 씨
슬라임 특효 술식이구만.

819: 지구의 무명 씨
유효범위가 100미터나 되다

191

니······.
척후가 설 자리가······.

820: 지구의 무명 씨
상위 술식은 하나 같이 너무 강해.

821: 지구의 무명 씨
슬라임은 불의 정령술이 약점 아
니었던가? 나이트버그로도 순삭
이구만.

822: 지구의 무명 씨
정령술에 약하다고 봐야겠지.
물리 공격에는 강하니까.

823: 지구의 무명 씨
참고로 슬라임은 횃불로도 간단
히 쓰러뜨릴 수 있다.
발견하느냐 못 하느냐가 더 문제
인 마물.

824: 지구의 무명 씨
게 나왔다! 게! 게, 게!

825: 지구의 무명 씨
어? 저렇게나 거대해?

826: 지구의 무명 씨
지옥의 집게발이다!

827: 지구의 무명 씨
저기에 집혔다가는 몸통이 완전
히 절단되겠는데!

828: 지구의 무명 씨
두 마리를 동시에 상대하는 건
무리 아냐?
나이트버그로 한 마리씩 낚는 게
어떨까 싶은데.
게만.

830: 지구의 무명 씨
게는 힘이 꽤 강하니 말이야. 게
가 저렇게나 크다면 펀치만 맞고
도 속절없이 죽겠지.

832: 지구의 무명 씨
순·삭!

833: 지구의 무명 씨
말도 안 돼애애애애애.

834: 지구의 무명 씨
실화냐, 실화냐고.

835: 지구의 무명 씨
어어어어어어.
알렉스 일행이 생사를 걸고 고생한 끝에 간신히 한 마리밖에 쓰러뜨리지 못했던 그 게를요????

836: 지구의 무명 씨
트롤이랑 별반 차이가 없다? 아니, 그야 트롤이랑 별반 차이가 없을지도 모르겠지만!

837: 지구의 무명 씨
게는 정령력의 명맥이 눈과 눈 사이잖아. 알렉스랑 카니벨이 게랑 싸우면서 실컷 「눈과 눈 사이!」, 「눈과 눈 사이!」라고 외쳐 댔을 정도이니까. 하지만 정면에서 공격해야만 약점을 노릴 수 있으니 후방에서도 공격할 수 있는 트롤과는 좀 다르다고 생각해.

838: 지구의 무명 씨
강하긴 강한데, 죽음을 불사하는 위태로운 힘처럼 보였어. 자칫 한 번이라도 실수했다가는 목숨을 쉽사리 잃을 타입.

839: 지구의 무명 씨
방어 장비를 전혀 착용하지 않은 히카루는 저 집게발에 끼이면 바로 절단될걸.

840: 지구의 무명 씨
역시 히카루는 미쳤어. 누가 좀 말려봐.

841: 지구의 무명 씨
아니, 이토록 조마조마한 장면을 뽑아내니 시청자가 늘어나는 거 아냐? 히카루의 의도대로 흘러가고 있다는 뜻이라고. 히카루의 방식이 옳다고는 말하고 싶지 않지만, 결과적으로.

842: 지구의 무명 씨
리자드맨! 역시 강해 보이네……. 대화면 텔레비전에서도 위험한 기운이 전해지는 듯해…….

843: 지구의 무명 씨
헤드폰에서 「오빠 안 돼, 오빠 안 돼, 오빠 안 돼」 하고 주문이 들려오는데…….

844: 지구의 무명 씨
리자드맨은 검에다가 방패까지 소지하고 있어서 어떤 의미에서는 드디어 진정한 전사형 마물이 등장했다고 할 수 있어. 참고로

알렉스 일행은 쫄아서 전투를 피했어. 히카루도 도망치는 편이 나을걸.

848: 지구의 무명 씨
뭐가 「다녀오겠습니다」야…….

849: 지구의 무명 씨
공포를 꾹 참고서 소꿉친구를 되살리기 위해 목숨을 거는 히카루. 과연 그것은 용기인가 만용인가. 아니면 이것은 신이 내린 시련인가.
부디 저 자그마한 용사의 앞길에 수많은 행복이 있으라…….

850: 지구의 무명 씨
시인 납셨네…….

854: 지구의 무명 씨
기습 실패! 망했다.

855: 지구의 무명 씨
팔 방호대가 없었다면 잘려나갔
을 거 아냐!
도망쳐, 도망치라고!

856: 지구의 무명 씨
비장의 패 나왔다!!!

857: 지구의 무명 씨
크리에이트 언데드!!!

858: 지구의 무명 씨
어둠이 통하는 마물을 상대할 때
는 이렇게 시간도 벌어주니 역시
다크니스 포그는 강해. 다른 기
본 술식은 이렇게 다방면으로 활
용할 수 없어.

859: 지구의 무명 씨
크리에이트 언데드, 화려해서
좋다.

860: 지구의 무명 씨
완전히 미친 마법사야.

861: 지구의 무명 씨
맨티스 좀비!!

862: 지구의 무명 씨
너무 쎄잖아아아아아!

863: 지구의 무명 씨
멋있다ㅎㅎㅎㅎ

864: 지구의 무명 씨
너무 빠른데!

865: 지구의 무명 씨
좀비가 안 사라지잖아. 어어어,
전투가 끝나면 사라지는 기술 아
니었던가?

866: 지구의 무명 씨
시간이 경과해야 사라지는지도.
소환술에 가까운 거 아냐?

867: 지구의 무명 씨
이거 치트네.

868: 지구의 무명 씨
재료가 필요하다는 것 빼고는 최
강에 가까운 술식이지.
역시 봉인된 제8의 술식다워.

869: 지구의 무명 씨
게마저 삭제!!
터무니없이 강해!!!

870: 지구의 무명 씨
어둠 속에서도 맨티스가 그럭저
럭 움직일 수 있는 것 같은데?
원래 맨티스가 밤눈 능력을 갖고
있던가?

871: 지구의 무명 씨
잘 모르겠는데, 술자의 시야를 공
유하는지도. 아니, 어둠의 정령술
이니 그 안에서 나온 녀석은 기본
적으로 어둠 속성인 거 아냐?

872: 지구의 무명 씨
리프레이아랑 일대일로 맞붙어
서 압도했던 녀석이잖아, 이 맨
티스. 즉, 리프레이아보다도 강
하다는 뜻이네.

873: 지구의 무명 씨
리자드맨도 퇴장이요~.

908: 지구의 무명 씨
암살 스타일에 너무 특화됐네ㅋ
ㅋ
너무 강해서 웃음만 나와.

911: 지구의 무명 씨
나도 이세계 전이자로 뽑혀서 어둠
의 정령술로 치트 플레이 하고파.

912: 지구의 무명 씨
모든 오타쿠의 꿈이야, 히카루는.

916: 지구의 무명 씨
정령술도 좋긴 하지만, 완력 업

을 취득해서 묵직한 무기를 마구
휘둘러보는 것도 동경하는데 말
이야…….

917: 지구의 무명 씨
냉정히 생각하면 정령석은 꽤 비
싸게 매입해주잖아? 히카루, 무
지 벌었겠네. 어쩌면 전이자들
중에서 상당히 상위권일지도?

918: 지구의 무명 씨
현시점에서는 상위일지 모르겠
어. 어둠의 쌍둥이 같은 특수한
사례도 있지만, 지구의 지식으
로 장사를 벌이는 전이자도 그
정도까지는 못 벌었는걸. 이거
강캐 랭킹에서도 1위 먹겠는데?

919: 지구의 무명 씨
사하긴이 등장했는데도 겁먹지
않는 히카루, 진짜 간이 커!

921: 지구의 무명 씨
아니, 리자드맨을 일격에 처치
하다니 진짜 미친 녀석이라니
까. 히카루는 미궁 탐색을 시작
한 지 얼마 안 됐는데??

922: 지구의 무명 씨
신이 내린 치트 능력이 얼마나
굉장한지 잘 알겠어.

923: 지구의 무명 씨
히카루는 체력 업 레벨1밖에 취
득하지 않았는데요…….

924: 지구의 무명 씨
사랑받는 자가 강한 건가?

925: 지구의 무명 씨
아니, 그야 강하긴 할 테지만,
다른 전이자도 동일한 조건이었
다고. 그런데도 이만큼 차이가
벌어졌다는 건 결국 본인의 자질
이 뛰어나다는 뜻이야.

926: 지구의 무명 씨
1위다!

928: 지구의 무명 씨
순간 시청자수 1위를 획득했구나.
대단해, 히카루는…….

929: 지구의 무명 씨
아직 종합순위는 4위이지만, 아
직 절반 가까이 남았으니 이거
진짜로 1위 먹겠다…….

930: 지구의 무명 씨
나나미의 부활이 현실로 다가왔
다는 말인가.

931: 지구의 무명 씨
가슴이 뜨거워져.

혼자서 미궁에 들어갔다가 나온 뒤로 하루가 지났다. 아침부터 파티와 합류하여 오늘도 미궁을 탐색했다.

"리프레이아, 4층은 어떻게 생각해? 우리가 갈 수 있을 것 같아?"

길을 걷다가 물어봤다. 나 혼자서도 4층 입구 부근에서 어떻게든 버텨냈다.

3층에서도 별 위험 없이 사냥이 가능했다.

"어, 4층 말인가요? 그야 갈 수야 있긴 하겠지만……. 그렇게 조바심을 낼 필요가 있을까요? 히카루, 무슨 사정이 있다고 했고 정령술이 강한 것도 확실하지만, 미궁에서 과신은 금물인데요?"

"저도 4층은 가본 적이 없어서 별로 도움이 되지 못해요냥."

두 사람은 4층에 내려가는 것에 부정적이었다. 그러나 이것만은 어쩔 수 없었다.

보다 아래로 내려가고 싶다는 것은 순전히 내 사정이다. 시청자들이 동일한 계층에서 지루하게 반복되는 사냥에 염증을 느끼지 않도록 조금이라도 신선한 장면을—.

물론 그것이 얼마나 위험한지 잘 알고 있다. 그러나 이대로는 시청률 종합 1위가 될 수 있을 리가 없다. 초반에 뒤처진 만큼 후반에 만회해야만 하니까.

남은 시간은 6일. 이제 절반도 남지 않았다. 현재 순위는 4위. 애초부터 시청자들이 나를 꺼려 했음을 고려한다면 꽤 분투했다고도 볼 수 있는 숫자였다. 그러나 목표인 1위를 따내려면 반드시 압도적인 무언가가 필요했다. 낙관적으로 대응하다가 「아쉽게도 2위였습니다」라는 결과를 받아본들 아무 의미가 없었다. 여유를 가질 수 있도록 종료 사흘 전까지는 1위를 만들어두고 싶었다.

"뭐, 히카루가 4층에 꼭 가고 싶다면 함께 하겠지만요."

"저도 4층에 데려가 준다면 대환영이에요냥. ······도움은 안 되겠지만, 지형을 외우면 정찰도 가능해질 테니."

두 사람 모두 소극적인 찬성인가. 그러나 4층에 내려가는 것은 확실히 위험했다.

다크 센스가 있으면 슬라임에게 당하지 않는다고는 해도 게와 리자드맨 모두 강적임이 틀림없었다. 안으로 들어가면 더 강력한 적과 싸워야만 했다. 하다못해 리프레이아와 수준이 비슷한 전사가 한 명 더 있다면 꽤 안전하게 싸울 수 있을 텐데. 이 멤버로는 역시 무모한가.

내가 혼자서 내려갔을 때보다 단순 전투력은 높아질 테지만, 리스크라는 측면에서는 또 다른 위험이 도사리고 있겠지. 그리고 부상만 당하고 넘어가는 수준이 아니라 무언가를 영원히 잃어버리는 형태로 그 대가를 치러야 할지도 모른다.

나 혼자서 그 리스크를 짊어진다면 모를까, 동료들에게까지 강요할 수 있을 리가 없었다.

"······아니, 그러네. 4층은 다음에 내려가기로 하자. 3층도 아직다 탐색하지 못했으니까."

아직 가든 팬서도 만나지 않았다.

1위를 원하지만, 두 사람의 목숨까지 걸 수는 없는 노릇이었다.

······아니, 3층에 내려간 시점에 이미 목숨은 걸었다. 탐색이 잘진행돼서 자각이 흐려졌을 뿐. 실수 한 번에 허무하게 전멸당할 위

험성은 아직 남아 있었다. 실은 나 자신부터 더 잘 싸울 수 있도록 강해져야만 했다. 설령 수행하는 장면이 시청자 숫자를 늘리지 못할지라도.

"그럼 오늘도 3층에. 리프레이아는 정령술 훈련도 하면서."

"예?"

"응? 왜 그래? 4층은 가지 않겠다고 방금 말했는데."

못 들었나?

"아— 아뇨, 저기…… 이제 한동안 정령술 훈련은 안 해도 되지 않을까…… 싶은데."

리프레이아가 뺨을 긁적이며 그런 소리를 했다. 연습을 시작한 지 아직 며칠밖에 지나지 않았다.

"……무슨 일 있어?"

"그런 건 아닌데요. 저기…… 맞아! 피곤해서요! 정령술을 여러 번이나 쓰는 거 굉장히 힘들어요! 그러니 오늘은 내 연습은 됐으니 탐색에 집중하죠! 알겠죠!"

리프레이아가 내 팔을 쭉쭉 잡아당겼다.

어설픈 거짓말이었다. 그저께에 대정령에게 가서 새로운 술식이 생겼는지 물어보러 간다고 했다. 위계가 올라갔는지도 확인하겠다고. 그렇다면 훈련이 전혀 효과가 없었다는 뜻이겠지.

그러나 그 사실을 솔직하게 털어놓으면 내가 상처를 입을지도 모른다고…… 생각했나? 그러나 아직 며칠밖에 되지 않았다. 앞으로 조금만 더 하면 효과가…… 나올 것 같긴 했지만, 본인이 거짓말을 하면서까지 거부한다면 굳이 강요할 이유가 없었다.

내 제안이 「고마운 민폐」였을까—. 그런 생각도 들긴 하는데 별수 없다.

"그럼 정령술 연습은 하지 않기로. 슬슬 가든 팬서랑 한 번쯤 싸워두고 싶네. 섀도 바인드가 통하면 좋을 텐데."

"……그렇게까지 힘이 강한 마물은 아닌 것 같으니 괜찮지 않겠어요? 트롤의 움직임도 봉쇄했으니."

"그런가?"

우리는 그런 대화를 나누면서 3층 『무혹의 대정원』에 도착했다.

이 계층은 분수에서 마실 수 있는 물이 나온다. 그곳에서 휴식을 취하는 탐색자를 종종 볼 수 있다. 2층보다 한가로운 분위기가 감도는 계층이다.

초보자에게는 이곳도 힘겨울 테지만, 4층에 비해서는 꽤 편한 건 확실한가?

계층마다 난도가 크게 다르다는 것이 게임과의 차이점이겠지.

1층에서는 거의 스켈레톤 한 마리밖에 나오지 않으니 편하지만, 2층과 3층은 그냥 어렵다.

그리고 4층까지 내려가면 느닷없이 죽이려고 달려든다. 그런 밸런스다.

특히 2층은 내부가 어두워서 탐색하기에는 적합하지 않다. 그래서 중견 탐색자들은 모두 3층을 선호한다.

그래서— 이런 일이 벌어진다.

"오오, 리프레이아 양이잖아! 요즘에 파티를 해산했다고 들었는데 미궁에는 들어오는구나!"

"네, 새로운 파티 멤버를 구해서."

말을 걸어온 사람은 지난번에 길드에서 시비가 붙었던 고약하게 생긴 탐색자였다. 옆을 슬쩍 보니 6인 파티로 3층을 탐색하는 중인 듯했다.

등급은 잘 모르겠지만 장비를 탄탄히 잘 갖춰 입었다. 무난한 인상이 풍기는 파티였다. 그 탐색자는 배틀액스를 장비하고 있었다. 그 모습은 마치 나무꾼이라, 트렌트를 손쉽게 잡을 수 있을 것 같았다. 솔직히 성가시다는 생각이 들었지만, 이제 와서 다크니스 포그를 구사하여 숨어봤자 빤히 들키겠지.

"음? 남동생도 함께 있군! 3층은 무모한데?! 포터로서 써먹고 있나?!"

역시나 말을 걸어왔다.

그러나 이것은 기회였다. 현재 시청자수를 늘릴 방법을 고민하던 차이니 이런 트러블은 얼마든지 환영이었다. 목숨이 걸린 일도 아니니 한 대 얻어맞는 장면이라도—.

내가 머릿속으로 그런 생각을 하고 있으니 리프레이아가 예상치 못한 행동에 나섰다.

눈으로도 쫓을 수 없는 속도로 대검을 뽑아서 고약하게 생긴 탐색자의 목에 척 갖다 댔다.

"우왓! 이봐, 리프레이아 양? 이게 무슨 농담이지?"

"무례는 용납하지 않겠어요. 전에 그리 충고했죠?"

"무례라니, 저 녀석은 남동생이잖아. 게다가 아직 청동급^{스피리투스}이고. 3층은 아직 이르지. 내가 뭐 잘못한 거 있나?"

"저 사람은 남동생이 아니에요. 게다가 우린 이미 팬서를 제외하고는 3층의 모든 마물들을 쓰러뜨렸습니다."

"그야 리프레이아의 힘 덕분이겠지."

"아뇨, 대부분 저 사람의—."

"잠깐, 안 돼, 안 돼. 리프레이아도 검을 내려놔."

리프레이아가 새하얀 얼굴로 고약하게 생긴 탐색자에게 담담하게 반론했다. 그러나 아무리 생각해도 냉정함을 잃은 듯했다.

의외로 머리에 피가 잘 솟는 성격인가?

지금껏 동행하면서 지켜본 바에 따르면 그런 사람 같지는 않았는데.

"저희 멤버가 죄송해요. 자자, 리프레이아도 사과해."

"싫어요. 히카루를 폄훼하다니…… 용서할 수 없는걸요."

"딱히 폄훼한 것도 아니잖아."

시비를 거는 사람을 일일이 상대해봤자 끝이 없다. 하물며 무기까지 사용하다니 얼토당토않다. 그야 탐색자 업계는 건달 세계와 비슷하다. 남에게 우습게 보이면 끝장이라는 가치관이 있을지도 모른다. 그녀도 그 가치관에 따라 행동했을지도 모르겠지만…….

"리프레이아, 누가 널 업신여겨서 분노하는 건 딱히 상관없어. 하지만 나 때문에 그런 행동은 하지 말아줘. 난 아무렇지도 않고, 전에도 말했지만 브론즈인 것도 초보 탐색자인 것도 사실이니까."

"히카루가 그렇게 말하니 알겠어요."

"뭐야, 너희들 서로 사귀냐?!"

고약한 탐색자가 경천동지한 것 같은 표정을 보였다. 우리가 대화를 나누는 모습을 보고서 동료들까지 모여들었다.

"어, 어~? 역시 그렇게 보이나요? 그렇게 보이죠?"

"그야 그토록 찰싹 달라붙으니 그리 보일 수밖에……. 하지만 남자한테 별 흥미가 없다는 소문까지 나돌았던 그 리프레이아 양이……. 저런 비실한 꼬맹이가 이상형이었을 줄이야."

"오해, 오해. 전혀 그런 사이 아닙니다. 리프레이아 씨는 기간 한정으로 탐색을 도와주고 있는 것뿐입니다."

"오해라니……. 히카루는 꽤 너무하네요."

리프레이아가 내 팔에 엉겨 붙었다.

뭐, 좋아한다고 말했으니 한때의 변덕이라고 해도 그 마음은 진짜겠지.

나는 그것을 알고서 그녀를 이용하고 있다.

"근데 말이야, 리프레이아 양. 남친이랑 같이 탐색하고 싶은 마음은 알겠는데, 그렇다고 3층은 너무 위험한 거 아냐? 까딱 잘못하면 죽는다고."

그는 그녀가 나를 끌고 왔다는 오해에서 도저히 벗어나지 못하는 듯했다.

뭐, 오해를 하든 말든 상관없긴 하지만 점점 귀찮아졌다.

"그러니까 오해예요. 제가 그녀한테 여길 데리고 와달라고 부탁한 겁니다. 물론 죽음을 각오하고서."

"그래도 말이다. 은 등급쯤 되면 아래 녀석들의 모범이 되어야지. 무슨 사정이 있든 간에 청동급이라고. 3층에는 왜 데려와?"

고약하게 생긴 주제에 엄청나게 상식적으로 지적해서 놀랐다.

나 같은 신참 꼬맹이가 공주님 뒤를 졸졸 따라왔다면 분명 한 마디 해주고 싶어지겠지.

"아이, 참~ 성가시네요. 히카루, 살짝 보여주면 어떻겠어요? 이 벽창호한테."

"어? 무슨 의미야?"

"히카루가 나보다 훨씬 강하다는 걸 말이에요. 히카루가 짐짝이라면 나 혼자서 3층까지 올 수 있을 리가 없잖아요."

"그거야말로 농담이지. 은 등급까지 올라갈 수 있는 사람은 탐색자들 중에서도 한 줌. 그걸 1년 만에 달성한 리프레이아 양보다 저런 꼬맹이가 더 강하다니. 아무리 농담이라고 해도 질 떨어지는군."

그런 대화를 들으면서도 나는 다른 것을 신경 쓰고 있었다.

이곳은 이미 미궁 3층 안이었다. 딱히 안전지대도 뭣도 아니었다. 그런 곳에서 커다란 목소리로 떠들어대는데도 마물이 전혀 접근해 오지 않았다. 미궁 안에 마물들이 득실거리는 것은 아니지만, 그래도 1분쯤 걸으면 반드시 조우할 만큼은 마물이 존재했다.

하물며 이곳에는 파티가 둘이나 있었다.

―온다.

―위험해.

정령들이 수군수군 떠들어댔다. 경계하라고 채근하는 가냘픈 목소리가 분명 들린 것 같았다.

"리프레이아! 뭔가 이상해. 주변을 경계해! 푸르는 내 옆으로 와, 어서!"

무혹의 대정원은 그 이름대로 깊은 안개가 계층 전체를 뒤덮고 있어서 가시거리가 고작 100미터밖에 되지 않는다. 방심했다가는 마물이 꽤 가까이 접근했는데도 알아채지 못할 수도 있다.

그리고 오늘은 평소보다 안개가 더 짙었다.

눈에 보이는 범위가 평소보다 좁다…… 아니, 절반도 되지 않는 것 같은데—.

나는 그레이프푸르를 등 뒤에 숨기고서 최대한 벽 쪽으로 다가가 경계했다.

"이봐! 당신들도 경계를 풀지 마! 뭔가가 접근하고 있어!"

"아아?! 신출내기 꼬맹이가 뜬금없이 뭔 소리야! 우린 베테랑인데?! 이런 입구에는 구울밖에 안 나온다고!"

"……히카루? 왜 그래요? 저 남자의 말대로 이 부근에는 강한 마물이 나오지 않는데요."

"정령들이 소란을 떨고 있어. 일단 2층으로 돌아가는 편이 좋을지도 모르겠어."

"……응? 잠깐, 잠깐. 발소리가 들려와요냥."

내 뒤에 있던 그레이프푸르가 귀를 쫑긋거리며 중얼거렸다. 그러고는 눈이 휘둥그레졌다.

"가든 팬서! 가까이 다가왔어냥!"

그레이프푸르가 그렇게 외친 순간이었다. 하얀 안개 속에서 느닷없이 순백의 거대한 무언가가 튀어나와 경계를 제대로 하지 않았던 고약하게 생긴 남자의 파티원 하나를 물어버렸다.

"저 바보들이! 리프레이아, 간다!"

"아, 예!"

가든 팬서는 거대한 고양이과 맹수로 옛날에 동물원에서 봤던 사자나 호랑이보다도 컸다. 몸길이가 4미터는 족히 되리라.

몸 색깔은 반점 하나 없는 순백이었다. 등에서 하얀 수증기 같은 것을 희미하게 뿜어냈다. 저 증기로 모습을 감추는 모양이다.

신체는 아름답지만, 얼굴은 흉악했다. 인간을 통째로 집어삼킬 수 있을 만큼 커다란 입에선 송곳니가 엿보였다.

기습을 당했던 고약한 남자의 파티원이 상반신이 물린 채로 순식간에 끌려가 버렸다. 안개 속으로 사라져버린 가든 팬서가 어디에 있는지 짐작조차 되지 않았다.

"다크 센스! ……저쪽이야!"

다행히도 다크 센스가 이 안개 속에서도 효력을 발휘했다.

이미 가든 팬서는 다크 센스의 최대 유효범위까지 이동한 상태였다. 운 좋게 지각의 파장이 스쳤다. 다크 센스의 유효범위와 안개의 농도를 고려하여 계산해보니 오늘 3층은 가시거리가 40미터밖에 되지 않았다. 가든 팬서가 방출한 안개인지 아니면 우연히 오늘이 안개가 짙은 날인지 모르겠다. 그러나 도망쳐버렸으니 이제 찾아낼 수는 없을 것이다.

안타깝지만 처음에 물렸던 탐색자는 단 일격에 절명한 듯했다. 그러나 한 번 모습을 드러낸 마물을 놓칠 생각은 없었다.

나는 리프레이아를 대동하고서 달렸다. 가든 팬서도 우리를 감지한 듯했다. 달려들려는지 몸을 낮추어 힘을 비축하고 있었다.

"팬텀 워리어! 서먼 나이트버그!"

환영의 전사가 검으로 방패를 방방 두드리면서 가든 팬서에게 접근했다.

암야의 벌레들이 날개를 퍼덕이며 쇄도했다. 적이 느닷없이 늘어나자 팬서가 더욱 경계했다. 더는 나를 경계하지 않는 것을 확인한 뒤 어둠에 숨어 다른 방향에서 다가갔다.

그렇다. 그 어떤 강적이 나타나든 해야 할 일은 똑같다.

"리프레이아, 평소처럼 간다!"

팬서가 팬텀 워리어에게 달려들었다.

마물은 근육을 탄력 있게 가동하여 시위를 떠난 화살처럼 목덜미를 뜯어버렸다. 어둠으로 만들어진 환영이 아니었다면 일격에 죽었겠지. 가공할 만한 순발력, 경이로운 속도였다. 근거리였다면 정면에서 달려든다는 걸 알고도 피하지 못했을 것이다. 그리고 한 번 물리면 바로 끝장이었다. 3층 최강의 마물이라는 평가는 거짓이 아니었다. 2층 최강인 맨티스가 4층 수준의 마물이라면, 이 녀석은 5층 수준의 마물일지도 모르겠다.

나는 혹시 몰라서 섀도 스토리지에서 리자드맨의 정령석을 꺼냈다.

최악의 경우에는 소환도 사용할 필요가 있다. 그만큼 저 녀석은 명백히 리자드맨보다 강하다.

"가르르르르르!"

리프레이아가 접근해오고, 팬텀 워리어가 오로지 공격 동작만 반복하자 팬서가 경계하며 거리를 벌린 뒤 으르렁거렸다.

아쉽지만 나이트버그는 거의 통하지 않는 듯했다. 작은 갑충이 공격해봤자 더 거대한 짐승에게는 생채기도 내기 어렵다는 뜻인가.

다만 팬텀 워리어가 팬서의 시선을 끄는 데 성공한 듯했다. 내가 어둠에 섞여 접근하는데도 아직 알아차리지 못한 듯했다.

나는 단숨에 거리를 좁힌 뒤 어둠의 범위를 넓혔다. 순식간에 칠흑의 어둠이 주변을 지배했다.

어둠에 삼켜진 팬서가 몸을 살짝 움찔거렸다. 그러나 이내 가르르르, 으르렁거리며 냉정을 되찾은 뒤 주변을 바짝 경계했다.

—그리고 내 쪽을 봤다.

팬서의 눈동자가 번쩍이며 나를 곧장 쳐다봤다.

예리한 송곳니가 어둠 속에서도 흉악하게 번득였다.

'아차!'

확실히 들통났다. 그래, 고양이는 야행성 동물이었다. 그 사실을 깜빡 잊었다. 아니, 이쪽 세계에 서식하는 고양이과 동물도 지구와 비슷한 성질을 갖고 있나? 완전히 고양이 인간인 그레이프푸르는 다크니스 포그 안에서는 전혀 보질 못하는데!

그러나 다크니스 포그의 어둠은 깊었다. 빛 한줄기도 새어들지 않는 진정한 암흑이었다.

제아무리 고양이과 맹수일지라도 완벽하게 보지는 못했겠지. 그러나 인기척만 들켰을지라도 어둠 속의 이점이 사라진 것이나 진배없었다.

"섀도 바인드!"

팬서가 덮치기 전에 바인드로 묶었다.

동시에 다크니스 포그를 조작하여 어둠 밖으로 팬서를 꺼냈다.

"리프레이아!"

아슬아슬한 타이밍이었지만, 소 뒷걸음질 치다가 쥐 잡은 격이라고 해야 하나? 팬서가 나에게만 주의를 온통 기울인 것이 주효했다.

"하앗!!"

리프레이아가 옆쪽에서 달려와 팬서에게 혼신의 일격을 가했다.

제아무리 거대한 맹수일지라도 체중이 실린, 날 길이가 150센티미터나 되는 쇳덩어리가 약점에 적중했으니 버텨낼 재간이 없었다. 팬서가 무릎을 꿇더니 구르듯 리프레이아에게서 거리를 벌렸다.

그러나 송곳니를 드러냈다. 투지는 아직 사그라지지 않았다.

"과아오우!"

"그걸 맞았는데도 안 죽었어!"

"미안해요! 약점에서 조금 빗나갔습니다!"

짐승형 마물은 정말 드물었다. 미궁에 출몰하는 마물은 「섞여 있는 존재」, 즉 아인형(亞人型)이 많기 때문이었다. 짐승형 마물은 약점 위치도 아인과는 느낌이 다르니 좁은 부위를 정확히 타격하기가 어려웠을지도 모른다.

"크르르르!"

"온다! 셰이드 시프트! 다크니스 포그!"

거대한 무기를 든 리프레이아보다는 내가 더 손쉬운 상대라고 판단했는지 가든 팬서가 펄쩍 뛰어 이쪽으로 위치를 조정했다.

일단은 리프레이아를 경계하면서도 그 시선은 나에게 고정되어 있었다. 나부터 죽이고서 리프레이아와 싸울 작정인 듯했다. 팬서는 몸을 움츠려 달려들 태세를 취했다.

나는 각오를 굳혔다. 생사가 나뉘는 갈림길에서 나의 뇌가 엄청난 속도로 회전했다.

까닥 잘못하면 나는 죽을 것이다. 원래는 이길 수 있을 리가 없는 훨씬 우월한 상대다.

그러나 그것은 애초부터 알고 있었다. ―그리고 스스로 바랐던 상황이었다.

스테이터스 보드를 확인할 필요 따윈 없었다. 이 전투는 반드시 시청자들의 시선을 빼앗겠지. 내가 지금 죽음을 느끼는 것 이상으로 절체절명의 상황임을 알고 있을 테니까.

팽팽히 당겨진 활시위처럼 몸을 한껏 뒤로 뺀 가든 팬서. 그 일직선상에 내가 있었다. 발사된다면 콤마 몇 초 뒤에 나는 찍소리도 못하고 돌로 변하겠지.

돌진을 받아내는 것도 불가능했다.

다크니스 포그와 셰이드 시프트를 병용해본들 회피율을 살짝 올리는 게 고작이겠지.

다만 제아무리 밤눈 능력이 작동한다고 해도 밝은 곳에서 어둠 속으로 뛰어들었으니 눈이 익숙해질 때까지는 앞이 잘 보이지 않을 터.

리자드맨 언데드를 불러내는 것도 순간 고려했지만, 그럴 만한 시간은 이제 없었다.

"섀도 바인드! 팬텀 워리어!"

팬서가 공격하기 전에 연속으로 정령술을 영창했다. 몸이 살짝 뜨거워지는 것이 느껴졌다.

아무리 정령의 총애가 있다고 해도 정령술을 무제한으로 쓸 수 있는 것은 아니었다. 특히 팬텀 워리어나 다크니스 포그 같은 상위 술식은 정령력이 많이 소비된다.

팬텀 워리어는 방금 전에 막 사라져서 새로운 녀석을 생성할 수 있었다. 그러나 연속으로 사용한 바람에 정령력이 고갈될 듯했다.

워리어가 일으키는 소음에 팬서가 아주 잠깐 정신이 팔렸다. 어둠의 촉수가 그 순간에 몸을 휘감았다.

바인드는 불과 몇 초 만에 무력화되겠지만, 잠시라도 시간을 버는 것이 중요했다.

나는 어둠과 함께 달렸다. 그러나 팬서는 나를 표적으로 삼은 채로 시선을 돌리지 않았다. 어쩌면 밤눈과 비슷한 능력을 갖고 있거나, 혹은 어둠의 정령술에 내성이 있을지도 모르겠다. 상식적으로 강력한 공격력을 보유한 리프레이아를 경계해야만 할 텐데도, 팬서는 오로지 나만 노렸다. 위계가 높은 정령술사부터 노리는 특성이라도 있나?

바인드가 끊어지더니 가든 팬서가 한순간 힘을 축적하여 확 달려들었다.

나는 죽음의 공포에 발광한 것처럼 몸을 옆으로 날렸다. 미궁에서 마물을 수십 마리나 쓰러뜨려서인지 몸이 생각보다 날렵하게 움직였다. 나는 이 돌진을 아슬아슬하게 피할 수 있었다. 여러 정령술이 상대를 약간 둔하게 만든 것도 유효했을 것이다.

그러나 이게 가능한 것은 딱 한 번뿐이겠지. 연속으로 달려든다면 도저히 피할 수 없다.

먹잇감을 놓친 팬서가 이내 몸을 확 돌려 내 기척을 찾았다.

모든 것은 어둠 속에서 벌어지고 있었다. 가든 팬서는 어둠 속에서 나와 팬텀 워리어, 바인드와 나이트버그를 신경 쓰면서 싸우고 있었다.

당연히— 어둠 밖에 있는 리프레이아의 모습은 보이지 않을 터—.

나는 다크니스 포그의 범위를 조작하며 외쳤다.

"리프레이아! 지금이야!"

"네! 라이트!"

팬서가 태세를 정비하여 내 쪽으로 몸을 돌린 순간, 라이트가 발동됐다.

여러 번이나 공격수단으로서 연습해왔던 라이트였다.

순간적으로 생성된 폭발적인 광원을 직시하고서 팬서가 뚝 멈췄다. 조금 전까지 다크니스 포그 안에서 동공을 한껏 연 채 나를 찾고 있었다. 강렬하게 통했겠지.

"이걸로……! 끝이에요!"

대검이 팬서의 목을 잘라낼 기세로 휘둘러졌다. 실제로 그 목을 반쯤 절단했을 때 가든 팬서가 거대한 하나의 정령석으로 바뀌었다.

그 순간, 주변에 감돌던 농밀한 안개가 흩어지더니 3층의 시야가 평소대로 되돌아왔다.

"헉헉헉……. 해냈어요……! 가든 팬서를 쓰러뜨린 적은 처음입니다."

"가, 강했어……. 온통 아인밖에 없는 계층에서 고양이과 맹수가 달려드는 건 반칙이지……."

가든 팬서는 이른바 그 거대 원숭이 같은 존재였다. 아인은 무기를 능숙하게 쓸 줄 알지만, 바탕이 인간인지라 전투 역시 인간끼리 싸우는 것과 흡사하다. 따라서, 대인 전투를 훈련해두면 편하다.

그러나 맹수와의 전투는 어떤가. 내 단도나 그레이프푸르의 세검 따위로는 대미지조차 입히지 못했으리라.

그 맹수를 겨우 두 번의 공격으로 무찌른 리프레이아의 검은 그야 말로 마물 토벌의 검이라 할 수 있었다.

"그 검은 역시 마물 토벌용이야?"나는 숨을 헐떡이면서, 정령석을 회수하고 있는 리프레이아에게 무심히 물어봤다.

"맞아요. 스승님께서는 탐색자이신데요, 미궁에 들어가려면 이만한 무기는 다룰 줄 알아야만 한다고 말씀하셔서."

"스승님이 꽤 상위 탐색자였다고 했지?"

"예, 현란의 카노푸스……. 전 샐러맨델급 탐색자입니다."

"그러고 보니 전에 들었지. 샐러맨델급이라."

가장 아래인 청동…… 스피리투스급인 내 처지에서는 구름 위의 존재였다.

"원래는 가르침을 청할 수조차 없을 정도로 대단한 분입니다."

"사정이 있었구나?"

"스승님께서는 어째선지 빛의 대성당의 식당에서 일하고 계셨어요. 제가 혼자서 검을 연습하고 있으니 차마 두고 볼 수가 없었는지 휴식시간에 틈틈이 알려주시곤 했죠. 아, 제 친가는 대성당 바로 옆에 있어요."

이 대검도 스승이 연줄을 통해 제작해준 것이라고 덧붙였다.

리프레이아가 미궁에서 1년 동안 살아남았던 이유도 그 스승의 가르침을 따랐기 때문이리라.

"스승님께서 자주 말씀하셨어요. 미궁을 탐색할 작정이라면 파티 멤버를 깐깐하게 고르라고. 특히 정령술사만은 술식을 많이 구사할 줄 아는 녀석을 꼭 영입하라고. 전 정령술이 젬병이라서 기분이 미묘했지만…… 히카루는 정말로 대단해요. 최근 몇 개월 동안 팬서를 쓰러뜨렸던 사람은 없었어요."

"……거의 안 나타나는 녀석이니까."

정령술을 많이 구사할 수 있는 녀석이 강하다는 건 잘 안다. 정령술은 결코 필살기가 아니다. 적어도 내 정령술은 대부분 전투를 보조하는 용도로밖에 쓸 수가 없다. 탐색가가 직접 마물의 숨통을 끊어야만 한다.

그렇다면 필연적으로 많이 쓰게 된다. 필살기라면 이때다 싶을 순간에 몇 번만 사용하면 된다. 그러나 정령술은 그런 성질의 기술이 아니다.

"그러니. 히카루…… 2주가 거의 다 지나갔지만, 앞으로도—."

"이봐, 리프레이아 양! 다행이야! 살아 있었구나!"

"와— 찾았어요냥!"

리프레이아가 뭐라고 말하려고 했지만, 우리를 찾으러 온 그레이프푸르와 고약한 탐색자의 목소리에 가려졌다.

처음에 습격을 당했던 곳과 전투를 벌였던 곳이 수백 미터밖에 떨어져 있지 않을 텐데, 찾을 수가 없었나? 이 안개에는 소리를 난반사하는 효과도 있는지도 모르겠다.

"이, 이봐, 가든 팬서는 어떻게 됐어?"

"저와 히카루가 쓰러뜨렸습니다."

"거짓말?! 고작 둘이서 팬서를 쓰러뜨릴 수 있을 리가 없잖아!"

"이런 일로 거짓말을 할 리가 없잖아요?"

리프레이아가 거대한 정령석을 내보였다. 혼돈의 정령석이 아니라 물의 정령석이었다. 그러나 꽤 거대했다. 거대 원숭이의 정령석만큼 크지는 않았지만, 그에 버금가는 크기였다.

"진짜였다니……. 의심해서 미안하지만…… 리프레이아 양이 그토록 강했다니……."

"제가 아니라 히카루가 강하다고 누누이 말했잖아요?"

"그러네…… 꼬맹이도 애썼구나."

"고마워요."

미적지근한 눈빛으로 쳐다보긴 했지만, 일단 인정해준 듯했다. 실제로 전투를 벌였던 모습을 보진 못했으니 반신반의하는 눈치인 듯한데. 뭐, 술식을 남에게 보이지 않고 전투를 끝마쳐서 다행이었다.

"마, 맞다! 앗슈 녀석은 어떻게 됐나?!"

"안타깝지만……. 돌은 저쪽에 떨어져 있습니다."

"그렇구만……."

앗슈라면 최초에 팬서에게 물렸던 탐색자의 이름인가.

고약한 탐색자가 정령석과 인식증^{태그}를 주우러 터덜터덜 걸어갔다. 색이 들어간…… 불의 정령석이었다. 그도 이름 있는 탐색자였으리라.

"리프레이아, 그레이프푸르. 가자.

"그래야죠."

"가요냥."

탐색자가 목숨을 잃어서 안타깝지만, 이곳은 원래 그런 장소다.

그리고 이런 일을 계속하다 보면 언젠가 나에게도 그런 날이 올

것이다. 말 못 하는 정령석으로 변해버린 탐색자를 보니 아무리 싫어도 그 미래가 절로 상상됐다.

'하지만 오늘을 포함해도 앞으로 6일 남았어.'

시청자수는 가든 팬서의 습격 사건으로 갑자기 1억 명이나 늘었다.

거대하고 아름다운 맹수와의 결전. 습격당해 사라져버린 목숨.

내가 죽길 바랐던 시청자들의 입장에서는 다른 의미로 손에 땀을 쥐게 하는 전개였겠지.

내가 살아남아서 틀림없이 실망했겠지.

'나나미를 되살린 뒤라면, 죽어도 좋아.'

어째선지 그런 생각이 순순히 들었다.

죽음이 충만한 미궁이라는 장소에 익숙해져서일까? 죽음이 몸에 배기 시작했다. 죽으면 편해질 것 같다는 기분마저 들었다.

—앞으로 6일. 역시나 내가 죽을지도 모르는 전개가 벌어지니 시청자가 늘었다.

죽지 않도록 유의하며 목숨을 건다. 그 길밖에 없었다.

"리프레이아, 그레이프푸르. 오늘처럼 위험한 상황을…… 또 겪을 테지만, 앞으로 엿새야. 엿새만 나랑 함께 해줘."

내가 말하자 그레이프푸르가 「원래부터 피고용인이니 오히려 계속 고용해줬으면 좋겠냥」 하고 대답했다. 리프레이아는 그저 모호하게 웃었다.

그날은 나도 적극적으로 공격에 가담하여 백 마리에 가까운 마물들을 사냥했다.

전이자별 게시판 나라별 JPN 【No. 1000 쿠로세 히카루】
3308th

409: 지구의 무명 씨
가든 팬서, 무지무지 멋지네.

410: 지구의 무명 씨
대검을 휘두르는 아름다운 여전
사와 거대한 백색 표범의 전투.
그야말로 신화의 영역이야.

415: 지구의 무명 씨
히카루는 용케도 가든 팬서의 공
격을 피했네.
동체/시력이 대체 얼마나 뛰어난
거야?

417: 지구의 무명 씨
역시 전투를 벌이는 전이자가 인
기를 끄는걸, 웅. 진짜 전투는
자극이 달라…….

418: 지구의 무명 씨
생활형 전이자도 나쁘지는 않지
만, 전투형 전이자도 생활을 하
니 오히려 완급이 조절돼서 재미
가 더 늘어나는 효과까지 있어.

419: 지구의 무명 씨
커다란 검으로 동물을 가격하는
장면이라니, 동물보호단체가 시
끄러울 것 같다.

420: 지구의 무명 씨
히카루는 용기가 있어…….
나였다면 주저앉아서 지렸을
거야.

421: 지구의 무명 씨
가든 팬서는 덩치가 큰 데다 민
첩하기까지 하던걸. 본능적으로
공포에 떠는 게 보통이지. 아니,

정령술을 좀 구사할 줄 안다고
해서 맹수랑 싸우는 건 무리야.
게다가 시베리아호랑이보다 크
다니, 진짜 미쳤어.

424: 지구의 무명 씨
그레이프푸르, 완전 귀엽지 않냐?

425: 지구의 무명 씨
난 똑똑히 봤어. 가든 팬서가 나
왔을 때 푸르가 히카루한테 매달
리는 모습을.

426: 지구의 무명 씨
어떻게 히카루는 팬서가 올 걸
알고 있었을까?

427: 지구의 무명 씨
몰라. 동물 캐릭터 성애자만이
보유한 초감각이라도 발동했나
보지.

428: 지구의 무명 씨
「농밀한 짐승의 냄새……!」

430: 지구의 무명 씨
미궁 안에서는 죽어도 사체가 남
지 않던데, 보고 있으면 섬뜩하지
않아……? 존엄 없는 죽음…….

431: 지구의 무명 씨
그래서 밑바닥 직업이잖아…….

432: 지구의 무명 씨
저 세계의 감각으로는 밑바닥이
아니지. 어느 정도 등급이 높은
탐색자는 평범한 호위 의뢰도 들
어온다고 하니까.

433: 지구의 무명 씨
뭐, 누구든 할 수 있는 일이니
생계가 막막한 사람이 시작하기
좋긴 하겠지.

438: 지구의 무명 씨
근데 등장하는 몬스터들이 죄다 지구의 판타지를 근거로 하고 있던데, 무슨 영문이야?

439: 지구의 무명 씨
이미 많은 사람들이 실컷 고찰했던 화제를 겁도 없이 꺼내다니.

440: 지구의 무명 씨
결론부터 말하자면, 인간이 인간으로서 활동하는 지구형 혹성인 시점에서 신의 힘이 어떤 형태로든 개입된 것이 분명해. 지구의 판타지 속 마물이 등장하는 이유는 신이 그렇게 디자인했기 때문일 거고.

441: 지구의 무명 씨
혹은 집단 환각인가.

442: 지구의 무명 씨
일단 이름이라고 해야 하나, 현지에서 부르는 호칭과 지구에서 부르는 호칭은 달라. 리자드맨처럼 이름을 직역한 마물은 빼고 말이지.

443: 지구의 무명 씨
근데 히카루도 위계가 꽤 많이 올랐겠는데? 몸놀림이 점점 인간을 초월하고 있어.

444: 지구의 무명 씨
착실히 홀로 마물을 사냥하고 있으니까. 리프레이아 님의 완력도 대단하지만, 히카루도 괴물화가 상당히 진행됐어. 본인은 눈치채지 못했나.

446: 지구의 무명 씨
해외에서도 NINJA로 유명한 히카루.

448: 지구의 무명 씨
역시 그 쌍둥이의 오빠라서 그런

가? 자신감이 있다고 해야 하나, 망설임이 없네.

449: 지구의 무명 씨
이러니저러니 해도 행동에 일관성이 있고 꾸물거리질 않아. 시간을 멍하니 흘려보내는 때가 거의 없어서 신기해.

450: 지구의 무명 씨
그 미궁에 홀로 들어간 것만 해도 이미 인간을 초월한 담력의 소유자야. 아무리 정령술이 있다고 해도 무리잖아? 자칫 잘못하면 죽는다고?

451: 지구의 무명 씨
마물한테 겁을 먹고서 주저앉는 전이자도 많으니 말이야. 전투와는 전혀 무관한 생활을 영위하는 사람도 많고. 그런 점에서도 히카루는 평가를 받고 있어.

452: 지구의 무명 씨
4층은 꽤 무섭네요. 혼자서 내려간 사람은 히카루가 처음 아닌가요?

453: 지구의 무명 씨
그건 모르겠지만, 생중계를 해줘서 그냥 고마울 뿐이야.

473: 지구의 무명 씨
그보다 히카루는 몇 위야?

474: 지구의 무명 씨
5일 남은 시험에 종합 3위. 순간적으로는 1위에서 4위를 오르락내리락하고 있지만, 상위권이 너무 단단해. 특히 잔느는 스타성이 너무 뛰어나더라. 그녀를 이기기란 어렵지 않을까?

475: 지구의 무명 씨
시청자수를 따져보면 잔느도 8억 명 수준이니까 폭발적인 전개가 펼쳐진다면 기회가 있을지도 몰라. 하지만 이미 지금도 상당히 분발하고 있잖아, 히카루.

476: 지구의 무명 씨
전 세계 인류 80억 명 중에 8억 명이라니, 이미 패권 콘텐츠 영역을 초월했는데……. 그걸 이기는 건 역시 무리 아냐……?

477: 지구의 무명 씨
옛날에는 TV 시청률이 높았어. TV의 숫자가 절대적으로 적을 뿐더러 보고 싶어 하는 사람들이 많았으니까. 현대에는 반대로 텔레비전 보급률은 거의 100% 이지만, 콘텐츠는 인터넷 등 여러 매체에서 즐길 수 있으니 시청률을 올리기가 어려워. 그런 상황에서 모든 단말기로 볼 수 있다고 해도 8억 명이나 되는 시청자를 보유한 잔느는 금세기 최대의 스타라고 해도 과언이 아

냐. 히카루가 그녀한테 대항할 만한 깜냥이 된다고 생각해? 그냥 흔히 볼 수 있는 아싸 고딩 아냐?

478: 지구의 무명 씨
히카루가 아싸 고딩인 건 분명하지만, 두 여동생은 금세기 최대의 스타인걸.

479: 지구의 무명 씨
히카루도 시청자가 꽤 많은 편이지만, 여동생들의 정교한 브랜딩 효과 덕분인 것도 확실하지.

480: 지구의 무명 씨
세리카가 1위를 차지하기 위해서 벌이고 있는 전술을 노골적으로 말해줬는데, 너무 진지해서 무섭더라. 미디어를 이용하고, 돈을 뿌리는 정도가 보통이 아냐.

481: 지구의 무명 씨
어느 순간부터 매스컴이 갑자기 히카루 옹호파로 변해버려서 섬뜩했지…….

482: 지구의 무명 씨
그건 뭔 소리야?

483: 지구의 무명 씨
TV에서 히카루에 관한 부정적인 의견이 나오지 못하도록 돈으로 봉쇄했어. 이러니저러니 해도 TV의 영향은 막대하니 히카루 특집방송을 편성하면 자연스럽게 그를 지켜보는 시청자도 늘기 마련이지.

484: 지구의 무명 씨
게다가 그걸 전 세계에서 벌이고 있다잖아. 에이전트를 고용했겠지만, 이미 세계인들 대부분이 히카루가 소꿉친구를 되살리기 위해 애쓰고 있다는 사실을 알

걸? 그래서 시청률도 늘고 있어. 세리카랑 카렌이 시청률 레이스가 시작되고 사흘 만에 그렇게 되도록 세계 여론을 조작해왔던 거야.

485: 지구의 무명 씨
진짜로? 아무리 그래도 과장이지?

486: 지구의 무명 씨
진짜야. TwiN/SiS는 스트리밍으로만 한 달에 10억 엔 정도는 벌어들인대.

487: 지구의 무명 씨
수입은 그렇다고 치고, 열두 살짜리 소녀들이 애쓰는 모습에 전 세계가 동정하고 있는 측면도 꽤 커.

488: 지구의 무명 씨
히카루는 초대 시청률 1위라서 잠재적인 시청자가 꽤 많아. 그

의 편집판 동영상을 TwiN/SiS판이 사실상 독점하고 있어. 타의 추종을 불허하는 퀄리티이니까.

489: 지구의 무명 씨
그리고 전이자의 편집판 동영상 구독서비스인 「Globe-Heroes」를 운영하는 사람도 세리카랑 카렌.

490: 지구의 무명 씨
뻥이지? 거기 일본인 전이자랑 마이너한 전이자의 편집판 동영상 부문에서 점유율 1등 아니었나……? 월 요금이 저렴해서 나도 가입했는데.

491: 지구의 무명 씨
카렌이 동영상 편집을 잘 하는 동료들을 불러서 어느 동영상 편집회사를 매수하여 세운 거야. 명목상 사장은 쌍둥이가 아닌 다른 사람이지만 말이야. 참고로 그럭저럭 벌고 있다는 소문.

492: 지구의 무명 씨
Globe-heroes에서도 히카루 편집판을 볼 수 있는데, 여기서도 세리카와 카렌의 수완을 엿볼 수 있어. 히카루의 동영상만은 아무나 무료로 볼 수 있게 풀어놨어.

493: 지구의 무명 씨
광고 수입만으로도 무지막지한 돈이 들어온다고 하더라……. 세계 1등 기업보다는 규모가 작다고는 해도 분모가 워낙 크니.

494: 지구의 무명 씨
단순 시청자수가 억 명을 넘는 콘텐츠이니 말이야.

495: 지구의 무명 씨
이 흐름을 노리고서 만들었다면 세리카랑 카렌은 진정한 천재야.

496: 지구의 무명 씨
……아니, 그러니까 진정한 천재

맞대도.

497: 지구의 무명 씨
하지만 그게 다 히카루가 아등바
등 노력했기 때문에 가능했던 거
야. 소재가 쓰레기면 제아무리
신의 실력을 지닌 요리사일지라
도 한계가 있으니까.

499: 지구의 무명 씨
처음에 히카루, 소꿉친구를 죽
였다는 오명을 뒤집어쓰고서 혹
독한 비난을 받았지. 지금은 믿
기지 않을 정도야.

500: 지구의 무명 씨
오히려 인터넷에서는 히카루를
비방하는 녀석들이 소수파가 돼
버렸어. 범인을 아직 찾아내지
못해서 히카루 범인설이 아직도
끈질기게 나도는 것에 비해서는
말이야.

501: 지구의 무명 씨
보통은 일개 일본인 고등학생 전
이자를 그렇게까지 주목하지는
않으니까.

502: 지구의 무명 씨
어학 능력이 뛰어나고 머리가 특
출나게 영리한 가족의 존재가 이
토록 장점이 되리라 아무도 상상
하지 못했는데 말이야…….

503: 지구의 무명 씨
본방송은 죄다 이세계 언어로 나
오니 번역하면서 보는 게 기본이
잖아. 오히려 언어의 벽이 없다
고 해야 하나, 모두한테 평등하
게 벽이 있는 셈이지. 보려고 마
음만 먹으면 자국의 전이자도,
타국의 전이자도 동일한 노력으
로 볼 수 있어.

504: 지구의 무명 씨
더욱이 AI 번역 권리도 갖고 있

어서 늘 최신판을 쓸 수 있는 TwiN/SiS. 강하지 않을 리가 없어…….

510: 지구의 무명 씨
그래도 히카루가 1위를 차지하는 건 무리겠지. 잔느가 줄곧 1위였으니까. 그걸 추월하려면 압도적인 시청률을 이끌어내야만 해.

511: 지구의 무명 씨
히카루의 사정을 전해봤자 잔느가 봐줄 것 같지도 않고 말이야.

514: 지구의 무명 씨
역시 리프레이아 님과의 연애요소를 늘리는 편이 낫지 않겠어? 엄밀히 말하자면 밤의 밀회라든가…….

515: 지구의 무명 씨
세리카가 말했는데, 오빠는 그

런 쪽에 초 엄격하대.

516: 지구의 무명 씨
뭐, 실제로 성행위에 대한 욕망은 크지.
모두가 보고 싶어 해. 나도 보고 싶어.

518: 지구의 무명 씨
리프레이아 님의 속박 플레이 등 수요가 있을 만한 곳을 노리라고.

520: 지구의 무명 씨
히카루는 순박하고 진지한 면이 좋은데 말이야. 뭐든지 야한 쪽으로 직결시키는 에로남들은 다 사라졌으면.

523: 지구의 무명 씨
리프레이아 님과 파티를 맺은 뒤로 남성 시청자가 확 늘었다고 하니까.

524: 지구의 무명 씨
카렌이 제작하는 히카루 홍보 동영상도 리프레이아 님이 분량의 절반을 차지하고 있고…….

525: 지구의 무명 씨
써먹을 수 있는 건 쿨하게 뭐든지 다 쓰거든, 그 쌍둥이는.

526: 지구의 무명 씨
굳이 따지자면 카렌이 그런 딱 부러지는 타입이고, 세리카는 까다로운 상식파.

531: 지구의 무명 씨
농담은 제쳐두고, 히카루가 메시지를 열어보면 시청률이 더 올라갈 것 같지 않아?

532: 지구의 무명 씨
그건 우리가 위에서 내려다보는 입장이니 그리 말할 수 있는 거고, 히카루는 아무것도 모르잖아? 쌍둥이의 분투도, 호의적인 시청자가 대다수를 차지한다는 사실도 말이야.

533: 지구의 무명 씨
메시지는 열 수 없겠지. 얼마나 트라우마에 강렬하게 시달렸으면 저렇게까지 철저히 무시하겠어.

534: 지구의 무명 씨
히카루는 메시지에 자신을 부정하는 의견밖에 없다고 생각하니까. 게다가 제목을 보고서 선택하여 열어볼 수도 없으니 차례대로 봐야만 해. 골치 아프지…….

535: 지구의 무명 씨
실제로 초기에 보낸 메시지는 비난과 욕설뿐일 테니까. 세리카가 꽤 보냈다는데, 거기까지 도달하기 전에 마음이 망가지지 않을까?

536: 지구의 무명 씨
어디까지나 히카루는 죽지 않으
면서 시청률을 올리는 게 목표이
니까. 주어진 환경에서 최선을
다하고 있는데도 메시지를 언급
하지 않는다는 건 「그걸 건드리
면 죽는다」고 스스로 인식하고
있어서이지 않을까.

537: 지구의 무명 씨
뭐, 그래도 나도 응원 메시지를
보내고 있으니 봐줬으면 하는 마
음도 확실히 있어. 모두가 응원
하고 있다는 걸 히카루가 알아줬
으면 좋겠어.

538: 지구의 무명 씨
이 게시판에 있는 사람들은 대부
분 그렇게 생각할 거야. 근데 마
음 한구석에 상처 입고서 울고
있는 히카루를 보고 싶다는 욕망
도 있어.

540: 지구의 무명 씨
근데 어째서 리프레이아 님은 포
톤 레이를 선보이지 않는 거지?
그걸 쓰면 더 편하게 탐색할 수
있는데.

541: 지구의 무명 씨
아가씨의 마음은 복잡한 거야.
내 입으로 말하게 하지 마, 부끄
러워.

542: 지구의 무명 씨
어??? 포톤 레이를 쓸 수 있게
됐어? 나, 어디 놓쳤나?

543: 지구의 무명 씨
리프레이아가 갑자기 정령술 연
습을 하지 말자고 말을 꺼냈잖
아. 그때 세리카가 그랬어.

544: 지구의 무명 씨
세리카의 말에 따르면 틀림없이
「포톤 레이」를 쓸 수 있게 돼서

정령술 연습을 하지 말자고 말을
꺼낸 거래.

그때 방송 내용.

「아, 이거, 그녀가 포톤 레이를
쓸 수 있게 됐나 봐요. 오빠는
둔감해서 눈치채지 못한 모양인
데.」

「아하~앙. 그걸 익히면 더는 오
빠랑 함께 있을 수가 없게 되니
까 거짓말을 한 건가요. 그렇겠
네. 그치~.」

「바로 그거야. 다시 말해 그녀는
성당기사로서의 장래보다는 오
빠와 함께 탐색자로서 활동하는
미래를 선택하려고 하는 거야.
근데 그렇게 잘 될까?」

547: 지구의 무명 씨
카렌의 말투에서 악의가 조금 느
껴지는데ㅋㅋ

548: 지구의 무명 씨
세리카는 리프레이아 님을 좋아

하지 않나?

549: 지구의 무명 씨
사랑하는 오빠를 빼앗겨서 질투
하는 거잖아. 내 입으로 말하게
하지 마. 부끄럽게.

550: 지구의 무명 씨
근데 여자라면 금세 눈치채는 법
인가?
나, 전혀 몰랐는데.

551: 지구의 무명 씨
괜찮아. 나도 몰랐으니까.

552: 지구의 무명 씨
TwiN/SiS의 해설과 함께 본지
라 미처 알아채기 전에 세리카가
먼저 간파해버렸어…….

556: 지구의 무명 씨
아하~앙. 그렇겠네~. 그치~.

557: 지구의 무명 씨
카렌의 수수께끼의 말장구, 버
릇될 것 같아.

558: 지구의 무명 씨
카렌은 미인이지만, 커뮤왕인
세리카와 달리 음침캐 오타쿠거
든. 말투도 오타쿠.

559: 지구의 무명 씨
커뮤왕ㅋㅋ

560: 지구의 무명 씨
커뮤신이라고 해도 될 정도야.
전 세계 사람들이랑 커뮤니케이
션을 주고받잖아.

562: 지구의 무명 씨
세리카와 카렌이 굉장한 이유는
단순히 천재라는 점도 있지만,
그 강력한 커뮤력으로 개성을 드
러내기 때문이지. 평범한 천재
한테는 그 능력이 없으니까. 알

렉스의 친가에 선뜻 인사하러 가
는 행동력만 봐도 보통이 아냐.

563: 지구의 무명 씨
어떤 남자여야만 세리카와 사귈
수 있을까?

564: 지구의 무명 씨
대통령이라든가…….

565: 지구의 무명 씨
퍼스트레이디가 꿈이라면 최고
겠지.

568: 지구의 무명 씨
또 여동생 이야기로 흘러가네!!

569: 지구의 무명 씨
그래서 결국 뭐가 어떻게 된 거
냐니까.
포톤 레이를 쓸 수 있게 되면 더
는 함께 있을 수가 없는 거야?

570: 지구의 무명 씨
리프레이아는 돈을 벌고 정령술을 수행하려고 미궁에 왔다고 했잖아. 성당기사가 되려면 포톤 레이를 쓸 줄 알아야만 해. 반대로 말하면 포톤 레이를 쓸 수 있게 되면 성당기사가 될 수 있다는 소리야. 나이 제한도 있는 것 같으니 이제 미궁을 돌 이유가 없는 셈이지. 당연히 히카루랑 계속 함께 놀 수도 없는 노릇이고 말이야.

573: 지구의 무명 씨
성당기사의 조건을 채운 게 뭐 대수라고. 그냥 히카루랑 놀면 되지.

574: 지구의 무명 씨
그렇게 쉬운 문제가 아니잖아. 집안 사정을 딱 무시해버릴 수 있는 현대 일본인도 아니고 말이야. 지금도 가족이 세운 결정을 우선해야만 하는 엄격한 집안도 있잖아.

575: 지구의 무명 씨
그래서 거짓말을 한 건가. 애틋하잖아…….

576: 지구의 무명 씨
히카루는 완전 둔탱이.

577: 지구의 무명 씨
하지만 히카루는 리스크를 감수하면서까지 본인이 제8의 정령술까지 쓸 수 있다고 고백했잖아? 본인 사정 때문에 전력을 숨기는 건 좀 그렇지 않냐?

578: 지구의 무명 씨
리프레이아 님도 마음이 복잡할 거야. 설마 정말로 며칠 만에 쓸 수 있게 될 줄은 생각도 못 했을 테지.

581: 지구의 무명 씨
포톤 레이를 쓸 수 있게 되면 히
카루는 반드시 고향으로 돌아가
라고 할 거야. 내기해도 좋아.

582: 지구의 무명 씨
그야 탐색자 같은 밑바닥 직업보
다는 당연히 고향 신전에서 성당
기사가 되는 편이 훨씬 나을 테
니까.

583: 지구의 무명 씨
  아니, 좋아하는 사람이랑 함께
있는 게 더 좋아. 내기해도 좋은
데, 저어어어어어얼대로 후회
해. 난 후회했어.

584: 지구의 무명 씨
그러니 무거운 화제에 너무 깊숙
이 파고들지 마.

탐색을 마친 우리는 평소처럼 정령석을 환금하기 위해 길드에 들렀다.

"히카루, 가끔은 같이 가지 않을래요? 늘 저만 환금하러 가니까 길드 직원도 히카루를 조금 의심하는 눈치고요. 내가 언짢아할까 봐 대놓고 말은 하지 않지만……."

"아니, 됐어. 오늘은 가든 팬서의 돌도 있잖아. 오히려 더 의심하겠지."

"또 그 소리……. 승격시험이 어려워질 텐데요?"

"다소 어려워져도 문제없어. 흑단급 승격시험은 1층이나 2층에서 하지? 그럼 어떻게든 되겠지."

"그야 그렇겠지만요."

그런 대화를 나누며 길드 앞에 있으니 미궁 쪽에서 탐색자 무리가 피를 흘리며 창백한 얼굴로 달려왔다.

"비켜줘! 얼른 비켜!"

선두에 있는 전사가 착용한 청렴한 하늘색 전신 갑옷이 꽤 고급스러워 보였다.

아마 금 등급이거나 혹은 그보다 더 높은 등급의 탐색자들이겠지.

"길을 열어다오!"

탐색자 파티가 어지간히도 다급한지 입구를 막은 것도 아닌데도 우리를 밀치고서 길드에 들어갔다.

자세히 보니 온몸이 만신창이였다. 인원수는 넷. 어쩌면 두 명 정도 죽었는지도 모르겠다.

"……뭘까요? 잠깐 들어가서 무슨 상황인지 살펴보죠."

"확실히 궁금하네."

"두근두근해요냥."

이 도시의 길드를 이용한 지 얼마 되진 않았지만, 이런 적은 처음이었다.

우리는 구경꾼 근성을 발휘하여 길드에 들어가 카운터에서 무언가를 호소하는 아까 그 탐색자들의 이야기에 귀를 기울였다.

"마왕이야! 마왕! 5층에 나왔다!"

"보고 감사합니다. 틀림없이 마왕이었습니까? 어떤 형태죠?"

마왕이란 미궁에서 솟아나는 마물들의 우두머리 같은 녀석으로 알고 있다.

탐색자가 조바심을 내며 말을 조잘조잘 쏟아내는 데 비해 길드 직원은 냉정했다.

마왕이란 존재가 의외로 자주 나오는지도 모르겠다.

"무식하게 거대한 늑대였어! 불까지 뿜어댄다고. 얼른 토벌하지 않으면 위험해! 성당기사를 불러오는 편이 좋을지도 몰라."

"늑대? 그럼 많이 섞이지는 않았나 보군요?"

"몰라. 우리도 똑똑히 본 건 아냐. 순식간에 동료가 당해서 연기구슬과 고기를 던져가며 도망쳤으니까. 근데 한 번도 본 적이 없는 마물이었고, 왕석(王石)도 혼탁해졌어. 마왕인 건 틀림없다고!"

쩌렁쩌렁한 목소리로 말하니 다 들렸다.

"마왕이라면 혼돈의 정령력만으로 구성된 녀석……이랬지?"

옆에서 넋을 놓은 리프레이아에게 물었다.

"그래요. 하지만 큰일이네요. 마왕이 출현하면 토벌하기 전까지 토벌대를 제외한 다른 탐색자들은 미궁에 들어갈 수 없어요."

"링크스도 입장할 수 없어서 그동안에는 쉬어야해요냥."

"그래? 근데 5층에서 나왔다고 했지? 상층부는 탐색해도 무방할 것 같은데."

"마왕은 계층을 이동합니다. 5층에서 나왔으니 곧 4층으로 올라갈 거예요. 3층까지 도달하는 데 채 며칠도 걸리지 않겠죠."

"계층을 넘나든다……."

"예. 게다가 계층을 넘나들 때마다 마왕은 조금씩 혼돈의 색이 진해지는데…… 한마디로 말하자면 강력해져요. 적어도 4층에서는 토벌해야겠네요."

그 이야기를 듣고서 나는 혼자 몰래 들어가기로 순식간에 결심했다.

마왕의 출현. 그것이 시청률 1위를 차지하는 기폭제가 되리라 직감적으로 깨달았기 때문이었다.

싸우면 죽을지도 모른다— 그러나 잘만 하면 죽기 일보 직전에 해치울 수 있을지도 모른다. 마왕을 최대한 피하면서 혼돈의 정력석을 되는 대로 긁어모은 뒤 언데드와 충돌시키면서 싸우는 수도 있다. 최악의 경우, 싸우지 못하더라도 언제 마왕과 조우할지 모른다는 긴장감만으로도 시청률을 올릴 수 있을지도.

"어서 긴급 공지를 해! 4층을 탐색하고 있는 녀석들도 위험하다고!"

"알겠습니다! 현 시간부로 탐색자의 미궁 신규 입장을 금지합니다!"

직원이 다급히 뛰어다녔다. 팻말과 밧줄을 든 직원은 미궁 쪽으로 달려갔다.

아마도 출입을 금지하고서 마왕을 우선 토벌하려는 듯했다.

"어쨌든 상황을 보니 내일은 쉬어야겠네. 마왕은 보통 토벌되기까지 얼마나 걸려?"

"아마 모레에는 토벌대를 조직해서 미궁에 투입할 거예요. 당일에 토벌할 수 있으면 좋겠지만, 하루 만에 쓰러뜨린 적은 거의 없었습니다. 아마 사나흘쯤 걸리지 않을까 싶은데요."

"성당기사를 부르자는 소리도 나왔는데."

"예, 이 도시를 지키는 기사들 중에는 전직 탐색자도 많거든요. 마왕을 토벌할 때는 대규모 인원을 동원하는 게 보통이에요."

으음. 그런 식으로 토벌한다면 내가 나설 기회는 없을지도 모르겠다.

"그거, 나도 참가할 수 있을까?"

"아— 아뇨. 마왕 토벌은 늘 사망자가 몇 명씩 나올 만큼 위험해서 은 등급 이상이어만 참가할 수 있어요."

"그렇구나."

뭐, 태연한 얼굴로 잠입하면 문제없겠지.

길드에서 출입금지 조치를 내릴지도 모르겠지만, 지금은 시청률이 더 중요했다.

"전 은 등급이라서 토벌에 참가하게 될 거예요. 히카루는…… 아쉽지만 마왕을 토벌할 때까지 미궁 탐색은 쉬어야겠군요."

"그래. 아쉽지만 어쩔 수 없군."

"욕심 같아서는 히카루도 참가하면 마음이 편할 텐데요……. 마왕 토벌은 보수도 크지만, 그만큼 위험도 따르니……."

"뭐, 규칙이니 어쩔 수 없어."

나는 그렇게 대답하면서도 앞으로 어떻게 할지 생각했다.

전이자들 중에 마왕과 싸워본 적이 있는 사람이 있을까— 하고.

◇ ◆ ◆ ◇

정령석을 다 판 뒤에 식사하러 가기로 했다. 새우 테르미도르로 유명한 그 식당에 또 갔다. 세 사람 모두 그 맛에 묘하게 빠졌다. 요즘에는 그 음식이 머릿속에서 자꾸 어른거릴 지경이었다.

나에게는 두 사람에게 해야만 하는 이야기가 있었다. 자리에 앉아 주문하고서 입을 열었다.

"리프레이아. 처음에 기간 한정으로 도와달라고 했던 말을 기억하지?"

"예. 으음, 2주라고 했죠? 그래서…… 앞으로 6일…… 아니, 5일인가요."

"하지만 마왕이 출현해서 이젠 함께 미궁에 들어갈 수 없어."

"그렇죠. ……앗."

리프레이아가 드디어 알아챘는지 입에 손을 댔다.

"그래. 모레부터 토벌이 시작되면 이제 함께 들어갈 기회는 없을지도 몰라."

모레에 토벌을 완료하더라도 남은 기간은 2일.

더 길어진다면 정말로 미궁에 들어갈 기회 자체가 없다.

"그, 근데…… 저기…… 히카루의 목적은 달성됐나요? 탐색 자체는 순조로웠지만, 히카루는 줄곧 무언가에 쫓기듯 초조해 보였어요. 저, 눈치챘는걸요?"

"달성은 하지 못했어. ……하지만 이것만은 어쩔 수 없으니까."

"그럼 어떻게 하자는 거예요……?"

"일단 파티는 해산해야 할 것 같아. 아쉽지만."

"앗……."

내가 말하자 리프레이아가 말을 잇지 못하고 고개를 푹 떨궜다.

나도 아쉬웠다. 그러나 앞으로는 나 혼자만의 모험이었다.

남은 기간은 5일. 마왕을 쓰러뜨린다면 시청률 1위를 차지할 수 있을 것이다.

아니, 꼭 쓰러뜨리지 않아도 된다. 도전하는 것이 중요하다.

"그래도 히카루 씨는 마왕이 토벌된 뒤에 미궁에 또 들어갈 거잖아요냥? 그땐 또 고용해줬으면 좋겠어요냥. 여태껏 이렇게 좋은 파티랑 함께 다닌 적이 없어서 쓸쓸해요냥."

"아아, 일단 그럴 생각이야. 달리 살아갈 방법도 모르니까."

"그럼 됐네요냥. 마왕 토벌이 끝날 때까지 척후도 부를 일이 없을 테니까냥. 또 고용해줘요냥. 약속이에요냥."

그레이프푸르가 태연하게 웃고서 테이블에 나온 새우를 볼이 터지도록 먹었다.

뭐, 그녀는 동료이긴 하지만 한편으로는 피고용인이기도 하다. 파티 해산은 여러 번 경험해왔겠지.

"……너무해요. 히카루는. 내 마음을 다 알면서 해산하자니."

리프레이아가 고개를 숙인 채로 원망을 투덜투덜 늘어놨다. 애초부터 2주라는 기간을 정해놓고 도와달라고 했다. 상황이 이렇게 됐으니 어쩔 수 없었다. 그러나 마음에 들진 않는가 보다.

"내가 억지로 귀향을 늦췄으니 기간이 지나가면 이 관계를 끝낼 수밖에 없지."

"끝이라니—."

"미안. 표현이 지나쳤어. 근데 리프레이아, 넌 성당기사가 되기 위해 고향으로 돌아가야 하잖아? 내 사정 때문에 늦췄으니 더는 붙잡을 수가 없어."

"……하지만 아직 포톤 레이를 쓰지 못하는걸요."

"미궁에서는 연습하지 않겠다고 했잖아."

연습하지 않는다면 미궁에 들어갈 이유가 없다. 고향에 돌아가서도 훈련은 가능하겠지. 전투력 그 자체는 유달리 뛰어나다. 어쩌면 시험에 합격할 수 있지 않을까.

"……함께 있으면, 안 되……나요?"

그녀가 눈을 치뜨고서 물었다. 나는 각오를 굳혔다.

"솔직히 함께 있고 싶어. 리프레이아가 그렇게 말해주는 것도 기쁘고, 앞으로도 탐색을 함께 했으면 좋겠어. ……그래도 네 사정상, 안 돼."

"그 사정은 내게 말해줄 수 없는 내용인가요……?"

"모든 게…… 다 끝나면 말할게. 약속할게."

"끝나면……. 그렇군요, 알겠습니다. ……약속한 거예요?"

사정을 다 말해준다는 것은 지금 이러는 동안에도 「지구의 인류가 지켜보고 있다」는 사실까지도 그녀에게 털어놓아야만 한다는 뜻이었다. 그리고 나는 나나미 살해 용의자…… 아니, 범인으로서 미움을 받고 있다. 사람들은 나와 함께 있는 그녀를 어떤 시선으로 바라보고 있을까.

—아무것도 모르고 범인한테 이용만 당하는 불쌍한 사람?

—아니면 며느리가 미우면 손자까지 미운 것처럼 동료 중 한 사람으로서 미움을 받고 있을까?

실은 사람들이 작별을 앞두고서 우울해하는 그녀의 아름다운 얼굴을 지켜보는 것조차 싫었다.

이것이 유치한 독점욕인지, 아니면 윤리적인 긍지인지 스스로도 알 수 없지만, 어쨌든 그녀와는 함께 있을 수가 없다. 그레이프푸르와도 둘이서 파티를 맺는 일은 없겠지.

시청률 레이스의 결과가 어떻게 나오든 간에.

살아가든—.

죽든—.

그 너머는…… 나 혼자서 가는 거다.

이튿날 새벽. 나는 길드를 방문했다.

자연스레 리프레이아를 찾고 말았다. 나의 이런 연약한 면모에 치가 떨렸다. 그러나 그녀는 오지 않은 듯했다. 설령 있더라도 말을 걸 생각은 없었지만.

리프레이아에게는 파티 해산을 고했기에 오늘은 나 혼자였다.

파티를 해산한 것은 독단적인 결정이었다. 시청률 레이스는 혼자서 해야할 일이었다. 그녀에게는 거의 이득이 없고, 부지불식간에 수억 명의 시선에 노출되는 막대한 불이익밖에 없으니까.

　―설령 사정을 털어놓더라도 그녀는 협력해주겠지.

　그러나 그것은 『수억 명이 지켜보고 있다』는 게 무엇인지 실감하지 못해서다. TV조차 존재하지 않는 이 세계에서 그것을 이해할 수 있는 사람이 있을 리가 없었다.

　그러니 그녀가 문제없다고 대답한들 넙죽 받아들여서는 안 된다.

　나나미를 되살리기 위해서라면 뭐든지 다 하겠다고 결심했다. 그 마음은 지금도 변치 않았다.

　그러나 나는 남을 다치게 하면서까지 목적을 달성할 수 있을 만큼 강한 인간은 못 되는 모양이다.

　내가 상처를 입는 것이라면 좋다. 나나미를 되살린 뒤라면 죽어도 상관없다.

　―그러나 사정조차 모르는 리프레이아를 이 이상 이용할 수는 없다.

　그녀가 상냥하면 상냥할수록. 아름다우면 아름다울수록.

　나에게 웃어주는, 그 천진한 얼굴에 이끌리는 나 자신을 발견할 때마다.

　그것이 무겁디무거운 사슬이 되어 내 마음을 꽉 죄었다.

　혼자가 되면 세계가 다시 잿빛으로 되돌아갈 테지만, 이것이 진정 내가 있어야만 하는 세계다.

　……그러니 이걸로 됐다. 이걸로 된 거야.

　'평소보다 사람이 많은데.'

　미궁이 봉쇄돼서 한가해진 탐색자들이 몰려들어서인지 묘하게 와

글와글 소란스러웠다.

미궁에는 들어갈 수 없을 텐데—.

"자— 그럼 마왕 토벌 접수를 시작합니다!"

보아하니 접수를 받는 듯했다.

낡은 게시판에는 마왕토벌대에 관한 상세한 내용이 적혀 있었다.

· 은 등급 이상 탐색자만.

· 참가자에게는 하루당 은화 5닢을 지급.

· 토벌 성공시에는 참가자 전원에게 은화 30닢을 지급.

· 마왕을 발견한 토벌대에게는 은화 10닢을 지급.

· 공적에 상응하는 보수를 별도 지급.

그렇구나. 마왕이라고 해도 한 마리의 마물에 지나지 않는다. 수십 명이나 참가하니 별 위험 없이 돈을 벌 수 있는 꿀맛 같은 이벤트일지도 모르겠다.

토벌한 뒤 나오는 마왕의 정령석은 길드가 가져가는 듯했다. 나에게는 언데드 소환술이 있는지라 마왕의 정령석에 흥미가 꽤 있지만, 이것만은 어쩔 수 없었다.

'그나저나 의외로 은 등급 이상의 탐색자가 많구나.'

리프레이아의 무기에 비할 바는 못 되지만, 어깨에 짊어진 무기도 제법 컸다. 마물과의 전투에 익숙한 용맹한 전사 같은 인상이 풍겼다. 수많은 전투를 치르면서 무수히 긁히고 찌그러진 금속갑옷, 마물의 돌진을 받아내는 거대한 방패, 거리를 띄우고서 안전하게 싸우기 위한 장창. 하나 같이 값비싸 보이는 명품들이었다.

그에 비해 나는 여전히 싸구려 검은 옷뿐이었다. 괜찮은 장비를 꼽자면 팔 방호대와 단도 정도겠지.

내가 낄 자리가 아니었다. 지금 이 길드는 오직 은 등급 이상의 탐색자를 위한 곳이었다. 그들이 노골적으로 쳐다보자 민망한 기분이 들었다.

나는 바로 길드를 나와 미궁 쪽으로 향했다.

크리스틸 나선원주(螺旋圓柱)는 여전히 그곳에 있었다. 그런데 미묘한 위화감이 들었다.

'……조금 혼탁한 느낌이 드는데?'

거대한 원기둥형 크리스틸이 투명하지 않고 별을 수놓은 것처럼 반짝반짝 빛나고 있었다.

마치 혼돈의 정령석처럼.

'마왕이 발생해서 그런가……?'

미궁 입구에는 여전히 네 명의 병사들이 서 있었다. 저 병사들은 어쩌면 상당기사라는 녀석일지도 모르겠다. 어느 정도 강하지 않으면 고용하지도 않을 테니까.

옆에는 팻말이 세워져 있고, 입구에도 밧줄이 쳐져 있었다. 아마 현재 미궁 안에는 한 사람도 없겠지. 마왕토벌대는 내일 들어간다.

'……자, 가볼까.'

나는 다크니스 포그를 구사한 뒤 틈을 노려 미궁에 잠입하기로 했다.

나나미를 되살리기 위한 시청률 레이스가 앞으로 5일밖에 남지 않았다. 미궁에 들어가지 않고 시간을 흘려보낼 수는 없었다. 섀도 바인드와 서면 나이트버그의 위계도 곧 3으로 올라간다. 그러면 한 단계 위의 술식으로 변화할 테고, 되도록 마왕과 만나고 싶었다.

혼자서 무모한 짓을 벌이면 1위를 만들어줄 기폭제가 되리라 나는 확신했다.

"다크니스 포그."

나무 뒤에서 술식을 사용하여 어둠을 둘렀다.

오늘은 바깥이 기분 좋게 청명했다. 솔직히 어둠을 두른 내 모습이 두드러지게 보이겠지.

발각될 가능성이 있었다. 발각된다면 투옥될 가능성도 있었다. 그렇게 되면 꽤 많은 시간을 허비하겠지. 나는 다크니스 포그의 범위를 넓혀 입구 전체를 뒤덮은 뒤 혼란이 벌어진 틈에 안으로 들어가기로 했다. 설마 병사들까지 밤눈을 갖고 있지는 않을 것이다.

물론 병사들이 바짝 경계할 테지만, 이 판국에 그 정도는 상관없었다.

어둠을 넓히면서 달렸다. 잘 먹힐― 줄 알았다.

"라이트!"

뒤에서 목소리가 들리더니 눈앞에 눈부신 빛이 느닷없이 나타났다. 어둠이 걷히면서 내 모습이 드러나고 말았다.

병사들도 당연히 그 빛을 알아챘다.

'뭐야―. 근데 방금 그 목소리는…….'

"역시. ……히카루, 분명 올 줄 알았어요."

"리프레이아…….'

뒤를 돌아보니 리프레이아가 있었다.

"내가 올 줄 알고 잠복하고 있었어?"

"아뇨, 길드에서 발견하고서 미행했습니다. 그보다도 히카루, 길드 기록을 봤어요. 당신, 쉬자고 했던 날에 혼자 미궁에 들어갔죠?"

"들켰나⋯⋯."

"3층에 내려갔을 때 마치 처음이 아닌 것처럼 차분하기에 좀 알아봤어요."

이 세계에는 개인정보라는 단어조차 존재하지 않을 것이다.

하물며 파티 멤버다. 물어보면 길드 직원도 바로 대답해주는 것도 어색하진 않으리라.

"쉬는 날에 혼자서⋯⋯ 심층에 들어갔나요?"

"심층이라고 할 정도는 아냐. 3층이랑⋯⋯ 4층을 잠시 둘러보고 왔어.

"⋯⋯왜 그런 무모한 짓을? 내가 동료로서 믿음이 안 가기 때문인가요? 그야 난 정령술도 서투르고, 전사로서도 중견 수준에 불과하지만—."

그녀가 바짝 다가와서는 서글픈 표정을 내보였다. 나는 그녀에게 진실을 말해줄 수 없는 현실이, 털어놓아봤자 이해하지 못할 거라는 사실이 몹시 안타까웠다.

리프레이아는 최고의 파티 멤버였다. 시청자수 1위가 됐던 것도 절반 이상은 그녀의 힘이겠지. 그러나 그렇기에 그녀에게 끝까지 의지할 수는 없었다.

그것은 지구에서 리프레이아를 주목하고 있다는 증거이기도 하니까.

"리프레이아, 그런 게 아냐. 어제 말했잖아. 사정이 있다고⋯⋯. 난 내 힘을 시험해야만 해. 그래서 혼자서 들어갈 필요가 있었어."

"⋯⋯그래도 혼자라니⋯⋯. 불상사가 벌어지더라도 도와줄 사람도 없다는 소린데요……?"

"알고 있어. 그래도 그렇기에 해야만 했어."

무모하다는 것은 내가 가장 잘 안다. 그래도 알고 있기에 했다.

모험을 무릅쓰는 것은 내가 할 수 있는, 시청률을 올릴 유일한 방법이었으니까.

"그래서 오늘도 들어갈 작정이었군요? 마왕이 있는데도…… 혹시 맞닥뜨린다면 어쩔 셈이었나요……? 설마 혼자서 싸우려고?"

"아니, 2층에서 잠깐 놀고 오자고 생각했을 뿐이야."

"……히카루도 거짓말이 서투르네요."

거짓말이 얼굴에 다 드러나 버렸나.

4층까지 내려간다면 운 좋게 마왕과 만날 수 있으리라 생각했다.

"이런 데 서서 얘기할 내용은 아니니, 가도록 하죠."

리프레이아가 내 손목을 잡고서 홱 끌어당겼다. 병사들도 이쪽으로 다가왔다.

"리프레이아 씨, 왜 그래요? 그 남자가, 찾고 있던 사람……?"

얼마 전에 그녀는 미궁 입구에서 나를 찾았던 적이 있었다. 그때 일을 언급하는 거겠지.

"예, 민폐를 끼쳤습니다."

리프레이아가 적당히 대답하고는 병사들을 뿌리치듯 쭉쭉 걸어 나갔다. 나는 그녀에게 질질 끌리듯…… 아니, 실제로 끌려갔다. 힘이 엄청나서 도저히 저항할 수가 없었다.

이 상태가 되면 나는 무력했다. 어쨌든 들통 난 시점에 이제 미궁에는 들어갈 수가 없었다. 그러나 시청자 입장에서 이 장면은 과연 재밌을까?

저항도 못 하고 그저 끌려가면서, 나는 문득 그런 생각을 했다.

"리프레이아, 이제 도망치지 않을게. 슬슬 손을 놔줘."

"싫어요. 오늘은 하루 종일 안 놓을 겁니다."

"화장실에 갈 때 곤란하잖아."

"같이 들어갈 거예요."

"진짜로……?"

리프레이아가 미궁에서 어서 멀어지고 싶다는 듯 성큼성큼 걸어
갔다.

거리에서 미인과 손을 잡고 걸으니 엄청나게 눈에 띄었다. 그러나
그녀는 손을 놓을 생각이 없으니 어쩔 수 없었다. 나는 체념했다.

"근데 어디로 데려가는 거야?"

"히카루, 방어구를 구입하죠."

"방어구……? 왜 갑자기."

"줄곧 생각은 했어요. 히카루가 너무 위태로웠으니까. ……이대로는
내가 모르는 데서 죽지 않을까. 실제로 내 예감이 맞아떨어졌고요."

"딱히 죽고 싶은 건 아냐."

"마왕이 출현한 미궁에 홀로 들어가는 것 자체가 자살행위예요…….
하물며 당신은 『사랑받는 자』이니까. 마왕한테 발각된다면 어둠에 섞
이는 정도로는 도망치지 못하는데요?"

사랑받는 자는 마왕에게도 사랑받는다…… 이 말인가. 그러고 보
니 그런 말을 들었던가.

"그나저나…… 내가 미궁에 혼자 들어갈 생각이라는 걸 용케도 알아챘네."

"알아채는 게 당연하잖아요. 줄곧 보고 있었으니까. 실은 휴일에도 의심했어요. 하지만…… 심하게 추궁하다가 미움을 사는 게 무서워서……. 하지만 오늘만은 말려야 한다는 생각이 들어서."

"그렇구나……."

"게다가…… 얼굴이 그토록 지독해진 사람을 내버려 둘 수 있을 리가 없잖아요."

"얼굴?"

이 세계에는 거울이 어디에나 있지 않다. 자신의 얼굴을 볼 기회는 예전 세계와 비교하여 거의 없다고 할 수 있겠지. 그래서 지금 내 얼굴이 어떤지 잘 모르겠다. 크리스틸로 손거울이라도 교환해둘 걸 그랬나.

"오늘도 어제도…… 요즘에 핏기가 싹 가셔서 얼굴이 새하얄 지경이에요, 히카루. 왠지 마음이 여기에 없는 것 같고…… 그런 상태에서 파티를 해산하자는 말을 꺼내니 정말로 걱정돼서. 그대로 어디론가 사라져버릴 것 같아서."

나는 그 말에 반론할 수가 없었다.

마왕과 조우하여 시청자수 1위를 확고하게 굳힐 수 있다면 이제 죽어도 여한이 없었다.

내 마음은 저쪽 세계에 줄곧 사로잡혀 있었다. 나나미를 되살릴 수 있다면 이쪽 세계에 굴러들고 만 내 역할은 이제 끝나는 거라고 막연하게 생각했으니까.

나란히 걸어주는 리프레이아도 제대로 보지 않았다. 그녀가 그런 나를 보고 어떻게 느꼈을지 조금만 생각해봐도 알 수 있었을 텐데.

그녀의 손바닥에서 전해지는 열기는 이곳에 확실히 존재하는 진실이었다. 내가 그녀의 마음을 똑바로 바라본 적조차 없었음을 일깨워줬다.

그녀는 그토록 나를 봐주고 있었는데.

◇ ◆ ◆ ◆ ◇

"자, 도착했어요."

"방어구점……? 고급점이지, 여기?"

그녀가 데려온 곳은 방어구점으로는 보이지 않는 근사하게 생긴 가게였다. 목재를 아낌없이 사용하여 지은 2층 건물로, 꾀죄죄한 건물들이 많은 이 거리에서 하얗게 칠해진 벽이 고급점만의 품격을 연출했다.

"은 등급 이상 탐색자들이 이용하는 방어구점입니다."

"방어구라면 대장간 아저씨한테 가도 되지 않나? 수중에 돈도 그리 많지 않으니."

"부족하거든 나도 낼게요. 내가 데려온 거니까."

"말은 그렇게 해도 너 역시 돈이 그렇게 많진 않잖아……?"

"누구 덕분에 많이 벌었거든요. 히카루의 방어구를 사주는 것쯤은 문제없습니다."

리프레이아의 손에 이끌려 가게 안으로 들어갔다.

선반에 장식하듯 진열해놓은 방어구는 모두 목에서 어깨에 걸친 부분을 지켜주는 것…… 즉, 이 세계 생물의 약점인『명맥의 중심』을 방호하기 위한 것이었다.

점원은 셔츠를 말쑥하게 차려입고서 바지를 멜빵으로 고정한 신사였다. 나는 옷차림이 꾀죄죄한지라 잘못 들어왔다는 민망함에 몹시 난처했다.

"리프레이아 님이시군요! 오늘은 방어구를 점검하러 오셨을까요?"

"아뇨, 이 분이 착용할 만한 고지트 플레이트를 골라줄까 해서요."

"오오, 고객을 소개해주시다니. 감사합니다."

점주가 이쪽을 힐끗힐끗 쳐다봤다. 뭐라 형언할 수 없는 시선이었다.

뭐, 아가씨처럼 생긴 귀한 손님인 리프레이아가 제1층에서 곤봉이나 휘두를 것 같은 꾀죄죄한 애송이를 데려왔으니 그야 실망할 만도 하겠지.

"실례입니다만, 성함을 여쭤봐도?"

"……히카루입니다. 잘 부탁합니다."

"고지트 플레이트는 지금까지 어떤 걸?"

대화의 흐름으로 보아 정령력의 명맥을 보호해주는 방어구를 고지트 플레이트라고 부르는 듯했다. 목과 어깨와 등 상부를 철판으로 뒤덮은, 판금 갑옷의 일부 같은 느낌이었다. 리프레이아는 당연하고 링크스들조차도 장비하고 있는, 탐색자에게는 기본적인 방어구였다.

그리고 나는 그 사실을 몰랐기에 장비하지 않았다.

"아뇨, 입문자라서 처음 사는 거예요."

"처, 처음입니까……."

점주가 리프레이아 쪽을 힐끗 쳐다봤다.

표정이 다 말해주고 있었다. 우리 상품은 비싼데 이 녀석이 지불할 수 있겠나? 그런 얼굴이었다.

뭐, 실제로 살 수 있을지 어떨지는 모르겠지만, 가든 팬서의 돌이 대단히 비싸게 팔리기도 한지라 여유로운 건 분명했다.

"히카루, 고지트 플레이트는 미스릴제가 좋아요. 평소에도 벗지 않으니 가벼우면서도 튼튼한 게 좋거든요. 강철제는 튼튼하긴 하지만, 관리하기도 불편하고 무거워요. 그럴 바에야 가죽제가 낫긴 한데, 그건 그것대로 불안하니까."

"미스릴이라."

애당초 미스릴이 어떤 금속인지 모르겠다. 어쨌든 가벼우면서도 단단한 굉장한 금속인 듯했다. 티타늄 같은 금속인가?

"손님이라면 이 사이즈면 문제가 없을 듯합니다. 한 번 시착해 보십시오."

머리부터 쑥 넣은 뒤에 열려 있는 앞면을 걸쇠로 채우는 방식이었다.

방어구 안쪽에는 두꺼운 천을 덧대 놓았다. 착용감은 나쁘지 않았다. 목이 조금 답답한가?

"잘 어울려요, 히카루!"

"방어구는 착용한 적이 없어서 기분이 이상하네. 그나저나 이 금속 가볍네요."

가죽 갑옷과 별반 차이가 없는 거 아닌가?

두께도 목 쪽은 두껍지만 전체적으로 얇았다.

"미스릴은 특수한 금속입니다. 가격은 꽤 나갑니다만, 강철은 비교조차 안 될 만큼 가벼우면서도 단단합니다."

"미스릴은 마도은(魔導銀)이라고도 불리는데, 엘프가 정령의 힘을 빌려서 제작해요."

"엘프?"

"네. 본 적 없어요? 종종 미궁을 탐색하는 엘프도 있는데."

"난 거의 길드에 얼굴을 비치지 않으니까."

애당초 미궁 안에서는 다른 탐색자와 빈번하게 마주치지 않는다. 미궁 자체도 넓고, 나도 되도록 타인과 만나지 않도록 인기척이 느껴질 때마다 경로를 바꾼 이유도 있겠지만.

"그래서 이건 얼마나 합니까?"

"그렇군요. 리프레이아 님께서 소개해주셨으니…… 금화 1닢이면 어떨까요?"

현재 시세를 잘 모르겠지만 크게 달라지지 않았다면 은화 40~50닢에 해당한다.

싸지는 않지만 살 수 있는 액수였다.

여관에서 1박하는 데 소은화 2닢이 든다. 그것을 5000엔이라고 가정한다면 은화 1닢은 2만 엔에 해당한다.

금화 1닢은 대략 80만 엔~100만 엔 정도겠지.

일본 돈으로 환산하는 것은 별로 의미가 없겠지만, 미궁 탐색이 돈을 엄청 잘 버는 일이라는 사실만은 확실했다. 리프레이아가 왜 돈 때문에 미궁을 탐색했는지 의미를 알 것 같았다.

"이 상품은 장식이 없는, 모양새가 가장 간소한 방어구이니 달리 마음에 드는 상품이 있으시다면 말씀해주십시오."

"히카루, 어떻게 할래요?"

"이걸로 살게. 착용감도 편했고."

"잘 됐다. 내 거랑 똑같네요."

그 말에 시선을 돌리니 리프레이아의 방어구도 내가 사려고 하는 물건과 동일했다.

뭐, 그만큼 가장 실용적이고 저렴하다는 뜻이겠지. 은화를 꺼내 지불했다.

내가 주저 없이 구입할 줄은 생각하지 못했는지 점주가 놀라움을 감추지 못했다. 그러나 뭐, 나 같은 손님은 처음이겠지. 그렇게 받아들이기로 했다.

"에헤헤~ 똑같이 맞춰 입었네요."

가게 밖으로 나오자마자 리프레이아가 헤헤거리며, 단단히 고정시키듯 팔짱을 꼈다. 방어구를 맞춰 입은 게 기뻐할 만한 일인가?

"좋은 가게를 소개해줘서 고마워."

"에이, 천만에요."

약점을 보호해주는 방어구를 언젠가 사려고 생각하던 차였다.

나는 언제 죽을지도 모르는 미궁을 탐색하고 있지만, 그렇다고 적극적으로 죽고 싶은 생각은 없었다. 회피할 수 있는 죽음이라면 피하고 싶은 게 당연했다. 미궁 안에서 말 못 하는 차가운 돌로 변해버린 탐색자를 누누이 봐왔으니 더더욱.

예상치 못한 소비였지만, 좋은 가게를 소개받았다. 나 혼자서 왔다면 아마 가죽 방어구를 골랐겠지.

"그래서 이제부터 어쩔 셈이야?"

"도구점에 같이 가도록 해요. 마왕을 토벌하기 위해서 여러모로 구입해두고 싶은 게 있으니까요."

나는 도구점도 거의 이용한 적이 없었다.

아니, 도시의 시설 자체를 거의 이용한 적이 없을지도 모르겠다.

신전에 너무 접근하면 대정령이 신전에서 빠져나와 나를 잡아먹고자 달려드는 문제도 있긴 했지만, 그것을 차치하더라도 행동력이 너무 떨어지는지도 모른다.

리프레이아는 나와 팔짱을 낀 채로 이번에도 고급스러워 보이는 도구점에 들어갔다.

상품들이 잡다하게 깔려있는 박리다매형 가게가 아니라 랭크가 한 단계 높은 가게인 듯했다.

유리 쇼케이스 안에 형태가 낯선 도구들이 여러 개 진열되어 있었다.

"히카루는 이게 뭔지 알겠어요?"

"아니, 처음 봐."

"역시……. 히카루는 진짜로 아무것도 모르네요……. 이건 마도구예요."

"마도구……!"

정령석이 마도구의 에너지원이 된다는 이야기를 전에 어디선가 들었던 기억이 있는데, 저게 그 물건인가? 일단 가격표가 붙어 있는데 엄청나게 고가였다. 도저히 손이 가질 않았다.

"살 거야?"

"아뇨, 구경하러 온 거뿐입니다. 조금 흥미가 생겨서."

"흐으음. 그래서 이걸로 뭘 할 수 있지?"

외관만 봤을 때는 금속판이 달린 상자로밖에 보이지 않는 물체였다.

단단한 목재가 쓰인 상자 부분에는 세밀한 장식이 멋스럽게 새겨져 있었다. 얼핏 수납함처럼 보였다.

"이건 마물이 접근하면 소리로 알려주는 마도구예요."

"그런 게 다 있구나. 편리할 것 같네. ……가격은 엄청나지만."

무려 금화 5닢짜리였다. 가격은 무시무시하지만, 아래층으로 내려갈수록 유용하겠지.

이것이 있으면 미궁 안에서 안전하게 한숨을 돌릴 수 있을 테고, 기습을 당할 걱정도 덜 수 있다. 실제로 미궁을 돌아다녀보면 그것이 얼마나 고마운지 헤아릴 수조차 없다.

"온디누급 탐색자 파티는 이걸 필수적으로 갖고 다니죠."

"오호. 그럼 이쪽은?"

"그건 회복 포트. 물의 회복술과 동일한 효과를 발생시키는 마도구예요."

"그런 것까지 있어?"

이런 아이템이 존재한다면 정령술의 횟수 제한을 신경 쓸 필요가 없다.

전부 마도구로 해결할 수 있다.

"마도구는 편리하지만 엘프밖에 만들 수 없고, 또 제작할 줄 아는 엘프 숫자도 적어서 가격이 비싸요. 정령구는 가격이 적당하지만요. 게다가 사용하려면 정령석도 필요하고요."

"정령구랑 마도구는 다른 거야?"

"마도구는 혼돈의 정령석으로 작동해요. 여러 정령들이 복잡하게 작용하여 효과를 발생시키기 때문에 정령술에 정통한 엘프만이 제작할 수 있습니다. 혼돈의 정령석 자체가 비싸서 돈이 남아도는 파티가 아닌 한 편하게 사용할 수 없죠."

혼돈의 정령석은 색이 들어간 평범한 정령석보다 몇 배나 비싼 가격으로 거래된다.

더욱이 회복 포트를 고작 한 번 사용하기 위해서는 크기가 나름 큰 혼돈의 정령석 하나를 통째로 소비해야할 정도로 연비가 떨어진다고 한다. 뭐, 그래도 탐색자로 활동하다 보면 겨우 한 번의 회복이 삶과 죽음을 가르는 상황을 종종 겪곤 한다. 비록 효율은 떨어질지라도 보험이라고 생각한다면 충분하고도 남을지도 모르겠다.

"정령구는 투명하거나 색이 들어간 정령석을 넣어서 사용하는 물건이에요. 그리 비싸지도 않고, 엘프가 아닌 인간도 제작할 수 있습니다. 하나 같이 효과가 단순하긴 하지만요."

쇼케이스가 아니라 선반에 진열된 상품들이 그 정령구인가?

그래도 가격 자체는 꽤 높았다. 물이 샘솟는 물통이나 라이터 같은 물건 등이 있었다. 생활을 꽤 편하게 만들어주겠지. 마도구에 비해 수수하긴 하지만, 충분히 편리할 듯했다.

"그럼 다른 가게에 가볼까요. 오늘은 여기저기 돌아다닐 거예요."

"공주님, 모시도록 하겠습니다."

"아핫. 갸륵하구나."

팔짱을 끼고서 웃음이 끊일 새가 없는 리프레이아와 함께 여러 가게를 돌아다녔다.

그다음에는 옷가게에 들어가서 나는 검은 옷을 새로 장만했다.

그래도 헌옷이라서 별로 비싸진 않았다. 또한 목을 가릴 수 있는 외투 같은 옷도 구입했다. 마침내 온몸이 시커먼 괴짜가 탄생했다.

뭐, 내 정령술의 성질 때문에 이렇게 입고 다니는 게 가장 적합하긴 하지만.

리프레이아도 몇 개 구입했다. 이런 이세계에도 패션 개념이 있는지 의외로 멋을 부릴 줄 알았다. 아니면 원판이 좋아서 뭘 입든 잘 어울리는 것뿐인가?

"어때요? 잘 어울리나요?"

"응. 귀여워. 짙은 남색옷을 입으니 하얀 살결이 부각돼서 굉장히 잘 어울리네."

"그, 그래요? 우헤헤……."

내가 솔직히 감상을 말하자 리프레이아가 살짝 기분 나쁘게 웃으며 얼굴을 새빨갛게 물들였다.

여동생이 철저히 주입시켰던 「외모가 바뀌면 언급해. 그리고 무조건 칭찬해」라는 가르침이 드디어 빛을 발했나. 점심을 먹고 나서 리프레이아는 함께 산책하면서 아무것도 모르는 나에게 이 도시를 알려줬다.

"이 도시에 있는 대정령님의 신전은 네 군데. 모두 키가 크니까 주의하면 가까이 접근할 일은 없을 테지만 조심해요, 히카루."

"응. 그때 그 야키소바 가게가 범위 밖에 있었으니 반경 100미터 안으로만 들어가지 않으면 괜찮으려나."

"네. 그리고, 지난번 휴일 때 신관님한테 넌지시 여쭤봤는데요.

대정령님께서 사랑받는 자를 찾아낼 수 있는 거리는 대략 100미터 정도래요. 그래도 여유를 갖고서 신전과 거리를 더 띄우는 편이 낫겠죠."

"조심할게."

너무 자연스러워서 흘려넘길 뻔했는데, 리프레이아가 100미터라는 지구의 단위를 사용했다. 자동 번역이 상시 작동하니 현지 단위를 지구 단위로 자연스럽게 변환해줬겠지. 그러나 내 귀에는 그녀의 목소리가 일본어처럼 들려서 신기했다.

아니, 일본어처럼 들린다고 착각하고 있는 건가. 당연히 그녀는 일본어를 구사할 줄 모르고, 미터라는 단위도 알 턱이 없으니까.

이 번역 기능이 갑자기 사라진다면 어떻게 될까. 조금 무섭네.

자동번역 없이 스타트한 사람도 있을까?

"그러고 보니 대정령은 전투도 강력해? 인간이 토벌했다는 기록 같은 건 없나? 또 무심결에 쫓아올 가능성도 있으니 다크니스 포그로 도망칠 수 있을지 미리 알아두기만 해도 상당히 편할 텐데."

"예? 예에에에? 히카루는 목숨 아까운 줄 모르네요……. 대정령님은 마왕도 쓰러뜨릴 수 있을 만큼 강한데요……? 게다가 인간이 대정령님을 쓰러뜨렸던 기록도 없을 겁니다. 아니, 애당초 쓰러뜨리겠다는 발상조차 보통은 못 하는데요? ……히카루는 의외로 호전적이군요."

"호전적이라니……. 일단 확인해두고 싶었던 것뿐이야. 먹히고 싶진 않으니까."

"대정령님을 쓰러뜨렸던 기록이 없는 이유는 그분들은 우리 인간의 아군이기 때문이에요. 대정령님께서는 친절하고 상냥하시니까요. ……그저 사랑받는 자한테 집착할 뿐."

"그게 문제라고……."

그 숲에서 만났던 어둠의 화신은 어둠의 대정령이었겠지. 그리고 어둠의 대정령은 불꽃 성성이를 순식간에 죽여 보였다. 뭐, 그때 불꽃 성성이가 자다가 기습을 당한 꼴이긴 했지만, 그래도 여간내기가 아니었다.

다만 쓰러뜨렸던 기록이 없다는 것은 쓰러뜨릴 가능성도 있다는 뜻일까?

어쨌든 대정령만은 조심해야만 했다.

"히카루, 바람의 대정령님께서 지배하는 권역 쪽에 가본 적이 있어요?"

"동쪽이랬나? 없어. 밭밖에 없잖아?"

"예. 그리고 풍차도 있고요. 히카루는 풍차를 본 적이 있나요?"

"없는데……."

솔직히 있다. 지구에 살았을 적에 동네에 풍력발전용 거대한 하얀 풍차가 있었으니까.

그러나 이 세계의 풍차는 그것과 많이 다르겠지.

"그럼 잠깐 보고 오죠! 그 일대 경치가 좋아서 마음에 들어요."

그리하여 반쯤 억지로 도시 동쪽으로 끌려갔다.

오늘은 리프레이아가 조금 고집스러웠다. 그러나 그녀에게 끌려가는 것은 불쾌하지 않았다.

따뜻한 햇살이 포근하게 쏟아지는 한낮의 거리를 걸어본 적 자체가 거의 없어서였을까.

상점들이 늘어선 물의 대정령의 지배권을 빠져나가니 느닷없이 광대한 농원이 펼쳐진 바람의 대정령의 지배권이 나타났다. 놀라울 만큼 양쪽이 극단적이었다. 신기함과 조화가 느껴지는 풍경이기도 했다.

이것이 바로 이 세계의 표준이기 때문이겠지. 정령과 자연이 모두 함께 하는 세계. 이 곳에 와서 그런 생각을 한 번도 한 적이 없었다. 신기한 기분이었다.

리프레이아와 손을 잡고서 밭 옆에 난 좁은 길을 걸었다.

지평선까지 밭들이 광활하게 이어져 있었다. 수백 명의 농부들이 농사일에 매진하고 있었다.

지평선 너머로 하얀 산들이 희미하게 엿보였다. 방위를 따져보면 내가 빠져나왔던 숲이 저 산 건너편에 있을 것이다. 졸졸 흐르는 시냇물이 오후의 햇볕을 반짝반짝 반사하여 아름다웠다.

"생각보다 바람이 강하지 않네. 풍차가 있으니 더 거셀 줄 알았어."

"반대예요. 대정령님께서 바람을 제어하고 계세요. 그래서 강풍이 불지 않는 겁니다. 그리고 풍차가 세워진 장소에만 바람을 보내주시고요."

"그렇게 편리하게 쓸 수 있구나……."

이른바 대정령은 자연현상을 발생하는 신과도 같은 존재.

그를 편리한 동력으로써 이용하고 있으니 이 세계의 인간들도 꽤 야무지다.

"앗, 이제 보이기 시작하네요. 풍차."

261

리프레이아가 가리킨 쪽을 보니 세 기의 풍차가 나란히 서 있었다.

지금은 작동하는 시간이 아닌지 멈춰 있었다. 그러나 꽤 컸다. 5층 건물쯤? 네모난 돌을 쌓아 올려 본체를 만들었고 풍차 부분은―.

"어라? 날개로 쓰고 있는 소재, 미스릴 아냐?"

"앗, 잘 알아봤네요. 가볍고 튼튼한 소재이고 빗물에도 강하고 녹이 잘 슬지 않아서 미스릴을 쓰는 거예요."

"누가 훔쳐가지 않을까 모르겠네……."

"저걸 훔치면 대정령님한테 살해당할 거예요, 아마도."

그건 무섭다. 대정령의 물건을 감히 훔치는 녀석은 없으려나? 아니, 애당초 10미터는 될 것 같은 금속판을 훔치는 것 자체가 불가능하겠지.

풍차에 가까이 다가가니 올려다봐야 할 정도로 컸다. 내부를 힐끗 보니 곡식을 빻는 데 이용하는 듯했다. 이 일대에는 밀을 재배하는 듯했다.

그렇게 길을 빙 돌아서 북쪽 땅의 대정령의 지배권 쪽으로 산책을 계속했다.

땅의 대정령의 지배권에는 거의 밭밖에 없었다.

"아― 날씨 좋네요. 어때요? 가끔은 햇님 아래를 거니는 것도 괜찮죠?"

"그러게. 생각해 보니 이런 시간은 굉장히 오래간만이야."

눈에 시릴 정도로 환한 곳을 걸어본 것이 정말로 얼마 만인지 모르겠다.

어쩌면 이세계에 와서 처음일지도 모르겠다. 돌이켜보니 이 세계에 온 지 나름 시간이 흘렀다. 그럼에도 나는 오늘 이 순간까지 미궁에 틀어박히기만 했을 뿐 이 세계의 사물들을 보지 않았다.

'정말로 아름다워……. 이토록 화사한 세계였구나.'

이 세계에 떨어져 버린 것도 꿈이나, 혹은 어떤 착오일 거라고 생각하고 싶었다. 진짜 나는 지금도 저쪽 세계에 있고, 여동생들과 함께 홀가분하게 이세계 전이자들을 구경하며 즐기고 있을 거라고. 그런 몽상을 여러 번이나 했다.

그러나 눈을 몇 번을 뜨든 언제나 그 여관의 어두운 방 안이었다.

꿈도 착오도 아니었다. 나는 이 세계에 살고 있었다.

시청률 레이스가 시작되고 1위를 차지하는 일에만 집중하며 이 현실을 잊고 싶었다.

……그러나 1위가 되든 말든. 죽을 때까지 현실은 계속된다.

지금 내가 이곳에 있는 것도. 옆에서 미소를 보내는 리프레이아도. 이 모든 것이 현실이었다.

이제 와서 그 사실을 깨달았다. 리프레이아가 일깨워줬다.

"그럼 억지로라도 끌고 나오길 잘 했어요. 히카루가 대체 무엇에 쫓기는지 난 모르겠지만……. 그렇게 줄곧 몸과 마음을 혹사시키며 살아가는 건 절대로 괴로운걸요."

"내가 그렇게 무리하는 것처럼 보여……?"

"그토록 강하고 탐색도 순조롭고 돈도 잘 버는데도 히카루는 전혀 웃질 않거든요."

내가 죽길 바라는 사람들이 나를 보고 있다. 그 생각이 정신을 더럽히고 있었다.

아무리 탐색이 순조로워도, 아무리 돈에 여유가 생겨도 아무런 가치도 느낄 수가 없게 돼버렸다.

그러나 그녀의 말대로 순조로웠다. 웃어도 될 정도로는.

"리프레이아한테는 매번 배우기만 하네. 고마워."

조금 무리하여 웃음을 짓자 그 모습에 리프레이아가 귀신이라도 본 것 같은 표정을 지었다. 그러고는 웃음을 터뜨렸다.

"후훗, 억지로 데리고 나와서 미움을 받을 줄 걱정했어요, 정말로. 바로 이 순간까지 줄곧 불안했거든요. ……다행이야."

"리프레이아를 싫어할 녀석은 없어."

"그럼 좋아하나요?"

"으~음, 노 코멘트."

"아하핫. 난 좋아해요."

익살맞게 대답하고서 서로 장난을 쳤다.

지금 이러는 동안에도 시청률 레이스는 계속되고 있었다. 1위가 될 수 있는 기회를 허무하게 흘려보내고 있는지도 모르겠다. 이런 생각이 늘 머릿속을 맴돌고 있지만, 시야가 좁아진 것 역시 사실이었다. 마왕과 단독으로 싸우면 시청률이 올라가 1위가 될 수 있을지도 모른다든지, 죽으면 모든 게 물거품인데도 어떻게든 될 거라든지…… 그런 근거도 없는 생각을 했다.

혼자서 가든 팬서도 이기지 못하고, 어쩌면 도망치는 것조차 여의치 않을 수도 있는데.

왜 그런 식으로 생각했을까. ……이미 이 세계에서 사는 것에 지쳐버렸다. 나는 1위를 차지하기 위해 무리해야만 한다고 스스로에

© Niθ

게 변명하면서 결국은 죽을 이유를 찾았을 뿐인지도 모른다.

나나미를 되살리고 싶다는 소망은 의심할 여지 없는 진심이건만. 나 자신이 그 소망에 진지하게 임할 수 있을 만큼 강하지 않았다는 뜻이었다.

1위가 되는 것은 도저히 어려우니까. 그렇기에 죽을 각오로 위험이라도 무릅쓰지 않는다면 불가능하다고 그렇게 구실로 삼았던 건 아닐까.

내가 여태껏 해왔던 행동은 완만한 자살이 아니었을까…….

무리하지 않았을 리가 없다. 나는 이 세계에 오기 전까지 아무도 주목하지 않는 일개 고등학생이었으니까. —실은…… 진즉에 한계를 넘어버렸다.

"……리프레이아는 늘 날 찾아주는구나."

만약에 그녀와 만나지 않았더라면 나는 시청률 레이스를 위해 더 무모하게 굴었겠지. 4층은커녕 홀로 5층에 내려갔을 가능성도 있었다.

사람과 사람의 만남이란 신기하다. 환하게 웃는 그녀가 나를 찾아내 주지 않았다면 나는 진즉에 이 세계에서 살아가는 것을 포기했을지도 모른다.

"예? 뭐라고 했어요?"

"아무것도 아냐."

"엥~? 궁금해요. 어머, 히카루도 참. 그런 상냥한 표정을 짓다니…….."

"이상한 소리 하지 마. 평소 얼굴이야."

그저 오랜만에 평온한 기분이 들었기에 얼굴에 드러났는지도 모르겠다.

◇ ◆ ◆ ◆ ◇

땅의 대정령의 지배권에서 딴 맛있는 채소를 즐길 수 있다는 소리
에 리프레이아가 딱 한 번 방문한 적이 있던 식당에서 저녁을 먹었
다. 왠지 오랜만에 채소를 제대로 먹은 것 같은 기분이었다. 늘 고
기나 새우, 그런 것들만 많이 먹었으니까.

식사를 마치고 가게를 나와 헤어지기 전에 리프레이아가 당부하
듯 물었다.

"히카루, 난 내일부터 마왕 토벌에 참가하지만, 이제 무리하지 않
을 거죠? 혼자서 미궁에 들어가거나 그러면 안 돼요."

어쩌면 오늘 하루 종일 나에게 줄곧 그것을 물어보고 싶었는지도
모르겠다.

마왕이 토벌되기 전까지 나 같은 최하급 탐색자는 미궁에 들어갈
수가 없었다.

반면에 은 등급 리프레이아는 토벌에 참가한다. 오늘처럼 함께 지
낸다면 나를 계속 감시할 수 있겠지만, 당연히 그럴 수는 없었다.
그녀가 나를 걱정해주고 있었다.

그 마음에 응해주고 싶었다. 그런 감정도 있었다. 그러나—.

"……미안. 그건 약속할 수 없어. 토벌대 틈에 섞여서 나도 마왕
토벌에 참가할 거야."

"포기할 수는 없겠어요?"

"응. 위험하다는 건 잘 알지만…… 난 가야만 해."

혼자서 갈 생각은 이제 없었다. 그러나 토벌대라면— 은 등급 이상의 탐색자들과 어쩌면 성당기사까지 가세할지도 모르는 토벌대에 낀다면 위험을 최대한 억누를 수 있을 것이다.

나 혼자서 싸워서 승리를 거둔다면 시청자수를 늘려서 1위가 될 수 있을지도 모른다. 그러나 내 능력을 냉정히 평가하여 행동하는 것 역시 그만큼 중요했다.

나나미를 되살리기 위해서라면 죽어도 좋았다. 그 마음은 거짓이 아니었다.

그러나 그것은 그녀를 되살리지도 못하고 죽어도 좋다는 의미는 아니었다.

"히카루. 무슨 일이 있어도…… 반드시 갈 생각이죠? 그리도 마왕과 싸우는 게 중요해요?"

"어. 싸우지 않는다면 아마 난 평생 후회할 거야. 옳지 않다는 걸 잘 알지만……. 게다가 내 입으로 말하려니 민망하지만, 방해물은 되지 않을 거야."

어둠의 정령술을 아낌없이 구사한다면 상당히 유용하게 전투를 보조할 수 있을 것이다.

어둠의 정령술사는 이 도시에 없는 것 같으니 더더욱.

"그럼 오늘 하루 종일 함께 해줬으니, 그 보답!"

길을 걷다가 리프레이아가 갑자기 멈춰 섰다. 줄곧 풀지 않았던 손을 떼고는 정면에 섰다. 그러고는 나에게 무언가를 건넸다. 검은 판처럼 생긴 물건이었다.

"이건?"

"마왕토벌대 포터 인정증. 억지로 사정사정해서 따왔습니다!"

"아니…… 어떻게 된 거야?"

"이게 있으면 히카루도 포터로서 당당히 토벌대와 함께 미궁에 들어갈 수 있어요. 어차피 히카루는 혼자서라도 들어가겠다고 고집을 피울 줄 알았거든요. 원래는 나 혼자라서 포터를 붙여주지 않는데 말이죠. 요즘에 포터 덕분에 실적을 크게 올렸다고 적당히 둘러대며 겨우 발급받았어요. ……고마운 민폐죠?"

놀랐다. 설마 리프레이아가 이렇게까지 해줄 줄은 생각지도 못해서였다.

나는 그녀에게 미궁에 들어가는 이유…… 반드시 들어가야만 하는 이유를 밝히지 않았으니까. 그녀는 단지 내가 마왕과 싸우고 싶어 한다는 걸 눈치채고서 이렇듯 조처해줬다.

"정말로…… 이게 있으면 들어갈 수 있어? 포터가 되면 싸우면 안 되나?"

"전투가 시작되면 상관없어요. 보상금을 두둑이 챙겨보죠!"

무단으로 몰래 따라갔다면 발각되자마자 추방당했거나, 함께 파티로 활동했던 리프레이아의 입장까지 난처해졌을 가능성도 있었다.

그러나 이 인정증이 있다면 모든 우려를 씻어낼 수 있었다.

"고, 고마워……! 고마워, 리프레이아. 정말로 기뻐……."

"우후후, 히카루도…… 날 놓치고 싶지 않다는 생각이 들었나요?"

"그야—."

나는 말을 하려다가 더는 잇지 못했다.

리프레이아가 기대로 가득한 눈빛으로 바라봤다. 웃음을 참는 것 같기도 하고, 울음을 참는 것 같기도 한 표정이어서 어떻게 해야 좋을지 모르겠다.

앞으로 5일…… 아니, 4일이 지나가면 시청률 레이스는 종료한다.

그 후에 나는 또다시 외톨이로 돌아갈 작정이었다.

리프레이아는 나와 탐색을 더 계속하길 바라고 있었다. 아무리 둔감한 사람일지라도 눈치챌 수 있을 만큼 명백했다. 성당기사 시험이 언제인지, 정령술 연습을 하지 않아도 되는지 그쪽 사정은 잘 모르겠다. 그러나 어쨌든 그녀는 나와의 시간을 우선하고 싶어 했다.

그것은 굳이 설명하지 않더라도 태도나 표정을 보면 알 수 있었다.

나도 리프레이아와 그레이프푸르 셋이서 미궁을 도는 것이 즐거웠다.

혼자서 마음을 텅 비운 채로 돌았을 때에는 느낄 수 없었던 충실함이 있었다.

만약에 평범하게 이세계로 전이했다면 나는 그 삶을 선택할 수도 있었겠지.

그러나…… 도저히 어쩔 도리가 없었다.

그녀가 순수하고, 아름다우면 아름다울수록 나는 그녀와 함께 있을 수가 없었다.

"……그럼 내일 아침에 데리러 갈게."

"히카루……?"

나는 한 걸음, 두 걸음 뒷걸음질 치고서 그녀에게 작별을 고했다.

—그녀에게는 자신만의 꿈이 있다.

—나에게는 스스로 어쩔 도리가 없는 사정이 있다.

리프레이아가 불안해하는 표정이 보이지 않도록 눈을 질끈 감았다.

심장을 강철처럼 단단하고 차갑게 식히고서 그녀에게서 등을 돌렸다.

"잘 자!"

전력으로 뛰어나갔다. 미련, 정— 그 모든 애틋한 감정들이 쫓아올 수 없도록.

납처럼 무거워진 마음을 품은 채로.

전이자별 게시판 나라별 JPN 【No. 1000 쿠로세 히카루】 3422th

158: 지구의 무명 씨
마왕이 뭐더라?

159: 지구의 무명 씨
순도 100%의 혼돈에서 태어난 마물의 왕이야. 전이자 중에서 맞닥뜨린 녀석은 아직 없어.

162: 지구의 무명 씨
앨리스맬리스보다 이쪽에 먼저 마왕이 나왔구나.

163: 지구의 무명 씨
마왕은 계층을 오를 때마다 무언가 하나씩 섞이면서 흉악해져. 이론상 아래층에 있을수록 마왕이 약한 셈이지.

164: 지구의 무명 씨
앨리스맬리스가 뭐더라?

165: 지구의 무명 씨
좀 알아서 찾아봐라. 세계 최대의 미궁도시 그란 앨리스맬리스라고.

166: 지구의 무명 씨
그럼 인류가 미궁을 공략하지 않는다면 무지 위험한 마왕으로 성장한 녀석이 1층에서 밖으로 튀어나오겠네?

167: 지구의 무명 씨
그래. 인위적으로 만들어진 미궁은 정령석이라는 형태로 에너지를 방출하는 일종의 마도 용광로인데, 마왕이 발생한다는 것이 확실한 리스크야. 그리고 하층을 돌아다니는 탐색자가 많으면 많을수록 낮은 리스크로 마왕을 배제할 수 있대.

168: 지구의 무명 씨
앨리맬리의 강력한 탐색자 파티는 성장 중인 마왕을 8층이나 9층에서 여러 마리나 쓰러뜨렸는걸.

169: 지구의 무명 씨
멜티아는 앨리맬리보다 미궁 그 자체가 작을 테니 5층에서 발견됐다면 마왕이 그렇게까지 성장하지는 않았을 거야. 앨리맬리에서 3층까지 올라온 마왕을 쓰러뜨리는 데 탐색자가 100명이나 죽었다는 정신 나간 기록이 남아 있어.

170: 지구의 무명 씨
잘 모르겠다. 누가 설명 좀.

171: 지구의 무명 씨
그란 앨리스맬리스는 현재 13층까지 도달한 세계 최대의 미궁으로 신흥 던전인 멜티아 대미궁과는 역사부터가 다른, 진정한 대미궁이야. 당연히 마왕도 여러 번이나 토벌됐으며 탐색자의 질과 숫자도 우수해. 전이자들 수십 명도 앨리맬리에서 탐색자로 활동하는데, 치트를 받았으면서도 상위 탐색자한테는 전혀 못 미치는 모양이야. 이번에 멜티아에서 마왕이 출현했는데, 만약에 앨리맬리에서 마왕이 「5층에서 발견」됐다면 꽤 위험하다고 할 수 있고, 4층까지 올라왔다면 상당한 희생을 각오해야만 해. 길드 직원이 태평하게 대응한 것으로 봐서 아마 멜티아의 5층은 앨리맬리의 8층이나 9층에 해당한다고 추정할 수 있어.

172: 지구의 무명 씨
마왕이 밖으로 나와 버리면 도시는 어떻게 돼?

173: 지구의 무명 씨
도심 안에서 대정령 연합군과 마

왕의 괴수대결전이 벌어지면서 여러 의미로 멸망하겠지. 실제로 그렇게 끝장나버린 도시도 몇 군데나 있대.

174: 지구의 무명 씨
미궁도시는 리스크를 떠안고서 세우는구나.

175: 지구의 무명 씨
원자력발전소 같은 느낌이지.

186: 지구의 무명 씨
혼돈=마(魔). 저 세계에서 마 자가 붙는다면 혼돈의 정령력과 연관이 있다고 받아들여도 무방해. 혼돈의 정령석도 정식 명칭은 마석이니까.

187: 지구의 무명 씨
어쨌든 마왕은 순도 100% 마속성 마물이라는 뜻인가.

188: 지구의 무명 씨
히카루…… 누가 봐도 홀로 싸우겠다는 표정이잖아.

189: 지구의 무명 씨
토벌대까지 편성해야 대항할 수 있는 상대와 혼자서 싸우겠다니 무모함을 넘어서 자살행위잖아?

190: 지구의 무명 씨
지금 히카루 본인도 조금 혼란스러운 게 아닐까? 미궁이 봉쇄되면 시청률을 올릴 수단도 없어지니까. 그렇다면 마왕을 쓰러뜨리러 가는 것 말고는 방법이 없다……. 그런 느낌?

191: 지구의 무명 씨
역시나 그리 무모한 짓은 벌이지 않겠죠. 혼자서 미궁에 들어가겠다고 해놓고서 따로 안전대책을 마련해뒀겠지. 정말로 무모한 사람이었다면 막무가내로 5

층까지 내려가지 않았을까요?

192: 지구의 무명 씨
일대일이라면 어떻게든 되리라
고 생각하는 것 같아.

193: 지구의 무명 씨
우와, 고등학생인데 저렇게까지
할 수 있다고? 더 성장하면 뭐든
지 척척 해내는 도깨비로 성장해
도 이상하지 않겠다. 노련해도
너무 노련하다고.

194: 지구의 무명 씨
더 낮은 수준에서 나쌩쎄 플레이
를 벌이는 전이자가 여러 명이나
있는걸. 진정한 상위자는 모두
구도자와 같은 멘탈 소유자야.

195: 지구의 무명 씨
상위자는 이상한 녀석들이라고 해야
할까, 캐릭터가 유별나다는 설.
잔느……타인한테 흥미 없음. 육

체와 멘탈 모두 강철의 처녀. 혼
자 여행하는 용사.
맥스 님……근육 빵빵. 프로 좀
비 킬러. 엔터테인먼트 능력 높
음. 미녀한테 약한 점도 ◎.
나디아(어둠의 쌍둥이)……매료
로 문자 그대로 나라를 기울어지
게 만듦.
히카루……어둠의 정령술을 구
사 하 고 어 둠 에 숨 어 드 는
NINJA. 쌍둥이 여동생의 존재
도 ◎.
란돌프……기억상실 슈퍼맨. 평
온한 생활을 바라지만 분쟁에 휘
말리기 일쑤이고 희한하게 주인
공스러운 면모가 잦음. 묘하게
미녀한테 인기가 많은 점도 ◎.
이카킨……소년의 하트를 꽉 움
켜쥔 YouTuber의 귀감.

197: 지구의 무명 씨
히카루는 진짜 천재들의 틈바구
니에서 성장한 바람에 건방을 떠

275

는 기능을 잃어버린 거 아냐?

198: 지구의 무명 씨
완성도가 좀 좋은 정도로는 비교조차 되지 않으니까. 특히 세리카는 성능이 너무 뛰어나.

199: 지구의 무명 씨
레이싱 카인 줄 알았더니 제트기였다는 느낌이니까.

200: 지구의 무명 씨
인류 상위 1%에 속하는 IQ를 지닌 쌍둥이와 한 집에서 산다는 건 평범한 아이한테는 상당히 헤비한 환경일지도 몰라. 지난번에 세리카와 카렌도 의미심장한 발언을 한 걸 보면 히카루는 내면 속에 상당한 어둠을 품고 있는지도.

203: 지구의 무명 씨
그만큼 소꿉친구이자 평범 of 평범한 나나미가 위안을 주는 존재였던 거 아냐?

204: 지구의 무명 씨
히카루는 여동생 이야기도 별로 하질 않아. 상당히 복잡한 심경을 품고 있는 거 아닐까?

211: 지구의 무명 씨
마왕은 제5층을 돌아다니는 파티조차 당해내지 못할 만큼 강하잖아? 어둠의 정령술을 구사하면 접근하거나 공격을 적중시킬 수는 있겠지만, 공격 자체가 안 통하는 거 아냐? 쓰러뜨리는 건 무리야. 히카루는 트렌트의 방어를 부수는 것조차 빠듯했잖아.

212: 지구의 무명 씨
레벨제 RPG에서는 레벨 격차를 뛰어넘을 수 없는 건 상식.

전이자별 게시판 나라별 JPN 【No. 1000 쿠로세 히카루】 3426th

64: 지구의 무명 씨
결국 히카루는 홀로 마왕이 있는 미궁에 가려나 보네. 어쩔 셈이야……?

69: 지구의 무명 씨
무슨 뾰족한 수가 있겠어? 지켜보는 수밖에 없어.

70: 지구의 무명 씨
진짜로 위험해지면 나 채널 돌릴 거야……. 차마 볼 수가 없고, 여동생들이 우는 소리도 못 듣겠어…….

71: 지구의 무명 씨
히카루를 응원하긴 하지만, 무모한 행동까지 지지하는 건 아니니까.

73: 지구의 무명 씨
메시지 기능은 그런 의미에서도 중요했던 거야. 사람은 혼자 있으면 이렇게나 쉽게 실수를 저지르거든. 그러니 누가 보면서 말려줘야 하는데 말이야. 하다못해 히카루는 리프레이아와 더 많이 의논했으면…….

74: 지구의 무명 씨
히카루는 아직 고등학교 1학년이니까. 원래는 부모의 보호를 받으며 생활해야 하는 아이라고……. 누가…… 누가 좀 말려줘.

76: 지구의 무명 씨
응!? 뭐야.

79: 지구의 무명 씨
라이트다! 리프레이아 님!!!

80: 지구의 무명 씨
리프레이아 씨!

86: 지구의 무명 씨
리프레이아 님! 빛의 스토커의 진면목을 최고의 장면에서 발휘해줬구나!

89: 지구의 무명 씨
리프레이아 님! 저 박력이 끝내준다니까!

106: 지구의 무명 씨
세리카「리프레이아 씨! 당신은 분명 와주리라 생각했습니다!」
카렌「어이쿠, 손바닥을 싹 뒤집는 것 좀 봐! 어젠 스토커답게 오빠한테 더 찰싹 달라붙으라고 했으면서!」

109: 지구의 무명 씨
완전 웃겨.

116: 지구의 무명 씨
쌍둥이의 독설이 나올 때마다 오싹오싹해.

120: 지구의 무명 씨
뭐, 어제 해산하자는 말에 어지간히도 충격을 받았는지 리프레이아 님이 순순히 돌아갔는걸.

122: 지구의 무명 씨
근데 어제 히카루는 정말로 죽을 것 같다고 해야 하나, 누가 봐도 각오를 굳힌 표정을 지었으니까. 리프레이아 씨라면 분명 와주리라 나도 생각했어.

124: 지구의 무명 씨
세리카「우우~ 일단은 잘 됐습니다. 이젠 리프레이아 씨가 오빠를 설득해주기만 한다면 더할 나위가 없겠네요.」
카렌「응응. 오빠는 어쩌니저쩌니 해도 밀어붙이거나 눈물 섞인

애원에 약하니 가능성은 충분하지 않을까.」

131: 지구의 무명 씨
리프레이아 씨가 팍팍 밀어붙여서 밤새 구속해버리면 마왕 따윈 머릿속에서 싹 날아가 버릴 거야. 시청률도 마왕이랑 싸우는 것보다 올라갈 게 틀림없고.

140: 지구의 무명 씨
히카루도 만난 지 얼마 안 된 때였다면 그것도 염두에 뒀을 테지. 하지만 히카루도 표현만 안 했을 뿐 리프레이아한테 끌리고 있을 거야. 10억 명의 관음증 환자들 앞에서 드러낼 수 있을 리가 없다고.

147: 지구의 무명 씨
사랑하는 사람이기에 숨기고 싶다. 일본 남성의 특성이야.

162: 지구의 무명 씨
오! 드디어 방어구를 사나. 리프레이아 님, 굿잡! 히카루는 줄곧 천옷을 입고있었으니까.

170: 지구의 무명 씨
느닷없이 미스릴로 가나?
엄청 비싸잖아.

209: 지구의 무명 씨
그래도 역시 가장 싼 물건을 고르는구나. 두꺼운 미스릴을 장비하면 난공불락의 방어력을 얻을 수 있을 테지만.
(단, 가격도 집을 지을 수 있을 정도로 뛰어오르는 모양).

218: 지구의 무명 씨
싼 녀석으로도 충분하니까. 미스릴의 내인(耐刃) 능력은 정평이 나 있으니 명맥의 중심을 보호할 의도라면 저걸로도 충분해.

378: 지구의 무명 씨
어느새 다른 가게에 갔다.
……으음~, 데이트?
이거…… 데이트인데.
데이트 맞지?

388: 지구의 무명 씨
이제야 눈치챘냐……? 시종일관
팔짱을 끼거나 손을 잡는 등 서
로 떨어질 줄 모르는 바보 커플
이잖아?

390: 지구의 무명 씨
리프레이아, 이렇게 보니 정말
로 그 나이대의 소녀 맞구나. 귀
여워라…….

392: 지구의 무명 씨
【비보】이 몸, 너무 눈이 부셔서
눈이 멀다.

396: 지구의 무명 씨
늘 미궁에서만 데이트를 했으니.

397: 지구의 무명 씨
평소에 기사 같은 모습만 보다가
이렇게 사복 차림을 보니 갭이
끝내줘…….

398: 지구의 무명 씨
히카루의 표정도 조금씩 풀어지
는 것 같아. 요즘에 바짝 굳은
표정밖에 볼 수가 없었는데.

399: 지구의 무명 씨
나도 이런 청춘을 보내고 싶었
다…….

403: 지구의 무명 씨
검과 마법의 세계에서 현지 판타
지 미소녀와 데이트할 수 있다면
죽어도 좋아.

410: 지구의 무명 씨
역시 사람은 계속 긴장한 채로
살 수가 없어. 이런 시간이 정말
로 중요해. 리프레이아 님께 감

사를.

415: 지구의 무명 씨
미궁에서 리프레이아의 목숨을
구해준 사람은 히카루였지만,
히카루 역시 리프레이아한테서
구원을 받는 느낌이야.

449: 지구의 무명 씨
세리카「오빠의 저런 표정……
처음이네. 저쪽으로 가버린 이
후로.」
카렌「응. 리프레이아 씨가 저
얼굴을 이끌어낸 거야……. 솔직
히 칭찬해줘야겠네. 아— 이젠
우리와 나나밍만의 오빠가 아니
구나…….」

460: 지구의 무명 씨
원래는 쌍둥이+나나미로 구성
된 하렘이었나? 히카루는 대체
정체가 뭐야, 진짜로.

468: 지구의 무명 씨
슈퍼 오빠 아냐?

496: 지구의 무명 씨
자연스럽게 옷을 칭찬하네. 남
자 형제밖에 없는 내게는 없는
스킬이야.

518: 지구의 무명 씨
나였다면 리프레이아 님 같은 슈
퍼 미인이랑 함께 있으면 우물쭈
물 댔을 거야. 히카루는 살며시
리드하거나, 문을 열어주거나,
의자를 꺼내주는 등 은근한 배려
를 참 잘해. 나 같은 양산형 보
통남과는 인종 자체가 달라…….

532: 지구의 무명 씨
세리카「내가 교육했습니다.」
카렌「여러 가지를 엄청나게 주
입시켰는걸. 그치~.」

546: 지구의 무명 씨
세리카 대놓고 말하는구나ㅎ

547: 지구의 무명 씨
과연 그렇군요. 그치~.

559: 지구의 무명 씨
서쪽 지구는 정말로 경치가 좋네.
일본에서 저런 광대한 농장은 홋
카이도에서나 볼 수 있는데.

562: 지구의 무명 씨
풍차도 있는데 네덜란드가 저런
느낌일까?

568: 지구의 무명 씨
오오오오오오오오!! 나도 미소
녀랑 손을 잡고서 저런 좁은 길
을 산책하고 싶었다!!!!

569: 지구의 무명 씨
가까이에서 웃음을 보내는 눈부
신 리프레이아 님…….

부드러운 미소로 화답하는 히카
루…….
거룩하구나…….

571: 지구의 무명 씨
어째선지 시청자 숫자도 쭉쭉 올
라간다. 빵 터지네.
첫사랑은 시청률 흡입기이이이
이!

576: 지구의 무명 씨
나 텔레비전 보면서 무심코 절규
해버렸다. 이 감정은 뭐지. 나도
잘 모르겠어. 잘 몰라서 소리 질
렀어.

579: 지구의 무명 씨
이런 말을 하면 세리카한테 두들
겨 맞을지도 모르겠지만, 역시
히카루는 충실한 삶을 보내고 있
네. 충실하니 저렇게 찬란하게
보이는 거야.
뭐가 어둠이야. 진짜 어둠은 나

야…… 우리야……!

584: 지구의 무명 씨
그만, 그만해.

589: 지구의 무명 씨
뭐— 무책임한 소리는 그만 좀
하라고.
내일 어떻게 할지 정해진 게 없
으니 히카루한테는 한때의 안식
이라고, 이게.

769: 지구의 무명 씨
포터 인정증?! 그런 게 다 있어?

789: 지구의 무명 씨
알렉스가 동료랑 함께 조르고 졸
라서 아까 따낸 거잖아!!
동시 시청했으니까 틀림없어.

792: 지구의 무명 씨
리프레이아 님, 용케도 그런 건
얻어냈네.

796: 지구의 무명 씨
알렉스는 진짜 동료 복이 많아.
카니벨이랑 잘단 모두 괜찮은 녀
석들이야.

805: 지구의 무명 씨
어제 편법으로 마련한 게 아닐까?
길드에는 여자 직원도 많지만, 남
자 직원도 있으니 미녀가 부탁하
면 차마 거절하기 어렵지 않겠어?

809: 지구의 무명 씨
리프레이아 씨는 진짜 좋은 여자
야. 스토커 기질은 좀 있지만.

821: 지구의 무명 씨
히카루, 실은 엄청 기쁘면서 리
프레이아의 살살 녹는 대사에는
과도하게 무뚝뚝.

827: 지구의 무명 씨
어, 어어어, 저렇게 헤어진다
고……?

841: 지구의 무명 씨
리프레이아는 히카루를 위해 포터 인정증까지 구해줄 정도로 함께 있고 싶어 해. 근데 히카루는 아직 확실히 거절하진 않았지만, 함께 할 수 없다고 생각하는 거지? 조금 전까지만 해도 두 사람은 그토록 행복해 보였는데. 이게 뭐야. 왜 이렇게 되는 거야?

855: 지구의 무명 씨
멍하니 서 있는 리프레이아 님이 너무 불쌍해서 가슴이 미어진다.

868 : 지구의 무명 씨
안아!! 안아!!
안—아!! 안—아!!

870: 지구의 무명 씨
히카루는 귀신이냐.

872: 지구의 무명 씨
나라면 끌어안고서 밤새도록 함께 해줄 텐데.

875: 지구의 무명 씨
리프레이아도 고향을 떠나 혼자잖아. 아직 젊으니 외로울 거야. 좋아하는 남자가 생겼으니 늘 함께 있고 싶은 텐데 말이야.

879: 지구의 무명 씨
>>868
미래의 히카루가 왔구만…….

884: 지구의 무명 씨
히카루는 너무 순진해.

894: 지구의 무명 씨
아니, 히카루도 괴롭다고. 저 얼굴만 봐도 알 수 있지.

913: 지구의 무명 씨
종합 1위를 차지하기 위해 아직 방심해서는 안 되는 시기. 아직 4일이나 남았으니까.

히카루는 리프레이아와 함께 밤
을 보냈어야 했다.

929: 지구의 무명 씨
　모두가 그렇게 생각해.
　쌍둥이를 빼고 전원이 그렇게
생각해.

991: 지구의 무명 씨
메시지도 좀 열어보고 말이야.
뭐, 오늘은 이만 자야겠다.
내일은 유급휴가다!

999: 지구의 무명 씨
일을 마구 쉬다니 부러워.
이직하자…….

이튿날 리프레이아를 데리러 가니 눈이 충혈되어 있었다. 그녀가 얼버무리듯 「에헤헤」 하고 웃었다. 우리는 대화를 몇 마디 채 나누지도 못하고 길드로 이어지는 길을 걸었다.

길드에는 이미 마왕을 탐색하기 위해 수십 명이나 되는 용맹한 탐색자들이 밀려들어서 인구밀도가 높았다.

성당기사는 오지 않았는지 그럴듯한 장비를 입은 사람은 보이지 않았다.

나는 어디까지나 포터라서 적어도 중간까지는 리프레이아의 뒤를 졸졸 따라가기만 할 뿐이다. 마왕 토벌이 하루 만에 끝나는 경우가 드물다고 한다.

왜냐면 미궁은 깊고 넓으니까. 인해전술로 찾더라도 어째선지 잘 발견되지 않을뿐더러 마왕이 어디 있는지도 모르기에 마지막으로 목격된 계층의 두 단계 위쪽 계층부터 마물들을 사냥해가며 수색한다고 한다. 그래서 첫날에는 참가인원이 적은 것이 보통이다. 성당기사도 2일차나 3일차부터 참가한다. 그렇다면 오늘 하루는 평범하게 3층에서 마물만 상대해야 하나? 하다못해 어딘가에 있을 카메라에 다른 탐색자의 모습이라도 담아서 마왕 토벌의 분위기만이라도 시청자들에게 전달해야만 할지도 모르겠다.

"리프레이아, 실제 전투는 어떻게 진행돼? 누군가가 지휘를 맡아?"

"지휘 말인가요……? 아뇨, 맞닥뜨린 파티부터 순서대로 싸울 뿐이에요."

"그렇게 난잡하게 싸운다고? 상대는 마왕이라 불릴 정도이니 강하잖아?"

"물론 서로 협력은 하는걸요? 하지만 지휘를 맡을 만큼 개개인의 능력차를 잘 아는 사람이 있을 리가 없으니 결국은 파티 단위로 전투를 벌이다가 위험해지면 다른 파티와 교대하는…… 그런 느낌입니다."

"그렇다면 우리한테도 차례가 돌아올 가능성이…… 있나."

오늘은 그레이프푸르는 참가하지 않았다.

상급 탐색자 중에도 척후 출신 링크스가 몇 명 있어서 그녀들이 척후를 맡아주는 듯했다.

뭐, 이 인원으로 미궁을 돌아다닌다면 척후 따윈 필요 없을지도 모르겠지만.

"앗, 출발하려는 모양이에요."

"어어."

리프레이아에게 꼭 달라붙어 미궁까지 걸었다. 그런데 입구에서 포터와 탐색자를 서로 나누고 말았다. 뭐, 포터는 뒤에서 따라오라는 뜻이겠지.

참고로 최후미는 금 등급 실적이 있는 탐색자 파티가 맡기로 했다.

포터들은 대부분 배낭을 짊어지고 있었다. 그런데 개중에는 장비를 단단히 착용한 사람도 섞여 있었다. 나와 마찬가지로 전투에 참가할 생각인지도 모르겠다.

제1진 탐색대는 총 40명 정도였다. 포터 숫자는 적었다. 뭐, 원래 비율로 따지면 6인 파티마다 포터를 한 명씩 두니 당연할 테지만.

졸졸 따라가니 뒤에서 누군가가 어깨를 톡 두드렸다.

뒤를 돌아보니 예전에 욕탕에서 만났던 잘생긴 남자가 있었다.

"요! 오랜만이네. 그 이후로 대중욕탕에 통 오질 않아서 죽은 줄 알고 걱정했어."

"앗, 어어. 알렉스라고 했던가?"

"오, 이름을 기억해줬구나?"

나와 마찬가지로 지구에서 온 이세계 전이자인 알렉스는 장창을 소지한 중장갑 스타일이었다.

이곳에 있다는 것은 포터로서 참가했다는 뜻인가.

"너도 청동급이야?"
^{스피리투스}

"드디어 흑단급이 됐지. 오늘은 포터로서 합류했어. 히카루도 그렇지?"
^{드라이어드}

그가 인식증을 슬쩍 보여줬다. 아마도 그 역시 동료 중에 은 등급이 있는 듯했다.
^{실베스트르}

"그나저나 마왕이라니 의욕이 활활 타오르네. 전이자 중에서 마왕을 쓰러뜨린 녀석은 아직 없는 것 같으니 보너스 포인트가 있을지도 몰라."

알렉스는 신기한 남자였다.

이세계 전이자이니 어쩌면 내 사연을 들었을 텐데도 속내를 숨기지 않고 살가웠다.

"아, 그러고 보니 히카루랑 만나거든 전해달라며 메시지가 들어왔어. 뭐였더라? 분명 비슷한 내용이 여러 통이나 왔는데—."

메시지라는 단어에 반응하듯 몸이 흠칫 떨렸다.

싸늘한 칼날을 들이민 것처럼 오장육부 깊숙한 곳에서 형언할 수 없는 무언가가 치밀었다.

나에게 전하는 말. 나쁜 소식인가? 아니면 내가 욕설과 비방 메시지를 열지 않으니 알렉스에게 전해달라고 시킨 건가? 그게 아니라면 알렉스를 이용하여 나를 죽이려고 하나. ……어쨌든 훈훈한 내용은 아니겠지.

알렉스에게서 나를 죽이려는 낌새는 느껴지지 않으니(물론 방심을 유도하여 뒤에서 푹 찌를 가능성은 있다. 미궁 안에서는 죽어봤자 돌로 변할 뿐이니 마물에게 당했다고 잡아뗀다면 끝) 어쩌면 응원의 메시지일 가능성도……. 그건 아닌가.

이러니저러니 해도 내가 시청률을 올릴 수 있었던 그 근본에는 『나나미를 죽인 진범이 법의 심판을 받지 않은 채 이세계 생활을 만끽하는 것처럼 보인다』는 증오가 담겨 있는 게 명백했다.

진범은 왜 잡히지 않는 걸까. 경찰의 무능함에 화가 나지 않는다면 거짓말이겠지만, 내가 전이했던 상황을 생각해보면 모두가 나를 진범이라고 오해할 만했다. 나도 뉴스로 봤다면 그렇게 단정했을 게 틀림없다. 물론 이미 진범이 잡혔고, 현재 시청자들은 순수하게 나를 응원해주고 있을 가능성도 있겠지. 밤에 홀로 침대에 누워서 그런 생각을 몇 번이나 했다. 그러나 그럴 리가 없다.

우선 시청자 숫자가 이렇게나 늘어날 이유가 없다. 나는 현재……지금 이 순간에도 모든 전이자 중에서 최고의 시청자수를 보유하고 있다. 순간 시청자수가 무려 7억 명이다. 터무니없는 숫자다.

무슨 대단한 활약을 한 것도 아닌데 말이다.

그저 미궁을 돌아다닌 정도였다. 눈앞에 있는 알렉스도 똑같은 일을 했다. 그러나 내가 탑이라면 그는 아무리 높아도 2위라는 뜻이었다. 아마 실제로는 훨씬 아래겠지. 나보다 훨씬 잘생겼고, 친구도 많아 보이는 알렉스가 말이다.

그렇다면 나에게 『특별한 스토리』가 있기에 시청자들이 무언가를 기대하며 보고 있다는 생각밖에 들지 않았다. 나는 나나미를 되살리고 싶다고 시청자에게 한마디도 언급한 적이 없으니까.

어쨌든 나는 메시지를 열어보고 싶지 않았다.

이제 곧 시청률 레이스가 종료된다. 적어도 그때까지는 마음을 흐트러뜨리고 싶지 않았다.

"자, 잠시만. 메시지는 됐어. 듣고 싶지 않아."

"오, 그래? 왠지 반드시 전해달라는 절절한 감정이 느껴졌는데."

"저쪽 세계는 떠올리고 싶지 않거든. ……부탁할게."

"그래도."

"제발……. 정말로 듣고 싶지 않아……. 아무, 아무 말도 하지 말아줘."

애원했다. 지금부터 마왕을 토벌하여 시청률 1위를 차지하려는 마음에 찬물을 끼얹고 싶지 않았다. 메시지 내용을 듣자마자 몸이 마음먹은 대로 움직여주지 않을 것 같다는 확신이 들었다.

"정말로 괜찮겠어……? 가족이라며 꼭 전해달라던데."

"안 돼…… 하지 말아줘……."

가족이라는 말을 듣고서 나를 막았다.

부모님이든 여동생이든 언급하지 말아줬으면 좋겠다.

내 잘못이라고 생각하지는 않는다. 그러나 그들의 집이 불태워지고 일본에 머물 수조차 없게 된 것은 사실이다. 설령 그 메시지 안에 다정한 격려가 담겨 있을지라도. 당연히 적혀 있을 비난과 욕설일지라도. 어느 쪽이든 내 마음은 천 갈래 만 갈래로 찢어지고 말겠지.

나는 알렉스의 목에 매달리며 연거푸 부탁했다.

마음의 준비가 되지 않았다. 도저히 냉정을 유지할 자신이 없었다.

"알겠어. 나도 미안해. 저쪽 세계 이야기를 꺼내서."

알렉스가 두 손을 들고서 항복 포즈를 취했다.

"……뭐, 왜 그러는지 왠지 알 것 같다. 나도 저쪽을 생각하면 지금도 적적해지거든."

고향 생각에 잠겼는지 알렉스의 눈빛이 아련해졌다.

내 경우와 다르긴 하지만, 뭐 설명해봤자 소용없겠지.

"뭐, 듣고 싶지 않다고 하니 메시지는 내 가슴에 담아둘게."

"고, 고마워……."

알렉스가 조작하려던 스테이터스 보드를 닫자 나는 속으로 안도했다.

역시 착한 녀석일지도 모르겠다.

"다른 화제인데, 히카루는 이미 정령술 계약을 했어?"

한동안 묵묵히 걷다가 알렉스가 다시 입을 열었다.

아마도 내가 마음을 추스를 때까지 기다려준 듯했다.

역시 같은 전이자들끼리 여러 이야기를 나누고 싶었던 듯했다.

"나, 드디어 돈을 다 모아서 계약하고 왔다. 처음에 멋모르고 포인트를 할당하여 정령력 업을 취득한 바람에 죽은 스킬이 돼버렸거든."

"난 전이할 때 취득했어. 어둠의 정령술."

"처음에 얻었다고? 그거 아깝네. 은화 10닢 정도면 계약할 수 있으니 처음에 10포인트나 써서 계약하는 건 손해지. 뭐, 처음에 그런 걸 어떻게 알겠어. 그거, 함정일 거야. 아, 참고로 난 불을 골랐어."

"불이라. 불의 정령술은 그러고 보니 거의 본 적이 없네. 어때?"

"그게 말이야. 생각보다 수수하고 약해서 실전에서 전혀 못 써먹겠더라고. 동료 정령술사…… 잘이라 하는데, 그 녀석이 의외로 대단하다는 걸 새삼 깨달았지 뭐야. 뭐, 연습하는 수밖에 없겠지만. 정령력 업이 있어서인지 위력만은 계약한 지 얼마 안 된 것치고 강한 것 같고."

알렉스가 메시지를 언급해주지 않아서 솔직히 고마웠다.

정령술을 계약하려면 대정령의 신전에서 돈을 지불하면 가능했다. 그런데 초기부터 이 도시에서 활동했을 텐데 계약을 조금 늦게 한 것 같은 느낌이 들었다.

어쩌면 생활비나 장비값 등에 들어가는 돈이 무시할 수 없을 정도이니 정령술은 여유가 생길 때까지 기다리라고 동료가 조언을 해줬을지도 모르겠다. 본인도 말했다시피 초기 술식은 하루에 몇 번밖에 쓰지 못할 뿐만 아니라 효과도 미묘하니까.

"그나저나 이세계 전이자로 뽑혔을 때는 잔뜩 쫄았지. 처음에는 어떻게 될지 무지 걱정했지만, 동료들의 힘이 컸어. 그 녀석들이 없었다면 지금도 쩔쩔매고 있었을걸. 히카루도 포터로서 참가한 걸 보니 제법 강한 동료가 생긴 거지?"

"……맞아. 강하고, 나로선 도저히 못 이기겠어."

"나도 동료인 카니벨이라는 녀석이랑 전투훈련을 하는데, 도저히 당해낼 수가 없어! 그야 저쪽이 은 등급이니 당연하겠지만, 이쪽은 지구 대표나 마찬가지이니 질 순 없잖아?"

알렉스가 가볍게 하하하 웃었다. 정말로 또래 친구처럼 허물없이 여러 대화를 나누고 싶었나 보다. 처음에 왜 그토록 경계했는지 우스울 정도로 알렉스는 평범한 또래 청년이었다. 나까지 덩달아 아직 여자친구를 만들지 않은 이야기와 정크 푸드가 그립다는 이야기 등을 했다.

마왕을 경계하면서 나아가고 있어서인지 진군 속도가 느렸다. 현재 2층에 있는데, 암흑의 스테이지라서인지 지지부진했다. 거의 발을 멈춘 상태였다. 멈춰선 동안에도 오크나 고블린들과 조우했으나 뒤에 있는 탐색자들이 나서서 섬멸해 줬다.

나도 알렉스에게 궁금했던 것을 물어보기로 했다.

"알렉스는 지금 몇 층을 돌고 있어?"

"아직 3층. 4층도 몇 번인가 도전해봤는데 말이야, 살벌하게 무섭더라고. 물속에서 느닷없이 반어인이 튀어나왔다니까? 심장이 멎는 줄 알았다고."

"큰일 날 뻔했네.

사하긴의 갑작스러운 출몰은 나도 경험해봤다. 다크 센스가 없었다면 꽤나 놀랐겠지.

가뜩이나 4층은 어두운 데다가 폐쇄공간이다. 마물이 갑자기 습격하면 패닉에 쉽게 빠질 수 있다.

"히카루는?"

293

"난 아직 3층까지밖에."

"그 장비로는 3층도 버겁지 않나? 무기점을 소개해줄까?"

알렉스가 입은 멋진 장비에 비해 내 장비는 호신용으로밖에 보이지 않겠지.

"아니, 난 이거면 됐어. 힘이 없으니까."

"그럼 주로 정령술로 싸운다 이 말인가. 어둠 속성에는 어떤 술식들이 있어?"

"보조적인 것들뿐이야. 미궁에서는 꽤 요긴하지만, 혼자서는 팍팍할지도."

어둠의 정령술은 차치하더라도 정령의 총애도 이야기해도 될지 판단이 서질 않았다.

어쩌면 메시지로 내 정보를 누설하는 시청자가 있을지도 모르겠지만, 그땐 그때 가서 생각하자. 내가 먼저 나불나불 거릴 필요는 없겠지.

"정령술이 이렇게나 도움이 될 줄은 몰랐지. 잘은 평범한 녀석보다 물의 정령술을 많이 구사할 수 있는데, 그 덕분에 벌써 몇 번이나 목숨을 건졌는지 몰라."

"횟수는 중요하지. 게다가 우린 크리스털로 정령력의 포션도 교환할 수 있으니 현지인에 비해 상당한 혜택을 누리고 있어."

"아아, 나도 파티 멤버한테서 치사하다는 볼멘소리를 들었어."

"음? ……알렉스는 파티 멤버한테 크리스털 교환까지 말했어?"

"음? 하면 안 되나?"

"아니……."

『경솔』이라는 단어가 머릿속을 스쳤지만, 어떨지.

뭐, 그렇게까지 바보는 아닐 테고, 파티 멤버들도 믿을 수 있는 사람들이겠지. 그러나 만약에 그렇지 않다면, 권력자 같은 사람에게 존재가 알려진다면 전이자들이 줄줄이 붙잡힐 가능성도 있지 않을까. 나는 주변 사람에게 들리지 않도록 목소리를 낮췄다.

"……알렉스의 파티 멤버들을 의심하는 건 아니지만, 크리스털이나 포인트는 가볍게 말하지 않는 편이 좋겠어. 포인트로 신체 결손조차 복구할 수 있는 『치유의 스크롤 (대)』 같은 물건도 입수할 수 있다고. 그 얘기가 권력자의 귀에라도 들어간다면…… 내 말 알겠지?"

"그걸 팔아달라고 찾아올까?"

의외로 머릿속이 꽃밭인가? 어리둥절해하는 표정을 보니 정말로 모르는 눈치였다.

"아냐. 포인트가 알려지면 최악의 경우에 스크롤을 내놓을 때까지 감금— 당하는 사태까지 벌어질지도 몰라. 이 세계에 천 명의 전이자가 왔어. 이 세계 사람한테 크리스털이나 포인트 시스템을 알려주는 사람도 반드시 나올 거야. ……아니, 이미 알려졌다고 생각해야지. 그 정보가 권력자들 사이에서 나돌면 전이자를 지명수배할지도 몰라. 거기까지 생각하고서 행동하는 게 낫겠다 이 말이야. 만약에 이 동네에서 전이자한테 현상금을 내건다면 어떻게 되겠어?"

내 이야기를 듣고도 알렉스는 완전히 멍하니 있었다.

"그, 그럼 이세계에서 왔다는 얘기도……?"

"당연히 최대한 숨기는 편이 좋겠지. 신뢰하는 상대한테는 털어놔도 되겠지만, 쉽사리 떠벌리고 다니는 건 자살행위겠지."

"그, 그런가⋯⋯. 거기까지는 미처 생각을 못 했어. 메시지로도 조심하라는 충고를 여러 번 받았는데."

"진짜?"

얼굴은 잘생겼지만 성격은 무사태평한가?

물론 정보가 그렇게 금방 퍼져나가지는 않겠지만, 우리는 이방인이다.

말과 행동을 늘 신중히 하지 않으면 언제 어디서 발목이 잡힐지알 수가 없다.

"히카루, 고마워. 나 진짜 무지했네. 동료들한테도 입단속을 해둘게."

"그게 좋겠지."

"근데⋯⋯ 자신의 뿌리를 말할 수 없는 건 괴롭지 않나? 히카루는어떻게 행동해?"

"난⋯⋯ 아직 아무한테도 말하지 않았어."

"대단해~. 히카루는 굳센걸⋯⋯."

딱히 굳세지는 않다. 약해서 말할 수 없었던 것뿐이다. 사람을 신용하는 것은 용기가 필요하니까.

무려 두 시간이나 걸쳐 마왕 토벌대가 2층을 돌파했다. 우리는 3층에 와있었다.

마왕 토벌은 발견 계층으로부터 2층 위에서 시작하는 것이 관례라고 한다. 5층에서 마왕이 발견됐으니 3층부터 탐색해나간다고 한다.

"마왕은 이미 이 계층에 있을 가능성이 있다! 다들 정신 바짝 차려!"

"오오!"

선두에 선 덩치 큰 남자가 모두에게 기합을 불어넣었다. 그러나 단

기간에 2층이나 올라오는 경우는 거의 없다고 한다. 아직 출현한 지 얼마 지나지 않았으니 5층에 머물고 있을 가능성이 가장 크다나?

나와 알렉스는 포터로서 참가했지만, 장비를 보면 알 수 있듯 전투에 참가할 생각으로 가득했다. 토벌대의 총인원이 40명이나 된다. 포터가 전투에 참가하든 말든 아무도 신경 쓰지 않겠지.

"마왕은 계층을 올라갈 때마다 강해진대. 알고 있었어?"

"아니, 몰랐어."

"5층에서도 상당히 강력했던 모양인데, 만약에 3층까지 올라온다면 우리 수준으로는 감히 대적조차 못 할 만큼 강해지는 거 아냐? 그땐 어쩌지?"

알렉스의 얼굴에 두려움이 살짝 드리워졌다. 아까 전까지는 마왕과의 전투가 기대된다고 웃으며 말했지만, 막상 그때가 다가오자 공포가 솟나?

……그러나 이것이 평범한 반응이다. 강심장이 아니고서는 전투를 학수고대하지는 않을 테니까.

오히려 재밌을 것 같다는 이유만으로 마왕을 토벌하러 나선 알렉스는 꽤 의욕적이라고 할 수 있을지도 모르겠다.

"난 마왕이 어느 계층에서 나오든 싸울 거야. 그러려고 왔으니까."

"히카루……. 그러네. 행운은 용기 있는 자의 것이라고 하고, 여기까지 왔으니 싸울 수밖에 없어……!"

알렉스가 기합을 아자, 하고 불어넣었다. 그렇다. 여기까지 왔으니 싸우는 수밖에 없었다.

나는 스테이터스 보드를 열어 시청자수를 봤다. 어제 하루 쉬어서 내려갈 줄 알았는데 실제로는 올라갔다.

'9억 명이야……! 4일이 남은 현 시점에 순간 시청자수 1위, 종합 3위라면 충분히 기회가 있겠어. 현재 시청자수가 묘하게 상승한 이유는 알렉스와 대화를 나눈 덕분에 상승효과가 발생해서인지도.'

실은 어제 리프레이아와 데이트를 하고도 시청자수가 꽤 늘긴 했다. 어제 리프레이아는 아름다웠다. 지구인들의 시선도 햇살 아래에서 반짝반짝 빛나는 그녀에게 꽂혔는지도 모르겠다. 혹은 그런 그녀와 놀고 있는 나를 향해 증오가 폭발했든가. ……소꿉친구를 죽이고서 이세계에서 미인과 데이트를 했다고 여겼을 테니 절호의 소재일지도 모르겠다.

오늘은 3층에 마왕이 없는지를 탐색할 예정이라고 한다.

12시간씩 2교대로 만 하루 동안 3층을 샅샅이 수색하고, 마왕이 없다면 다음 날부터 4층 탐색에 돌입한다. 즉, 이 인원을 절반씩 나누겠다는 뜻이었다.

자칫 마왕과 엇갈리기라도 한다면 계층을 올라가는 것을 허용하고 만다. 그러면 최악의 경우에는 「지상」으로 빠져나올 수도 있다. 그것만은 절대로 저지해야만 한다.

알렉스의 말에 따르면 「마왕을 쓰러뜨리기 위해 대정령들이 출동하게 되는데, 이는 돌이킬 수 없는 사태」라나? 그때는 대정령들을 원래 있던 신전으로 돌려보내는 것이 불가능하고, 또한 미궁도 정령력의 밸런스가 붕괴되어 소멸한다나?

그래서 마왕만은 인간이 미궁 안에서 반드시 섬멸해야만 한다.

그것이 미궁을 인위적으로 만들어낸 도시의 책임이다.

"그럼 전체를 세 팀으로 나눈다! 적당히 흩어져!"

선두에 선 남자가 호령하자 탐색자들이 적당히 세 무리로 나뉘어 흩어졌다.

"그럼 난 저 녀석들이랑 합류할게! 죽지 않는 선에서 열심히 하자고!"

"그래. 열심히 하자."

주먹을 앞으로 내민 알렉스와 주먹을 톡 맞부딪치고서 작별했다.

리프레이아는 알렉스의 파티와는 반대 방향으로 가는 무리 속에 있는 듯했다.

왠지 여성이 많은 집단처럼 보이는데―.

"앗, 히카루! 여기, 여기!"

리프레이아가 웃으며 손짓을 했다. 주변에 완전무장한 여성들이 일제히 나를 쳐다봐서 대단히 쑥스러운데…….

"오호~! 이게 리프레이아의 남친이구나. 아, 난 글로리아. 잘 부탁한다."

"난 모애푸르양! 푸르한테서 히카루 씨의 이야기는 들었어양. 2층에서 도와줬다고. 나도 감사를 올릴게양!"

"와~ 진짜 새카매!"

세 여성들이 가차 없이 거리를 좁혀오자 당황스러웠다. 한 사람은 링크스이긴 하지만.

아니, 이 집단, 전원 여성이잖아!

"자, 자, 잠깐! 히카루가 난처해 하잖아요?"

리프레이아가 도와주긴 했지만, 내 팔에 달라붙듯 다가온 바람에 오히려 여성들의 호기심이라고 해야 하나, 흥미를 유발시킨 듯했다. 나머지 여성들까지 휘파람을 휘이 불었다.

"우와, 남자한테 흥미가 없다고까지 일컬어지던 리프레이아한테 갑자기 좋은 사람이 생겼다길래 무슨 일인가 싶었는데…… 좋겠네."

"만남은 많긴 하지만, 다들 거기서 거기인걸, 탐색자 남자들은."

"히카루 군, 초보자티가 좀 나긴 하지만 그것도 신선하고 귀여운데."

"확실히 저런 타입은 지금까지 없었는지도!"

여성 탐색자들이 저마다 마음껏 떠들었다. 솔직히 이런 노골적인 시선이 무지무지 거북했다.

어둠 속에 숨고 싶은 심정이었지만, 역시나 이 자리에서 술식을 쓰면 찍히고 말겠지.

"자자, 모두. 수다는 그쯤 해두고 어서 가자! 마왕이 있을지도 모르니 정신을 바짝 차리지 않으면 죽을 거야!"

"예~에."

"예!"

"예앗!"

"그리고 리프레이아랑 남친도 일단 잘 따라와."

"네!"

"옙."

붉은 갑옷을 착용한 붉은 머리 여성이 아무래도 이 그룹의 리더인 듯했다. 새빨간 전신 갑옷도 눈에 띄지만, 등에 짊어진 거대한 도끼가 더욱 눈에 띄었다. 완력이 얼마나 대단해야 저런 도끼를 마구 휘두를 수 있을까. 리프레이아의 대검보다도 무거울 것 같았다.

붉은 머리 탐색자가 호령 한 번에 집단을 장악하고서 탐색을 시작했다.

세 파티가 각기 다른 방향으로 나아갔다. 우리 파티는 나를 포함하여 14명. 두 파티에다가 나와 리프레이아가 추가됐다. 나와 리프레이아는 후방을 경계하는 담당을 맡았다.

"아까는 미안해요. 다들 내가 히카루랑 미궁을 도는 걸 안 바람에 그런 소란이 벌어졌네요."

"하는 수 없지. 그보다 저 링크스…… 모애푸르 씨는 고용된 게 아닌 거지?"

"그래요. 모애 씨는 이 업계에서 10년 동안 활약해온 대 베테랑입니다. 위계도 상당히 높다고 해요."

"강해보이긴 하네."

모애푸르 씨는 척후를 자청했고, 뿅뿅 뛰면서 앞장을 섰다.

아마 그레이프푸르를 비롯한 피고용인 링크스들은 그녀를 목표로 삼고 있겠지.

장비도 미스릴제로 통일돼서 멋있었다. 모두가 동경하는 선배일지도 모르겠다.

그리하여 안개로 자욱한 제3층 『무혹의 대정원』 탐색을 시작했다.

제각기 다른 방향으로 산개한 바람에 금세 다른 탐색대의 모습이 시야에서 사라졌다.

"마왕을 발견하면, 어떻게 다른 탐색대랑 합류하지?"

"3층에서는 뿔피리를 불어요."

"뿔피리?"

리프레이아의 말에 따르면 바람의 정령구인 뿔피리로, 3층 각 구간마다 정해진 짧은 가락을 연주하여 마왕을 발견한 지점을 공유한다고 한다.

"그럼 뿔피리 부는 연습을 해야겠네."

"그래요. 난 참가한 적은 없지만, 길드에서 종종 합동 훈련을 실시하곤 해요. 가락이 뜻하는 바를 알아야만 달려갈 수도 있으니까요. ……하지만 근 몇 년 동안에 마왕이 3층까지 올라온 적이 없다던데."

"4층에서는 어떻게 해?"

"4층은 발견한 탐색대가 폭죽을 폭포를 향해 던집니다. 그 계층은 대부분의 지점에서 폭포가 보이니까요."

"그렇구나. 궁리를 많이 했네."

3층은 안개의 계층이다. 마왕을 발견하더라도 서로에게 달려가지 못한다면 아무 소용도 없다. 그래서 뿔피리로 소리를 내서 서로의 위치를 파악하기로 한 거겠지.

안개 속에서 앞장을 섰던 모애푸르 씨가 돌아왔다.

"그렘2, 트2양."

숙련 파티답게 단어를 생략했다. 그렘린 두 마리와 트롤 두 마리로 구성된 혼성 파티를 뜻하겠지.

이 계층에 등장하는 혼성 파티 중에서 성가신 편에 속한다. 자, 어떻게 나올까?

"히카루는 다른 탐색자가 전투하는 모습을 제대로 본 적이 있나요?"

"있긴 하지만, 그러고 보니 상급 탐색자의 전투는 본 적이 없네."

기껏해야 은 등급까지였다. 금, 그 위에 있는 마도은급은 처음이다.

붉은 머리 리더가 이끄는 파티가 나서려는 모양이다.

6인 모두가 전투직이었다. 저 레벨쯤 되면 회복 담당이나 포터 등 『싸우지 않는 멤버』를 파티에 포함시킨다는 발상 자체를 하지 않는 듯했다.

"포터는 고용하지 않는구나."

"마도 수납주머니를 갖고 있으니까요."

"그게 뭐야?"

"저기, 히카루도 그림자에 물건을 수납하는 정령술이 있잖아요. 그걸 재현한 마도구예요."

"그런 도구까지 있다고……! 아니, 물의 회복술을 재현하는 마도 구가 있으니 당연한가."

「섀도 백」은 세 번째인가 네 번째로 배운 술식이다. 딱히 고도의 정령술도 아니니 마도구화도 불가능하지 않다는 뜻인가.

"가격이 금화 25닢이나 나가지만요."

"그렇게나 비싸?"

원체 마도구가 고가이긴 하지만, 그럼에도 금화 25닢은 엄청나다. 집을 세울 수 있는 금액이다. 참고로 섀도 백과 수납 능력이 동등하다면 정령석만 수납한다고 가정했을 때, 한 차례 탐색하면서 획득한 분량 정도는 충분히 다 담을 수 있다. 미스릴급 파티라면 마물에게서 획득하는 정령석의 크기가 대개 클 테니 배낭에 넣고서 이동하기란 꽤 어렵겠지.

"앗, 시작해요."

그렘린, 트롤 혼성 파티와 정면에서 싸우면 꽤 성가시다고 한다.

우리는 그렘린과 트롤을 따로 떨어뜨려 섬멸하는 방식으로밖에 싸운 적이 없어서 실제로 무엇이 성가신지는 정보로밖에 알지 못한다. 그렘린이 정령술을 구사하여 트롤을 쓰러뜨리는 것을 방해하기에 귀찮다고 한다.

기본적으로 그렘린은 트롤의 뒤에 있기에 보통은 트롤을 먼저 쓰러뜨려야만 그렘린을 건드릴 수가 있다. 트롤을 상대하는 데 애를 먹는 동안에 그렘린이 견제하고자 구사한 정령술을 맞고서 전위가 붕괴되는 경우가 심심치 않게 벌어진단다.

자, 마도은급 전투는 어땠는가 하면—.

"아— 하아. 그렇구나아……."

순식간에 끝났다.

먼저 강궁에서 발사된 화살이 그렘린 한 마리를 쓰러뜨렸다. 곧이어 모애푸르 씨가 세검으로 나머지 그렘린을 꿰뚫어 죽였다. 솔직히 모애푸르 씨가 언제 트롤을 돌파하여 뒤로 돌아갔는지 눈치채지 못했다. 트롤 한 마리는 붉은 머리 리더가 비스듬하게 휘두른 거대 도끼에 두 동강이 났고, 나머지 한 마리 역시 강창(剛槍)의 이슬로 사라졌다.

"너무 엄청나서 참고가 안 되는데……."

"압도적이군요. 역시 대단해요."

말 그대로 「레벨이 다르다」.

게임에서 저레벨 지역에 갔을 때 어떤 마물도 전혀 상대가 않 된다는 느낌이 들었다. 현실에서 보면 저런 느낌이구나…….

"저 사람들은 몇 층을 돌고 있어?"

© Ni0

"6층이에요. 그녀들은 제5층『영광으로 향하는 나락』을 돌파한 몇 안 되는 파티이니까요."

"6층! 현재 알려진 최심부잖아."

우리가 내려가는 미궁이 총 몇 층인지는 아직 밝혀지지 않았다.

그러나 현재 정보가 알려진 1층부터 5층까지도「누군가」가 탐색하여 정보를 갖고 돌아왔기에 다른 탐색자들이 마물을 완벽하게 사냥할 수 있게 된 것이다.

그리고 아직 정보가 밝혀지지 않은 6층『새벽의 황금평원』까지 내려갔다는 것은 미지의 미궁, 미지의 마물과 싸우고 있다는 뜻이었다. 그것은 진정한 의미의「탐색」이었다. 그녀들은 이 미궁도시에서 얼마 안 되는「진짜 탐색자」라고 할 수 있겠지.

"히카루, 혹시 그녀들……『진홍의 소병(小瓶)』을 모르는 건 아니겠죠?"
크림슨 바이알

"아니, 몰라."

"네에에?! 이 도시에서 가장 유명한 탐색자 파티인데……! 어쩐지 대화를 나누면서 위화감이 들더라……."

"이 도시에 온 지 아직 몇 주밖에 안 됐으니까……. 그녀들이 그토록 대단했구나."

"그래요. 전원이 마도은급. 리더인 가넷트 씨는 이제 곧 샐러맨델
온디누
급에 도달할 거라는 얘기까지 나오고 있어요."

굉장하네. 샐러맨델급은 제1등급. 즉 최상위. 이 도시에 현재 제1등급은 없다고 하니 공헌도가 가장 높은 파티라고도 할 수 있나.

예전 세계에서는 일반적으로 험한 일은 남자가 도맡았다. 그러나

이 세계에는 「위계」가 있고 「정령술」이 있었다. 나처럼 비교적 작은 남자도 싸울 수 있는 이유이기도 했다. 당연히 여성도 전투를 하는 데 문제가 없었다. 굳이 말하자면 파티로서 연계가 잘 되는지 여부가 더 중요했다.

"그런 파티와 알고 지내다니, 리프레이아, 대단해."

"전에 친가 아이들이랑 파티를 맺어 활동했을 때, 같은 여성 파티라서 잘 대해줬어요. 후배를 챙기는 것도 상위자의 책무라면서."

"그렇구나. 뭐, 남자가 더 많은 건 분명하긴 하지."

탐색자 업계를 그리 잘 알지는 않지만, 얼핏 봐도 남자가 많은 것만은 확실했다.

여성끼리만 파티를 조직하면 운신의 폭이 좁아진다. 그래서 서로 협력하는 체제가 생겼겠지.

"글로리아 씨의 파티도 유명해요. 파티명이 『여신의 재채기』라서 귀엽게 들리겠지만, 파워풀해요."

아까 그 전투에 참가했던 사람은 『진홍의 소병』(크림슨 바이알) 여섯 명뿐이었다.

우리와 나머지 여섯 명은 대기했다. 대기한 사람들이 『여신의 재채기』의 멤버겠지.

곱슬한 갈색머리를 한데 묶은 글로리아 씨를 비롯하여 모두 중장비를 착용하고 있었다. 뭐라고 해야 할까, 돌파력이 있어 보이는 파티였다.

"잠깐, 리프레이아. 이렇게 가냘프고 귀여운 아가씨들한테 파워풀이 뭐야? 가련하고 아름다우면서도 강하다고 해야지."

"어머, 글로리아 씨 다 들었어요?"

"그야 들리지. 파워하면 리프레이아가 더 파워풀하잖아. 그런 괴물 같이 커다란 검을 사용하니까."

"전 마물한테 힘으로 밀리지 않는 탐색자를 지향하거든요. 아직 스승님한테는 못 미치지만."

글로리아 씨 일행은 리프레이아와 비슷한 또래(조금 위인 것 같지만) 파티로 「진홍의 소병」보다는 편안한 관계인 듯했다.
크림슨 바이알

"그나저나 진홍 언니는 역시 대단하네. 3층 마물 따윈 몸풀기도 안 되겠구나."

"진홍 언니?"

"아하하, 가넷트 언니의 별명."

새빨간 갑옷, 붉은 머리, 그리고 거대한 빨간 도끼를 휘두르는 가넷트 씨는 불의 화신이라고 해도 될 만큼 존재감이 있었다.

저 붉은 색에는 투우사처럼 마물을 자신 쪽으로 유도하는 효과가 있는지도 모르겠다.

"오늘은 편안한 탐색이 될 것 같네. 팬서가 나오면 달리겠지만, 그건 거의 안 나오니."

"어라? 마왕은 안 나옵니까?"

"아하하~. 마왕은 한 계층을 오르기 위해 며칠 동안 힘을 축적할 필요가 있거든~. 이틀 전에 5층에서 발견됐다면 지금 4층에 올라왔거나 아직 5층에 머물고 있겠지. 그래도 과거에 예외가 몇 번 있었으니 3층도 제대로 확인해줘야겠지만."

그렇구나. 3층에서 요격하는 것도 좋겠지만, 4층을 탐색하는 동안에 이미 3층으로 올라온 마왕이 2층까지 도달해버리면 위험하다는 말인가.

그만큼 계층을 올라올 때마다 능력이 대폭 상승하는지도 모르겠다.

"그럼 내일은 4층입니까?"

"그래~. 히카루 군은 4층을 경험한 적이 있어?"

"없죠."

"그럼 누나들 뒤에 꼭 붙어서 오렴. 지켜줄 테니까."

글로리아 씨가 윙크를 찡긋 날렸다.

이대로 따라가면 4층에서 아직 조우한 적이 없는 마물을 볼 수 있는 기회가 생길 테고, 5층까지 내려간다면 베테랑의 공략법을 가까이에서 지켜볼 수가 있다.

다음에는 그녀들 『여신의 재채기』가 싸우려는 듯했다.

나는 떨어진 곳에서 그 광경을 보며 멍하니 생각했다.

'시청률 1위를 따내서 다행이야.'

만약에 현재 순간시청률 1위가 아니었다면 나는 혼자서라도 마왕과 만나기 위해 4층으로 내려갔을지도 모른다. 어제 리프레이아에게 끌려다니기 전까지 나는 완전히 초조함에 사로잡혀 있었고, 실제로도 그럴 작정이었으니까. 그러나 현 순위를 잘 고수하기만 해도 종합 1위가 될 수 있는 상황이라면 이야기는 달라진다. 무리하다가 죽는 편이 더 무섭다.

소극적인 생각일지도 모르겠지만, 여기까지 와놓고 실패하는 게…… 더 무서웠다.

『망자 소생의 보주』가 손에 들어온다. 바로 코앞까지 왔다는 느낌이 들었다.

스테이터스 보드를 조작하여 이미 여러 번이나 봤던 설명을 읽었다.

『망자 소생의 보주: (신기) 당신의 소중한 누군가를 저승에서 이승으로 다시 불러낼 수 있는 신의 보주. 지구에서 사망한 사람, 이 세계에서 사망한 사람, 어느 쪽에도 사용할 수 있다. 사망자는 죽었던 장소에서 부활하니 주의. 당신이 소중하게 여기는 사람이 아니라면 되살릴 수가 없다.』

1위가 되면 나나미를 되살릴 수가 있다.

그 이후에 내 이세계 인생이 어떻게 바뀔지 모르겠고, 혹은 아무런 변화도 없을지도 모르겠다. 나나미를 되살린다고 해도 부활하는 곳은 「죽었던 장소」. 즉, 지구에 있는 그녀의 방이다. 현재 나에게는 그 녀석이 삶을 되찾았는지를 알 수 있는 방법조차 없었다.

그래도 좋다. 지금은 아무 생각도 하지 않아도 된다. 이 세계에서 살아갈 만한 의미를 찾아내지 않아도 된다. 소꿉친구를 되살린다는 사명, 그것 하나만 완수할 수 있다면 적어도 이 세계에 굴러떨어진 의미— 전 세계 사람들에게 미움을 받는 의미를 찾아낼 수가 있을 테니까.

그것이 희망인지, 아니면 의미 없는 감상일 뿐인지 잘 모르겠다.

그래도 지금 내가 매달릴 수 있는 것은 그것뿐이었다. 이제 나는 원래 세계로 돌아가지 못한 채 호기심 어린 시선에 노출되어 이 세계에서 살아갈 수밖에 없으니까.

죽을 때까지— 그렇게 살아갈 수밖에 없으니까.

어느덧 열한 시간에 걸친 탐색이 종료됐다.

나와 리프레이아는 결국 싸우지 않고 뒤를 따라다니며 미궁 내부만 돌아다닌 꼴이었다.

시청자수 추이에 따라 몰래 이탈할 생각도 했지만, 상급 탐색자 파티의 전투는 쉽게 볼 수 있는 게 아니었다. 실제로 시청자수가 줄기는커녕 늘어나기만 했으니 결국 오늘은 철저히 구경만 했다. 「진홍의 소병」의 숙달된 연계. 중장비를 장착한 「여신의 재채기」가 쭉쭉 밀어붙이며 마물들을 섬멸하는 전투도 박력이 느껴져 좋았다. 이 정도라면 시청자들도 재미있어하지 않았을까.

……나는 전투할 때마다 어둠에 숨어드니까, 장면 자체는 죽을 만큼 시시했을 것이다.

마왕이 나타나지 않아서 아쉬웠지만, 남은 일수를 생각한다면 최종일 직전에 마왕 토벌의 절정에 치달을지도 모르겠다.

나쁘지 않은 상황이었다. 교대자들이 와서 3층 탐색을 인계했다.

전반에 탐색했던 40명은 일단 모두 물러나 휴식을 충분히 취한 뒤에 내일 다시 교대해야 한다. 내일은 드디어 4층이다. 후반 부대는 아래층에 내려가지 않고 3층을 마저 탐색한다.

글로리아 씨의 말에 따르면 일단은 규칙이라서 3층도 탐색하고 있지만, 마왕은 아직 5층에 있거나 올라와봤자 4층에 있을 거라고 했다.

올라올수록 강력해지니 한가롭게 탐색만 하는 건 리스크를 키우는 행위가 아닐까? 그렇게 생각하고서 질문해봤더니 5층처럼 일반 마물도 강력한 층에서 마왕을 토벌하기보다 4층까지 올라온 뒤에 전투를 벌이는 편이 덜 위험하다나?

듣고 보니 마왕뿐만 아니라 다른 마물도 있으니 그 말에도 일리가 있는지도 모르겠다. 5층에서는 은 등급조차 걸림돌이 될 테니까.

후반 토벌대는 3층을 계속 수색하면서 혹여나 마왕이 4층으로 올라오지 않는지 감시하는 것이 주 임무라고 했다. 대부분이 은 등급이었다. 마왕을 쓰러뜨리는 역할은 전반 토벌대가 맡기로 전략을 세웠다.

실제로 마도은급과 금 등급이 절반을 점하고 있는 강력한 전반 토벌대에 비해 후반 토벌대는 장비도 평범해서 조금 미덥지 않은 느낌이었다.

"이러다가 후반 토벌대가 마왕을 발견하면 어떡해?"

"계층 계단에서 발을 붙들어두는 동안에 전반 토벌대를 호출하는데요? 오늘은 우리도 길드가 마련해준 여관에서 묵어야겠네요."

"그럼 후반 토벌대가 더 위험하잖아. 마왕을 그리 쉽게 붙들어둘 수 있을 것 같지도 않고."

"뭐, 그건 그렇지만. 후반 토벌대가 탐색할 때 마왕과 충돌한 사례가 과거에 거의 없대요. 별동대가 4층도 미리 살펴보고 왔고요. 어지간한 이유가 없는 한 위로 올라오지는 않아요."

"그렇구나."

즉, 마왕의 생태가 꽤 밝혀지면서 보험으로서 후반 토벌대를 배치하게 됐다고 한다. 마왕 중에 발견하기 어려운 형태를 띤 존재가 출현한 바람에 24시간 감시체제를 도입한 듯했다. 그전까지는 평범하게 하루에 12시간만 탐색을 벌였다나?

어쨌든 내가 해야 할 일은 처음부터 정해져 있었다.

"……미안, 리프레이아. 난 남을게."

난 2층으로 이어지는 계단 앞에 멈춰 서서 그렇게 말했다.

"예? 하지만⋯⋯."

"마왕이 나올 때까지 미궁에서 나갈 생각은 없어. 제2진과 그대로 합류할 테니 리프레이아는 일단 돌아가도 돼."

이제 3일밖에 남지 않았다. 시청률 1위를 차지하려면 지금 느긋하게 잠이나 잘 때가 아니었다. 시차가 있으니 그 어떤 때이든 지구의 어느 지역에서는 골든타임이다.

부재중에 마왕이 출현한다면 분통을 터뜨려본들 소용없다.

이세계로 전이한 지 40여 일이 흘렀다.

알렉스가 말하기를 마왕과 조우한 적이 있는 전이자가 없다고 했다.

아니, 토벌기록이 없었을 뿐 조우한 사람은 있을지도 모르겠지만⋯⋯.

어쨌든 반드시 시청자가 늘 것이다. 아직 종합 1위가 되지 못했다. 한가롭게 쉴 시간은 없었다. 그래서 어제 미리 푹 자뒀다.

나는 어디까지나 리프레이아의 포터로서 참가했으니 독단적으로 행동했다가는 그녀에게 민폐를 끼칠 수도 있었다. 그럼에도 여기서 물러날 수는 없었다.

크리스털을 스태미나 포션으로 교환하면 잠을 다소 못 자더라도 활동에 지장은 없다. 다행히도 어둠에 틀어박혔던 시기에 모아뒀던 크리스털이 나름 있다.

"그럼 나도 남겠어요. 아직 파티 멤버이니까."

"하지만."

"뭐가 하지만이에요. 우린 아직 같은 파티 멤버⋯⋯ 맞죠? 게다가…… 미궁에 들어가면 야영하는 게 보통이니까요. 히카루가 이상한 것뿐이에요."

리프레이아가 조금 고민하고서 말했다.

딱히 기대하고서 제안한 것은 아니었지만, 나는 그녀가 그렇게 말할 줄 짐작했다. 비록 함께한 시간은 짧았을지언정 그녀가 다정하고 남을 잘 챙기는 성격의 소유자임을 알기에는 충분했기 때문이었다.

"무리하면서까지 굳이 나와 함께 할 필요는 없어. 그저 내 멋대로 구는 것뿐이니까."

"마왕을 토벌한 뒤에는 심사를 하는데, 수훈상을 타면 꽤 큰 수당이 받을 수 있거든요. 발견자한테도 특별 포상이 나오고요."

내가 미안해하지 않도록 마음을 써줬는지 리프레이아가 그런 식으로 대답했다.

"그렇구나. ……고마워, 리프레이아. 큰 도움이 될 거야.

그 후에 리프레이아는 진홍의 소병의 리더인 가넷트 씨에게 사정을 말하고서 잔류 허가를 받았다. 우리 말고도 미궁에 남는 파티가 있기에 그들과 함께 4층으로 이어지는 계단 앞을 감시하기로 했다. 개인적으로 마왕과 조우하는 현장에만 있으면 되기에 전혀 문제는 없었다.

"4층으로 이어지는 계단에 있으면 만약에 아래층에서 마왕이 올라오더라도 맨 먼저 알아차릴 수 있겠네. 다만…… 내가 마왕을 불러들일 가능성만은 우려가 되지만……."

"대정령님조차도 일정 거리 안으로 들어와야만 「사랑받는 자」를 감지할 수 있으니 괜찮을 거예요."

대정령이 사랑받는 자를 감지할 수 있는 거리는 약 100미터 정도다.

실제로 대정령과 술래잡기를 하며 확인한 것은 아니지만, 리프레이아가 신전 신관에게 물어봤다고 하니 확실하겠지. 참고로 3층에서 4층으로 이어지는 계단의 길이는 100미터가 족히 넘는다. 저 머나먼 아래층에서 나를 찾아 마왕이 올라올 가능성은 작겠지.

……아니구나. 그 전개가 벌어지길 바라야 하는지도.

나는 마왕과 싸우기 위해 이곳에 있는 거니까.

나와 리프레이아는 둘이서 4층으로 이어지는 계단으로 이동했다.

무혹의 대정원에서 수많은 파티가 탐색을 벌이고 있는데도 탐색자끼리 좀처럼 맞닥뜨리지 않았다. 단순히 미궁이 넓다는 이유도 있지만, 주 원인은 자욱한 안개 때문이었다. 일설에 따르면 이 안개가 탐색자들이 각기 다른 방향으로 가도록 무의식적으로 유혹한다고 한다. 뭐, 수상쩍은 이야기이긴 하지만 미궁이란 원래부터 수수께끼의 공간. 그럴 수도 있겠다 싶었다.

실제로 계단으로 가는 동안에 그 어떤 파티와도 맞닥뜨리지 않았다.

계단 앞에는 이미 감시하는 파티가 있었다. 만약에 마왕이 올라온다면 그 파티가 뿔피리를 불기로 되어 있다고 했다.

"아, 저희도 여기서 감시 활동에 협력하겠습니다. 잘 부탁합니다."

감시라고는 해도 실상은 마왕이 나올 때까지 할 일이 없었다.

계단 주변에는 마물이 거의 나오지 않고, 시간을 때울 만한 스마트폰이 있는 것도 아니었다.

실제로 그 탐색자 파티는 셋이서 카드게임을 하면서 놀고 있던 듯했다.

"앗, 잘 부탁합니······. 앗, 히카루잖아!"

이쪽을 돌아본 탐색자 중 한 사람은 캐나다인 인기남, 알렉스였다.

"안 돌아갔어?"

"그건 내가 할 말이야. 하지만······ 알겠다. 마왕 토벌이라는 재미난 이벤트를 놓칠 수야 없겠지."

나는 시청률 1위를 차지하기 위해서였지만, 알렉스는 단순히 재미를 추구하기 위해 남은 듯했다. 이세계를 신나게 즐기는구나 싶어서 내심 부럽기도 했다.

"히카루, 탐색자 중에 지인이 있었어요?"

리프레이아가 내 뒤에서 얼굴을 내밀자 알렉스와 그 일행들이 동시에 「아」 하고 외치고서 굳어버렸다.

"히카루랑 파티를 맺고 있는 리프레이아 애쉬버드입니다. 잘 부탁합니다."

리프레이아가 공손히 자기소개를 했다.

그녀가 고개를 꾸벅 숙이자 플라티나 블론드빛 머리칼가 사라락 흘러내리며 묘한 요염함을 풍겼다.

"나나나, 난 잭 알렉산더 폭스입니다! 알렉스든 잭이든 마음대로 불러주세요!"

"나, 난 카니벨입니다! 은 등급 탐색자입니다!"

"저, 저도 마찬가지! 자, 잘단입니다!"

알렉스 일행이 혀라도 씹었나 싶을 정도로 어눌하게 자기소개를 했다. 마지막 남자의 이름이 잘단인지 자잘단인지 모르겠다. 카니벨은 곱슬곱슬한 붉은 머리에 양손검을 장비하고 있었다. 자잘단은 파란 머리에 귀공자처럼 생겼지만 통통했다. 경갑옷을 착용한 것으로 보아 정령술사이리라.

"괘, 괜찮다면 우리랑 트럼프라도 하며 놀지 않겠습니까! 알렉스가 만든 게임인데 엄청 재밌어요……!"

카드가 깔린 형태를 보니 도박 포커라도 치고 있었나 보다.

아니, 알렉스 녀석, 트럼프를 본인이 만들었다고 단언하다니 꽤 뻔뻔하다. 뭐, 이런 건 빠른 사람이 임자일지도 모르겠지만.

나는 리프레이아의 얼굴을 봤다. 딱히 저들과 트럼프를 하는 건 나쁘지 않았다. 시청률 측면에서도 아무것도 하지 않는 것보다는 숫자를 늘릴 수 있을지도 모른다.

그러나 리프레이아에게 그럴 마음이 전혀 없었다.

"미안합니다. 이 사람이랑 단둘이서 있고 싶어서."

"앗."

리프레이아가 내 팔을 천천히 잡더니 잡아당기며 계단을 얼른 내려가기 시작했다.

뒤를 돌아보니 어리둥절한 표정으로 가만히 서있는 세 사람의 실루엣이 묘하게 인상적이었다.

◇ ◆ ◆ ◇

"이 부근이 좋을 것 같네요."

한동안 계단을 내려다가 최초 층계참을 지났을 즈음에 리프레이아가 멈춰 섰다.

"왜 그랬어? 그 녀석들, 어리둥절해했다고."

"하지만 이상한 시선으로 쳐다보잖아요, 그 사람들."

"음, 뭐. 그건 확실히 그럴지도."

"틀림없어요."

내 여동생들도 「이상한 시선」에 노출되기 일쑤였던지라 왠지 알 것 같았다.

호기심 어린 시선. 설령 악의가 담기지 않았더라도 그 시선은 불편하다.

리프레이아는 미인이므로 사람들이 저런 반응을 보일 수밖에 없다는 걸 모르는 바는 아니지만.

"뭐, 남자이니 별 수 없겠지. 딱히 나쁜 녀석들은 아냐."

"그건 알아요. 게다가…… 단둘이서 시간을 보내고 싶다는 말도 진심이니까."

그녀가 그렇게 말하고서 앉으라며 손짓했다.

3층 계단은 정원과 마찬가지로 잘 다듬어진 석재로 만들어져 있어서 앉기 편했다.

다만 4층에서 올라오는 냉기가 여기까지 미치는지 왠지 쌀쌀했다.

"리프레이아, 졸리거든 자도 돼. 내가 볼 테니까."

"역시 아직은 졸리지 않아요."

보통 마물은 계단에 접근하지 않는다. 그러나 방심은 금물이다. 100%는 아닌지 매우 드물게 마물이 아래로 내려가거나 올라가는 경우가 있다고 한다.

그러므로 둘 다 자는 것은 자살행위였다. 당연히 마왕이 올라올 가능성도 있었다.

정적이 공간을 지배했다. 4층의 폭포 소리도, 바로 위에 있을 알렉스 일행의 목소리가 들리지 않았다.

"아— 근데 여기 있으면 마왕이 이미 3층으로 올라갔을 경우에 알아차리지 못할지도 모르겠네요."

"아니, 아직 3층에는 없는 것 같아. 반대로 저 아래에서 위험한 기척이 느껴지거든."

"느껴진다고요……? 마왕의 기척이?"

"그냥 느낌일 뿐이지만. 정령들의 느낌과는 다르다고 해야 할까."

"대단하네요, 『사랑받는 자』는……."

이 감각은 이 세계에 처음 떨어졌을 때 목숨을 걸고 숲을 주파하다가 몸에 밴 것이었다.

농밀한 정령력을 지닌 존재…… 생물이나 마물이 있다는 걸 왠지 느낄 수 있었다.

물론 정령의 총애를 가졌다는 이유도 크겠지만, 이것은 내가 획득한 몇 안 되는 특기 중 하나였다.

"그럼 마왕이 계단을 올라오더라도 알 수 있겠네요."

"단언할 수는 없겠지만, 강력한 녀석이라면 알 수 있지 않을까 싶어."

"그럼 믿어보도록 할게요—."

실제로 마왕이라 불릴 정도로 강력한 존재라면 감지할 수 있을 것 같은, 그런 근거도 없는 확신이 들었다.

그러나 마왕은 아직 근처에 없는 듯했다. 지금은 조금이라도 휴식을 취해두는 편이 좋겠지.

"리프레이아, 안 추워? 이걸 쓰도록 해. 어제 구입해서 더럽지 않으니까."

나는 외투를 벗어 리프레이아의 몸에 걸쳐줬다.

뻣뻣한 옷감으로 만들어진 외투지만, 없는 것보다야 낫겠지.

"……히카루는 안 추워요?"

"아니, 난 오히려 더위를 타는 체질이거든."

"그런 창백한 얼굴로 그런 말을 하다니 필시 거짓말이겠네요…….

에잇."

"앗, 야."

리프레이아가 밀착하듯 고쳐 앉고는 두 사람을 한꺼번에 감싸도록 외투를 다시 걸쳤다.

서로의 열기가 외투 속에 가둬져 따뜻했다. 그러나 꽤 창피한 상황이었다.

"봐요. 이러면 둘 다 따뜻하죠?"

"그야 그렇긴 하지만……."

"후후……. 예전 파티에서 활동했을 때도 이 계단에서 밤을 보냈던 적이 있습니다. 근데 그땐 남자랑 이렇게 나란히 앉아 밤을 보내게 되리라고는 상상도 못 했어요."

"그건 나도 그래. 이 도시에서 그 누구와도 친해질 생각이 없었으니까."

"그랬어요?"

"응. 리프레이아랑 친해진 건 어마어마한 오산이었어."

"또 그런 소릴…….."

그 후로 우리는 한동안 한 마디도 내뱉지 않았다.

정적이 지배하는 어둠 속에서 그저 서로의 체온만을 느꼈다.

—이 전투가 끝난다면 이제 우리가 함께 미궁을 돌아다니는 일은 없겠지.

그녀는 고향에서 성당기사가 되고, 나는 앞으로도 쭉 이 미궁에서 살아간다. 어쩌면 가끔씩 만나러 와줄지도 모르겠다. 나는 그것만으로도 족했다. 이렇게 있으니 그녀와 떨어지기가 싫어졌다.

그것은 거짓 없는 진심이었다. 어제 리프레이아가 나를 빛이 내려쬐는 곳으로 데리고 나온 덕분에 나는 분명 잠시나마 지구를 잊을 수 있었다.

그녀와 함께라면 이 세계에서도 걸어갈 수 있을지도 모른다고 확실히 느꼈다.

—앞으로 쭉 함께하고 싶다. 딱 한 마디, 그렇게 말한다면 얼마나 편할까.

그러나 그렇게 생각하면 할수록. 그녀를 소중하다고 여기면 여길수록 나는 그녀와 멀어져야만 했다. 지구에 있는 70억 명이 그녀를 지켜볼 테니까.

"……히카루. 나, 당신을 좋아해요."

리프레이아가 불쑥 중얼거렸다.

이미 여러 번이나 들은 고백이었다. 그녀가 왜 그리도 나를 좋아하는지 스스로도 잘 모르겠다. 그러나 연애란 의외로 그런 것인지도 모르겠다.

"이렇게 있기만 해도 다른 건 전혀 필요 없을 만큼 채워져요…….

집도, 여동생조차도 잊어버릴 만큼."

"······그렇구나."

"······그러니 히카루. 나, 이번 토벌이 끝나더라도······ 당신이랑 줄곧 함께하고 싶어요. 함께 미궁을 돌아다니고 함께 같은 방을 빌리고— 기간 따윈 정해두지 말고, 영원히."

"리프레이아······."

언젠가 말할 뻔했던 그 말을 그녀가 내뱉고 말았다. 나는 2주라는 기간을 정해뒀다. 시청률 레이스 기한이었기 때문이었다. 그동안에만 그녀를 이용하기로 마음먹었으니까.

그런데 당초에는 리프레이아가 나에게 이토록 관심을 품고 있을 줄은 몰랐다. 금방 착각임을 깨닫고서 나를 떠나가겠지— 그렇게 생각했다.

리프레이아는 알렉스의 반응만 봐도 알 수 있듯 빼어난 미인이다. 살짝 곱슬거리는 플라티나 블론드. 아몬드처럼 생긴 커다란 눈. 윤기가 흐르는 입술. 붉은 기가 살짝 감도는 뺨. 몸매도 모델급이다. 그녀는 그야말로 엄청난 인기의 소유자이리라.

그래서 나처럼 수수하고 별 특징도 없는 남자에게 이끌렸다는 것을 믿을 수가 없었다. 목숨을 구해준 나에게 보답해야 한다는 의무감 때문이거나, 혹은 스스로를 타이르기 위해 좋아한다고 말한 줄 알았다.

······그러나 지금 그녀의 말에는 거짓이 담겨 있지 않았다. 그 울림은 절실하고 성실했다.

"리프레이아하고는······ 더 이상 함께 할 수 없어."

그렇기에 나는 이를 악물고서 대답했다.

─그녀에게 반했다. 주체하지 못할 정도로.

나도 함께하고 싶었다. 앞으로도 리프레이아와 그레이프푸르 셋이서 탐색자로 활동할 수 있으면 얼마나 즐거울까. 그녀와 함께라면 거의 사고처럼 끌려온 이 세계에서 살아갈 의미를 찾아낼 수도 있을 것이다. 그렇게 확신할 만큼 그녀와 보냈던 시간은 특별했다.

그래도. 그렇기에. 리프레이아와는 더는 함께할 수 없었다.

"……날…… 싫어하는 건 아니죠?"

"그 말에 대답한다면 난 비겁한 놈이야. 그래서…… 대답할 수 없어."

사랑하기에 함께 할 수 없다고 말한다면 그녀가 납득할 수 있을까.

그러나 그 이유는…… 아직 모든 게 끝나진 않았지만, 전해도 될지도 모르겠다.

아니, 전해야만 하겠지.

그리하여 그녀가 나와 거리를 둔다면 그것으로 족하니까.

이제 정해진 기간도 얼마 남지 않았다. 마왕을 쓰러뜨리면 시청률 레이스도 끝이다.

리프레이아는 더할 나위 없을 만큼 나에게 힘을 빌려줬다.

"그럼 이유가 뭔가요? 우린 좋은 파티였잖아요? 3층 공략도 끝나서 앞으로 4층이나 5층도 돌아다닐 수 있을지도 모르는데. 이유를 알려주질 않으면…… 나 포기할 수가 없어요."

"리프레이아. ……나 말이야…… 이 세계 사람이 아냐."

"예?"

내가 뜬금없이 고백하자 그녀의 눈이 동그래졌다.

느닷없이 의미를 알 수 없는 소리를 했으니 당연했다.

"여기와는 다른 세계에서 왔어. 불과…… 40일쯤 전에. 이런 얘기, 믿기지 않을지도 모르겠지만."

"말도 안…… 아니지. 히카루, 사실인 거죠?"

그녀가 나에게서 몸을 살짝 떼고는 이쪽으로 돌린 뒤 눈동자를 똑바로 쳐다봤다.

그 눈동자에는 내 사연과 마주하겠다는 진지한 빛이 서려있었다.

"너랑 함께할 수 없는 이유도 거기에 있어. 우리『전이자』들을 원래 세계의 사람들이 지켜보고 있어. 구경거리로서 전투를 벌이는 검투사처럼. 지금 이러는 동안에도 말이야."

"지켜보고 있다니……. 하지만 아무도 안 보는데요?"

리프레이아가 주변을 두리번거렸다. 나도 스테이터스 보드와 사전정보가 없었다면 누군가가 24시간 감시하고 있다는 사실을 믿지 못했겠지.

"그런 눈으로 보지 마. 이런 바보 같은 거짓말을 할 리가 없잖아……. 지금도 8억 명이나 되는 사람들이 우리를 보고 있고, 이야기를 듣고 있어."

"8억 명이라니……. 그런 인원수는…… 들어본 적도 없어요……."

이 세계에서는「억」이라는 단위 자체를 들어볼 일이 없을지도 모르겠다.

리프레이아가 아직도 의심을 거두지 못한 눈빛으로 나를 쳐다봤다.

그야 그렇겠지. 내가 리프레이아의 입장이 되더라도 믿기지 않겠지.

"증거는 없지만…… 그래……. 이걸 봐줘."

나는 스테이터스 보드를 조작하여 3크리스털을 사용하여 모포와 교환했다.

아무것도 없는 공간에서 모포가 쑥 튀어나왔다.

나는 그 모포를 리프레이아의 어깨에 둘러줬다.

리프레이아가 어리둥절해하며 모포의 감촉을 확인했다.

"우리 전이자는 저쪽 녀석들…… 시청자를 얼마나 즐겁게 해줬느냐에 따라 포인트를 획득해. 그리고 그걸 이용해서 여러 아이템이랑 교환할 수 있어. 이 모포는 방금 교환한 거야. 예전에 네게 건네줬던 정령력 포션도 그렇고. ……이건 이쪽 사람들한테는 절대로 있을 수 없는 일이지?"

"그, 그래도…… 히카루한테는 물건을 그림자에 넣을 수 있는 술식이 있잖아요. 거기서 꺼냈을지도…….'

"원래부터 갖고 있었다면 진즉에 꺼냈을 거야. 게다가 섀도 스토리지는 그림자에서 물건을 꺼내는 술식이지, 아무 공간에서 나올 수가 없어."

그림자에 손을 집어넣어 안에 담긴 로프를 꺼내보였다.

포인트 교환과 섀도 스토리지는 물건이 나오는 장소가 다르다. 스테이터스 보드는 허공에 있으니까.

"하지만…… 그렇다고 해서 나랑 함께 있을 수 없는 이유는 될 수가 없는데요? 나, 히카루의 출신 따윈 전혀 괘념치 않으니까."

"나도 오직 출신만이 문제였다면 신경 쓰지 않았어. ……그게 아니라 시청자들이 보고 있다는 부분이 문제야. 내『어쩔 도리가 없는 사정』이 말이야."

"……응? 나, 상관없는데도요? 실감도 나질 않고."

리프레이아가 귀엽게 고개를 갸우뚱 기울였다. 그녀가 그렇게 대답하리라 예상했다.

실감. 그건 어쩌면 나도 느끼지 못하는지도 모르겠다.

눈에 보이는 것은 스테이터스 보드상에 적힌 숫자뿐이니까.

혹은 열어보질 않아서 계속 쌓이기만 하는 열람하지 않은「메시지」숫자뿐인가.

"내가 신경이 쓰여. 난…… 리프레이아의 모습을 딴 녀석들한테 보이고 싶지 않아. 구경거리로 만들고 싶지 않아."

"구경거리라니— 아, 그럼 그날 밤 일도……?"

"그래. 그땐 정말로 미안했어. 술을 마셨고…… 리프레이아가 그토록 대담하게 나올 줄은 생각지도 못해서……. 아니, 이건 변명이네. 속이 풀릴 때까지 비난해도 좋아."

"그, 그건 내가 원해서 벌인 일이니 괜찮긴 한데. 흐으음, 보이고 싶지 않다……. 그거…… 독점욕?"

그녀가 눈을 치뜨고는 입을 살짝 씰룩씰룩 거리며 물었다.

"그렇게 기뻐하는 표정 짓지 마. 독점욕 맞아. ……아니, 정확히 말하자면 더 복잡한 감정이지만…… 어쨌든 난 이런 중요한 진실을 밝히지 않고 네게 협력을 요청했어."

"으~음, 아직도 잘 모르겠네요. 히카루는 혼자서도 상당히 잘 싸우잖아요? 실은 내 협력 따윈 필요 없었죠? 그런데도 기간까지 정해두고서 도움을 요청했어요. 사정을 전부 설명해줘야 해요."

"딱 2주 동안 시청자를 어떻게든 늘려야 할 필요가 있었어……. 1위가 되면 특수한 아이템을 받을 수 있으니까. 그걸 어떻게든 갖고 싶어서."

　제 입으로 말해놓고도 역겨웠다.

『원하는 것이 있어서 이용했다.』

　즉, 이유는 그것이었다.

"뭘 받을 수 있나요?"

　리프레이아가 묻자 나는 그녀에게 전부 털어놓기로 했다. 마왕이 나올 때까지 시간은 아직 있는 듯했다.

　나나미의 관한 이야기. 살해당한 뒤 이 세계에 왔던 이야기. 숲에서 목숨을 걸고 빠져나왔던 이야기. 그리고— 저쪽 세계 사람들이 나를 소꿉친구 살해범으로 여기고 있고, 죽이고 싶을 만큼 증오한다는 사실까지도.

　리프레이아는 가만히 귀를 기울여줬다. 설명을 해본들 이해해줄지 알 수가 없었다. 이 세계 사람에게는 내가 현재 처한 상황을 포함하여 모든 것이 난해할 것이다.

　그래도 나는 이야기했다. 한번 시작했더니 멈출 수가 없었다.

　일방적으로 쏘아대듯 계속 말을 해버렸다.

　……나는 그저 들어주길 바랐을 뿐인지도 모르겠다.

　알렉스가 왜「자신의 뿌리를 말할 수 없는 건 괴롭다」고 말했는지 그 의미를 알 것 같았다. 그때는 와닿지가 않았는데, 가끔은 나도 나를 모를 때가 있다.

"……이게 전부야. 지금 내가 여기에 있는 이유."

"그랬……군요……."

　리프레이아가 내 사연을 확실히 이해했는지 어떤지 모르겠다.

그래도 다 털어냈더니 마음의 응어리가 조금이나마 풀어진 듯했다.

"저기…… 그 소꿉친구는 여성인 거죠……? 연인이었나요?"

"그런 관계는 아니었지. 가장 가까웠던 이성이긴 했지만, 어렸을 적부터 알고 지내온지라 굳이 따지자면 오누이…… 가족 같은 관계였어."

"가족…… 말인가요."

나나미와의 관계는 그 단어가 가장 가깝겠지. 여러 의미로 『평범』하지 않았던 두 여동생에 비해 평범했던 나나미는 나에게 마음의 안식처였던 건 확실했다.

"어쨌든 사연을 숨겨서 미안해! 그래도 이제 왜 내가 너랑 함께 있을 수 없는지 이유를 알았을 거야. 게다가…… 이 시청률 레이스가 끝나면 널 속이고 이용했던 걸 보상할 생각이었어. 1위가 돼서…… 나나미를 되살릴 수 있다면 내가 할 수 있는 건 뭐든지 다 할게. 네가 바란다면 죽어도 상관없어."

"죽다니…… 그런 걸 바랄 리가 없잖아요. 게다가…… 얘기를 다 듣긴 했지만, 별로 와닿지가 않는다고 해야 할까요……. 히카루가 굉장히 진지하게 말해줬다는 건 알겠지만…… 나, 신경 안 쓰는걸요? 날 보고 싶다면 보면 되잖아요?"

"리프레이아가 그렇게 말할 줄 알았지만…… 내가 싫어. 내가 안 돼. 휘말리게 할 수가 없어…… 휘말리게 하고 싶지 않아."

미궁을 돌아다니거나, 마왕을 쓰러뜨리는 것은 내가 부탁하지 않아도 탐색자로 활동하다 보면 피할 수 없는 일이다. 그러니 은퇴를 늦춘 것 자체는 그녀가 납득했다면 딱히 문제가 없다.

그러나 나라는 이세계 전이자에게 부속된 「라이브 방송」에 휘말리는 건 싫었다.

내가 아무리 말로 설명해도 리프레이아는 실상을 알지 못할 것이다. 컴퓨터도 스마트폰도 텔레비전조차 없는 이 세계에서 이해할 수 있을 리가 없었다.

그녀가 괜찮다고 말했다고 해서 「그럼 됐네」 하고 넘어갈 정도로 나는 몰상식하지 않다.

가뜩이나 나는 미움까지 받고 있다. 그녀까지 그 어두운 감정에 휘말리고 말 것이다.

"……도저히 안 되겠어요?"

"어. 게다가 리프레이아한테는 성당기사가 되겠다는 꿈이 있잖아. 나와의 만남은 잊고서 꿈을 이뤘으면 좋겠어."

"……그럼 히카루는 어떻게 되는 건가요? 나랑 헤어져서…… 어쩔 셈이에요?"

"아직 생각하진 않았는데, 혼자서 2층 마물이나 전문적으로 사냥하며 생활하는 게 어떨까 싶네."

2층에서 사냥하면서 매일 똑같은 나날을 반복한다면 시청자의 주목도 끌지 않을 테니 나쁘지 않은 삶이겠지. 지금은 나나미를 되살리기 위해 무리하고 있지만, 실은 조금 괴로웠다. 종종 정령들의 목소리와 시선을 지구인들이 보내는 것이라고 오인하곤 했다.

그 메시지를 읽고서…… 나는 완전히 트라우마에 빠졌다. 누군가의 시선이 닿지 않는 어둠 속에서 줄곧 살아가고 싶다는 바람이 이러는 동안에도 마음 속 어딘가에 줄곧 있었다.

"─죽을, 생각인가요……?"

리프레이아가 그 말을 하자 나는 화들짝 놀랐다.

나나미를 되살릴 수 있다면 그 후에는 어딘가에서 삶을 포기하고 「종료」한다. 마음속 한편에 자리한 그 생각이 들통 난 것 같은 기분이었다.

"……죽지 않아. 너랑 만나기 전으로 되돌아가는 것뿐이야."

"거짓말……. 그런 얼굴로, 거짓말하지 말아요."

"거짓말이 아니래도. 뭐, 죽은 것처럼 보이는 삶일지도 모르겠지만 말이야. 하하핫."

나는 가볍게 웃어 보였다.

솔직히 얼버무리려는 의도가 뻔히 보였지만, 그녀는 더는 추궁하지 않았다.

내가 마음을 바꾸지 않으리라 깨달았겠지.

"히카루, 내게 여동생이 있다는 얘기를 했죠? 기억나요?"

"기억나. 재능이 있는 여동생이라고."

"돈이 필요해서 미궁을 돌고 있다는 말도 했죠?"

"했어."

"그리고 이 얘긴 하지 않았는데, 여동생…… 병을 앓고 있어요. 그것도, 치유하려면 돈이 굉장히 많이 드는 병."

리프레이아는 지난번에 성당기사가 되기 위해, 그리고 돈을 벌기 위해 미궁을 돈다고 말했다.

그녀가 그 돈을 어디에 쓸지는 깊이 생각해본 적이 없었다.

"돈을 보내고 있어?"

"네…… . 어머니는 성당기사를 은퇴했고, 생활비는 연금으로 어떻게든 충당할 수 있다지만, 치료비까지는 감당할 수가 없는지라."

그렇구나. 리프레이아와 여동생은 원래 성당기사가 돼서 집에 돈을 벌어오기로 되어 있었겠지. 그 예정이 무너졌기에 그녀는 돈을 보내면서 성당기사 훈련을 해왔던 것이다.

"그럼 더더욱 성당기사 시험에 합격해야겠네."

"히카루, 아니에요. 이제 됐어요, 성당기사는. 나, 줄곧 여기서 탐색자로 살아갈 거니까. ―히카루랑."

"어리석은 소리 하지 마."

"히카루랑 파티를 맺으면 돈도 더 많이 보낼 수 있으니 굳이 성당기사가 될 필요는 없잖아요. 그보다 좋아하는 사람이랑 함께 있는 편이―."

"리프레이아!"

마음을 흔들지 말아줬으면 좋겠다. 나도 그녀가 곁에 있어주길 얼마나 바라는데.

이것은 그저 내 아집일까? 아니면 옳은 결정일까? 모르겠다.

모르겠지만, 이 이상은 어쩔 도리가 없었다.

"……알아줬으면 좋겠어. 안 되는 건 안 되는 거야."

"……."

리프레이아가 고개를 푹 숙인 채로 어깨를 떨었다.

나는 그 가냘픈 어깨를 안아주지도 못하고, 계단 아래에 펼쳐진 깊은 어둠을 하염없이 쳐다봤다.

4: 지구의 무명 씨
우리가 보고 있어서 히카루가 스스로를 불행하게…….

8: 지구의 무명 씨
그래도 보는 걸 멈출 수는 없어. 히카루가 불행을 헤치고 나아갈수록 점점 눈을 뗄 수가 없더라고. 쓰레기라서 미안.

10: 지구의 무명 씨
우와…… 상당히 괴롭겠다. 불쌍해, 그냥.

14: 지구의 무명 씨
뭐든지 하겠다면서 함께 있어 주는 건 안 된다는 건가…….

16: 지구의 무명 씨
새삼스럽지만 살해당한 뒤 왔다고 말했네. 상황을 더 자세히 듣고 싶어.

19: 지구의 무명 씨
그 부분은 경찰 발표와 세리카의 추측으로 거의 보완되어 있거든, 이미. 그보다는 범인을 체포해야지.

22: 지구의 무명 씨
범인은 어떤 심정으로 히카루를 보고 있는 거냐…….

25: 지구의 무명 씨
그보다 나나미를 되살리고 싶다고 드디어 말했네. 세리카가 짐작한 대로이긴 하지만…… 아니, 모두 다 아는 내용인가.

28: 지구의 무명 씨
역시 히카루한테 나나미의 존재는 컸던 거야. 리프레이아를 거절하는 건 역시 나나미라는 존재 때문이겠네.

30: 지구의 무명 씨
연애는 아니라고 했지만, 그렇기에 가족으로서 소중한 존재였다는 뜻이겠지.

32: 지구의 무명 씨
그러고 보니 히카루의 속내를 짐작하고서 그동안 지켜보긴 했는데, 자기 입으로 나나미를 되살리겠다고 말한 적이 없네.

37: 지구의 무명 씨
어째선지 나까지 눈물이 나왔다. 슬퍼…….

39: 지구의 무명 씨
세리카「오빠는 리프레이아 씨가

품은 성당기사가 되겠다는 목적을 굉장히 숭고한 사명처럼 여기고 있는 거예요. 하지만 그녀 자신이 그딴 건 버려도 된다고 하잖아요. 어쩌면 그거 정말로 동네 은행에 취직하려고 대학교를 나왔ㅡ 그 정도 수준의 의미일 거예요. 분명.」

44: 지구의 무명 씨
본인 입으로 딱히 성당기사가 되는 게 꿈이라고 한마디로 말한 적이 없는데.

47: 지구의 무명 씨
집안이 성당기사의 명문가이니 그리 쉽게「역시 그만둘래~」하고 포기할 수는 없잖아. 세리카처럼 스스로 길을 얼마든지 개척할 수 있을 만한 천재는 잘 몰라. 앞에 레일이 깔려 있다는 게 얼마나 중요한지를.

48: 지구의 무명 씨
리프레이아 님, 지나가는 말로 함께 같은 방을 빌리겠다고 했을 때 가슴이 두근거렸어. 분명 8억 명이 지켜본다는 게 어떤 의미인지 이해를 못 했네.

52: 지구의 무명 씨.
그야 모르겠지. 나도 몰라.

53: 지구의 무명 씨
히카루도 실은 진즉에 리프레이아한테 푹 빠졌으면서……. 이게 대체 뭐냐고요…….

54: 지구의 무명 씨
아직 열다섯밖에 안 됐는데 미래를 꿈꿀 수도 없다니 너무 괴롭겠다.

111: 지구의 무명 씨
세리카「오빠의 머릿속에 이미 남의 시선 그 자체를 기피해야 한다고 해야 할까, 나쁜 것이라는 인식이 박혀버린 것 같아요. 다른 전이자를 보더라도 아무도 시선이 느껴진다고 하지 않으니 역시 인식의 문제일 뿐입니다. 하지만 그게 오히려 문제를 어렵게 만들고 있어. 존재하지도 않는 걸 차단할 수는 없으니 오빠가 자신의 인식을 고치는 수밖에 없어.」
카렌「그럼 메시지를 열면 악의를 품은 인간 따윈 없다는 걸 알 거 아냐?」
세리카「그 역시 믿을지 말지는 본인의 마음에 달렸으니까……. 왜냐면 우리랑 전이자들을 잇는 건 메시지뿐이잖아? 따뜻한 메시지를 받았다고 해서 전부 문제가 없다며 마음의 응어리를 털어버릴 수 있겠냐는 거야.」
카렌「오빠아는 희한한 부분에서 완고하니까…….」

118: 지구의 무명 씨
세리카가 연결고리가 메시지 말
고는 없다고 자주 언급하네. 신
이 검열한 메시지만이 전이자한
테 보내지는 상황은 너무나도 쉽
게 연약한 현실을 뒤흔들 수가
있다고 말이야.

119: 지구의 무명 씨
글자수 제한도 있고, 스테이터스
보드에는 디지털 텍스트만 표시
되니 말이야. 이모티콘조차 없고
발신자 정보도 나오지 않으니.

127: 지구의 무명 씨
신이 악랄함을 드러낸 거야. 메
일 기능이 아니라 간이 메시지
기능을 도입한 시점에서.

131: 지구의 무명 씨
어디까지나 전이자를 지켜보는 우
릴 일개 팬으로 묶어두고 싶겠지.

182: 지구의 무명 씨
우리가 보고 있다는 것 따윈 잊
고서 신나게 꽁냥꽁냥 거리면 좋
을 텐데.

187: 지구의 무명 씨
히카루, 너무 금욕적이네.

192: 지구의 무명 씨
뭐, 그래도 사랑하는 사람의 가
장 귀여운 모습을 남한테 보이고
싶지 않다는 마음은 알아.

194: 지구의 무명 씨
그럼 리프레이아 님이 딴 녀석이
랑 결혼해도 좋다는 말이냐?!

199: 지구의 무명 씨
좋을 리가 없잖아, 작작 좀 해.

205: 지구의 무명 씨
히카루는 그조차도 감수할 각오
로 말한 거라고 세리카가 그랬어.

209: 지구의 무명 씨
남자다…….

228: 지구의 무명 씨
돈이 문제라면 히카루, 무슨 레
어한 꽃을 갖고 있잖아. 그걸 주
면 되는 거 아님?

236: 지구의 무명 씨
레어한 꽃 한 송이에 예를 들어
100만 엔쯤 나간다면 무지무지
비싸다고 할 수 있긴 하겠지. 근
데 히카루와 리프레이아한테
100만 엔은 현실을 바꿀 만큼 대
단한 금액이 아냐.

239: 지구의 무명 씨
그도 그렇군.

247: 지구의 무명 씨
간소하게 살아간다면 그 꽃 한
송이로 1년쯤은 살 수 있을지도
모르겠지만, 리프레이아 님의

여동생의 치료비는 아마 그 정도
액수가 아니겠지.

253: 지구의 무명 씨
그래도 리프레이아 님, 장비도
괜찮은 걸 보면 송금을 그리 많
이 하는 것 같지는 않은데?

258: 지구의 무명 씨
그 장비, 검은 모르겠지만 방어
구는 스승님으로부터 물려받았
다는 설이 있거든.

265: 지구의 무명 씨
사실인지 아닌지는 제쳐두고 탐
색자로 활동하기 위해 장비나 도
구를 갖추는 건 필요경비잖아.
그걸 아꼈다가 탐색이 지지부진
해진다면 본말전도야.

267: 지구의 무명 씨
근데 성당기사가 되지 못한다면
어차피……. 어쩔 셈이지?

275: 지구의 무명 씨
히카루는 그럴 경우에도 이제는 파티를 맺지 않겠다고 했어. 지금은 시청률 레이스에서 1위를 차지하여 나나미를 되살리겠다는 사명이 있어서 애를 쓰고 있을 뿐이고.

377: 지구의 무명 씨
고요한 어둠 속에서 리프레이아 님의 오열만이 울리는 미궁 계단…….
히카루의 창백한 옆얼굴을 보고 있자니 괴롭다…….

482: 지구의 무명 씨
근데 마왕전, 괜찮을까? 토벌대가 조직돼서 대범해진 것 같은데, 히카루랑 리프레이아는 단둘이 있으니 강습이라도 당하면 위험해질 거 아냐?

488: 지구의 무명 씨
사랑받는 자라서 마왕을 불러들이기도 하고 말이야.

499: 지구의 무명 씨
사랑받는 자는 미끼로써 그렇게까지 효과는 높지 않아. 사랑받는 자를 마왕을 불러내기 위한 미끼로써 활용하는 건 벌써 여러 차례나 시도됐어. 그리고 실제 탐지범위가 수십 미터밖에 되지 않는다는 결론이 나왔지. 애당초 수백 미터가 떨어져 있어도 마왕을 유인할 수 있다면 토벌대 안에 사랑받는 자를 집어넣지 않을 이유가 없어.

514: 지구의 무명 씨
그것도 그러네. 신전에 갇혀 있는 사랑받는 자를 동원하면 될 일이니까. 사랑받는 자가 얼마나 많은지는 모르겠지만.

517: 지구의 무명 씨
4백 명당 한 명 꼴이라던데. 사랑받는 자도, 미움받는 자도.

523: 지구의 무명 씨
히카루는 이제 메시지는커녕 지구 자체를 잊고 싶겠지. 나나미가 되살아나본들 이쪽에서 부활할 테고, 히카루의 삶과는 이제 관계가 없으니까.

528: 지구의 무명 씨
몇억 명의 사람들이 자신의 생활을 거실에서 구경한다고 생각하니 소름이 좀 돋네. 자기 위로도 마음 편히 못 하다니, 지옥이다.

675: 지구의 무명 씨
근데 알렉스는 위기감이 너무 없네. 전이자는 뭐라고 해야 할까, 신의 아이라고 해야 하나, 신의 사자 같은 존재라서 자칫 잘못하면 권력자한테 금세 꼼짝없이 붙들릴 수도 있는데.

677: 지구의 무명 씨
사악한 권력자라면 푸대접하면서 감금할 수도 있겠지만, 전이자는 어차피 부평초 같은 인생들이니 의식주만 좀 제공해주면 시키는 대로 잘 따르겠지.

687: 지구의 무명 씨
10년쯤 잘 보살펴준 대가로 「치유의 스크롤 (대)」를 받을 수 있다면 나쁘지 않은 거래.

695: 지구의 무명 씨
일본인인 료코? 그 사람이 「전이자끼리 뭉치자~」라는 무슨 캠페인 같은 걸 시도했더랬지, 분명. 전이자 클랜을 만들면 꽤 이점이 있고, 강할 것 같긴 해. 문제는 소통 도구가 메시지뿐이라서 그 이야기를 믿는 전이자가 거의 없다는 것…….

703: 지구의 무명 씨
이카킨이 「재밌을 것 같네요~」
라고 한마디 하고서 넘어가버린
그거? 료코는 행동력이 있는 명
랑캐이긴 하지만, 좀 거북한 타
입이긴 하지.

709: 지구의 무명 씨
짜증 나는 메시지를 보내는 그
명랑캐 말이구나. 잔느를 메시
지로 발끈하게 만든 장면 모음으
로 가장 인기를 끌고 있어, 그
녀석.

721: 지구의 무명 씨
잔느, 늘 메시지를 보고서 발끈
하는데 왜 전부 다 보는 건지 원.

725: 지구의 무명 씨
메시지는 강한 감정이 없으면 보
낼 수 없는 구조라서 그냥 무언
가를 전하고 싶다는 가벼운 메시
지는 대개 솎아져. 그럼에도 잔

느 클래스쯤 되면 분모의 숫자가
현격하게 다르니까.

735: 지구의 무명 씨
권력자라면 젊어지는 약도 원하
겠네……. 뭐, 가장 좋은 건 본인
이 권력자가 되는 거겠지만.

741: 지구의 무명 씨
랜덤으로 뽑힌 녀석들이 권력자
자리까지 올라갈 수 있을 리가
없지.

744: 지구의 무명 씨
어둠의 쌍둥이는 나라를 먹었는
데.

758: 지구의 무명 씨
아무리 매료가 정신 나간 스킬이
라고 해도 실제로 나라를 먹게
해준 건 이상한 행동력과 배짱이
야. 특히 리디아는 얼굴만 똑같
이 생겼을 뿐 무능력하니까. 그

러니 그건 예외 중 예외.

768: 지구의 무명 씨
매료를 갖고 있으면 정말로 상대를 매료시켜서 원하는 대로 부려 먹을 수 있고, 남을 죽이기까지 할 수 있으니 대단해.

772: 지구의 무명 씨
평화에 찌든 일본과는 다르다고.

777: 지구의 무명 씨
나디아랑 리디아 이야기는 전용 스레드에서.

780: 지구의 무명 씨
그나저나 탑 탐색자 파티를 볼 수 있어서 좋았어. 히카루는 3층, 4층, 5층에서도 이 장면을 계속 보여주면 1위 확정이겠네.

784: 지구의 무명 씨
모애푸르 선배 귀여워.

785: 지구의 무명 씨
가넷트 님 너무 아름다워.

790: 지구의 무명 씨
모애푸르 선배의 무기는 미스릴이야?

800: 지구의 무명 씨
아마 미스릴. 무기에는 적합하지 않은 금속이긴 하지만, 완력이 떨어지는 링크스한테는 딱 맞겠지. 찌르기에 특화된 검이니 드퀘의 독침 같은 느낌일 테지만.

804: 지구의 무명 씨
역시 정령술은 아껴둬야만 하는구나. 상위 파티는 3층에서 일절 쓰질 않더라.

813: 지구의 무명 씨
게임에서도 MP 회복 수단이 없으면 아끼잖아.

819: 지구의 무명 씨
게임이랑 똑같아! 무지 싸구려 감상평인 걸 알지만, 진짜로 게임이랑 똑같네.

836: 지구의 무명 씨
히카루는 분명 강하긴 하지만, 역시나 물리적인 힘이 앞서는 세계구나……. 상위 파티의 전사랑 비교하면 히카루는 아직 어린애야.

843: 지구의 무명 씨
레벨이 다르니까 말이야.
완력만은 어쩔 수가 없어.

857: 지구의 무명 씨
리프레이아는 저 붉은 머리를 한 대장 같은 사람을 목표로 하나? 신의 치트가 없어도 저렇게나 강해질 수 있는 세계였다니…….

864: 지구의 무명 씨
잔느도 이미 인간의 틀에서 벗어났다고 생각했는데, 위에는 위가 있었어.

872: 지구의 무명 씨
잔느는 위계가 그렇게까지 높지 않을 테니 아직도 치트빨이라는 걸 새삼 깨달을 수 있지.

878: 지구의 무명 씨
상위 탐색자의 무기가 왜 점점 무겁고 거대해지는지 이유를 알겠네, 이거.

888: 지구의 무명 씨
앨리맬리의 탐색자들도 다 그러던걸. 무기 커.

889: 지구의 무명 씨
알렉스가 왜「그런 장비로 괜찮아?」하고 물었는지 알겠어.

898: 지구의 무명 씨
히카루「괜찮아. 문제없어.」

904: 지구의 무명 씨
문제밖에 없는데요?

950: 지구의 무명 씨
미궁에선 궁수가 엄청 적던데.

952: 지구의 무명 씨
폐쇄공간에서 활을 쓰는 녀석은
변태지.

957: 지구의 무명 씨
그 정도로 폐쇄공간은 아니지 않
나?

961: 지구의 무명 씨
3층은 안개로 자욱하고 4층은
동굴이니 활이 빛을 발하는 건
수직 구멍으로 내려가는 계층이
라는 5층부터 아냐?

967 : 지구의 무명 씨
알렉스가 몇 번 설명했는데, 5층
에는 하피나 와이번이 나온대.

궁수는 필수.

969: 지구의 무명 씨
6층도 이름에 평원이 붙어 있으
니 활약할 것 같아.
그렇다면 5층 이하에 내려갈 수
있는 상위 파티에서만 활이 유용
하게 쓰인다는 말인가.

872: 지구의 무명 씨
참고로 앨리스맬리스의 미궁도
7층까지 폐쇄공간이 이어지는
정통 던전이라서 활잡이가 거의
없어.

976: 지구의 무명 씨
모애 선배는 정규 탐색자이니 정
령술도 쓸 수 있겠네?
척후, 전투, 정령술까지 삼박자
를 두루 갖추고 있구나.

979: 지구의 무명 씨
다리(귀여워)도 빼놓으면 안 된

다고!

981: 지구의 무명 씨
하지만 탐색자는 힘이 곧 파워
니까.

982: 지구의 무명 씨
히카루 얘길 더 하고 싶은데 말
이야.

986: 지구의 무명 씨
근데 히카루랑 리프레이아는 침
울해하며 잠들어버렸으니…….

990: 지구의 무명 씨
뭐, 별 수 없어.
일어난 뒤 마음을 다시 다잡고서
마왕 토벌에 힘써주기만 한다면.

999: 지구의 무명 씨
리프레이아, 자포자기해서 무모
하게 굴지 않았으면 좋겠는
데…….

─고 있어.

─운 게……오고 있어.

─어나……일어나.

어느새 잠이 들어버렸다.

누가 소리 내어 깨운 줄…… 알았는데, 옆을 보니 리프레이아는 아직 자는 듯했다.

─오고 있어.

─무서운 게 오고 있어.

─도망쳐, 도망쳐, 도망쳐.

─무서운 게 바로 근처까지 왔어.

이번에는 또렷하게 들렸다. 그리고 계단 아래에서. 바닥없는 늪 같은 암흑 속에서 정령력의 덩어리 같은 무언가가 엄습해오는 압박감이 느껴졌다.

"리프레이아 일어나! 마왕이야!"

"……앗, 어라, 나 자버렸어요?"

"됐고, 당장 채비해. 일단 위로 올라가자. 여기서 싸우는 건 무리야."

"아, 예!"

모포를 새도 스토리지에 넣은 뒤 외투를 걸쳤다.

단도를 뽑아 전투태세를 취하면서 우리는 3층까지 올라갔다.

계단 앞에서 알렉스 파티가 불을 피어놓고 자고 있었다.

불침번 한 명만이 깨어 있는 듯했다. 이름이 분명 자잘단였던가?

"자잘단! 마왕이 오고 있어! 모두 깨워! 여기서 요격한다."

"어어, 앗, 마왕?!"

자잘단이 갑작스러운 상황에 반쯤 패닉에 빠졌다. 다급하게 일어서다가 옆에 놔뒀던 「마왕 발견시 부는 뿔피리」를 냅다 차버리고 말았다.

뿔피리는 힘차게 굴러가다가 불운하게도 계단 쪽으로.

"아앗!"

"말도 안 돼!"

뿔피리가 잔향을 콩콩 울리며 어둠이 깔린 계단 속으로 사라져갔다.

"바, 바보! 무슨 짓이야!"

"미, 미안합니다! 아니, 갑자기 마왕이 나타났다고 해서!"

"마물은 원래 갑자기 나오는 법이야!"

아마도 자잘단은 전투원이 아니라 정령술 전문이겠지.

머리 색깔을 보니 물의 정령술사인가?

"어쩌지, 어쩌지! 앗, 리프레이아 씨!"

"어?! 엇?!"

"마왕이 코앞까지 왔으니 두 사람 모두 얼른 준비해!"

알렉스와 카니벨도 일어났지만, 상황을 이해하지 못한 눈치였다.

"히카루, 어쩌죠? 뿔피리, 내려가서 찾아오는 편이 낫지 않을까요?"

"……아니, 이미 늦었을 거야."

계단 아래에서 엄청난 압박감이 다가오고 있었다.

발밑이 불안정한 곳에서 마왕과 대치하는 것은 상상도 하고 싶지 않았다.

"어, 어쩌지! 내가 뿔피리를 발로 차버린 바람에……"

자잘단이 허둥대기 시작했다.

"어쨌든 사람을 불러와야 해. 알렉스 파티는 2층으로 이어지는 계단 쪽으로 달려가서 다른 파티한테서 뿔피리를 빌려와 줘!"

3층은 안개로 자욱했다. 다른 탐색자 파티와 쉽사리 조우하기는 어렵겠지.

더욱이 마물과 맞닥뜨릴 수도 있었다. 그리고 맞닥뜨린다면 전투 말고는 길이 없었다. 자잘단 혼자서 3층 입구까지 가는 것은 불가능하겠지. 리프레이아도 어려울 것이다.

가능성이 있는 사람은 신에게서 치트 능력을 받은 전이자인 나와 알렉스뿐인가? 그리고 알렉스가 가야만 한다면 결국 파티 멤버도 함께 따라가는 편이 낫다.

나는 카니벨과 자잘단의 전투방식을 잘 모르니 연계도 할 수가 없었다.

"앗, 히카루! 그보다도—."

리프레이아가 갑자기 밀착하여 귓속말을 했다. 알렉스 일행이 미묘한 표정을 지었다.

"잠깐, 왜 그래?"

"······조용히. 히카루는 사랑받는 자이니 마왕을 끌어들일지도 모릅니다. 나랑 둘이서 무리하며 싸우기보다는 3층 입구까지 유인하면 어때요?"

"그래!"

문제는 거리인데, 대정령이 사랑받는 자를 감지할 수 있는 범위는 100미터 정도라고 한다.

마왕도 그 정도 거리라면 나를 감지하여 쫓아와 줄지도 모른다.

100미터라면 이 무혹의 대정원에서도 아슬아슬하게 눈으로 인식할 수 있는 범위다.

"작전 변경! 다같이 3층 입구까지 이동하자! 나랑 리프레이아가 후방을 맡을 테니 알렉스 파티는 마물이 출현하거든 쓰러뜨려 줘. 최대한 신속하게!"

"아, 알겠어! 근데 히카루, 마왕을 보긴 했어? 어떤 녀석이었어?"

"아직 못 봤어! 보이는 거리까지 접근을 허용했다면 전투가 벌어졌을 거 아냐?!"

나는 계단에서 아래쪽을 응시했다.

"다크 센스!"

마왕이 어떤 녀석인지 모르기에 일단 다크 센스로 지각의 파장을 퍼뜨려봤다.

이 술식의 사정거리는 100미터 정도다.

"없나……."

그러나 여전히 압박감이 고조되고 있었다.

—오고 있어.

—도망쳐. 도망쳐.

—무서워. 먹히고 말 거야.

정령들이 멀리서, 혹은 귓가에 대고 속삭였다. 그 목소리가 시키는 대로 나도 빨리 도망치고 싶었다.

그러나 지금은 도망치면 안 된다. 시청률 1위를 차지하여 나나미를 되살리려면 마왕의 모습을 봐야만 한다.

뒤를 돌아보니 모두 준비를 마친 듯했다. 바로 도망치면 좋겠지만 유인하기로 한 이상, 어느 정도는 끌어들여야만 했다.

"알렉스! 입구 쪽 최단 루트를 알아?"

"어어! 맡겨두라고. 머릿속에 확실히 들어있어."

"포인트는 얼마 남았어?"

"미안, 받는 족족 써버려서 크리스털도 거의 없어."

"그럴 줄 알았지……."

나는 크리스털이 48개가 있다. 1포인트로 교환하면 조금 남는 분량뿐이었다.

그러나 뭐, 1포인트가 있으니 최악의 경우 결계석과 교환할 수 있다.

사전에 교환해두는 편이 나을까—.

—왔어!

가장 커다란 목소리가 들려와 계단 쪽을 돌아봤다.

'화염?'

4층으로 이어지는, 어둠에 덮인 계단 안에서 뱀을 연상케 하는 화염이 춤추는 광경이 언뜻 보였다.

처음에는 그 빛은 거의 점에 불과했다. 그러나 꽃이 확 피어나듯 나타났다가 사라지고, 또 나타났다가 사라지기를 반복하면서 크기를 점점 키우는 듯했다.

화염과의 거리가 점점 좁혀지고 있었다.

그리고 그 화염을 발하는 무언가의 윤곽이 눈에 보인 순간, 등에서 식은땀이 줄줄 흘러내렸다.

"왔다! 달려!"

그 존재가 100미터 안으로 접근한 듯했다.

어쨌든 다른 탐색자와 합류해야만 했다.

이 계층에는 세 파티로 구성된 토벌대 셋이 각기 흩어져 마왕을 찾고 있었다.

반대로 말하자면 이 정도 대인원이 아니라면 마왕에게 대응할 수 없다는 뜻이겠지.

'후반조 토벌대는 주로 은 등급 파티로 구성됐다고 들었어. 뿔피리를 얼른 불어서 전반조 토벌대에 속한 강력한 파티를 불러오지 않으면 위험해.'

뿔피리를 잃어버린 것이 통탄스러웠다. 그러나 이제 와 따져본들 소용없었다.

은 등급 탐색자들의 다리는 빨랐다. 위계가 올라가면서 근력이 부스트됐기 때문이었다.

나도 도망치듯 뛰기 시작한 그 순간이었다.

쾅! 소리와 함께 계단에서 화염의 소용돌이가 솟구쳐서 무심코 돌아봤다.

거리를 벌려놔서 직격으로 당하지는 않았지만, 화염이 지나간 뒤에 나온 이질적인 존재와 눈을 딱 마주치고 말았다.

"저 녀석이…… 마왕……!"

그것은 공포를 구현해놓은 존재였다. 모습을 보기만 했는데도 등골이 오싹하고 다리가 떨렸다.

가든 팬서나 맨티스와는 차원이 다른 「상위 마물」― 마왕.

침을 뚝뚝 흘리며 흉악한 송곳니를 드러내는 늑대의 대가리가 보였다.

하나의 생명체로서 독립된 것처럼 자유자재로 움직이는 굵고 기다란 뱀의 꼬리도 보였다.

팔과 다리는 굵고 강인한 고양이과 맹수를 연상케 했다.

그뿐만 아니라 으르렁거릴 때마다 입에서 화염이 뿜어져 나왔다.

크기는 가든 팬서와 비슷한 수준이었다. 몸길이가 5미터쯤 되려나?

내가 가진 공격수단으로 쓰러뜨리는 것은 상상조차 할 수 없었다.

"팬텀 워리어! 서먼 나이트버그!"

나는 두 술식을 발동하여 마왕의 발을 붙들고자 시도했다.

재빨리 섀도 스토리지에서 리자드맨의 정령석을 꺼냈다.

"크리에이트 언데드!"

언데드를 생성하는 정령술은 구사한 뒤 돌이 실제로 언데드로 변할 때까지 시간이 다소 걸린다. 마왕이 이쪽을 물끄러미 쳐다보고 있었다. 역시나 「사랑받는 자」인 나를 노리고 있겠지. 바로 근처에 있는 리프레이아에게는 흥미가 없는 듯했다.

3층에서 막 올라와서인지 곧바로 습격하지 않고 낮게 으르렁거리며 상황을 엿보고 있었다. 어쩌면 크리에이트 언데드의 빛을 경계하는지도 모르겠다.

'그나저나 「사랑받는 자」라……. 다크니스 포그가…… 효과가 있을까……?'

마왕과 싸우든 발목을 묶어두든, 이걸 파악하는 건 중요했다.

어차피 해보는 수밖에 없었다.

"다크니스 포그!"

공간에서 스며 나온 것처럼 깊은 어둠이 솟아나 하얀 안개의 세계를 어둡게 물들어갔다.

나는 그 어둠 속에서 소리를 내지 않고 이동했다.

'어떠냐……?'

어둠이 갑자기 출현하자, 마왕이 살짝 물러서더니 고개를 좌우로 돌렸다. 나를 찾는 것이 분명했다.

'좋아…… 아무래도 포그는 유효한 것 같군.'

마왕이나 대정령이 「사랑받는 자」의 무엇을 감지하는지는 수수께 끼였다.

냄새일지도 모르고 겉모습일지도 모르겠지만, 가장 신빙성이 높은 것은 정령력이겠지. 그렇다면 그 정령력을 바탕으로 만들어낸 정령술을 구사한다면 방해 효과도 기대할 수 있을지도 모르겠다.

어쨌든 다크니스 포그가 제 역할을 해준다면 OK다.

이제는 포그 안에서 마왕이 무력해진다면 더할 나위가 없겠지만, 그토록 어수룩한 존재가 아니겠지.

이러는 사이에 팬텀 워리어가 마왕에게 육박했다. 팬텀 워리어가 소리를 내며 돌진하자 마왕이 일단 임전 태세를 취하고서 그쪽으로 주의를 기울였다.

이윽고 리자드맨이 육체를 얻자 나는 곧바로 명령을 내렸다.

"저 녀석이랑 교전해! 시간을 벌어야 하니 방어 위주로 최대한 쓰러지지 않도록 주의하며 싸워줘!"

리자드맨은 방패를 들고 있었다. 아무리 그래도 순식간에 패배하지는 않으리라 믿는다.

"섀도 바인드!"

나는 명령을 내리고서 바인드로 마왕을 구속한 뒤 전속력으로 뛰었다.

바인드의 효과가 금세 사라질 테지만 아무것도 하지 않는 것보다는 나았다.

먼저 도망친 리프레이아가 걱정스레 뒤를 돌아봤다.

뒤에서 충격음이 들렸다. 아마 리자드맨과 마왕의 전투가 시작됐나 보다.

나는 달리면서 스테이터스 보드를 조작하여 『몬스터 감정』을 탭했다. 소지 크리스털을 하나 소비했다.

『마르코시아스 : 마왕. 늑대의 머리, 사자의 몸통, 뱀의 꼬리를 지닌 마왕. 화염의 숨결을 뱉어내고, 저급이지만 마술도 다룰 줄 알기에 평범한 탐색자는 감히 대항조차 못 할 것이다. 마왕은 「혼돈의 정령력」만으로 생성된 특수한 마물로 혼돈의 정령술─「마술」을 구사하는 인류의 천적이다. 마왕은 미궁 내부의 마와 농도가 일정 이상일 때 확률적으로 생성된다. 미궁의 마와 농도를 적절히 관리했다면 그렇게까지 강력한 마왕은 태어나지 않는다. 계층 사이를 이동할 수 있고 때로는 미궁 밖까지 기어 나오는 경우도 있다. 마왕이 밖으로 나오면 대정령이 멸하는데, 강력한 마왕이라면 대정령을 이기는 경우도 있다. 그 경우에 그 땅은 혼돈에 지배당하는 마계가 된다. 해당 개체는 자작급 마왕. 정령석 출현확률은 혼돈 100%.』

쭉 훑어보기만 해도 알겠다. 저것이 틀림없는 마왕이라는 것을.

그리고 마왕은 마술이라는 능력을 쓴다는 것을.

수수께끼의 술식을 사용한다는 것은 「뭘 할지 알 수 없다」는 뜻이다. 경계해야만 한다.

뒤를 돌아보니 리자드맨이 마왕 마르코시아스의 송곳니에 물려막 소멸하는 참이었다.

설마 십여 초 만에 쉽게 쓰러뜨리다니. 예상은 했지만, 꽤 불길한예감이 적중한 기분이었다. 마왕의 능력을 상향 수정하는 편이 낫겠지.

거리는 육안에 보일락 말락 했다. 언데드 덕분에 100미터 정도는벌었나?

그러나 3층은 넓다. 올라가는 계단까지 1킬로미터 정도 남았겠지.

남은 거리는 900미터. 가까스로 달아날 수 있을 듯한데—.

"히카루! 뭐, 뭔가 이상해요!"

뒤를 돌아보니 마르코시아스가 으르렁거리는 것인지 우는 것인지알 수 없는 소리를 내면서 땅바닥을 움켜쥐듯 힘껏 디디고는 팔다리에 힘을 주고 있었다. 마치 무언가를 낳기 직전처럼.

"정령력이…… 고조되고 있다……? 뭐야……?"

무심코 발을 멈추고 말았다. 도망쳐야 할지, 확인해둬야만 할지판단하기가 어려웠다. 그러나 나는 눈을 뗄 수가 없었다. 정령력이소용돌이치는 중심에서 농도가 점점 짙어지는 게 느껴졌다.

내 머릿속에서 불현듯 떠올랐다.

"리, 리프레이아……. 마왕이 계층을 올라가면 어떻게 된다고 했더라?"

"앗, 맞아요! 마왕은 계층을 올라가면 한층 더 강해집니다. 『혼돈의 성질이 하나 추가된다』고 했던 것 같은데—."

리프레이아가 그렇게 말한 순간.

마왕 마르코시아스의 등에 한 쌍의 칠흑 날개가 쑤욱, 하는 소리와 함께 출현했다.

"이, 이럴 수가—."

마물은 「섞일수록 강하다」는 것이 이 세계의 상식인 듯하다. 그렇다면 저 마왕은 얼마나 강할까.

늑대 대가리. 사자 몸통. 뱀 꼬리. 그리고 참수리의 날개.

"구갸아아아아오오오오오오!"

붉은 눈동자가 나와 리프레이아를 곧장 응시했다.

그러나 마왕은 곧장 달려오지 않고, 새로 돋아난 날개 상태를 확인하듯 제자리에서 날갯짓을 반복했다.

"히카루! 저거…… 날려는 게 아닐까요……?"

"아마 그렇겠지. 젠장, 공중전은 대비하지 않았는데—. 어쨌든 도망치자!"

마지막에 돌아봤을 때 마왕이 커다란 날개를 펼치고서 공중으로 떠오르는 중이었다.

역시나 리프레이아의 얼굴에도 초조한 기색이 역력했다.

"거리를 벌릴 수 있을 만큼 벌려!"

"예!"

3층은 정원이다. 여러 번이나 온 적이 있고, 나는 비교적 방향감각이 좋기에 계단에서 계단까지의 루트를 기억하고 있었다. 그러나 그렇지 못하다면 길을 헤매는 구조였다.

즉, 계단에서 계단까지 결코 일직선이 아니라는 뜻이었다.

길을 여러 번 꺾을 필요가 있었다. 공중에서 일직선으로 날아온다면 순식간에 따라잡히겠지.

"으, 이것도 있었나……!"

단숨에 2층으로 이어지는 계단까지 주파하고 싶었다. 그러나 알렉스 일행이 마물과 싸우고 있었다.

"나도 지원하러 갈게요!"

"부탁해!"

리프레이아가 가세하자 트렌트가 비교적 빨리 섬멸됐다. 그러나 이 수십 초의 시간 지연은 뼈아팠다.

"리프레이아! 알렉스! 곧 따라잡히겠어! 하늘을 주의해!"

무혹의 대정원은 자욱한 안개가 늘 뒤덮여 있는 계층으로 하늘을 나는 마물이 있더라도 눈으로 인식하기가 어려웠다. 더욱이 이 계층의 안개는 위로 올라갈수록 짙어진다. 마왕도 바로 근처까지 와 있을 텐데—.

"다크 센스!"

지각의 파장이 안개 속에 퍼져나가 마왕의 위치를 간파했다. 역시나 나를 노리고 있었다. 거리는 50미터.

"다크니스 포그! 셰이드 시프트!"

어둠을 최대범위로 몸에 두른 뒤 셰이프 시프트로 분신까지 만들어 회피율을 약간이나마 올렸다.

마왕의 일격을 한 대라도 맞는다면 끝장이었다.

우리는 현재 다섯 명. 한 파티로 봤을 때는 그리 나쁘지 않은 전력일 터.

그러나 하늘을 나는 마물과 어떻게 싸워야 할지 모르겠다.

공중을 공격할 수 있는 수단이 나이트버그밖에 없었다. 공중에서 모습을 드러낸 마르코시아스가 날개를 퍼덕거리며 으르렁거렸다. 내려올 기미는 없었다.

그 순간—.

『디스펠.』

마왕의 목소리가 머릿속에 직접 울렸다. 그 효과 때문인지 내 다크니스 포그와 셰이드 시프트가 반짝이는 정령력으로 환원되더니 사라졌다.

"빌어먹을! 저게 마술인가!"

"히카루! 내 뒤에 숨어요!"

리프레이아가 거대한 검을 들고서 나를 보호하듯 섰다. 마왕은 상공 20미터쯤에서 펄럭펄럭 날아다니며 상황을 엿보는 듯했다. 우리에게는 저만큼 떨어진 적에게 유효한 공격수단이 없었다.

"서먼 나이트버그!"

귀찮게 괴롭힐 수는 있으리라 생각하고서 어둠의 갑충을 소환했다.

마왕은 붕붕거리며 쇄도하는 벌레들 따윈 괘념치도 않았다. 역시나 극소한 대미지밖에 입히지 못하는 정령술은 마왕 클래스에게는 효과가 없는 듯했다.

우리는 마왕의 움직임을 보면서 조금씩 후퇴하며 출구로 향했다.

"알렉스 파티는 저 녀석을 격추할 만한 공격수단이 뭐 없어? 정령술이든 뭐든!"

"저 거리는 힘든데……. 난 아직 제3의 술식까지밖에 쓰지 못하고, 카니벨은 땅이라서 공중은 무리야. 저 녀석은 정령술이 별로 뛰어나지도 않고. 게다가 잘단은 물이야."

"이쪽은 내가 어둠이고 리프레이아는 빛이야. 둘 다 유효한 원거리 공격수단은 없어."

그렇다면 내려오기 전까지는 어쩔 방법이 없다는 뜻이었다. 새도 바인드도 공중에는 출현시킬 수가 없었다.

마르코시아스가 불쾌한 소리를 펄럭펄럭 내면서 날아다녔다. 이따금씩 그르르르, 하고 으르렁거리는 것으로 보아 공격 타이밍을 재고 있는 게 틀림없었다.

마왕의 동향에 주의를 기울이면서 후퇴를 하려니 속도가 나질 않았다. 그렇다고 해서 다른 탐색자들과 운 좋게 합류하지도 못했다. 뿔피리를 떨어뜨린 것이 뼈아팠다. 그때 바로 위험을 무릅쓰더라도 주우러 갔다면 조금 더 다른 전개가 펼쳐졌겠지만— 그 역시 새삼스러운가?

"히카루! 조심해요!"

리프레이아가 절박한 목소리로 외쳤다.

시선을 돌리니 하늘을 나는 마왕이 거대한 아가리를 벌린 채로 목구멍에서 적백의 화염을 생성해나가고 있었다.

"불을 뿜는다!"

그렇게 주의를 주는 것이 고작이었다.

시뻘건 화염이 눈앞을 화악 뒤덮었다. 도저히 눈으로 보고 나서 피할 수 있는 속도가 아니었다.

죽음을 각오한 순간—.

"워터 스크린!"

자잘단이 발동한 정령술인지, 갑자기 물의 벽이 나타나 화염을 차단했다.

화염에 물이 증발하는 소리가 치이익, 하고 울렸다. 그러나 마왕의 브레스를 거의 완벽하게 막아냈다. 연약해 보이는 겉모습과 달리 자잘단은 꽤 뛰어난 정령술사인 듯했다.

"덕분에 살았어!"

"아직입니다! 또 옵니다!"

마르코시아스가 날갯짓을 한 번 크게 하고서 하늘을 활공하다가 이쪽으로 돌진하기 시작했다.

"리프레이아!"

"예!"

하늘에서 돌진해오는 상대에게 다크니스 포그를 「공격적」으로 사용하는 것은 어려웠다.

그러나 리프레이아의 정령술이라면—.

"라이트!"

일직선으로 돌진해오는 상대와 충돌시키듯 눈부신 광구를 발생시키더니 마왕의 눈을 그을렸다.

혼란에 빠진 마왕이 정원의 화단을 야단스럽게 파괴하면서 추락하더니 지면 위에 미끄러졌다. 천재일우의 기회였다.

"지금이야! 몰아붙여!"

"오오!"

리프레이아, 알렉스, 카니벨 세 사람이 마왕에게로 쇄도했다.

"오오오오오! 먹어라얏!"

알렉스가 내지른 창이 마왕에게 적중하려는 찰나에―.

또다시 머릿속에서 목소리가 직접 울려 퍼졌다.

『피어.』

마왕이 눈에 보이지 않는 파장을 방출했다. 공격하고자 몸을 앞으로 기울였던 우리는 그 파장을 무방비하게 쬐고 말았다. 무언가가 온몸을 꿰뚫고 지나갔다.

"……젠장! 뭐, 뭐야?!"

갑자기 눈앞에 있는 마왕이 맹렬히 무섭게 느껴지더니 무릎이 덜덜 떨렸다. 공포가 치밀어 온몸의 힘이 쭉 빠졌다.

모두가 무릎을 털썩 꿇었다. 공격을 도저히 할 수 없는 상태였다.

피어―. 즉, 공포의 마술이었나!

"젠장! 젠장! 움직여! 움직이라고!"

"모처럼 찾아온 기회였는데……!"

리프레이아 및 다른 사람들도 움직일 수가 없는 듯했다.

「공포」는 전 방위에 효력을 발휘했다. 역시 마왕이라는 명칭은 허세는 아니라는 말인가.

대단히 위험하다. 전멸이라는 두 글자가 머릿속을 스쳤다.

"다크니스 포그……! 섀도 바인드……!"

나는 힘을 쥐어짜내 마왕을 비롯한 모두를 어둠으로 감쌌다.

섀도 바인드로 마왕의 움직임을 억제했다. 조금이라도 시간을 벌어야만 했다.

"다들……! 일단, 후퇴해……!"

나는 다크니스 포그를 조작하여 모두의 퇴로를 확보해나갔다. 다행히도 마르코시아스는 밤눈 능력이 없는지 제자리에서 빙빙 돌며 주변을 경계하기만 했다.

시간이 조금 지나면서 마술의 효력도 빠져나갔는지 다리에 힘이 들어갔다.

"알렉스! 내 말 들었겠지!"

"어어……. 다 들었어……! 방금 그건 뭐야?!"

"공포로 마음을 꽁꽁 얽매는 마술이겠지. 어쨌든 내가 발을 묶어둘게! 너희들은 도움을 요청하러 가! 우리만 싸우다가는 전멸이야."

"히카루는 괜찮겠어……?! 너희들끼리 어떻게?"

"어떻게든 할게! 부탁한다!"

"알겠어! 죽지 마!"

알렉스가 파티 멤버들을 데리고서 달려갔다.

이제 같이 도망치는 것은 무리였다. 누군가가 붙잡아두지 않는다면 뒤에서 습격당하여 여지없이 전멸하리라. 여기까지 구원 부대를 데려올 수밖에 없었다.

'마왕한테서는 도망칠 수 없다, 이 말인가.'

그러나 불리한 것만은 아니었다.

저 녀석은 강대하지만 한 마리뿐이고, 무엇보다 어둠의 정령술이 유효했다.

"리프레이아! 저 녀석한테는 어둠이 통해! 평소와 똑같은 전법이 통한다고! 부탁해!"

"예!"

마왕의 귀가 쫑긋쫑긋 움직였다. 목소리가 나는 쪽을 찾고 있겠지.

어둠조차 꿰뚫어 볼 것 같은 붉은 눈동자가 번쩍거렸다. 어둠에 숨어 있어도 본능적인 공포를 떨쳐낼 수가 없었다. 그래도 이렇게 된 이상 하는 수밖에 없었다.

"저 녀석이 디스펠로 내 정령술을 지워버리는 순간을 노려줘!"

시간을 최대한 벌고 싶으니 다크니스 포그를 굳이 해제하여 우리가 먼저 공격할 필요는 없었다.

"그르르르르."

마왕이 으르렁거리며 화염을 뿜었다. 그러나 현재 나는 다크니스 포그를 최대한으로 전개하는 중이었다. 이 거리에서 무턱대고 가하는 공격이 적중할 리가 없었다.

더욱이 화염이 발하는 빛 정도로는 다크니스 포그의 어둠을 몰아낼 수는 없었다.

마왕이 어둠에서 빠져나가고자 뛰기 시작했다.

어둠에서 나가버린다면 혼자 있는 리프레이아를 노릴 가능성이 있었다.

"섀도 바인드!"

"팬텀 워리어!"

"서먼 나이트버그!"

연속하여 정령술을 영창했다.

어둠 속에서는 나이트버그일지라도 적을 착란에 빠뜨릴 수 있기에 대단히 유효했다.

그리고 팬텀 워리어가 쾅쾅, 소리를 내며 접근해주면 소리로 이쪽

위치를 알아챌 위험성이 더욱 줄어든다.

어둠 속에서 공격하려는 마왕과 어둠 밖으로 내보내지 않으면서 시간을 벌려는 나의 일진일퇴 공방전이 이어졌다.

『디스펠.』

마왕이 드디어 그 마술을 영창했다.

바로 사용하지 못한 것으로 보아 마왕은 마술을 그리 잘 구사하는 편은 아닌지도 모르겠다.

어둠이, 환영의 전사가, 어둠의 촉수가 정령력으로 환원되어 사라져갔다.

그리고 이것은 예상했던 흐름이었다. 바로 그 순간―.

"라이트!"

눈부신 광구가 마왕의 눈앞에 생성됐다. 거의 동시에 리프레이아가 달려와서는 대검으로 목을 잘라낼 기세로 내려쳤다. 쾅! 하는 요란한 소리와 함께 검붉은 피가 사방에 튀었다.

"큭! 단단해!"

"그르아아아!"

체중을 실은 혼신의 일격이었지만, 강인한 털과 딱딱한 피부에 막혀 마왕의 신체를 절단하지는 못했다. 그래도 공격이 명중한 것은 사실이었다.

역시 어둠과 빛의 콤보는 심플하면서도 강력해서 마왕에게도 충분히 통했다.

"섀도 바인드!"

어둠의 촉수가 마왕의 팔다리를 칭칭 묶어 행동을 저지했다.

그 순간에 리프레이아가 기다렸다는 듯 강렬한 연격을 날렸다.

"하아아아아아!"

춤추듯, 흩날리듯 휘몰아치는 서슬 퍼런 칼날이 마왕의 몸에 확실히 상처를 입혀나갔다.

그러나 보이지 않는 벽이 방해라도 하는지 치명타를 교묘히 피했다. 일반 마물이었다면 이 연격에 진즉에 죽었을 테지만, 그리 녹록치 않은 듯했다.

'방어력 자체가 높은가……?! 리프레이아의 공격이 제대로 먹혔는데도……!'

나는 리프레이아가 만들어준 귀중한 시간을 이용하여 30크리스털을 1포인트로 교환한 뒤 그 포인트로 결계석을 교환했다.

절망적인 사태에 대비하고자 피난 대책을 마련해둘 필요가 있다고 판단했다.

지금은 마왕도 라이트와 그 후에 이어지는 연격에 주춤하고 있지만, 곧 태세를 정비하겠지.

"리프레이아! 너무 깊이 들어갔어, 일단 물러나! 정면공격은 효과가 떨어져!"

"아뇨! 아직 할 수 있습니다!"

지시를 무시하고서 리프레이아가 공격을 계속했다.

그녀가 얼마나 검 기술이 탁월하든 정면공격은 단조로워지기가 십상이다. 마왕은 우리보다 힘과 속도, 판단 속도가 더 뛰어나겠지. 언젠가 반드시 반격당한다.

마왕은 치고 빠지지 않고 우직하게 전투를 벌였던 리자드맨을 십여 초 만에 쓰러뜨렸다. 그리고 아마 리자드맨과 리프레이아의 실력은 비슷할 것이다.

"리프레이아! 떨어져!"

"아직이에요! 이걸로!"

"무모해! 젠장!!"

혼신의 힘이 실린 벼락같은 검이었다.

그것이 마왕의 등에 확실히 적중했지만, 딱딱한 체모로 뒤덮인 표피에 살짝 상처만 내는 정도였다. 역시 정령력의 명맥을 노리지 않으면 안 된다. 그 「진홍의 소병」의 대장의 배틀액스 정도라면 일격으로도 치명상을 입힐 수 있을 것 같지만, 그녀는 아직 그 레벨에 도달하지 못했다.

리프레이아와 마왕은 고속으로 위치를 이동해가며 공방전을 이어나갔다. 이래서야 다크니스 포그를 쓰기도 어려웠다.

리프레이아는 일방적으로 공격을 하고 있어서 기회라고 여긴 듯했지만, 이미 마왕은 체력도 회복했고, 리프레이아를 당면한 적으로 인식…… 한 것처럼 보였다.

저 마왕 앞에서는 나도 리프레이아도 큰 차이가 없었다. 평범하게 일대일로 싸워서 이길 수 있는 상대가 아니라는 건 척 봐도 알 수 있었다.

어째서 리프레이아가 갑자기 저렇게 무모하게 구는지 모르겠다. 상대가 마왕이라서 더욱 분발하는 걸까? 아니면 마왕과 정면에서 대치하면서 무언가 좋은 생각이 떠올랐는지도 모르겠다.

그렇다면 하다못해 지원이라도 해야만 한다.

"팬텀 워리어!"

환영의 전사를 반대쪽에서 보내서 마왕의 시선을 다소 돌리긴 했지만, 별로 효과가 없는 듯 보였다. 새도 바인드를 쓰고 싶었지만, 전에 구사했던 바인드의 효과가 아직 완전히 사라지지 않았다. 효과가 소멸되기 전까지는 그 술식을 반복하여 쓸 수가 없었다.

"제가 이 녀석을 쓰러뜨립니다! 제가 쓰러뜨려야만 하니까—!"

쉴 새 없이 검을 휘두르면서 리프레이아가 외쳤다.

나는 그녀가 왜 그렇게 말했는지 알 수 없었다.

응원 부대가 올 때까지만 시간을 벌면 된다. 그래, 분명히 전했을 터인데—.

"크아아오오우!"

리프레이아의 검을 읽어낸 마르코시아스가 뒤로 펄쩍 물러나 공격을 피했다.

그대로 뒷다리에 걸렸던 하중을 순발력으로 전환하여 그 거대한 몸으로는 상상조차 할 수 없는 속도로 리프레이아를 덮쳤다.

몸통박치기 같은 돌진이었다.

고양이과 맹수를 연상케 하는 길고 예리한 발톱을 찢어버릴 듯 휘두르며 리프레이아와 고속으로 교차했다.

"꺄앗—!"

"리프레이아!"

몸을 회전시켜 아슬아슬하게 직격은 피한 듯했지만, 그래도 충격을 다 상쇄하지는 못한 채 멀리 날아가 울타리에 부딪쳤다.

"괘, 괜찮아요! 그보다 마왕은—."

"맡겨둬! 다크니스 포그!"

리프레이아를 감싸듯 다크니스 포그를 한 번 전개하여 마왕의 눈을 가렸다.

칠흑의 어둠이 주변을 지배했다. 이로써 잠깐이나마 시간을 다시 벌었다.

"팬텀 워리어! 섀도 바인드! 서먼 나이트버그!"

마왕의 움직임을 가까스로 봉쇄하고서 나는 리프레이아 곁으로 달려갔다.

"괜찮아?! 다친 데는?! 왜 이런 무모한 짓을 벌인 거야."

"괜찮아요. 그냥 살짝 긁힌 것뿐이니까! 그보다 공격을 계속 해야만—. 모처럼 좋은 느낌이었는데. 내가…… 내가 저 녀석을 쓰러뜨릴 거니까……."

리프레이아의 눈동자가 이글이글 타올랐다. 어둠 속에서도 마왕이 있는 위치를 똑바로 쳐다봤다.

그것이 자신의 사명인 것처럼. 그것이 자신의 존재의의인 것처럼.

"일어날게요. 또 금세 디스펠을 쓸 테니 그랬다가는—."

리프레이아가 어둠 속에서 일어서려고 했다. 그러나 그대로— 마치 지지대를 잃어버린 것처럼 땅바닥에 쓰러져버렸다.

리프레이아 본인도 무슨 일이 벌어졌는지 모르는지 어리둥절한 표정인데—.

"어, 아—."

그때 나는 비로소 알아챘다.

리프레이아의 쩍 베인 허벅지에서 시뻘건 피가 철철 쏟아지고 있고, 왼쪽 다리가 절반 넘게 베였다는 사실을. 그녀는…… 마왕의 공격을 완벽하게 피하지 못했다.

피가 소리 없이 지면을 검붉게 물들어갔다.

"어, 어라……? 이상하네……. 어두워서 넘어졌구나……. 아, 아하하."

"—리프레이아."

—우리의 힘만으로 쓰러뜨릴 수 있을지도 모른다. 그 생각이 머릿속을 스친 적도 없다면 거짓말이겠지.

결계석을 교환하기 위해 스테이터스 보드를 열면서 봤는데, 시청자 수가 단숨에 16억 명까지 늘어났다. 알렉스와 나는 동시에 마왕과 맞닥뜨렸다. 아마도 현시점에서 그 어떤 곳보다도 이곳이 가장 활활 타오르겠지.

시청률 레이스는 2주간의 종합 시청자수로 결정된다.

나는 초반에 주목도가 낮았기에 후반부에 크게 만회하지 못하면 1위가 될 수가 없다.

그리고 지금. 예상한 대로 마왕과 전투를 치르면서 시청률을 크게 끌어올릴 수 있었다.

지금이 바로 승부를 걸어야 하는 대목이다. 그러한 의식이 마음속 한편에 있지 않았을까—.

—나나미를 되살릴 수 있다.

—그녀를 구할 수 있다.

—그럼으로써 나 자신도 구할 수 있을지도 모른다.

그러한 내 생각이 무의식적으로 새어나와, 그녀로 하여금 무리하도록 몰아세운 걸까?

마르코시아스가 어둠 속에서 나, 혹은 리프레이아를 계속 찾으며 으르렁거렸다. 리프레이아의 공격에 대미지를 얼마나 입었을까? 다소 출혈이 있긴 했지만, 큰 피해를 입은 것 같지는 않았다.

나는 쓰러져 있는 리프레이아를 뒤에서 끌어안듯 부축했다. 그러고는 방금 교환했던 결계석을 깼다. 순식간에 나를 중심으로 반투명 막이 펼쳐졌다.

"헉……헉……. 히카루……? 거기 있는 거죠……? 왠지, 다리가 아파요. 어떤 상태인가요? 어두워서…… 포션이 어디에 있는지 보이질 않아서—."

"미안, 금세 밝게 해줄게."

다크니스 포그를 해제하자 리프레이아가 나를 보더니 안도한 표정을 보였다.

그러나 그녀의 가뜩이나 하얀 얼굴이 더욱 하얘졌다. 바닥에 퍼져나가는 피웅덩이 한가운데서 신음하는 리프레이아의 모습이 나나미의 최후의 모습과 겹쳐졌다. 심장이 요란할 정도로 격렬히 뛰었다.

나는 다치지 않았는데도 온몸이 마비된 것처럼 덜덜 떨렸다. 온몸에서 힘이 빠져나갔다.

섀도 스토리지에서 포션을 있는 대로 다 꺼내 상처에 사용했다. 그러나 출혈을 한순간 멎게 하는 효과만 있을 뿐 거의 의미가 없었다.

출혈이 극심했다. 명백한 치명상이었다. 바로 무슨 조치라도 취해야만—. 머리로는 알고 있는데 피투성이가 된 채로 신음하는 리프레이아의 모습을 보니 냉정을 잃고 말았다.

나는 이런 상황이 벌어질 가능성을 확실히 염두에 두지 않았다.

내 생각이 어설펐다. 내가 부상을 입는다면 문제없다……. 그런 식으로 간단하게 생각했다.

너무 자만했다. 지금껏 죽지 않고 난관을 헤쳐 왔기에 이번에도 어떻게든 되리라 쉽게 생각했다.

혼자서 3층을 돌았는데도 괜찮았다. 혼자서 4층을 돌았는데도 멀쩡했다.

그래서 마왕도 어떻게든 되리라. 무의식적으로 그렇게 판단하고 말았겠지.

그보다도 마왕과 만난다면 「1위」가 될 수 있다. 리스크를 제대로 파악조차 하지 않은 채 그 길을 선택하고 말았다. 4층으로 이어지는 계단에서 기다렸을 때 벌어질 수 있는 리스크도 고려하지 않았다. 단둘이 있을 때 닥칠 수 있는 리스크를 염두에 두지 않았다. 내가 약한 존재라는 당연한 사실조차도 시야에 넣지 않았다.

온몸에서 핏기가 싹 가셨다. 내 한심스러운 판단이 이 모든 사태를 초래했다.

나는 떨리는 손가락으로 섀도 스토리지에서 로프를 꺼내 리프레이아의 허벅지를 세게 조여 지혈을 했다. 어떻게든 출혈부터 멎게 하는 것이 최우선이었다.

"리프레이아. 왜 이런 무모한 짓을 벌였어? 우린 딱히 저걸 쓰러뜨릴 필요가 없으니 무리할 필요가 없다고 했잖아. 시간만 벌면 족했는데……."

나는 그녀가 불안해하지 않도록 애써 평온한 척 물었다.

로프로 지혈한 것이 가까스로 통한 듯 보였지만, 예단할 수 없는 상황이라는 건 변함없었다.

회복술을 배운 누군가가 달려올 때까지 기다릴까……?

아니…… 그럴 시간은 없겠지.

"……히카루, 말했잖아요…… 소꿉친구를 되살리기 위해…… 눈에 띄어…… 1등이 되어야 한다고."

"그야 그렇지만, 그렇다고 해서 무리할 필요는 없단 말이야! 죽어버리면 모든 게 물거품이라고."

"헉……헉……. 1등이 된다면…… 내 덕분에 1등이 됐으니…… 앞으로도 곁에 있어 주지 않을까 해서…… 나, 바보라서…… 그것밖에 몰라서. 근데 1등이 된다면 뭐든지…… 내 부탁을 들어주겠다고…… 했으니까……."

정신이 반쯤 몽롱해졌는지 리프레이아가 같은 말을 반복했다.

내가 그녀를 몰아넣고 말았다. 내 사정에만 정신이 팔려서 그녀의 마음을 제대로 헤아리지 않았다. 조금만 더 노력하면 원하는 것이 손에 닿을 것 같아서 설명조차도 소홀히 했다.

"바보는…… 나야."

"……나, 히카루랑 함께 있을 수 있다면, 이제 아무것도 필요 없으니까……. 마왕을 쓰러뜨리면…… 1등이 될 수 있는 거죠……? 그럼…… 히카루는, 분명 날 좋아하게 돼서…… 쭉…… 함께 있어주지 않을까……. 이젠…… 그 방법밖에, 떠오르질 않아서……."

"……."

© Niθ

뭐라고 대답해야 좋을지 모르겠다.

사람들이 지켜보고 있다느니, 시청률을 올려야 한다느니 설명해 본들 텔레비전조차 없는 세계에서 태어난 리프레이아가 이해할 수 있을 턱이 없었다.

그 사실을, 나는 알고 있었건만. 내 설명을 어설프게 이해하고서 그녀는 나름의 답을 내놓았다. 종전보다 더 힘껏 내 기대에 부응하는 것이었다. 직접 공격 요원으로서 자신이 유용한 존재임을 최대한 증명한다면 내 마음이 바뀌지 않을까, 하고—.

"……가만히 있어. 가벼운 상처라서 괜찮을 거야."

전투하다가 흥분한 상태에서 입은 부상이라서인지 다행히도 고통은 없는 듯했다.

……아니, 이미 고통을 느낄 수 없는 상태인가? 나는 판단할 수가 없었다.

리프레이아의 눈빛이 흐리멍덩해졌다. 나를 보고 있는 건지, 아니면 아무것도 보이지 않는 건지 모르겠다.

언제 그 빛이 꺼져버릴지 불안해질 만큼 가늘게 깜빡였다.

그녀가 잠꼬대처럼 되풀이한 「1등이 된다면」이라는 말이 내 가슴을 후볐다.

그 어떤 미사여구를 가져다 붙이든, 내가 그녀를 이용한 것은 진실이다.

1위가 되기 위해서.

—그리고 그 결과가 이것이었다.

이 붉디붉은 피는 나나미가 흘렸던 것과 똑같았다. 이세계 사람이라서 파란 피가 흐르는 것도 아니었고, 게임처럼 아무 냄새가 나지 않는 것도 아니었다. 내 손바닥에 묻어 있는 걸쭉한 붉은 피. 미소 짓는 그녀의 하얀 얼굴. 급히 몰아쉬는 가는 호흡. 격렬한 심장 박동. 이 세계가 색깔의 선명한 대비를 통해 나에게 말해주고 있었다.

이게 바로 현실이라고. 지금 여기에 있는 것이 전부라고.

'난, 대체 뭘 하고 있었던 거야…….'

마음을 지킨답시고 어둠 속에 숨어들었으면서도 정작 마음은 여전히 지구에 놔둔 상태였다.

이 세계에 있는 나는 진짜 내가 아닌 별개의 무언가라고 줄곧 위에서 내려다보고 있었겠지. 머릿속 한편으로 이런 건 현실이…… 사실이 아니라고 생각했다.

그래서 그 어떤 무모한 짓도 가능했다. 죽어도 좋다고까지 생각했다. 위에서 내려다보는 세계는 비현실적이었다. 그저 『나나미가 죽었다』는 것만이 나에게는 현실이었다.

그래서 나는 똑바로 직시하지 않았다. 이 세계를, 지금 여기에 있는 현실을.

나를 몇 번이나 구해줬던 이 여자를―.

그리고 자기 자신마저도―.

"리프레이아, 괜찮아. 금세 나을 거야. 기다리고 있어줘."

"으……응. 괜찮아, 나……."

괜찮을 리가 없었다. 그녀가 지금 애써 강한 척 구는 것인지, 아니면 줄곧 강한 척 굴었던 것인지 나는 아무것도 모르겠다.

어쨌든 시간이 없다는 것만은 확실했다.

서서히 사라져가는 열기.

　마치 무생물처럼 생기를 잃어버린 왼쪽 다리는 거의 절단된 상태였다. 평범한 회복수단— 크리스털로 교환할 수 있을 만한 포션이나 스크롤로는 명백히 치료할 수 없었다.

　리프레이아의 몸을 끌어안듯 부축하면서 초조함에 떨리는 손가락으로 스테이터스 보드를 열었다. 포인트는 제로. 크리스털도 십여 개밖에 없었다.

　……그녀의 상처를 치료해줄 수 있는 정령술은 없다.

　—방법은 딱 하나. 신이 마련해준 구제수단. 오직 그것밖에는.

　그것은 스테이터스 보드의 조금 깊은 계층에 있었다.

　《포인트를 가불하겠습니까? 최대 3포인트까지 가불할 수 있습니다.》

　신이 내려준 구제조치, 포인트 가불.

　……물론 불이익도 있다. 그러나 나는 망설이지 않고 3포인트를 선택했다.

　《3포인트를 가불합니다. YES / NO》

　YES를 눌렀다.

　《주의! 포인트를 가불한다면 모두 갚을 때까지 크리스털 및 가불한 포인트를 제외한 나머지 포인트는 사용할 수가 없게 됩니다. YES / NO》

　YES를 눌렀다.

　《주의! 포인트를 가불한다면 현재 실시되는 캠페인 『제1회 시청률 레이스』를 기권한 것으로 간주됩니다. YES / NO》

　그렇다. 이것이 불이익이다. 현재 시청률 레이스는 잠정 1위까지 올라간 상태다. 이 버튼을 누르면 그 노력이 허사로 돌아간다.

동시에 나나미를 되살릴 수 있는 수단을 영원히 잃어버리게 된다는 것을 뜻했다.

물론 리프레이아의 목숨과 나나미의 목숨을 저울에 올릴 수 있을 리가 없었다.

그런데도 한순간 주저하고 만 내가 역겨웠다.

"히카루……. 어디에 있는 건가요……? 나…… 실패해버린 거네요. 히카루만이라도 도망쳐……. 애당초, 그때 히카루가 구해주지 않았다면…… 나, 죽은 목숨이었으니까……."

리프레이아가 입술을 덜덜 떨며 잠꼬대를 하듯 중얼거렸다. 빛을 잃어버린 눈동자로 내 모습을 계속 찾고 있었다.

"여기 있어. 확실하게, 여기에 있어. 리프레이아 곁에 있으니까."

"후후…… 이상해……."

"미안. 내가 실패해서 널 아프게 해버렸네. 하지만 금방 나을 거야. 안심해."

리프레이아의 거의 다 파열된 허벅지에서 하얀 힘줄이 드러났다. 출혈 역시 로프 따위로 완전히 막아낼 수가 없었다. 피가 쉴 새 없이 줄줄 흐르며 땅바닥을 검붉게 물들여나갔다.

언제 쇼크사하더라도 이상하지 않았다.

그리고 죽는다면―.

그 순간 그녀의 육체는 영원히 소실되고 말 못 하는 주먹만 한 돌멩이로 변해버린다.

"알고 있어……. 알고 있단 말이야……!"

나는 허공을 향해 아우성치면서 스테이터스 보드에 표시된 「YES」라는 글자를 꾹 눌렀다. 그리고 곧바로 아이템란에서 3포인트짜리 『치유의 스크롤 (대)』를 탭했다.

시청률 레이스에 적힌 「1위」라는 글자가 「기권」으로 바뀌는 장면이 시선에 언뜻 비쳤다.

동시에 허공에서 출현한 스크롤을 리프레이아의 손에 쥐었다.

"리프레이아, 이것의 봉인을 푸는 거야. 스스로 말이야. 어서."

"⋯⋯앗. 히카루⋯⋯ 어디⋯⋯? 나, 모르겠어⋯⋯."

"아아, 정말. 이렇게 말이야. 이 끈을 잡아당기기만 하면 돼."

뒤에서 끌어안은 채로 그녀의 손에 내 손을 가져다 대고서 이끌었다.

"⋯⋯응. 이렇게⋯⋯?"

그녀는 힘을 거의 잃어버린 손가락으로 간신히 스크롤의 봉인을 풀었다.

―그 순간.

스크롤이 푸르께한 불꽃이 되어 사라졌다. 대신에 부드러운 빛이 리프레이아의 몸을 감싸 나갔다.

"앗⋯⋯. 아아⋯⋯. 뭐야⋯⋯ 히카루⋯⋯ 이건⋯⋯?"

"늦지 않아서 다행이야. 이제⋯⋯ 괜찮아."

마왕의 송곳니나 발톱에 당해서 거의 잘려나가기 직전이었던 그녀의 다리가 꾸물꾸물, 그러나 확실하게 원래대로 복원되어 갔다.

동시에 리프레이아의 얼굴에 핏기가 되돌아왔다.

옛날에 한 번, 치유의 스크롤을 써본 적이 있어서 다행이었다.

만약에 써본 적이 없었다면 신속하게 대응하지 못했을지도 모르겠다.

안도하니 온몸에서 힘이 쭉 빠졌다. 새삼스럽게 땀이 폭포수처럼 뿜어져 나왔다.

아슬아슬했다. 마왕의 공격이 조금만 더 깊었다면, 혹은 다리가 아니라 몸통에 맞았다면 그녀를 구해낼 수 없었겠지.

몇 분 뒤에는 리프레이아의 몸이 완전히 원래대로 되돌아갔다.

그 자리에 남아 있는, 피 웅덩이만이 그녀가 치명상을 입었음을 보여주는 증거였다. 마왕은 결계 안에 있는 우리를 찾아내지 못한 채 멀리서 계속 짖어대기만 했다. 거대한 몸에서 방출하는 목소리는 계층 전체에 닿을 정도였다. 저 소리라면 금세 다른 탐색자들이 발견하여 토벌— 혹은 시간을 벌어주겠지.

—우리의…… 아니, 나의 싸움은 끝났다.

나나미, 미안.

"쿠우오오오오오오오오오!"

마르코시아스가 질량을 동반하는 것 같은 대음성으로 포효하고서 날개를 좌악 펼치더니 하늘로 날아올랐다. 그러나 이제 우리가 무리할 필요는 없었다. 이대로 보내주자.

대정령처럼 마왕도 결계석 내부가 보여서 이곳에 있어 준다면 한나절쯤은 묶어둘 수 있겠지만, 일이 그렇게 술술 풀리지는 않겠지.

"저, 저기…… 히카루……?"

"왜 그래? 어디 아파? 피를 너무 많이 쏟아내서 기분이 안 좋아?"

"아…… 아뇨, 그건 괜찮……은데."

"응? 얼굴이 조금 붉네. 스크롤의 부작용인가……?"

혹시 스크롤은 지구인 전용일지도 모르겠다.

내 눈에는 문제없이 치유된 것으로 보이지만, 이 세계에는 정령력이라는 수수께끼의 힘이 존재한다. 어떤 해악이 있더라도 이상하지 않다.

리프레이아의 이마에 손을 대봤다.

열은 없는 듯했지만, 리프레이아의 눈동자가 일렁거렸다. 얼굴뿐만 아니라 온몸이 새빨갰다.

"역시 부작용이 있는 거야? 젠장…… 어쩌지…… 어떡하면 좋아……?"

"저, 저기…… 히카루. 나, 난, 괜찮아요……. 그냥 저기…… 거리가 가까워서 깜짝 놀랐다고 해야 할까……."

"거리?"

그 말을 듣고서 나는 비로소 현 상황을 객관적으로 봤다.

몸을 눕힌 리프레이아를 뒤에서 끌어안듯 부축하고 있는 상태였다.

"앗, 미안!"

"아, 그렇게 갑자기 떨어지지 않아도 되는데."

"그게 무슨 말이야……. 부상은 정말로 괜찮아졌어?"

"응…… 그건 괜찮은데…… 미안해요. 저…… 바보라서, 머릿속이 새하얘져서, 무리라는 걸 알면서도…… 멈출 수가 없어서."

리프레이아가 고개를 떨구고서 상흔조차 남지 않은 다리를 매만졌다.

내가 그녀를 몰아붙인 결과였다. 그녀를 나무랄 생각도 없었다. 물론 이런 일이 또 벌어져서는 안 되겠지만. 그녀도 반성하고 있다 — 무엇보다 몸소 깨달았겠지.

"여태껏 일이 너무 잘 풀렸어. 이 타이밍에 일이 터져서 차라리 다행일지도 모르겠다는 생각도 들어."

"그래도……."

"그래도는 뭐가 그래도야. 강한 상대와 싸우면 쉽사리 패배할 수 있고 죽을 수도 있다. 그런 당연한 사실을 체험했으니 차라리 잘 됐다고 할 수 있지."

물러설 때를 깨닫기 위해서는 결국 경험이 중요했다.

밀어붙여야 할 때는 최대한 밀어붙인다. 물러서야 할 때는 재빨리 물러선다.

전투의 흐름을 밀고 당기는 것은 실전으로 배울 수밖에 없다. 그러나 역치를 뛰어넘는 「패배」라는 경험은 실전에서 보통 「딱 한 번」밖에 배울 수가 없다. 그것은 그대로 「죽음」을 뜻한다.

그 체험을 하고도 살아남았다.

그녀가 앞으로 기사가 되더라도 반드시 그 경험을 요긴하게 활용할 것이다.

나는 원래 안전대책을 과하게 세워두는 타입이었다. 그러나 이번 일을 통해 마물의 무서움을 다시금 확인했다는 점에서는 이득이었다.

……그녀와의 모험은 오늘이 마지막이다. 그런 의미에서도 이 「패

배하여 죽을 뻔한 경험」은 헤어지기 전에 내가 줄 수 있는 최고의 선물인지도 모르겠다.

"근데…… 나 엄청 크게 다쳤잖아요? 어떻게 한 건가요? 그 두루마리 같은 걸로 치료한 것 같은데."

"마침 회복술이 봉해져 있는 물건을 갖고 있었거든. 하지만 이제 다음은 없어."

치유의 스크롤 (대)의 효과는 막대하지만, 3포인트는 쉽사리 벌 수 있는 숫자가 아니었다.

그리고 다른 의미로도 이제 다음은 없었다.

시청자 레이스가 끝났기에 이제 리프레이아와 함께 싸울 필요가 없어졌으니까.

"그나저나 엄청난 효과네요. 나, 이제 죽는다고…… 각오했는데. 거짓말 같아."

리프레이아가 제자리에서 뿅뿅 뛰며 몸 상태를 확인했다. 아무래도 정말로 부작용이 없는 듯했다. 얼굴에는 아직 홍조가 남아 있었지만, 문제는 없는 듯했다.

"죽을 뻔했던 건 사실이니 이대로 결계 안에 느긋하게 있자. 마왕은 어디론가 가버렸고."

"앗, 근데 히카루, 마왕을 쓰러뜨려 눈에 띄어서 1등이 되어야만 하잖아요? 저, 이제 괜찮으니까 어서 가죠."

아니, 이제 끝났으니까―.

나는 그렇게 말하려다가 입을 다물었다. 말할 수 있을 리가 없었다. 내가 기권했다는 사실을.

물론 리프레이아의 부상을 치료하기 위해 기권했다고 바보처럼 솔직하게 말할 필요는 없다. 그러나 이 타이밍에 끝났다고 말했다가는 본인의 부상 때문이라고 그녀는 느끼겠지.

나와 리프레이아는 팀이다. 그녀가 부상을 당한 것은 내 책임이기도 하다는 사실은 두말할 것도 없다.

"마왕을 아직 쓰러뜨리지 못했고, 다른 부상자가 나올 지도 모르고…… 저, 이제 무리는 하지 않을 테니……. 어서요."

"무리하지 않겠다고 약속할 수 있겠어?"

"약속합니다. 게다가 이제 절대로 질 수 없어요."

내가 묻자 리프레이아가 가슴에 손을 대고서 힘차게 단언했다.

약간 불안하긴 했지만 이미 칼을 뽑았다. 오늘만은 마지막까지 싸우도록 하자.

둘이서.

◇ ◆ ◆ ◆ ◇

남은 포인트는 이제 제로.

크리스털은 몇 개 있지만, 포인트를 가불했기에 3포인트를 다 갚을 때까지는 사용할 수가 없었다. 가불하기 전에 포션이라도 교환해둘 걸 그랬다 싶었지만, 소 잃고 외양간 고치는 격이었다. 뭐, 상황상 불가능하기도 했지만.

마왕은 해술(解術)을 구사한다.

어둠 자체는 유효하니 상성이 나쁘다고는 할 수 없었지만, 단순히

381

우리의 전력이 한참 부족했다.

반드시 다른 파티와 협력해야만 한다.

나와 리프레이아는 결계 밖으로 나갔다. 결계는 마왕뿐만 아니라 외부의 적을 멀어지게 하는 효과가 있기에 마물도 근처에 없었다. 마왕이 부르짖는 처절한 울음소리가 끊임없이 들려왔다.

"어쨌든 마왕을 찾자. 하늘을 날아다니니 찾는데 고생 좀 하겠네."

"입구 쪽으로 가주면 좋을 텐데요."

"적어도 저쪽으로 날아갔으니 괜찮겠지."

입구 쪽으로 달려간 지 얼마 지나지 않아 보오, 하는 뿔피리 소리가 조금 떨어진 곳에서 들려왔다.

뒤이어 탐색자들의 노성이 들려왔다. 아마 다른 파티와 전투가 시작된 듯했다.

"히카루! 저쪽에서 들려요!"

"자, 잠깐만, 난 이쪽에서 들었는데?! 아아 진짜, 안개가 너무 싫어!"

이 계층은 자욱한 안개만 없으면 전망이 확 트일 것이다. 그러나 시야가 좋지 않고, 소리도 난반사해서 방향감각이 이상해지기 쉽다.

"잠깐, 잠깐, 잠깐. 뿔피리 소리를 듣고 위치도 특정할 수 있는 거 아니었나?"

보오보오, 하고 마구 불어대는 것으로밖에 들리지 않았다.

혹시 이 소리를 듣고 위치를 알 수 있는 건가?

"이건 안 되겠네요. 뿔피리 연습을 제대로 하지 않은 파티인 것 같아요."

"그럼 의미가 없잖아?!"

"뿔피리 강습을 진지하게 받는 사람이 적으니까요. 실은 저도 제대로 받은 적이 없는지라…… 가락의 의미를 정확히 알고 있다면 위치를 특정할 수 있을 텐데…… 뿔피리를 부는 데 서투르다고 해야 할까."

"탐색자라는 녀석은…… 진짜……."

"앗, 마물이에요! 히카루!"

홉고블린 두 마리와 트롤 한 마리였다.

마왕을 쫓고 싶었지만, 이 안개의 미궁에서는 마물을 무시하고 지나가기가 어려웠다. 쓰러뜨리고서 앞으로 나아갈 수밖에 없었다.

"리프레이아는 홉고블린을 부탁해!"

리프레이아가 죽음의 고비에서 간신히 되살아나고, 무엇보다 나나미의 소생을 포기한 이후로 나는 비로소 이 세계가 아무리 발악해도 벗어날 수 없는 현실임을 진정한 의미에서 인식하게 됐다.

……아니, 복잡하게 표현할 필요도 없다.

각오— 혹은 체념.

나는 이 세계에 살아 있다. 나는 이 세계에서 살아간다.

그저 마음속에서 그 사실을 깨달았다는 의미일 뿐이었다.

"다크니스 포그!"

신기하게도 몸이 가볍게 느껴졌다. 줄곧 느껴졌던 어둡고 끈적끈적한 무언가가 조금이나마 없어진 것 같은 기분이었다. 어둠 속에서 쩔쩔매고 있는 트롤에게 달려가 목을 향해 일직선으로 단도를 꽂았다. 정령력의 명맥이 끊어진 마물이 주먹만 한 정령석으로 바뀌어 땅에 덜커덩 떨어졌다.

"리프레이아. 싸울 수 있겠어?"

"예? 뭐가요?"

뒤를 돌아보니 리프레이아도 전투를 이미 마쳤다.

큰 부상을 입어서 전투에 트라우마가 생기지 않았을까— 순간 생각했으나 아무래도 기우인 듯했다.

위급한 상황인지 탐색자가 뿔피리를 끊임없이 불어댔다. 나와 리프레이아는 마음을 가라앉히고서 귀를 기울여 위치를 찾았다. 안개의 미궁에서는 소리가 난반사하기에 위치를 특정하기가 쉽지 않았다.

"저쪽이야! 아니, 입구 쪽이잖아! 젠장, 시간을 허비했어!"

"어서 가요!"

도중에 마물과 전투를 몇 번 벌였지만, 비교적 빠르게 입구에 이르렀다.

……그곳은 이미 지옥으로 변해있었다.

'싸우는 탐색자는 알렉스 파티뿐인가……!'

보아하니 원래 입구를 지키고 있던 파티 전사들이 부상을 입고서 계단 근처까지 후퇴한 상황이었다. 이미 전선을 이탈한 듯했다. 자잘단을 비롯한 물의 정령술사가 필사적으로 회복술을 쓰고는 있지만, 죽지 않을 만큼만 회복하는 게 고작이겠지. 2층으로 이어지는 계단 근처에서 포터로 보이는 한 소년이 울상을 지으며 뿔피리를 계속 불고 있었다.

알렉스와 카니벨이 마왕을 가까스로 붙들어두고 있었다.

그런데 마왕은 왜 이쪽으로 온 걸까.

역시 미궁 밖으로 나가려는 습성이 있나? 아니면 알렉스 파티를 쫓아왔기 때문인가?

"리프레이아, 기본은 아까랑 동일해. 내가 어둠으로 마왕의 움직임을 묶어둘 테니 디스펠을 쓰거든 라이트, 그리고는 술식의 효과가 유지되는 동안에만 공격하다가 이탈. 알겠지?"

"네. 근데 그런 전략으로 쓰러뜨릴 수 있을지—."

"아— 그 시청률 레이스는 잊어줘. 쓰러뜨리든 말든 관계없어. 중요한 건 살아남는 것뿐이야."

"그래요?"

"처음부터 그랬어. 살아남는 것보다 중요한 건 없다고. 리프레이아는 알렉스 파티랑 합류해서 공격방법을 알려줘. 난 단독으로 움직일게."

"알겠어요! 히카루도 조심해요!"

리프레이아가 알렉스 파티와 합류했다.

나도 단도를 뽑아 전투에 가세했다.

"알렉스, 가세한다! 다크니스 포그!"

나와 알렉스는 마왕을 사이에 두고서 서로 반대편에 있었다.

협공도 괜찮겠지만, 공격보다는 시간을 버는 게 좋을 듯했다.

3층에 흩어졌던 다른 탐색자 파티가 뿔피리 소리를 듣고서 달려와 줄 때까지 마왕을 붙들어두면 된다. 뿔피리 소리가 엉망진창이지만 귀를 잘 기울이면 입구 근처에서 부는 것쯤은 알 수 있을 것이다.

시간을 버는 동안에 전반조 파티가 와준다면 최고일 텐데.

마왕 마르코시아스가 어둠 속에서 우왕좌왕했다.

리프레이아는 사전에 다크니스 포그의 외곽을 돌아 알렉스와 합류했다.

"서먼 나이트버그! 팬텀 워리어! 섀도 바인드!"

이 모두 시간벌이에 불과하겠지만, 반대로 말하자면 시간은 벌 수 있는 술식이었다.

화력이 부족할지라도 할 수 있는 일은 있었다.

그 시간에 알렉스 파티도 태세를 정비할 수 있겠지.

마왕이 어둠 속에서 크게 으르렁거렸다.

스텝을 짧게 밟으며 보이지 않는 곳에서 가해지는 공격을 경계하는 듯했다.

이로써 일단 시간을 벌었다. 나는 어둠의 범위를 넓힌 채로 알렉스와 카니벨과 합류했다.

확인하고 싶었던 것을 물었다.

"물어볼 게 좀 있는데."

"으악?! 깜짝이야. 이 목소리는 히카루? 엄청난 술식이구만. 이게 어둠의 정령술이야?"

"어. 그보다도 마왕은 계층을 바로 이동할 수 없는 거 아니었어? 2층으로 도망치면 녀석을 여기에 붙들어둘 수 있겠지."

사전정보에 따르면 마왕은 계층을 이동하기까지 시간이 걸린다고 했다.

다시 말해 우리가 함께 2층으로 도망친다면 마왕은 올라올 수가 없을…… 터.

"아~ 카니벨, 어떨 것 같아?"

"글쎄. 나도 본 적은 없긴 한데 어려울 것 같다. 마왕은 주변에 마물밖에 없으면 그놈들을 먹어치우면서 힘을 비축한 뒤 위로 올라가는데 말이야. 지금 같은 상황에서는 그냥 올라간대."

"그래?"

"어. 우리가 후퇴한 바람에 토벌대가 패배해서 마왕이 지상까지 나오고 만다면 우리 모두 자칫 교수형을 당할 수도 있어. 그러니 상당히 위태롭긴 하지만, 여기서 막아내는 수밖에 없어."

붉은 머리 카니벨이 질문에 대답해줬다.

역시 「마왕에게서는 도망칠 수 없다」고 봐야겠다.

"슬금슬금 후퇴하는 건 어때?"

"위로 올라가면 진화할 텐데?"

"진화……한다고? 힘을 축적하지 않았는데도?"

"그건 마왕마다 다르긴 한데 말이야. 어쨌든 위로 올라가면 혼돈의 힘이 늘어나는 것만은 확실해. 지금도 가뜩이나 성가신데 이 이상은 사양하고 싶다."

상황이 꽤 심각하긴 했지만, 최악까지는 아니었다. 뿔피리 소리를 듣고서 언젠가 3층에 퍼졌던 파티들이 달려와 줄 테고, 시간을 벌면 전반조 토벌대도 합류할 테니까.

나는 카니벨에게서 떨어졌다. 때마침 바인드의 효과가 소멸하자 다시금 마왕에게 섀도 바인드를 걸었다.

한순간에 풀리는 바인드일지라도 시간을 버는 데는 유효했다. 팬텀 워리어와 나이트버그도 나쁘지 않았다. 교란용 술식이지만 발을 붙들어두는 데는 최고였다. 그리고 나 자신도 마왕의 움직임에 익숙해졌다.

어둠에 가둬두면 한동안 먹잇감을 찾으러 여기저기 돌아다닌다. 그것이 소용없다고 깨달으면 디스펠로 술식을 해제한다. 일단은 그 패턴이었다.

"라이트!"

어둠이 꺼져가는 순간을 노려 리프레이아가 라이트를 날렸다.

칠흑의 어둠 속에서 최대한으로 확대됐던 동공을 태워버리는 일격은 마왕에게도 유효했다. 십여 초 동안이나 거의 무력화할 수 있을 정도였다. 리프레이아, 알렉스, 카니벨이 일제히 공격했다.

'역시 단단한가!'

리프레이아 정도는 아니더라도 알렉스와 카니벨의 무기도 컸다. 그들의 체격도 우람해서 위력이 충분할 듯했다. 더욱이 두 번째 공격은 거의 무방비 상태일 때 적중했다. 그럼에도 아직 치명상과는 거리가 멀었다.

공격 자체는 통하고 있었다. 여러 번 반복하다 보면 언젠가 쓰러질 테지만, 문제는 리프레이아의 정령력이었다. 아마도 이제 라이트를 몇 번밖에 쓰지 못하겠지.

나는 포인트를 가불했기에 정령력 포션을 교환할 수가 없었다.

그래도 다크니스 포그로 다시금 마왕을 어둠 속에 집어넣었다. 디스펠을 당하면 라이트를 발동한 뒤 다시 일제히 공격을 가했다. 이것이 어둠과 빛의 필승 패턴이었다.

다만 이 작전에는 세 가지 구멍이 있었다.

하나는 마왕이 공포 마술로 주변에 있는 사람들을 스턴시킬 가능성이 있다는 사실.

다른 하나는 리프레이아의 정령력이 다 떨어지기 전까지만 가능한 한정 콤보라는 사실.

그리고 마지막 하나는 이것이었다.

"크아오오오오오!"

어둠 속에서도 아랑곳하지 않고 날개를 펼쳐 하늘로 날아오르는 마왕.

우리에게는 하늘을 날아다니는 마물에게 통격을 가할 만한 수단이 없었다.

"다들! 파이어 브레스와 공중 돌진을 조심해!"

"오!"

"알고 있어! 히카루도 조심해!"

알렉스 일행은 숙련도가 꽤 높았다. 정령술로 서포트를 해준다면 돌진은 피할 수 있겠지.

문제는 파이어 브레스였다.

"자잘단! 파이어 브레스가 날아오거든 실드를 펼쳐줘! 가능하겠어?"

"으, 응. 알렉스가 정령력 포션을 줘서 다섯 번 정도는 괜찮아!"

자잘단은 파이어 브레스를 한 번 막아낸 바가 있었다. 타이밍이 어려워 보이는데도 해냈다는 것은 미덥지 않은 겉모습과는 달리 꽤 숙련된 정령술사라는 뜻이었다.

파이어 브레스는 마왕의 공격수단 중 하나에 불과하지만, 그 하나만이라도 대책을 세웠으니 전투를 벌이는 동안에 아주 중요하게 작용할 것이다.

마왕은 처절한 포효를 부르짖으며 약 20미터 상공을 유유히 날아다니고 있었다.

하늘에서 공격할 타이밍을 재고 있겠지.

어둠에 숨어 있는 내가 공격을 당할 위험은 낮았다.

"리프레이아! 알렉스! 카니벨! 마왕이 돌진하더라도 요격하지 마! 돌진하고서 다시 날아오르는 그 틈을 노려! 파이어 브레스는 자잘단한테 맡겨!"

만약에 돌진하는 때를 노려 카운터를 적중시킬 수 있다면 큰 대미지를 입힐 수 있을 테지만, 그만큼 리스크도 크다. 그보다는 공격과 방어의 균형을 맞추는 편이 안전하다.

"크오오오오—오오!"

마왕이 한바탕 크게 포효하며 허공에서 순간 정지하여 거대한 송곳니를 번뜩였다. 그러고는 리프레이아를 향해 돌진했다.

"그러도록 놔둘쏘냐! 섀도 바인드!"

어둠에서 출현한 암흑의 촉수가 급강하하는 마왕을 요격하듯 휘감았다.

금세 뿌드득 절단되고 말았지만, 그래도 속도를 크게 줄이는 데 성공했다.

조금 전이었다면 고속으로 움직이는 상대에게 바인드를 맞추기가 어려웠을 테지만, 지금은 숙련도가 올라갔기에 가능했다. 임의의 장소에 순간적으로 바인드를 발생시킬 수 있었다.

브레이크가 걸린 바람에 속도가 줄면서 마왕의 몸통박치기의 기세가 떨어졌다. 리프레이아가 여유롭게 피했다.

마왕은 땅바닥을 미끄러지듯 착지하고서 이내 자세를 가다듬으려고 했으나 알렉스와 카니벨이 그 빈틈을 놓치지 않고 예리한 참격을 날렸다.

"궈르르르……."

두 사람의 연계 공격에 질색하며 마왕이 스텝을 밟았다.

그러나 큰 대미지를 입히지는 못한 듯했다. 딱딱한 모피가 몸통을 보호하고 있어서 어지간한 공격은 통하지 않겠지. 약점인 목 아랫부분을 집중공격하든가, 다리나 날개를 노려 기동력을 조금씩 깎아나가는 방향으로 가는 편이 좋을 듯했다.

"둘 다 물러서! 팬텀 워리어! 다크니스 포그!"

너무 오랫동안 마왕과 대치하면서 싸우는 것은 위험하다. 리프레이아를 잃을 뻔했던 실수를 되풀이하는 것은 이제 사양이다. 이제는 중상을 회복할 수 있는 수단이 없다.

어둠에 사로잡힌 마왕이 한 번 크게 울더니 이내 하늘로 탈출하는 길을 선택했다.

리프레이아의 라이트에서 시작되는 콤보를 몇 번 먹더니 학습한 듯했다.

마왕이 날개를 좌악좌악 퍼덕이며 하늘로 날아올랐다.

마음만 먹는다면 어디로든 도망칠 수 있을 텐데, 역시 마왕이라고 해야 하나? 도망친다는 선택지가 없는 듯했다. 활활 타오르는 눈동자에는 우리를 죽이고야 말겠다는 강한 의지가 넘쳐흘렀다.

"히카루, 지시를 내려줘서 살았다! 어찌나 단단하고 거대한지 어떻게 싸워야 좋을지 막막해서 위험했어."

전투가 잠시 소강상태에 접어들자 알렉스가 달려와서 말했다.

"그렇지. 우리 실력으로는 정면에서 싸우는 건 무리야. 아까도 리프레이아가 크게 다쳐서 죽을 뻔했어."

"진짜? 괜찮아? 아니, 괜찮아 보이니 문제없는 건가?"

"포인트가 있어서 가까스로……. 근데 다음은 없으니 시간을 벌면서 안전하게 차근차근 나가자. 기본적으로 지금껏 해왔던 대로 똑같이 반복해나가면 될 거야."

"히카루의 정령력은 괜찮나?"

"그럭저럭."

실제로 무리를 하지 않는다면 패배하지 않으면서 싸울 수는 있다.

우리의 체력에 한계가 있으니 전황이 조금씩 악화되는 전법이지만, 구원 병력이 올 때까지 버텨내기만 하면 된다. 이번에 마왕 토벌에 참가한 탐색자들은 모두가 은 등급 이상이다. 안 그래도 마왕이 발생하는 것 자체는 그리 드문 현상은 아니라고 한다.

마왕과 전투해본 경험이 있는 싱싱한 탐색자들이 와준다면 우리의 역할은 끝이다.

"그러고 보니 알렉스는 정령술을 안 써?"

"아, 아~. 실은 순간적으로 구사하는 건 아직 서툴러서……. 게다가 저 녀석은 불을 뿜어대니 불의 정령술은 별로 효과가 없지 않을까?"

"글쎄? 뭐, 서투르다면 지금은 굳이 쓰지 않는 편이 낫겠네. 평범하게 공격하는 편이 더 효율적일 것 같아."

"미안. 다음을 기대해줘. 연습해둘 테니까."

나는 술식을 구사하는 데 고생했던 기억이 없는데, 불의 정령술은 어렵나? 어쩌면 이 역시 사랑받는 자의 효과인가?

실제로 리프레이아도 정령술 연습을 꽤 했다고 들었던 것 같다.

나는 알렉스에게서 떨어져 어둠 속에서 상황을 살폈다.

마왕은 아까 공격이 실패해서 경계심이 강해졌는지 좀처럼 내려 오지 않았다.

그러나 시간을 벌고 싶은 우리로서는 잘 됐다. 그리고 그때가 곧 찾아왔다.

"이—봐! 괜찮나?!"

"저게 이번 마왕인가!"

안개 너머에서 구원의 목소리가 접근해왔다. 무장한 전사들이 소 리를 지르면서 달려왔다. 3층에 퍼져 있던 탐색자 파티가 합류했다.

나는 이로써 어떻게든 되리라 안도의 한숨을 휴우, 내뱉었다. 바 로 그때였다.

"과아ㅇㅇㅇㅇㅇㅇㅇ옹!"

하늘을 날던 마왕이 크게 울더니 구원하러 온 탐색자 파티를 향해 화염을 마구 뿜어댔다. 우리와 거리가 떨어져 있어서 주의를 환기 할 시간조차 없었다.

새로운 탐색자들이 더 다루기 쉽다고 여겼는지, 아니면 단순히 본 능에 이끌린 행동인지 모르겠다.

탐색자들이 화염에 휩싸였다. 방패를 든 사람은 방패로 막았고, 후위에 있는 사람은 정령술로 막으려고 했다. 그들의 움직임을 보 니 그야말로 숙련자임을 알 수 있었다. 별문제는 없었다.

그러나 마왕은 화염을 뿜어내면서 그 화염을 방패막이로 삼듯 날 개를 접고는 급강하를 개시했다.

전사들은 방패로 화염을 막은 바람에 본인의 시야를 자연스럽게 가린 꼴이 됐다.

마왕이 거대한 몸으로 한 덩어리로 뭉쳐 있는 탐색자 파티를 향해서 격렬하게 쾅, 들이박힌 뒤 주변을 휘저었다. 그들 역시 은 등급 이상의 탐색자일 테지만, 경계심이 너무나도 느슨했다.

갑작스런 질량 공격에 탐색자들이 완전히 패닉에 빠졌다. 상황이 이렇게 되면 인원이 얼마나 많든 간에 오합지졸이었다.

"젠장! 새도 바인드!"

나는 달리면서 정령술을 구사했다. 그러나 거리가 너무 멀어서 효과가 발휘되지 않았다.

이러는 동안에도 마왕의 송곳니와 발톱에 후위 정령술사들이 쓰러져나갔다.

"과와오오─옹!"

그것은 승리의 포효였다. 열두 명이나 되는 탐색자 파티를 일방적으로 유린한 마르코시아스가 땅을 가볍게 박차고서 다시 하늘로 날아올랐다.

"빌어먹을……! 싸우면서 학습하는 건가……?!"

지상에서 전투를 벌이는 것은 불리하다고 학습하고서 공중에서 일격을 가하고 이탈하는 전법으로 전환했는지도 모르겠다.

마물이 죽으면 정령석으로 변해서 착각하기 쉽지만, 저것은 엄연한 「생물」이다. 어떻게 싸워야 유리한지 생각할 수 있을 만한 두뇌는 당연히 갖고 있다. 그게 아니더라도 정령술을 구사할 수 있으니 당연히 지능을 갖고 있겠지.

"괜찮습니까?! 녀석이 다시 내려오기 전에 몸을 추스르든가, 그게 어렵다면 계단으로 물러나세요!"

"며…… 면목 없다! 느닷없이 다리를 잡아당긴 바람에……!"

"아니, 그보다 공중에 있는 상대를 공격할 수 있는 수단을 가진 사람은 없습니까? 정령술이든 활이든."

"궁수는 없어! 정령술도…… 미안. 아까 그 공격에…… 죽어버린 것 같다."

"죽었다니……."

쭉 훑어보니 열두 명이 있어야 할 탐색자가 여덟 명으로 줄어들었다. 마왕이 공격을 고작 한 번 가하여 네 명이나 죽였다는 뜻이었다.

전투에서 진형, 그리고 더 거론하자면 마음가짐이 어떠한가에 따라 이토록 생사가 갈릴 수가 있다. 마왕 마르코시아스가 하늘을 유유히 날아다니며 다시 돌진할 기회를 엿보고 있었다.

"젠장! 하늘을 공격할 수 있는 수단이 없다니……!"

천천히 호버링을 섞으면서 날아다니는 마왕은 공격수단만 있다면 좋은 표적이다. 애당초 하늘을 나는 생물이 아니고 키메라인 마르코시아스는 비행 능력 자체는 우수하지 않으니까.

구원하러 왔던 탐색자들이 어떻게든 태세를 정비했다. 부상자는 계단까지 대피했고, 싸울 수 있는 멤버는 알렉스 일행과 합류했다.

방패잡이가 전면에 나서서 돌진을 적절히 받아낸다. 파이어 브레스는 워터 실드로 막아낸다. 땅에 한 번 내려오면 절대로 놓치지 않는다. 지금 생각할 수 있는 전법은 이 정도였다.

그러나 솔직히 꽤 힘들다고 생각했다. 상황이 점점 악화되어 갔다. 상대는 경험을 자꾸자꾸 쌓아나가고 있었다.

언젠가 우리가 붕괴하리라는 예감이 들었다.

리프레이아도 같은 기분이겠지. 여태껏 본 적이 없는 심각한 표정으로 하늘을 나는 마왕을 올려다봤다. 아직은 공포 마술^{피어}을 거의 쓰지 않고 있지만, 그것을 연발하면 확실히 궁지에 몰리겠지. 그리고 아직 보지 못한 다른 마술을 쓸 가능성도 있었다.

설령 운 좋게 궁지에 몰아넣더라도 끝내 쓰러뜨리지 못하고 놓쳐버릴 가능성도 있었다. 마왕이 하늘로 도주한다면 우리는 손쓸 수가 없었다.

뭐, 현 상황에서는 마왕이 도망쳐 주리라는 가정조차 희망적인 관측에 불과하겠지만.

"알렉스. 구원군을 부르러 간 사람들은 언제 위로 올라갔지? 시간을 얼마나 벌어야 하는지 대략적인 시간을 파악해두고 싶어."

"구원……? 아까 와줬잖아?"

"아니, 그게 아니라 누군가가 전반조 토벌대를 부르러 갔어야ー."

내가 질문하자 알렉스가 어리둥절해했다.

나는 등골이 오싹해지는 기분이었다.

마왕이 출현한 후부터 지금까지의 상황을 돌이켜봤다. 나는 알렉스 파티에게 도움을 요청하러 가라는 말은 했지만, 지상으로 나가 전반조 파티를 불러오라고 부탁하지는 않았다.

아니, 애당초 후반조는 마왕이 출현하면 전반조를 불러오는 것을 전제로 움직이기로 협의가 됐기에 나도 지레짐작을 했다.

더욱이 다른 파티와 겨우 합류하자마자 3층 입구에서 곧바로 마왕과 전투를 개시했으니 도움을 요청하러 갈 만한 전력이 어디에 있었겠는가?

이제 생각할 필요도 없었다.

"아무도…… 구원을 요청하러 밖에 나가지 않았구나……?"

"미, 미안. 우리도 필사적이었고, 아무도 밖으로 올라가지 않은 것 같아."

"아니, 질책하려는 의도는 아냐. 미안."

그렇다면 이제라도 구원을 요청하기 위해 누군가가 2층과 1층을 돌파할 필요가 있다는 뜻이었다.

내 힘을 과신하는 것은 아니지만, 내가 빠진다면 전선이 붕괴하겠지. 내가 가면 가장 빠를 테지만, 나는 빠질 수가 없었다.

"알렉스, 저 사람들한테 전령을 부탁해도 되겠어?"

직전에 합류했던 파티 말이다.

은 등급 두어 명이 간다면 꽤 빠르게 2층을 돌파할 수 있을 터.

"함께 싸우지 않고? 우리만으로는 위험할 텐데?"

"아니, 이대로 계속 싸우는 게 더 위험해. 공중을 공격할 수 있는 수단도 없고. 전반조의…… 『진홍의 소병』을 불러와 준다면 확실히 정리할 수 있을 거야."

진홍의 소병은 진홍색 머리를 지닌 가넷트 씨가 이끄는 미스릴급 탐색자 파티다. 궁수도 있고, 애당초 단순 전투력이 차원이 다르다.

"길드로 돌아가서 사람들을 모아 여기까지…… 아무리 짧게 잡아도 두어 시간 정도는 걸리겠지."

"그만큼 버틸 수 있을까……?"

"운이 좋다면 알렉스한테 1포인트쯤은 생기지 않을까? 그럼 결계석으로 교환해준다면 최악의 사태만은 가까스로 면할 수 있겠지."

"나, 나더러 포인트를 쓰라고? 히카루한테도 포인트가 생길 거 아냐?"

"아니, 3포인트나 가불해서 난 무리야."

"진짜? 별수 없네."

결계석은 편리하지만, 써버리면 마왕이 표적을 잃게 된다.

그렇게 된다면 위층으로 이동해버릴지도 모른다. 카니벨이 말한 대로 계층 이동을 허용한다면 리스크가 더욱 커진다. 되도록 여기서 묶어두고 싶었다.

"그럼 전하고 올게."

"어, 되도록 서둘러 달라고 부탁해줘."

"알고 있어!"

알렉스가 떠난 뒤 나는 다크니스 포그를 전개하여 몸을 숨기고서 스테이터스 보드를 열었다. 시청자가 10억 명을 돌파하여 크리스털이 늘었지만, 그 숫자는 반투명해서 사용할 수가 없었다. 나는 3포인트를 가불했기에 포인트는커녕 크리스털도 사용할 수가 없었다. 시간은 심야 3시 반. 전반조 파티 멤버들이 푹 자고 있을 시간이겠지. 지금 부르러 가본들 바로 달려와 줄 수 있을지 어떨지—.

"……아!"

그 사실을 깨달은 것은 우연이었지만, 머리 한구석에서 한 번 한 적은 있었다.

—슬슬 새로운 술식을 익히지 않았을까?

제2위계였던 섀도 바인드가 제3위계로 올라갔다.

· 암관【다크 코핀】숙련도 0

다크 코핀은 섀도 바인드의 상급술이라 공중에는 구사할 수 없다는 걸 감각적으로는 알지만, 가뜩이나 수렁에 빠진 상황인지라 이 오산마저도 기뻤다.

알렉스가 탐색자들과 이야기를 했다. 여덟 명 중 네 명이 1층까지 돌아가기로 한 모양이었다.

나머지 네 명은 남아주려는 듯했다.

남은 탐색자는 방패잡이 둘과 후위 정령술사 둘.

마왕이 하늘에서 알렉스 일행을 향해서 파이어 브레스를 뱉었다.

자잘단이 워터 실드로 어떻게든 무력화했으나 그 후에 이어지는 돌진이 버거웠다.

묵직한 몸을 날리면서 발톱이나 송곳니로 들이대는 것 자체가 강렬한 공격이었다. 제아무리 우리가 인간치고는 강하다고 할지라도 저토록 거대한 생물체의 돌진에 멀쩡할 리가 없었다. 실제로 방패를 들었던 전사들이 버텨내지 못하고 날아가 버렸다.

다행히도 크게 다치지는 않은 듯했지만, 이래서야 시간조차 벌 수가 없었다.

마왕이 땅에 내려온 상황에서 공격을 가해봤지만, 금세 하늘로 날아가 버렸다. 몸길이가 5미터를 넘는 거대한 생물의 행동을 제한할 수 있는 탐색자가 지금 이곳에 없었다.

내 정령술만이 겨우 유효했다. 그러나 위치와 타이밍을 재는 것이 어려웠다.

"젠장! 이래서야 소모되기만 하다가 끝장나겠다! 히카루, 무슨 아이디어 없나?"

알렉스의 얼굴에도 초조한 기색이 드리워졌다.

결정타가 없다면 마물보다 우리 인간이 먼저 빠르게 소모될 것이다.

"내 근처에 내려와만 준다면 어쩌면 어떻게든 될지도 모르겠지만, 하늘을 나는 동안에는 무리야. 하다못해 궁수라도 있었다면……."

마왕이 하늘로 날아오르는 선택지만 없앨 수 있다면 다크니스 포그와 라이트의 콤보로 쓰러뜨릴 가능성이 생길 수도 있다. 물론 상대에게는 혼돈의 정령술이 있으니 방심해서는 안 되겠지만, 그래도 우리가 크게 유리해질 것이다. 그러나 궁수가 없으니 허망한 상상에 불과했다.

1층은 스켈레톤이 나와서 궁수와는 상성이 나쁘다.

2층은 감옥이고 좁은 방이 많아서 궁수와는 상성이 나쁘다.

3층은 안개가 자욱하게 끼어 있어서 마물과 맞닥뜨리면 근접전이 벌어지기 쉬워, 궁수와는 상성이 나쁘다.

4층은 앞선 층들에 비해 상성이 좋긴 하지만, 어둡고 좁아서 역시나 굳이 쓸 필요는 없을 듯하다.

그렇다면 궁수 탐색자는 5층 이하의 아래층에서 주로 싸우는 사람이라는 뜻이다.

5층은 대동굴의 둘레를 나선형으로 내려가는 계층이라서 활이 꽤 활약한다고 한다.

실제로 진홍의 소병^{크림슨 바이알}에도 궁수가 있었다.

"어쨌든 지원군이 오길 기다리자."

"그래. 저쪽도 경계하는지 공격을 별로 하질 않으니 그것만은 유일한 위안이네."

"마왕님의 마음이 바뀌지 않기만을 바랄 뿐이야."

하늘을 날면서 우리를 공격할 기회를 엿보고 있는 마왕을 주시하면서 알렉스와 그런 대화를 나눴다.

"앗, 저기…… 히카루."

어느새 리프레이아가 곁에 와있었다.

그녀는 근거리 전투의 스페셜리스트라서 현 상황에서는 활약하기가 어려웠다.

역시 절호의 순간에 섀도 바인드의 상위술인 다크 코핀을 적중시키는 수밖에 없었다. 마왕의 행동을 어느 정도 방해할 수 있는지 불명확하지만, 섀도 바인드보다는 나을 것이다. 운이 좋다면 기동력을 대폭 깎을 수 있을지도 모른다.

"리프레이아, 마침 잘 왔어. 녀석이 내려오면 내가 새로운 정령술로 구속할게. 그럼 전력으로 때려줘."

"저, 저기요."

"아아, 물론 무리하지 않는 선에서 말이야. 섀도 바인드보다 구속력이 강할 테니 더 과감하게 공격해도 되니까—."

"히카루! 내 말 좀 들어요."

리프레이아가 내 옷자락을 세게 잡아당겼다.

뒤를 돌아보니 그녀가 비장감을 풍기면서도 결의를 숨긴— 그런 표정으로 나를 똑바로 쳐다보고 있었다.

"무…… 무슨 일이야……? 역시 어디 아픈 거야……?"

"으으응, 그게 아니고요. 나…… 저기…… 히카루한테 하지 않았던 말이…… 으으응, 해야만 하는 말이 있어서."

"어, 어어, 뭔데? 그보다 다음에 하면 안 돼?"

리프레이아에게 그 말이 중요하다는 건 알겠지만, 지금은 마왕과 한창 전투를 벌이는 중이었다. 이러는 동안에도 다음에 언제 마왕이 달려들지 알 수가 없었다.

"……저기, 실은 하늘을. 공중을…… 공격할 수단이…… 있다고 해야 할까."

"그래? 검을 던진다거나? 투척해본들 닿지도 않을 거리인데―."

"으으응, 아니에요. 저기……."

리프레이아가 하늘을 날아다니는 마왕을 경계하면서 순간 말끝을 흐렸다가―.

"히카루. 당신이 어느 다른 세계에서 왔고, 낯선 사람들이 쳐다보고 있음을 말 못 한 것처럼 저도 말 못 한 게 있어요. 실은…… 말하지 않으면 안 되는데…… 그걸 말해버리면 당신이 이제 곁에 있어주지 않을 것 같아서……. 나, 제멋대로네요. 중요한 순간인데, 지금도…… 계속 숨기고……."

"리프레이아, 왜 그래? 무슨 말을―."

"……히카루한테 이제 정령술 훈련을 하지 않겠다고 했죠. 실은 그 전날에 대정령님께 갔어요. 밑져야 본전이라는 생각으로……. 그랬더니―."

리프레이아가 거기까지 말하고서 말을 잇지 못했다.

그녀가 몸을 전방으로 휙 돌린 뒤 오른손을 하늘로 뻗었다. 정령력이 그녀의 손바닥에 집중되어가는 것이 느껴졌다. 이윽고 빛나는 광구가 형성되더니 마치 에너지를 모으듯 손바닥 앞에서 수렴되어 갔다.

"설마—."

"이렇게나 탐색자들이 많으니 마왕도 어떻게든 될 거라고 생각했어요. 그래서 말하지 말자고, 비밀로 해두자고…… 그래서 상황이 이런 데도 차마 말이 나오질 않아서 근데— 두 번씩이나 목숨을 구해줬으니…… 더는 내 고집만 부릴 수는 없으니까."

빛나는 광구가 그녀의 손에서 풀려나고 싶다며 계속 깜빡거렸다.

그녀가 하늘을 선회하는 마왕 쪽으로 손바닥을 내밀었다.

"꿰뚫어라! 포톤 레이!"

리프레이아의 손바닥에서 방출된 눈부신 한 줄기의 빛이 하늘을 날던 마왕의 날개를 얕게 찢자 피가 공중에 튀었다. 대공중 공격이 없으리라 여겼던 마왕은 분노하여 크게 으르렁거렸다.

비행을 더는 못할 만큼 크게 다친 것은 아닌 듯했다. 그러나 이로써 공중이 안전하지 않다는 걸 학습했겠지. 지상을 주전장으로 삼도록 압박할 수 있을 테니 이 일격의 효과는 절대적이었다.

왜 그녀가 이 사실을 비밀로 했는지 그 이유를 모를 만큼 나도 둔감하지는 않다.

이렇게 고백하기까지 속으로 얼마나 갈등했을지도 알겠다.

왜 이런 상황에서— 라는 생각이 들지 않는 건 아니지만, 나는 그녀를 나무랄 자격이 없었다.

"……빗나가버렸습니다. 헉, 헉…… 정령력이 좀 아슬아슬할지 도…….

"익힌 지 얼마 안 됐는데 바로 적중시키는 건 어렵겠지. 그래도 대단해, 리프레이아."

말 그대로 광석의 술식이었다면 명중했을지도 모르겠다. 그러나 실제로는 그렇게까지 빠르지 않았다.

이 세계의 물리 법칙을 잘 모르지만, 눈으로 아슬아슬하게 쫓을 수 있는 속도였다. 정령력에서 유래한 힘이라서 물리 현상으로서의 빛과는 다른지도 모르겠다.

"콰오오오오오오오오오!"

마왕이 날개에서 피를 질질 흘리며 울부짖음과도 같은 포효를 내질렀다. 그러고는 공중에서 궤도를 바꿔 급강하 태세를 취했다. 대공 공격수단을 발견했다고 해도 형세가 느닷없이 역전된 것은 아니었다.

전투는 아직도 계속되고 있었다. 아직은 긴장을 풀 때가 아니었다.

"알렉스! 그쪽으로 달려들 거야!"

"알겠어! 원호해줘!"

"어떻게든 해볼게!"

마왕이 포효하면서 땅바닥을 향해 활공하면서 돌진했다.

표적은 알렉스였지만, 방패잡이 전사가 앞으로 나서 받아내려고 했다.

그러나 그 돌진을 정면에서 막아내는 것은 불가능했다. 아니나 다를까 차에 치인 것처럼 방패잡이 전사가 날아가 버렸다. 그러나 이 타이밍을 놓칠 수는 없었다.

"다크 코핀!"

몸에서 정령력이 쑤욱, 빠져나가는 느낌이 들었다.

그 후에 호흡을 한 번 하는 사이에 마왕을 기점으로 거대한 암흑의 관이 대상을 삼키듯 출현했다.

마왕이 이변을 감지하고는 스텝을 밟아 관 밖으로 달아났다.

간발의 차이로 암흑의 관이 완성됐으나—.

"알렉스, 미안! 빗나갔어!"

"별수 없지! 하압!"

알렉스가 창으로 찔렀지만 가볍게 튕겨내고 말았다.

마왕이 경쾌한 스텝으로 거리를 벌리더니 다시 유유히 하늘로 날아올랐다.

구원하러 왔던 탐색자들을 일격으로 여러 명이나 행동불능에 빠뜨렸던 경험으로 하늘에서 다이브하는 것이 효율적임을 학습했겠지. 실제로 그 공격을 반복한다면 위험하다.

그렇다고 해서 계단으로 도망치는 것도 좋은 선택이 아니다. 계단은 발밑이 불안정해서 사족보행 마물이 더 유리하고, 무엇보다 파이어 브레스를 연발했다가는 꼼짝없이 당한다.

그렇게 생각하니 상대가 다이브에 집착해주는 것이 나쁘지는 않았다.

마왕은 머리가 어중간하게 좋은 듯했다. 그렇기에 파고들 틈이 있었다.

마왕 마르코시아스가 하늘을 유유히 날아다녔다. 우리가 그동안 공격하여 대미지를 얼마나 입혔는지 알 수가 없었지만, 아직은 죽음에 이를 정도는 아니었다. 하늘을 달리는 모습에서는 여유조차 보였다.

"리프레이아. 딱 한 발 더 쏠 수 있겠어?"

"응, 딱 한 발이라면…… 가능할 것 같아."

리프레이아가 그렇게 대답했지만. 솔직히 그녀의 정령력은 한계에 달한 듯 보였다.

벌써 오늘 하루만 라이트를 여러 번이나 구사했을 뿐더러 새로운 술식은 소비 정령력도 큰 듯했다.

그리고 정령력 포션이 없었다. 크리스털과 포인트도 사용불가.

"알렉스! 정령력 포션 없어? 아니면 크리스털이 있다면 교환해도 좋다. 훗날 반드시 갚을게!"

"미안! 이미 다 싸버렸어! 쟐한테 건네준 게 마지막이야!"

"포션을 가지고 있는 사람 또 없어요?!"

후위 정령술사들도 모두 고개를 가로저었다.

정령력 포션은 고급품이다. 어쩔 수 없는 결과겠지.

리프레이아는 없는 힘을 쥐어짜내어 손바닥에 정령력을 집중시켰다.

정령술은 계약에 따라 그들의 힘을 빌려서 술식이라는 형태로 그 힘을 발현시키는…… 그런 기술이다.

그러나 그 정령력 자체는 자신의 것을 사용해야만 한다. 그래서 인간이 사용할 수 있는 정령술의 횟수에는 제한이 있다.

"윽…… 큭……!"

리프레이아의 손바닥에 모인 빛이 힘없이 깜빡였다.

포톤 레이는 장거리에서 공격이 가능할 뿐만 아니라 속도도 빠르고 무엇보다 위력이 크다.

정령력을 꽤 소비하는 술식이리라. 아무리 봐도 그녀의 몸속에 한 발을 더 쏠 만한 힘은 남아 있지 않았다.

……그렇다면 밖에서 끌어오는 수밖에 없었다.

"정령들아! 리프레이아를 도와줘! 마왕을 쏘는 거야!"

"히, 히카루……? 무슨 소릴……?"

"정령들한테는 의지가 있어. 부른다면 도와줄지도 몰라."

나는 정령들에게 말을 걸었다. 지구에서는 느낄 수도 없었던 정령들의 웅성거림.

교감이라고도 할 수 있는 느낌을 이 세계에서는 확실히 느낄 수 있었다.

"부탁해! 너희들한테 의지가 있다면 지금만이라도 힘을 빌려줘!"

—꺅꺅.

—무서운 거 혼내주는 거야? 어서 혼내줘.

—우후후.

목소리가 들려왔다. 빛의 정령들이 주변에 모여드는 것이 느껴졌다.

반짝이는 빛의 입자들이 희미하게 부유하는 것이 보였다. 이것이 빛의 정령들인가.

"리프레이아, 보여? 빛의 정령들이 응원하러 왔어. 아마 마왕은 정령과 적대관계인 것 같아."

"엇, 빛의 정령……? 사랑받는 자가 아니라서 저에겐…… 보이지 않는걸요…….."

이게 보이지 않는다고? 하지만 빛의 정령들은 분명 리프레이아에게 힘을 빌려주고 싶어 했다.

그러나 리프레이아의 손바닥에 모인 빛은 아직도 계속 깜빡이기만 했다. 술식을 발동하기에는 아직 부족했다.

나는 팔을 뻗어서 이마에 땀이 송글송글 맺힌 리프레이아를 뒤에서 끌어안은 뒤 손목을 쥐었다.

"어? 자, 잠깐, 히카루……?"

"리프레이아. 정령들이 힘을 빌려주고 싶어 해. 잘 겨냥하는 거야. 정령들의 목소리를 듣고서."

정령의 총애라는 기프트. 이 세계에서는 「사랑받는 자」라고 불리는 듯한데, 나는 전에도 정령들에게서 힘을 빌린 적이 있었다. 그 숲에서 정령력을 잃고서 거의 다 죽어갔을 때 그들이 힘을 빌려준 덕분에 「크리에이트 언데드」를 행사하여 위기를 모면할 수가 있었다.

아마 총애를 받은 자만이 정령에게서 직접 힘을 빌릴 수 있겠지. 하지만—.

—우후후.

—무서운 애는 나쁜 애니까.

—혼내줘요.

—우리를 이용해서.

—빛의 아이들을 모아서.

"앗……? 들려……. 이게 정령의 목소리……?"

아무래도 나를 통해 리프레이아에게도 그들의 목소리가 닿은 듯했다.

"신기한 목소리지?"

"웅. 바로 옆에서 들리는 것 같기도, 아주 멀리서 들려오는 것 같기도 한……. 게다가…… 느껴져요. 정령력이 몸에 들어오는 게…… 정말로 정령들이 내게 힘을……?"

"그래. 리프레이아가 마왕을 쓰러뜨려줬으면 좋겠대."

내 몸을 통하여 그녀에게 힘이 옮겨지는 것이 느껴졌다. 동시에 포톤 레이의 빛이 아까 전과는 비교조차 안 될 만큼 커다랗고 눈부시게 성장해갔다.

"히, 히카루……! 느껴, 느껴집니다. 내게도! 정령들이 힘을 빌려주고 있어요!"

"정령들이 어지간히도 마왕을 싫어하는 모양이네."

반짝반짝 빛나는 입자들이 리프레이아의 곁으로 모여들어 거대한 빛의 덩어리를 형성해나갔다.

최초에 썼던 포톤 레이와는 비교조차 안 될 만한 크기였다.

"크아오오오!"

하늘을 유유히 날면서 아마도 체력을 회복하고 있었을 마왕이 지상의 이변을 알아챘는지 방향을 급속도로 틀어서 이쪽으로 돌진할 태세를 취했다.

"마왕은 이 빛이 마음에 들지 않는 것 같아. 마침 이쪽으로 몸을 틀었어. 겨냥할 수 있겠어?"

"응. 맡겨줘. 절대로 빗나가지 않아."

예리한 나이프 같은 송곳니를 드러내며 공중에서 미끄러지듯 이쪽으로 엄습해오는 마왕.

마왕이 포효를 쩌렁쩌렁 내지르자 정면에 서 있던 우리는 음성임에도 물리적인 압박감을 느꼈다.

그러나 리프레이아의 손바닥에 모인 빛은 그 공포를 밀어내고도 남을 만큼 믿음직스러웠다. 나는 공격을 준비하는 리프레이아와는 별개로 마왕과의 거리, 속도, 그리고 타이밍을 쟀다.

"지금이야!"

"네! 꿰뚫어라! 포톤 레이!"

두웅─. 발사음조차 들릴 만한 기세로 거대한 광구가 방출됐다. 이내 한 줄기 광선이 되어 곧장 돌진해오던 마왕에게 명중했다. 늑대 대가리의 오른뺨에 파고든 광선이 그대로 관통하여 오른쪽 날갯죽지를 절단하고서 왼쪽 날개의 절반마저 찢어버렸다.

"과오오오오아아아아아아아아아아아아아아아아아아아!"

날개를 잃은 마왕이 우리를 향해 급강하하며 추락했다.

이대로는 나와 리프레이아와 격돌하고 말리라.

─이대로 가만히 있다면.

"다크 코핀!"

우리의 바로 앞에 암흑의 관을 발생시켰다.

그것은 지옥을 구현한 것 같은 깊디깊은 암흑이었다. 윤곽이 또렷한 정이십면체의 어둠이었다.

하늘에서 추락하는 기세를 몰아 돌진해오던 마왕이 그 어둠 속으로 빨려들었다.

"과아오오오오오오오오오오오······."

관 뚜껑이 닫혔다. 그리고 그 후에는 정적이 찾아왔다.

"어, 엇? 마왕은······? 저 속에 갇힌 건가요?"

"맞아. 하지만······ 이 술식은 바인드와는 달리, 구속 중일 때는 외부에서 간섭할 수가 없는 것 같네."

그 대신에 구속력이 강력했다. 그러니 이대로 구속을 유지해도 될 듯했다. 술식이 지속되는 동안에는 마왕에게 공격을 당할 일도 없을 테고, 시간도 벌 수 있다.

그러나 다크니스 포그와는 비교조차 안 될 만큼 몸에서 정령력이 엄청나게 빠져나갔다. 아마 10분도 채 버티지 못하고 정령력이 고갈될 것이다. 관 속에 구속된 마물을 외부에서 공격할 수단이 없었다.

—단 하나의 예외를 제외하고서. 나는 술자의 직감으로써 그것을 느꼈다.

"잠깐 다녀올게."

"어, 잠깐, 히카루?!"

"—다크니스 포그!"

어둠을 넓히고는 단도를 움켜쥐고서 달렸다—.

"우오오오오오오오오오!"

나는 칠흑의 안개보다도 더 농밀한 어둠이 깔린 이십면체의 내부를 들여다봤다.

마왕 마르코시아스가 밖으로 나가려고 발악하고 있었다.

그러나 어둠의 관은 그리 쉽게 파괴되지 않는다.

© Nie

다크니스 포그의 어둠 속에서는, 어둠이 더욱이 칠흑을 덮어 강도가 더욱 단단해진다.

지금껏 느껴본 적이 없을 정도로 몸에서 정령력이 지속해서 빠져나갔다. 구속력은 강력하지만, 그 대가 역시 크다는 뜻이었다. 한 번 쓸 때마다 정령력을 약간만 소모하는 바인드와는 달랐다. 활용하는 법을 바꾸지 않으면 정령력이 순식간에 고갈되고 말 듯했다. 나는 정령의 총애의 효과로 원래 보유한 정령력뿐만 아니라 정령들의 힘까지 나눠 받고 있었다. 그렇다고 해도 술식을 무한대로 쓸 수는 없었다.

느낌상으로 실사용량의 9할을 주변 정령들이 감당해주고 있는 듯했다. 반대로 말하자면 나머지 1할을 채우려면 내 정령력이 필요하다는 의미였다.

정령력의 1할을 소비하는 것이 발동 트리거라고 표현하는 편이 적절할지도 모르겠다. 어쨌든 그 1할을 늘 사용해야만 했다. 남들보다 정령술을 열 배는 더 구사할 수 있다고 해도, 이 강력한 술식을 계속 사용했다가는 금세 텅텅 비고 말 것이다. 즉, 시간과의 승부였다.

나는 다크 코핀 안으로 뛰어들었다. 다크니스 포그를 몸에 두른 정령술사만은 이 암흑의 관짝 속으로 들어갈 수가 있었다.

"가르르르아!"

"결판을 내자고……! 술식의 구속이 먼저 풀리느냐, 그전에 네가 죽느냐……!"

리프레이아가 방출한 포톤 레이에 깎여나간 얼굴 우측에서 피가 뚝뚝 흘러내렸다. 그러나 아직 남은 왼눈은 어둠 속에서도 진홍색으로 기이하게 빛났다. 그 살의는 아직도 꺼지지 않았다.

어둠의 구속에서 벗어나고자 필사적으로 몸부림을 치는 마왕의 등에 올라탔다.

딱딱한 털에 뒤덮인 마르코시아스의 사자 몸통은 뜨거워서 마왕의 생명력이 느껴졌다.

그러나 인간의 천적이라 일컬어지는 마왕이 그 얼마나 강력하고 흉악하든 간에, 약점은 하나—!

나는 온 체중을 실어서 정령력의 명맥— 목 아랫부분을 단도로 콱 내리찍었다.

"우오오오오오오오오오오!"

"과르르르아아아아!"

마왕이 오장육부의 밑바닥에서부터 포효를 토해냈다.

거의 거동할 수 없는 상태인데도, 상처에서 피가 철철 흐르는데도 괘념치 않고 온몸을 떨어댔다.

나는 마르코시아스의 등에 올라탄 채로 단도를 여러 번 내리찍었다.

어둠의 관을 유지하기 위해 정령력이 쉴 새 없이 몸에서 빠져나갔다.

정령력이 고갈되자 깊디깊은 어둠 속에 있는데도 시야가 뻘겋게 물들어갔다.

"과오오오오오오아아아아아아아아아아아!"

마왕도 잠자코 당하지만은 않았다. 몸을 떨면서 온 힘을 쥐어 짜냈다.

그때마다 몸에서 정령력이 소실되어 갔다.

정령의 총애가 있을지라도 정령력이 무한한 것은 아니었다.

"젠장! 이렇게까지 해도 명맥에 닿질 않는 건가?!"

"가르르르아아아아아아!"

마왕의 목에서 피가 철철 뿜어져 나왔다. 그러나 그 강인한 육체는 약점에 가해지는 공격을 쉽사리 허용하지 않을 만큼 단단했다.

단도는 충분히 예리했다. 문제는 내 힘이 부족하다는 것이었다.

이 결정적인 기회에 마무리를 가할 수가 없었다.

"빌어먹을! 이러면 어떠냐!"

단도를 크게 들어 올리고서 내리찍었다.

"과오오오오오아아아아아아아!"

그 순간 마왕이 몸을 크게 비튼 바람에 그 일격은 급소를 빗나가 등에 꽂히고 말았다.

그리고 동시에 어둠의 관의 구속력이 살짝 떨어졌다.

정령력도 다 떨어져간다. 이대로는 위험하다—.

그런 생각이 뇌리에 스친 순간이었다.

『—디스펠.』

마왕이 그 말을 내뱉자 어둠의 관이 녹아갔다.

이내 등에 올라탔던 나를 냅다 뿌리쳐 땅바닥에 처참하게 내동댕이쳐버렸다.

올려다보니 얼굴을 반이나 잃었는데도 왼눈을 더욱 흉악하게 빛내고 있는 마왕의 모습이 보였다.

마왕 마르코시아스가 뜨거운 화염을 날숨처럼 내뱉으며 웃고 있는 듯했다.

─죽음.

그 확실한 감촉이 등줄기를 스윽, 훑고 내려가는 것이 느껴졌다.

마왕의 거대한 아가리 속에는 송곳니가 무수히 나 있었다. 훌훌 타오르는 화염도 엿보였다.

이제 머지않아 저 어금니, 발톱, 혹은 화염에 목숨을 잃으리라.

각오를 할 수밖에 없을 만큼 죽음의 기운은 농밀했다─.

디스펠을 시전하여 어둠을 싹 걷어낸 뒤 마왕이 오로지 나를 겨냥하여 달려들려는 그 찰나─.

"라이트!"

눈앞에서 강렬한 섬광이 뿜어졌다.

마치 눈알을 태울 것만 같은 그 빛에 눈을 뜰 수가 없었다.

"이야아아아아아아아아압!!"

절박한 기합과 함께 충돌음이 띄엄띄엄 울렸다.

스텝을 가볍게 밟는 소리, 충격음, 그리고 검이 바람을 휴웅휴웅 가르는 소리.

"과르르르아아아!"

"하아아아아압!!!!"

드디어 빛에 익숙해져 눈을 뜨니 리프레이아의 대검이 마왕 마르코시아스의 목을 잘라버릴 기세로 파고드는 장면이 비쳤다.

목이 반쯤 절단되자 마르코시아스의 사지에서 힘이 쭉 빠져나갔다.

붉게 빛나던 눈알에서 빛이 사라져갔다.

"그오오오오오오오……."

마왕이 단말마의 포효를 지르며 소멸해갔다.

동시에 여태껏 본 적이 없을 정도로 거대한 『혼돈의 정령석』이 덜컹, 땅에 떨어졌다.

나는 땅바닥에 엎어진 채로 그것을 보고 있었다.

"쓰러뜨렸어……? 쓰러뜨렸나……?"

멀리서 환호성이 와아, 하고 들려왔다. 알렉스와 탐색자들이 달려오는 모습이 멀리서 보였다.

—해냈어. 해냈구나.

—무서운 걸 혼내줬네.

—꺅꺅.

정령들의 목소리가 귀에 닿았다. 아까 전까지 주변을 지배하고 있던 사악한 기운이 소멸했다.

마왕은— 죽었다. 이겼다.

우리의 힘만으로 마왕을 이긴 것인가.

『축하합니다! 이세계 전이자인 당신은 최초로 「마왕 토벌」을 달성했습니다. 초회 보너스로 3포인트를 부여합니다.』

『축하합니다! 마왕 토벌자인 당신에게 「용사」 칭호를 부여합니다. 초회 칭호 획득 보너스로 1포인트를 부여합니다.』

『가불한 3포인트를 모두 갚았습니다.』

신의 안내음을 듣는 것은 오랜만이었다.

아마 알렉스도 같은 안내음을 들었겠지. 리프레이아가 숨통을 끊었는데도 내가 토벌자로 인정받은 것으로 보아 알렉스도 대상자에 해당하겠지.

'후후…… 내가 용사라. 굳이 말하자면 용사는 리프레이아고, 난 같은 파티 멤버일 뿐인데.'

뭐, 단순히 모두에게 부여되는 칭호겠지.

1포인트를 얻은 것은 행운이지만, 칭호 그 자체에는 의미가 없었다.

"히카루! 무사한가요?!"

리프레이아가 땅바닥에 주저앉아 있는 내 곁으로 달려왔다.

빛나게 웃으며 승리를 기뻐하는 그 모습이 내 눈에는 묘하게 눈부셨다.

마왕은 상상했던 것보다 훨씬 훨씬 강했다.

이 녀석이 마술을 연발하지 않았던 것만이 유일한 구원이었다. 만약에 마술을 자주 구사했다면 틀림없이 패배했을 것이다. 디스펠을 제쳐두더라도 피어는 막을 막한 수단이 없는 강력한 마술이니까.

"무사해……. 리프레이아도…… 괜찮은 것 같네……."

"히카루? 잠깐, 괜찮아요……?"

"아아, 좀 무리를 했나 봐…… 뒷일은…… 맡길게……."

"앗, 히카루?! 히카루!!"

마왕을 쓰러뜨려 안도해서인지 의식이 멀어져갔다.

나나미를 되살려내지는 못했지만, 내 나름대로 최선을 다했다는 충실감을 느꼈다.

그렇게 나는 의식을 놓아버렸다.

전이자별 게시판 나라별 JPN 【No. 1000 쿠로세 히카루】 3799th

2: 지구의 무명 씨
설마 히카루 때문에 울게 되다니.

6: 지구의 무명 씨
나도 울고 있어.
히카루 대단해. 진짜 열심히 했어……!

7. 지구의 무명 씨
우오오오오오오오! 용사!

11: 지구의 무명 씨
마왕을 토벌하여 용사 칭호를 받았네.
어둠의 대마도사가 어둠의 용사로 승격한 건가?

12: 지구의 무명 씨
너무 굉장해. 결국 은 등급 이하의 탐색자들끼리 싸워서 승리했어!

15: 지구의 무명 씨
히카루 「잠깐 다녀올게.」
세리카&카렌 「가지 마—!」
이 대목에서 좀 웃겼어.

19: 지구의 무명 씨
히카루 「리프레이아. 딱 한 발 더 쏠 수 있겠어?」
리프레이아 「응, 딱 한 발이라면…… 가능할 것 같아.」
카렌 「뭔 얘기야?」
이 부분도 그냥 좋더라.

21: 지구의 무명 씨
가까이서 마왕을 보니 식겁했어. 요즘 CG기술이 발전해서 마물도 꽤 리얼하게 표현하긴 하지만, 실물은 진짜로 살벌해. 그런 괴물과 맞서다니 히카루는 머리에 나사가 풀린 게 틀림없어.

24: 지구의 무명 씨
그러니까 용사지…….

29: 지구의 무명 씨
보통 사람은 잠시도 버텨내질 못
하겠지.

37: 지구의 무명 씨
하지만 시청률 레이스는 안타깝네.

40: 지구의 무명 씨
큰 차이로 시청률 1위였으니까.

42: 지구의 무명 씨
용케 쓰러뜨렸네, 진짜로.

44: 지구의 무명 씨
뭐, 그래도 정말로 멋있었어. 그
상황에서 주저 없이 기권하고서
스크롤과 교환하다니.

45: 지구의 무명 씨
잠정 1위였는데 순식간에 판단을

내리다니, 역시 우리의 오빠야.

48: 지구의 무명 씨
Twitter 전 세계 트렌드, 전부
히카루랑 관련이 있어.

55: 지구의 무명 씨
위에서부터 「히카루」, 「리프레이
아」, 「알렉스」, 「자잘단」, 「마르코
시아스」, 「다크 코핀」, 「포톤 레
이」, 「마왕」, 「뿔피리 부는 소년」.

59: 지구의 무명 씨
뿔피리 부는 소년은 뭐냐?ㅋㅋㅋ

63: 지구의 무명 씨
자잘단이 어째선지 외국인한테
엄청 잘 먹히네.

65: 지구의 무명 씨
잘단, 참 좋지.
겉모습은 약하게 생겼지만, 마
왕의 화염도 막아낸 그 정령술은

멋있었어.

69: 지구의 무명 씨
리프레이아가 무모하게 굴지 못
하도록 사전에 막았다면 좋았겠
지만, 15살짜리 소년한테 그걸
요구하는 건 너무하지.

73: 지구의 무명 씨
하지만 나나미는 더는 되살아날
수가 없게 됐다고……. 히카루는
그걸 위해서 여태껏 애써왔으니
까…….

75: 지구의 무명 씨
스스로 기권을 선택할 때 후련해
하는 표정 봤지? 세리카랑 카렌
도 레이스에서 1위를 차지해야
만 한다는 강박관념이 오히려 그
세계에서 영위해야만 하는 삶에
족쇄가 된 것 같다고 말했거든.

80: 지구의 무명 씨
어둠의 대마도사이자 용사. 무
엇보다 그 장면에서 주저 없이
리프레이아 님을 구해낸 남자다
움에 반하지 않을 수가 없다.

87: 지구의 무명 씨
나나미를 이젠 되살릴 수가 없는
건가……. 히카루, 얼마나 원통
할까.

90: 지구의 무명 씨
세리카랑 카렌도 그 장면에서는
역시나 말을 잇지 못하더라.

93: 지구의 무명 씨
설령 마왕이 나타나지 않았더라
도 탐색자로서 활동하다 보면 죽
음의 위기가 언제 닥쳐올지 알
수 없어. 오히려 사전에 회복수
단을 준비해두지 않았던 히카루
의 실책이라고도 할 수 있겠지.
살아난 것 자체가 기적 같은 일

이야. 전이자가 아니었다면 100% 죽었을 테니까.

98: 지구의 무명 씨
그걸 누가 모르냐!
다 알지만, 말하지 않고는 배길 수가 없다고!

101: 지구의 무명 씨
TwiN/SiS 두 사람은 오빠를 응원하려고 돈을 꽤 많이 쏟아부은 모양이던데…….

106: 지구의 무명 씨
돈 문제가 아니잖아.
돈이 중요한 게 아니잖아.

114: 지구의 무명 씨
아니, 돈은 중요해.
TwiN/SiS는 아직 중학생이라고!

119: 지구의 무명 씨
히카루는 그 사실 역시 알 수 없

으니 별수 없어.

126: 지구의 무명 씨
뭐, 그래도 동료가 큰 부상을 입고서 사경을 헤매면 다른 선택지는 없겠지.

133: 지구의 무명 씨
그럴지도 모르겠지만, 갑자기 그 순간이 닥쳐오면 주저하기 마련이야. 여태껏 말 그대로 결사의 각오로 노력해왔으니까. 생명의 위험을 여러 번이나 겪고서 드디어 손에 쥐었으니…….

138: 지구의 무명 씨
히카루는 시청자 모두가 자신을 죽을 만큼 미워하리라 굳게 믿고서 나나미를 되살리겠다는 일념만으로 전체 1위가 됐잖아? 그걸 그리 선뜻 포기하기가 쉽지 않지. 그 시점에 이미 1위는 확정된 거나 마찬가지였으니 설령 리프레이아 님이 죽도록 내버려 두더라도 누가 뭐라고 할 수 있겠어.

140: 지구의 무명 씨
근데 마왕이 출현하니까 난도가 말도 안 되게 상승하더라. 대체 몇 명이나 죽은 거야……?

142: 지구의 무명 씨
시체가 남지 않아서 더 잔혹해.

147: 지구의 무명 씨
평범하게 탐색하다가 마왕과 갑자기 맞닥뜨려 전투를 벌인다면 그냥 죽는 거지.

158: 지구의 무명 씨
마왕에게서는 도망칠 수 없다!!

172: 지구의 무명 씨
이번 마왕전이 유독 불운한 건지, 혹은 늘 이런 식인지 모르겠지만, 너무 심하지 않나? 길드야, 일 좀 해라.

178: 지구의 무명 씨
이번에는 예상보다 마왕의 진격이 빨랐잖아. 마왕은 현상 같은 거니까 오히려 숱한 경험을 통해 만들어진 경향이나 대책에서 벗어나서는 안 돼.

200: 지구의 무명 씨
먼 옛날의 토목공사처럼 사람이 몇 명 죽든 눈 하나 깜짝하지 않게 된 걸지도 모르겠어.

206: 지구의 무명 씨
앨리맬리에 있는 전이자가 조사한 바에 따르면
·마왕은 기본적으로 강해지면서 위로 올라가는 성질이 있어서 시간을 끌면 끌수록 강해진다.
·계층을 하나씩 오를 때마다 혼돈의 성질을 하나 획득하여 마왕

으로서의 격이 상승한다.
· 마왕이 밖으로 나오면 주변에
마(魔)가 확산되어 마계가 된다.
· 보통은 그전에 대정령에게 죽
임을 당하지만, 그럴 경우에는
미궁도 붕괴한다.
―라고 해.

210: 지구의 무명 씨
어쨌든 평범한 마물과는 다르
다, 이 말이군.

224: 지구의 무명 씨
잘단이 뿔피리를 발로 차버린 바
람에…….

229: 지구의 무명 씨
사고라고 해야 하나, 그런 돌발
적인 변수는 늘 있기 마련이니
까. 보고하고서 대책을 마련하
면 돼.

232: 지구의 무명 씨
하인리히 법칙을 현지인에게 가
르쳐주는 전이자…….

236: 지구의 무명 씨
앨리맬리에 비해서는 엉망이긴
했어. 길드끼리 이런 정보를 서
로 공유하지 않나?

243: 지구의 무명 씨
바다를 사이에 두고 있는 타국이
니까…….미궁을 만드는 기술자
같은 사람들은 있는 듯하지만,
운용방법까지는 세세히 지도하
지 않을지도 몰라.

248: 지구의 무명 씨
앨리맬리는 굳이 강한 토벌대와
약한 토벌대를 나눌 필요가 없을
정도로 강한 파티가 즐비하잖
아. 멜티아는 신인육성에 더 힘
을 기울이지 않으면 큰 코 다칠
거야. 아니, 애초에 미궁 구성부

터가 안 좋구나.

2층과 4층은 사냥하기가 적합하지 않아서 3층에 특화된 탐색자들이 많아. 그 결과가 바로 이렇게 나타난 거야.

255: 지구의 무명 씨
여태까지 기존 방식이 잘 먹혔던 거겠지. 강한 파티를 아껴뒀다가 마왕 전투에 투입하는 방식은 허만 찔리지 않는다면 사망자가 나오지 않을 테고, 재빠르게 쓰러뜨릴 수 있어.

259: 지구의 무명 씨
그냥 하이리스크 하이리턴을 택한 것처럼 느껴지는데…….

266: 지구의 무명 씨
잘 풀릴 때는 하이리스크를 깨닫지 못하는 법이야. 인간이란 원래 어수룩한 존재야.

289: 지구의 무명 씨
알렉스가 「마왕 토벌 때는 늘 사망자가 나와」 하고 겁을 줬으니 아마 매번 사망자가 나왔겠지. 그리고 길드는 탐색자의 희생을 별로 괘념치 않는다.

293: 지구의 무명 씨
길드는 마왕만 쓰러뜨릴 수 있다면 뭐든지 상관없을 테니까.

300: 지구의 무명 씨
은 등급은 위에서 네 번째인 「앞가림 정도나 하는」 레벨에 불과하니까. 게임에 빗대자면 겨우 동검을 구입할 수 있게 된 수준이야. 즉, 얼마든지 갈아 넣을 수 있는 인재…….

308: 지구의 무명 씨
목숨은 무한히 존재하지 않는다는 걸 몰랐더냐!

317: 지구의 무명 씨
어쨌든 히카루는 잘 했어. 그 녀석은 탐색자가 된 지 얼마 안 된 청동급 포터에 불과했으니까.

321: 지구의 무명 씨
은 등급은 실력 차가 굉장히 큰 계급인 것 같아. 리프레이아 님도 은 등급이고, 오자마자 당해 버렸던 피라미 파티도 은 등급이고.

330: 지구의 무명 씨
리프레이아도 마왕의 일격에 죽을 뻔했잖아.

333: 지구의 무명 씨
시청자 시점에서 히카루한테 이래라저래라 훈수 두고 싶은 마음은 알겠지만, 우린 외부인이라서 무엇이 최선인지 말할 수 있는 거야. 시킨다고 척척 해낼 수 있는 간단한 문제도 아니었고 말

이지. 알렉스한테 메시지를 보냈던 모양인데, 볼 만한 여유도 없었고 설령 있었다고 쳐도 말처럼 쉽게 풀리면 애당초 고생을 했겠냐?

339: 지구의 무명 씨
사실 내가 그곳에 있었다면 엉엉 울면서 뿔피리를 불었을 것 같아.

351: 지구의 무명 씨
카메라가 이따금 뿔피리 소년을 자꾸 비춰서 은근히 웃기더라.

358: 지구의 무명 씨
울면서 필사적으로 불었으니까. ……아니, 실시간으로 봤을 때는 비장함으로 가득했는데, 지금 돌이켜보니 묘하게 웃기네. 뭐야, 이거.

382: 지구의 무명 씨
리프레이아 님의 마포(魔砲), 엄

427

청 강력했지.

387: 지구의 무명 씨
마포라고 하지 마.

391: 지구의 무명 씨
빛이니 거의 무속성 공격이라고
봐야 하나? 역시 빛과 어둠은 특
별한 속성?

396: 지구의 무명 씨
그럴지도 몰라. 고레벨의 회복
술과 공격술 모두 존재하는 빛의
정령술은 치트 같은 느낌이 좀
들어.

410: 지구의 무명 씨
남들은 물이랑 불을 가지고 놀
때 하전입자포를 꺼내는 건 너무
비겁해.

413: 지구의 무명 씨
라이트도 그렇고, 포톤 레이도

그렇고…… 광 속성이라고 해야
할지 전기 속성이라고 해야 할
지.

420: 지구의 무명 씨
기동전사 ㅇ담 리프레이아

423: 지구의 무명 씨
야ㅋㅋㅋ

426: 지구의 무명 씨
검술에 빔 병기도 있으니까.

429: 지구의 무명 씨
섬광탄도 있다고!

432: 지구의 무명 씨
라이트에서 소리도 났다면 인간
을 상대로 무적의 술식이었겠
지.

440: 지구의 무명 씨
태양권은 강캐한테도 통하는 편

리한 기술.

447: 지구의 무명 씨
근데 마왕은 완벽한 키메라라더
라.

453: 지구의 무명 씨
근데 지구랑 관계도 없는 이세계
인데 「마왕 마르코시아스」라는
이름으로 출현했잖아? 그거 솔
로몬이 사역한 악마잖아. 역시
지구랑 관련이 있나?

476: 지구의 무명 씨
지옥의 후작, 서른 번째 신수 마
르코시아스인가.(wiki 읽어봄)
이거 겉모습의 묘사도 일치하잖아.

479: 지구의 무명 씨
이세계의 정체는 다른 곳에서 열
심히 고찰하고 있으니까 여기서
자세히 얘기해본들 소용없겠지
만, 지구와 모종의 관계가 있는

건 거의 틀림없는 것 같아.

487: 지구의 무명 씨
단순히 둘 다 신이 만든 세계라
서 세세한 부분이 똑같은 거 아
냐? 애당초 완전히 이세계 판타
지의 세계잖아.

493: 지구의 무명 씨
확실히 고찰하는 게 바보처럼 느
껴질 정도로 대놓고 이세계 판타
지이긴 하지…….

500: 지구의 무명 씨
마르코시아스가 나왔는데 뭐 어
쩌라고? 라는 소리가 나올 만큼
이세계 판타지.

507: 지구의 무명 씨
엘프가 나왔던 시점에 지겹도록
들었던 소리.

512: 지구의 무명 씨
뭐, 신이 어떤 개입을 한 것은 틀림없겠지만, 애당초 원래 있었던 세계인지 아닌지 잘 모르겠어.

515: 지구의 무명 씨
아직 집단환각설이 완전히 부정되지 않았으니까…….

518: 지구의 무명 씨
자작급인지 뭔지 작위가 붙어 있던데, 왕 아니었어?

552: 지구의 무명 씨
미궁에서 나와야만 비로소 마왕이고, 그전에는 미완의 마왕이라고 봐야지. 미궁에서 나온 시점에 「왕작급 마왕」이 되는 거라고.

527: 지구의 무명 씨
4층에 있던 상태에서 감정해봤더니 자작이었어. 그렇다면 3층에서는 백작, 2층에서는 후작, 1층에서는 공작, 그러다가 끝내 밖으로 나오면 왕작이 되는 느낌?

530: 지구의 무명 씨
아마도 그렇겠지. 어디까지나 몬스터 감정 내용만 놓고 봤을 때.

536: 지구의 무명 씨
과거에 대마왕이라는 존재가 있었다고 하니, 그 녀석이 킹 오브 킹이겠지. 제왕인지 황제인지는 모르겠지만.

540: 지구의 무명 씨
그나저나 3층까지 올라오는 속도가 너무 빠르지 않았어? 시간이 더 걸릴 거라고 했잖아?

547: 지구의 무명 씨
마왕의 종류에 따라 다르대. 무지무지 느리게, 더욱이 벽으로 변신하여 올라왔던 슬라임형 마왕도 과거에(앨리스맬리스이지만) 출현했던 모양이야.
이번에는 늑대 형태라서 속공 마
왕이었겠지.

555: 지구의 무명 씨
히카루의 새로운 정령술, 너무
대단하지 않아?

560: 지구의 무명 씨
암관이라. 이세계 전체에서도
쓰는 사람이 지극히 적을 것 같
은 정령술이지.

567: 지구의 무명 씨
다크 코핀, 확실히 굉장하긴 한
데 어둠이 너무 깊어서 영상 해
석을 하지 않으면 실루엣조차 보
이지가 않아서 말이야…….

576: 지구의 무명 씨
마왕전 때 참가 파티가 왠지 적
은 것 같아서 의아했는데, 안개
속에서 전투에 가세하지 않고 눈

치만 보던 녀석들이 카메라에 언
뜻언뜻 비쳤어…….

584: 지구의 무명 씨
이력으로 확인. 진짜네. 이 녀석
들, 제정신이냐?

587: 지구의 무명 씨
뿔피리 소년의 피리 소리를 듣고
서 근처까지 오긴 했지만, 마왕이
몹시 사나워서 겁을 집어먹었다?

591: 지구의 무명 씨
두려움이 전염돼서 도망친 모양
이네.
세 파티이니 열여덟 명이나 한꺼
번에.

593: 지구의 무명 씨
최악의 인간들 아냐?

595: 지구의 무명 씨
마왕과 싸울 생각 자체가 없었겠

지. 그냥 처음부터 참가상을 노리고 참여한 녀석들 아니겠어?

599: 지구의 무명 씨
마왕의 다이빙에 당했던 그 파티 멤버들, 울려야 울 수도 없겠어.

605: 지구의 무명 씨
뭐, 뿔피리 소년이 가락을 엉터리로 불어댔으니 마왕이 어디 있었는지 몰랐다고 딱 잡아떼면 통하겠지…….

612: 지구의 무명 씨
저 녀석들이 가세했더라도 히카루가 없었다면 전멸했을 가능성이 높지 않았을까? 목숨을 보전했으니 현명하다고 봐야 하나?

622: 지구의 무명 씨
길드가 주최한 토벌이니 중간에 벌어졌던 혼선은 전부 길드의 잘못이야. 하다못해 현장 지휘관

같은 사람이라도 놔뒀어야지.

631: 지구의 무명 씨
길드가 권력을 더 활용하여 통솔했어야 하는 안건으로 보이긴 하지만, 애당초 탐색자가 자발적으로 참가한 거잖아? 포상도 마왕을 쓰러뜨린 탐색자한테만 주어지고.

640: 지구의 무명 씨
탐색자는 권력을 싫어하는 것 같던데. 그치~.

645: 지구의 무명 씨
무뢰한들의 집단이니까. 그치~.

648: 지구의 무명 씨
결국 이로써 시청률 레이스 1위는 누가 차지했어?

655: 지구의 무명 씨
잔느겠지. 누굴 되살릴지는 모

르겠지만.

661: 지구의 무명 씨
잔느도 태생이 꽤 복잡한 것 같
던데. 부모를 되살리려나?

666: 지구의 무명 씨
본인이 아무 말도 하질 않아서
모르겠다.

670: 지구의 무명 씨
히카루, 결국 해내질 못했구나.
하지만 죽은 사람은 되살릴 수
없는 게 당연해. 그걸 깨는 건
자연의 섭리를 초월하는 행위이
고. 소꿉친구가 그런 신과 동등
한 존재가 되지 않아서 차라리
다행이야.

674: 지구의 무명 씨
부활은 종교적으로 상당히 특별
한 현상이지?

680: 지구의 무명 씨
그래도 나는 되살아나길 바랐어.

685: 지구의 무명 씨
그럼 진범도 밝혀졌을 테니 말
이야.

693: 지구의 무명 씨
부활한 나나미가 히카루가 진범
이라고 증언하면 어떻게 돼?

697: 지구의 무명 씨
딱히 아무 일도 없겠지. 세리카
랑 카렌은 비난 세례를 받을지도
모르겠지만.

700: 지구의 무명 씨
근데 세리카가 언급했던 「그녀,
포톤 레이를 쓸 수 있게 됐네요」
가 완전히 적중해서 지켜보다가
소름이 돋았어. 이건 예언자잖
아……

702: 지구의 무명 씨
만약에 세리카한테 교제하는 남자가 있다면 금세 거짓말 같은 걸 간파하겠네.

706: 지구의 무명 씨
오히려 거짓말을 잘 못하는 남자를 좋아한다고 했을 정도이니까.

709: 지구의 무명 씨
근데 히카루, 상당히 오랫동안 혼절해 있네. 이대로 죽는 건가?

716: 지구의 무명 씨
목숨에는 지장이 없다고 베테랑 파티의 물의 정령술사가 분명히 말했으니 괜찮겠지.

718: 지구의 무명 씨
자고 있는 히카루의 몸을 리프레이아가 뺨을 붉히면서 닦아주는 장면이 실로 좋았지.

722: 지구의 무명 씨
근데 이로써 리프레이아 님이랑 헤어지는 거지?

729: 지구의 무명 씨
리프레이아 님은 빔포를 구사하질 못하면 성당기사 시험에 합격할 수가 없어서 수행차 온 거니까. 빔을 쓸 수 있게 됐으니 여기 있을 의미가 없고, 히카루도 더는 함께할 수 없다고 단호히 말했으니까.

733: 지구의 무명 씨
그토록 좋아하는데…… 리프레이아 님…….

740: 지구의 무명 씨
그건 히카루도 마찬가지라고 봐.

804: 지구의 무명 씨
그러고 보니 알렉스의 시청률 레이스 결과는 어떻게 됐어?

807: 지구의 무명 씨
13위네, 현재. 조금 더 오를지도 모르겠지만, 탑 10위 안에는 들기 어려울 것 같아.

819: 지구의 무명 씨
세리카「리프레이아 씨가 죽지 않은 건 다행입니다. 만약에 죽었다면 오빠는 지금보다 훨씬 고통스러워했을 테니까. 시청률 레이스는 안타깝지만, 우리가 오빠를 응원했던 이유는 무모하게 굴지 않도록 제어하기 위해서였고…… 실제로 1위를 따낼 수 있는 국면에서 벌어질 뻔했던 결정적인 객기를 억누를 수 있었습니다.」
카렌「맞아. 그치~. 나나밍이 되살아나길 바랐지만, 우리의 최우선 대상은 오빠이니까.」
세리카「살아 있기만 한다면 아마도…… 이건 우리의 감인데, 언젠가 신이 어떤 형태로든 『지구 귀환권』을 꺼낼 거라고 생각합니다. 그러니 그때까지 오빠의 목숨을 지켜내는 것. 그게 우리의 최대 목표.」
세리카&카렌「그러니 오빠한테 해를 가하려는 사람은 우리가 용서치 않아.」

828: 지구의 무명 씨
무서워…….

835: 지구의 무명 씨
어쩌다 저렇게 드세게 컸을까…….

840: 지구의 무명 씨
아직 어린애라서 그래. 어린애라서.

859: 지구의 무명 씨
그에 비해 오빠와 나나미와 그 가족을 살해했던 범인은 그냥 놔두는걸, 뭐. 방범 카메라를 해킹하는 등 갖은 방법을 동원했다면 찾아내지 않았겠어?

976: 지구의 무명 씨
〉〉859
안 해봤을 것 같아요?

979: 지구의 무명 씨
무서워…….

"으……응……. 여긴 어디……?"

눈을 떴더니 모르는 방에 있었다.

마왕을 간신히 쓰러뜨렸고— 그 뒤의 기억은 없었다.

모르는 방이라고 했지만, 물론 컴퓨터만이 놓여 있는 하얀 방이 아니라 어느 여관의 객실이었다. 누군가가 기절한 나를 여기로 옮겨다 줬겠지.

"새근……새근……."

"응……?"

숨소리가 들려서 옆을 돌아보니 연한 금발의 머리카락이 시야에 들어왔다.

기절한 나를 간병해 줬는지, 리프레이아가 침대에 머리를 올린 채로 자고 있었다. 그러고 보니 이 방은 리프레이아가 빌렸던 객실이었다. 벽에 그녀의 장비품이 세워져 있었다.

"리프레이아. 리프레이아."

내가 부르자 그녀가 가볍게 뒤척인 뒤 눈을 떴다.

"……음……."

"잘 잤어? 그런 데서 자면 감기 걸린다?"

"아, 아앗! 히카루! 다행이야!"

리프레이아가 몸을 일으키자마자 끌어안았다. 달콤한 향기에 콧속이 화악 녹아내렸다.

그녀의 긴 머리칼이 목에 닿아 간지러웠다.

"우우~ 다행이야. 다행이야~. 이대로 영영 눈을 뜨지 않으면 어떡하나 했는데."

"호들갑은. 잠시 기절했을 뿐이겠지."

"잠시가 아니에요! 히카루, 이틀 내내 잤는걸요?"

"이틀이나……?"

의외로 대미지를 크게 입었던가? 아무리 그래도 너무 많이 잤다. 아니, 혼절했다고 봐야 하나……?

"몸을 일으킬 수 있겠어요……?"

"어, 으응."

지금껏 살아오면서 이틀 내내 자본 경험이 없었다. 예전에 숲 속에서 정령력이 거의 다 떨어진 상태에서 마물에게 습격당했을 때도 수십 분 만에 눈을 떴다.

몸이 어딘가 망가졌다고 해도 이상하지 않았다.

"아무 데도 이상은 없는 것 같은데……."

침대에서 몸을 일으키니 현기증이 가볍게 났지만, 딱히 아픈 데는 없었다.

"잘 됐어요……. 히카루, 마지막에 무모하게 달려들어서…… 나, 얼마나 걱정한 줄 알아요……?"

"아니, 그땐 이미 모두가 무모하게 버티는 상황이었어. 냉정하게 돌이켜보니 무리하지 말고 다 함께 도망치는 편이 나았는지도."

전투를 벌이다가 분비된 아드레날린이, 혹은 마왕을 밖으로 내보내서는 안 된다는 사명감이 도주라는 선택지를 머릿속에서 지워버렸을지도 모르겠다.

시청률 레이스도 기권으로 처리됐으니 무리할 필요가 없었는지도 모르겠다.

……뭐, 새삼스레 따져본들 소용없긴 하지만.

"어쨌든 이겨서 다행이야. 리프레이아, 덕분에 살았어. 이젠 꼼짝 없이 죽는구나, 하고 각오했거든."

"준비하고 있었어요. 언제든지 달려들 수 있도록. 정령들이 힘을 빌려준 덕분에 정령력도 조금 회복됐거든요."

"마왕 토벌자가 된다면 성당기사 시험은 확실히 돌파할 수 있겠네."

"아……."

내가 그렇게 말한 순간, 리프레이아가 한숨을 살짝 내쉬고는 표정이 어두워졌다.

그녀는 성당기사 시험의 난관이었던 포톤 레이를 익히는 데 성공했다. 그것은 드디어 정말로 이 도시에서 탐색자를 계속해야 할 이유가 사라졌다는 걸 의미했다.

즉, 이제 우리가 함께 있을 이유는 없다.

나는 모든 생활이 생중계되고 있으니 리프레이아와는 함께 할 수가 없다.

리프레이아도 성당기사가 될 수 있으니 고향으로 돌아간다.

"그러고 보니 찰과상을 꽤 입었는데도 깨끗하네."

나는 짐짓 옷 속을 살펴보며 화제를 돌렸다.

성당기사가 화제에 오르면 우리의 이별 이야기가 나오지 않을 수가 없었다.

지금 리프레이아는 그 화제를 꺼내고 싶어 하지 않는 눈치였다.

"그 전투 후에 『진홍의 소병』 전원이 도착해서 정령술로 치유해줬

439

어요. 히카루도 얼마나 지독하게 다친 줄 알아요?"

"그렇구나. 별로 자각은 없지만……. 감사 인사를 해야겠네. 만날 기회가 있으면 좋을 텐데."

"그럼…… 오늘 파티가 열리니 거기서 만날 수 있을 거예요. 히카루의 몸에 문제가 없다면 말이죠."

"파티?"

"마왕 토벌의 공을 치하하고자 영주님이 파티를 연대요. 거기서 시상식도 있을 테니, 출석하지 않으면 포상을 놓칠걸요?"

그렇구나. 마왕을 쓰러뜨린 것은 꽤 특별한 업적인 듯했다.

그나저나 파티라. 눈에 띄고 싶지 않아서 내키지는 않는데…….

"별로 가고 싶은 마음은 없지만, 포상을 얼마나 준다는 거지?"

"히카루는 마왕을 토벌한 최고 수훈자가 될 테니 꽤 많이 받을 수 있을 겁니다."

"돈이라. 최고 수훈자가 될 리는 없겠지만, 조금이라도 받을 수 있다면 가봐야 하나."

마왕에게서 나온 혼돈의 정령석을 손에 넣을 수 있다면 무조건 갔을 테지만, 역시나 그건 어렵겠지. 그러나 돈이 있으면 다른 마물의 「혼돈의 정령석」이나 「어둠의 정령석」을 입수할 수가 있다. 크리에 이트 언데드는 앞으로 혼자서 미궁을 돌아야만 하는 나에게는 생명 줄에 가까운 술식이다. 그렇다면 파티 정도는 참석해두는 편이 좋 겠지.

더욱이…… 돈은 많으면 많을수록 좋은 법이니.

파티에 참석하기로 했지만, 나는 변변히 가진 옷이 없었다.

그러나 탐색자들이 참가하는 파티라서 평상복을 입고 가도 문제는 없다고 한다.

리프레이아가 제대로 차려입고 가겠다기에 나는 그녀를 기다리는 동안에 근처 의복점에 들어가 중고 셔츠와 바지를 구입했다. 파티 회장은 영주의 저택이라고 했다. 평상복도 괜찮다고는 했지만 차마 꾀죄죄한 옷으로 참석하기가 꺼려졌다. 뭐, 방금 구입했던 셔츠와 검은 바지도 평상복보다 그나마 나은 수준에 불과했다. 다른 참석자들도 아마 비슷하겠지.

탐색자 같은 거친 사람들이 예복 같은 옷을 갖고 있을 것 같지도 않았다.

"……그나저나 이렇게나 바뀌다니."

여관 밖에서 리프레이아를 기다리다가 도시에 감도는 정령력의 질이 바뀌었음을 알아채고서 나는 놀랐다.

대정령이 있어서 온 거리에 정령력이 짙게 흐르는 건 여전했지만, 미궁에서 흘러나오던 정령력은 대기의 색깔이 바뀔 정도로 감소했다. 리프레이아가 묵는 여관에서 저 멀리 미궁의 입구가 보이는데, 미궁의 크리스털 색깔이 거의 투명해졌다. 아마 마왕을 토벌한 영향이리라.

자세한 내용은 이따가 리프레이아에게 물어보자.

"오래 기다렸죠!"

목소리가 들려서 뒤를 돌아보니 순백의 여신이 서 있었다. 펄화이트 롱드레스.

가지런히 빗은 뒤 일부를 꼬아 올려서 멋을 부린 아름다운 플라티나 블론드.

입술은 은근히 붉게 칠했다. 그녀가 살짝 홍조가 감도는 얼굴로 나를 쳐다봤다.

"리프레이아……?"

"아, 엇, 왜 그래요? 정령한테 홀린 것 같은 표정을 다 짓고."

"……아아, 너무 아름다워서."

나는 솔직히 말했다. 그녀는 원래부터 반짝이는 미인이었다. 그러나 파티용으로 멋을 부린 리프레이아는 그 어떤 찬사도 아깝지 않을 만큼 완벽했다.

"……히카루도 멋있어요."

내 말을 듣고 수줍었는지 머리카락으로 얼굴을 가리며 그렇게 말했다. 리프레이아와 비교하여 내 모습은 그야말로 옷이 날개라고 할 수 있었다. 아니, 그 옷조차도 모양새가 꽤 미묘해서 민망할 정도였다.

"내 옷…… 이상하지 않아요?"

"굉장히 잘 어울려. 그런 드레스를 갖고 있었구나."

"이거…… 빛의 신전의 무녀가 입는 정장이에요. 일단 파티에 가거나 할 때 입을 수 있다며 챙겨줘서."

그러고 보니 예전에 불의 대정령이 나를 먹기 위해 신전을 뛰쳐나왔을 때 여러 무녀와 신관들을 봤다. 다들 드레스 같은 옷을 입었던 듯했다.

"그, 그럼 가볼까요!"

"아, 어어."

리프레이아가 자신의 왼팔로 내 오른팔을 휘감았다. 아무래도 공주님을 에스코트하라는 분부이신가 보다.

우리는 잡담을 나누면서 영주의 저택에 이르는 길을 걸었다.

그러던 중에 미궁 입구에 있는 거대한 크리스털…… 정령석의 색깔이 왜 빠졌는지 이유를 물었다.

마왕은 미궁에 혼돈의 정령력이 일정량 이상 고이면 발생한다고 한다. 그리고 마왕이 토벌되면 그 마와 현상이 단번에 해소되어 지금 같은 상태로 되돌아간다고 한다.

그러나 이 상태에서는 미궁 내부가 「너무 깨끗」해서 마물이 잘 발생하지 않게 된다. 그래서 마왕을 토벌한 뒤에는 일정 기간 미궁 자체에 들어갈 수 없도록 금지한다고 한다.

즉, 마왕의 발생과 토벌도 모두 상정해두고서 미궁이 운영된다는 뜻이었다. 인간의 업보라고 해야 할지, 외줄타기 같은 느낌이 꽤 들었다. 그만큼 미궁에서 나오는 자원 없이는 살아가기가 어렵다는 뜻이겠지.

파티 회장으로 가는 동안에 리프레이아는 꽤 주목을 끌었다.

이목을 끌 수밖에 없는 빛이 있었다.

그녀는 최고의 『빛의 성당기사』가 되겠지.

어둠을 칠해야만 살아갈 수 있는 나와는 정반대의 인종.

이 도시에서, 그 미궁에서 나와 리프레이아가 만난 것은 그 자체가 일종의 기적이자 신의 변덕이었다.

회장이 있는 영주의 저택은 이 도시에서 가장 윤택한, 물의 대정령의 지배구역 안에 있었다. 미궁에서 꽤 떨어져 있었다. 대정령의 신전에서도 떨어져 있어서 「사랑받는 자」인 나도 별문제 없이 참석할 수 있을 듯했다.

대정령이 「사랑받는 자」를 먹고 싶어 한다는 사실을 알게 된 이후로 나는 과민할 정도로 대신전과의 거리를 신경 쓰게 됐다.

"엄청 호화로운 저택이네……. 영주는 귀족인가?"

"물론 그렇죠. 이 땅을 다스리시는 분은 페르메 백작님. 백작님의 선대께서 이 땅에 대정령을 초빙하시어 미궁도시의 역사가 시작됐다고 해요."

"초빙?"

"어머? 히카루는 모르죠? 미궁을 만들려면 대정령님을 세 분 이상 모아야만 하는데요?"

"그건 전에 들었는데…… 그렇구나. 인간은 일부로 대정령을 모아서 마물이 발생하는 미궁을 만드는구나."

어쨌든 호화로운 저택이었다. 성은 아니지만 부지가 넓어서 정원이 딸린 2층짜리 궁전 같은 느낌이었다.

망루나 오래된 석벽을 보니 지어진 지 꽤 오래된 듯했다.

어쩌면 이 건물은 미궁도시가 세워지기 전부터 있었을지도 모르겠다.

의외라고 해야 하나, 입구에서 아무런 검문도 받지 않았다. 그대로 회장에 들어갈 수가 있었다. 전 일본인으로서 이런 곳은 경비가 삼엄하다는 선입견이 있는데, 뜻밖에도 설렁설렁 운영되나 보다.

"앗! 너희들……!"

"어?"

"아앗, 역시 맞아! 잠깐 괜찮을까?"

누가 말을 걸어서 뒤를 돌아보니 왠지 낯이 익은 남자들이 있었다. 다른 옷을 입어서 인상이 꽤 달라지긴 했지만, 2층으로 이어지는 계단 앞에서 마왕에게 치였던 파티인 듯했다.

그때 우리가 도착했을 때 다들 너덜너덜한 만신창이 상태였다. 파티에 참석할 수 있을 만큼 회복된 모양이었다.

나는 전말을 끝까지 보지 못했기에 그들 멤버가 모두 살아남았는지, 아니면 몇 명이 마왕에게 희생됐는지 잘 모르겠다. 개중에서 유독 어린 소년이 눈동자를 반짝이며 이쪽을 쳐다보고 있었다. 리더로 보이는 청년이 말을 계속했다.

"그땐 덕분에 살았어. 너희들이 도와주지 않았다면 우린 전멸했겠지. 감사를 표할게."

"아뇨, 아뇨, 직접 도와준 건 알렉스 파티예요. 우린 조금 늦었고요."

그때 알렉스 파티는 이미 마왕과 싸우고 있었다. 우리는 그 전투에 가세한 것에 불과했다.

"물론 그들한테도 고마워. 그 셋은 당찬 신인들로 구성된 파티로서 유명한 『뇌명(雷鳴)의 송곳니』잖아. 그 마왕을 상대로 그토록 버텨내다니 역시 허명이 아니었어."

뇌명의 송곳니……? 그게 그 녀석들의 파티명인가……. 착한 녀석들이긴 하지만, 그렇게 강해 보이는 이름을 붙이면 본 실력과 이름과의 괴리를 어떻게 감당하려고……. 뭐…… 그런 걸 좋아하는 나이이긴 하겠지. 어쩌면 캐나다인 알렉스의 센스일지도 모르겠다. 일

445

본인은 낯부끄러워서 차마 붙이지 못하는 이름을 대담하게 붙일 것 같으니…….

탐색자 청년이 알렉스 파티에게 감사를 보내면서도 「—하지만」 하고 말을 이었다.

"……그들만 있었다면 전선이 금세 와해됐겠지. 우린 뒤에서 보고 있었기에 다 알아. 그들은 아주 강했지만, 역시나 마왕의 공격을 받아내기에 급급했어. 너희들이 오지 않았다면 몇 분 만에 끝장이 났을 거야. 그리 됐다면 우리도 마왕한테 죽었겠지."

확실히 알렉스는 아직 독자적으로 싸울 수 있는 느낌은 아니었다.

탐색자 경력이 1년도 채 되지 않는 전 지구인치고는 훌륭한 편이긴 하지만, 역시나 단 셋이서 마왕과 겨루기에는 부족한 듯 보였겠지.

더욱이 우리가 패했다면 그들 역시 틀림없이 마왕에게 살해당했을 것이다.

마왕은 호전적이고, 꼼짝도 못 하는 상대에게 관용을 베풀어줄 만한 타입으로도 보이지 않았으니까.

그러나 그것은 결과론이다.

알렉스 파티가 없는 상황에서 우리만 싸웠다면 그 역시 패배했을 테니까.

"어쨌든 감사를 받아줘. 너희 두 사람…… 아니, 네가 지휘를 해준 덕분에 그 아수라장에서 버텨낼 수 있었어."

"지휘라뇨……. 그저 내 전투방식과 마왕의 상성이 조금 좋았던 것뿐인데요."

"그렇지 않습니다! 저, 뿔피리를 불면서 쭉 보고 있었거든요. 당신이 지시를 내릴 때마다 마왕이 그대로 움직여서……! 마치 미래를 볼 줄 아는 사람 같았어요!"

눈빛을 반짝이던 소년이 열렬히 대화에 가세했다. 줄곧 필사적으로 뽈피리를 불었던 소년이었다.

그때는 시종 울상이었기에 인상이 상당히 달랐다. 그나저나 나를 묘하게 높이 평가하는데, 역시나 미래를 보는 것 같다는 칭찬은 과했다.

마왕은 행동 패턴이 그리 많지 않았다.

그보다 마물 자체가 행동 패턴이 그리 많지 않다.

"……뭐, 그땐 전투에 집중하느라 정신이 없었지만, 어쨌든 누군가를 도왔다니 다행이야."

실제로는 모두의 힘으로 쟁취해낸 승리였다. 나는 내 역할을 완수했을 뿐이라서 무슨 오해를 하는 게 아닌가, 하는 생각마저 들었다.

"아— 히카루, 창피하군요? 그토록 잘 싸우면서도 자신을 늘 과소평가하니까."

"아니, 딱히 싸운 적은 없지. 그저 시간을 잘 벌었을 뿐."

"거봐요. 금세 그런 소리를 한다니까."

리프레이아도 나를 묘하게 높이 평가했다. 그건 같은 파티 동료이기에 콩깍지가 씌워진 거겠지. 그녀는 전사니까 나와 상성이 좋다는 이유도 있을 테고.

"저기저기, 히카루 씨는 이 도시에서 본 적이 없는데, 어느 다른 미궁에서 활동했나요? 그토록 강하니 금 등급이나^{그노움}…… 아니, 마도은급이라고 봐도 이상하지 않은데요.^{온디누}"

다른 미궁에서도 탐색자 등급은 일단 그대로 통용되는 모양이다.

뻘피리 소년은 나를 다른 미궁에서 온 굉장한 탐색자로 착각하는 듯했다.

현실을 알려준다면 실망할지도 모르겠지만, 딱히 숨길 만한 내용도 아니었다.

"난 청동이야."

"어…… 브론즈……라고요? 스피리투스급이라는 말……이죠?"

"응. 탐색자가 된 지 얼마 안 됐거든."

"설마…… 스피리투스였다니…….."

소년에게 탐색자 계급이란 절대적이었나 보다. 아니나 다를까 브론즈라고 듣고서 말문이 막히고 말았다. 아마 내 등급은 그의 등급보다 낮을 테니 어쩔 수 없겠지.

"대—."

"대?"

"대단해요! 대단합니다! 미궁은 경험이 전부라는 말이 있을 만큼 등급이 높을수록 잘 싸운다고 들어서…… 그럼 난 아직 어렵겠구나 싶었는데, 히카루 씨처럼 느닷없이 잘 싸우는 사람이 다 있다니……!"

"저기, 예상했던 반응이랑 다른데."

뭐야, 고작 브론즈야? 하고 반응할 줄 알았는데 소년은 반대로 받아들인 듯했다.

하지만 그건 그것대로 곤란했다. 내가 싸울 수 있었던 이유는 어디까지나 전이자로서 특전을 받았기 때문이었다. 정령의 총애도 그렇고, 여차하면 포인트로 강력한 포션이나 결계석을 교환할 수도 있었다. 그런 혜택에 힘입어 탐색할 수 있었다. 즉, 거의 순전히 치트 덕분이라는 뜻이었다.

"아니…… 난 원래부터 싸울 줄 알았어. 역시 느닷없이 잘 싸웠던 게 아냐."

"그, 그런가…… 그렇겠네요."

일단 내 거짓말을 듣고 납득해 준 듯했다. 강해질 수 있는 수단이 딱히 미궁에만 있는 게 아니다.

개인적으로는 정령술을 꽤 팍팍 구사하는 장면을 노출했기에 사랑받는 자임이 발각될까 봐 조금 걱정했지만, 기우였던 듯했다.

뭐, 이 세계에는 「사랑받는 자」가 정령술을 쓰는 경우 자체가 없다고 하니 단지 실력이 뛰어나거나…… 혹은 정령력 포션을 잔뜩 갖고 있었다고 여겼겠지.

실제로 자잘단도 본 것만 헤아려도 회복술과 워터 스크린을 20회는 사용했다. 아마도 30회 정도는 그럴 수도 있겠다고 받아들이지 않을까 싶었다.

소년은 나보다 두 살 정도는 어린 듯 했다. 엄밀하게 따지자면 나는 이 세계에 오면서 두 살을 더 올렸으니 네 살 아래라고 해야 하나?

어쨌든 미궁은 목숨을 거는 곳이다. 무리하면 반드시 죽는다는 인식을 갖고 있는 편이 딱 좋다.

그들과 헤어진 뒤 몇몇 탐색자들이 말을 걸었다.

그만큼 그 전투에서 나와 리프레이아가 눈에 띄었다는 뜻이겠지.

실제로 시청률 레이스에서 기권 처리가 된 후에도 시청자수 그 자체는 줄지 않았다.

마지막에는 15억 명에 달하는 사람들이 봤을 터였다. 그만큼 처절한 전투였다. 물론 그곳에 강한 탐색자가 있었다면 전투를 편하게 이겼을 테지만.

해가 저물고 파티가 시작됐다. 입식 파티였다. 탐색자들이 생각보다 말쑥하게 차려입고 왔다. 그러나 평상복을 입은 사람도 나름 있어서 꽤 잡다했다.

남자와 비교하여 여성 탐색자들은 꾸미고 온 비율이 높은 것 같기도 했다.

역시 영주의 저택답다고 해야 할까, 실내임에도 꽤 환했다.

천장에서 샹들리에가 휘황찬란하게 빛났다. 아마 빛의 마도구가 달려 있는 듯했다.

리프레이아는 다른 여성 탐색자에게 인사를 하러 갔다. 나도 『진홍의 소병』에 속한 회복술사에게 도와줘서 고맙다고 인사했다. 그리고 이내 화장실 핑계를 대고 빠져나와 홀로 벽에 기대어 멍하니 전체를 둘러봤다.

사람이 많은 곳은 아직 고역이었다. 원체 좋아하는 성격이 아니었지만, 이 세계에 오고 난 후에 결정적으로 굳어버렸다. 파티장에서는 길드에서 봤던 직원이 한 손에 바인더를 들고서 탐색자들에게 무언가를 물어보며 돌아다녔다. 무엇을 물어보는지는 모르겠지만, 업무를 수행하는 듯했다. 모처럼 파티에 참석했건만 참 고달픈 직업인 듯했다.

영주가 인사를 하더니 마왕 토벌을 치하하는 말을 했다.

미궁도시는 탐색자가 없으면 그 형태를 유지할 수가 없기에 영주도 탐색자들을 중요히 여기는 거겠지.

파티라고는 했지만, 실제로는 그저 모여서 음식을 먹고 환담이나 나누자는 취지인 듯했다.

일단은 그때 마왕 토벌에 참가했던 사람만이 참석할 수 있는 듯했다. 그런데 관계없는 사람이 참석했더라도 모를 것 같은데?

뭐, 방지 대책을 수립해놨는지도 모르겠다.

영주가 탐색자에게 베푸는 복리후생 같은 것이겠지.

"아, 죄송합니다. 잠시 괜찮을까요?"

혼자서 교자 같은 요리를 덥석 베어 먹고 있으니 길드 여성 직원이 말을 걸었다.

바인더를 한 손에 들고서 무언가를 물어보며 돌아다니다가 내 차례가 온 모양이었다.

"이번 마왕 토벌의 공헌도를 조사하고 있습니다. 몇 가지 질문하도록 하겠습니다. 저기, 우선 당신은 히카루 씨가 맞으시죠?"

직원이 얼굴을 물끄러미 쳐다보며 반신반의하는 투로 물었다.

나는 길드에 거의 얼굴을 비치지 않기에 애초에 얼굴을 잘 모르는 듯했다.

"그렇습니다. 청동급 탐색자입니다. 질문이 뭡니까?"

"이번 토벌의 1등 공헌자는 당신이 될 것 같네요."

방금 예상치 못한 단어가 들린 듯했다.

"1등?"

"토벌에 가장 공헌한 탐색자를 가리키는 의미예요."

그럴 리가……? 길드는 내가 포터로서 참가했음을 잘 알고 있을 텐데.

"2등 이하는 여러 명이 뽑히지만, 1등은 한 사람뿐입니다. 벌써 여러 사람한테 물어봤는데, 당신이 마왕을 쓰러뜨렸죠?"

"아뇨, 아닙니다."

나는 단호히 부정했다. 실제로 쓰러뜨린 사람은 리프레이아였다.

누적 대미지를 따져 봐도 알렉스 파티나 다른 탐색자가 더 공헌했을 터였다. 어째서 내가 마왕을 쓰러뜨렸다는 이야기가 나오는지 잘 모르겠지만, 어떤 착오로 1등이 된다면 후환이 두려웠다.

"예? 하지만—."

"리프레이아가 쓰러뜨렸어요. 저도 두 눈으로 봤습니다. 틀림없습니다."

"리프레이아 씨가 숨통을 끊었다는 건 저도 확인했습니다. 하지만 당신의 활약이 없었다면 토벌 자체가 이뤄지지 않았다는 말도 들었는데요?"

그럴까? 내 정령술 덕분에 시간을 번 건 벌었다.

다들 동요하고 있었고, 마왕의 공격에 제대로 대응하지 못했던 것도 확실했다. 그러나 1등에 걸맞은 활약을 했느냐고 묻는다면 미묘했다. 2등이 여러 명 뽑힌다고 하니 그에 어울리는 노력은 했는지도 모르겠다. 그렇다고 해도 나는 공헌자에 뽑히고 싶지 않았다.

"어쨌든 오해입니다. 난 브론즈인데요? 포터로서 참가했고요."

"하지만 말이죠."

"마왕이 어떤 마물이었는지는 들었죠? 제 가냘픈 팔로는 대미지조차 입힐 수 없었어요. 그런데 활약이라니 당치도 않죠."

거짓말은 하지 않았다. 내 공격은 거의 효과가 없었을 테니까.

포상은 갖고 싶었다. 그러나 이런 식으로 눈에 띈다면 불이익이 더 클 것이다.

어둠의 정령술사는 드물기만 할 뿐, 딱히 박해의 대상은 아닌 듯 했지만, 나는 「사랑받는 자」다. 눈에 띄었다가 그 사실이 들통 나는 게 더 무서웠다.

여러 사람들 중 한 사람으로서 형식적인 포상 정도라면 받고 싶지 만―.

"그건 우리도 확인했습니다. 마왕을 가장 먼저 발견했으며, 토벌할 때도 정령술을 활용하여 크게 공헌했다고 들었습니다. 리프레이아 씨를 비롯하여 토벌전에 참가했던 모두가 입을 모아 말했으니―."

아마 이 길드 직원은 바인더를 들고서 마왕 토벌전의 전체 흐름과 구체적으로 누가 어떻게 싸웠는지 물어보고 돌아다녔던 듯했다. 당 사자가 부정한다면 신빙성이 흐려지겠지.

솔직히 말해준 모두에게는 미안하지만, 역시나 1등 공헌자 자리 에서는 내려오고 싶었다.

괜한 주목은 받고 싶지 않았다.

"그건…… 어떤 착오라고 해야 할까, 다들 잘못 봤겠죠. 극한의 상황이었으니."

"무슨 말씀인지?"

"아니, 상식적으로 브론즈 포터가 그런 활약을 할 수 있을 것 같 습니까? 제가 정말로 그런 활약을 했다면 포상을 받고 싶긴 하지만, 어떤 착오로 크게 평가받았다가는 후환이 무서워요."

나는 살갑게 하하하, 웃으며 얼버무렸다. 전투 상황을 녹화한 것도
아니니 이로써 길드 직원도 그도 그렇다며 납득하리라 생각했는데—.

"……아뇨, 당신은 리프레이아와 씨와 파티를 맺어 단기간에 꽤 많
은 정령석을 길드에 납품했죠. 그러니 마왕과의 전투 때 활약할 만
한 실력을 갖췄다고 봐도 이상하지 않습니다. 애당초 그 리프레이아
씨와 파티를 맺은 시점에서 여간내기가 아니라는 건 명백하고요."

"……리프레이아가 그리도 유명합니까?"

"금 등급 이하 여러 유력 파티들한테서 권유를 받았으니까요. 하
지만 처음에 파티를 맺었던 사람들 이외에는 함께 하지 않겠다고
공언하기도 했고, 실제로도 그랬습니다. 근데 신참 남성 탐색자와
갑자기 파티를 맺었다는 소문이 꽤 나돌았죠."

"그래도 그게 제 실력을 담보한다고 판단하는 건 조금 억지겠죠.
그녀한테 그저 기생하고 있을 뿐인지도 모르고."

"뭐, 그런 식으로 말하는 직원이 있다는 건 부정하지 않겠습니다만."

진짜로 있었냐고.

하지만 그 정도가 딱 좋다. 시청률 레이스가 끝난 현재, 시청자 숫
자를 다시 어둠 속에 틀어박혔던 시절 수준으로 되돌려야만 하니까.

리프레이아는 멀리서 「진홍의 소병」 멤버들과 환담을 나누고 있었
다. 샹들리에 불빛 아래에서 그녀의 머리칼은 마치 빛의 정령처럼
반짝였다.

압도적인 존재감이었다. 그녀는 이제 탐색자를 그만두고서 고향
에서 빛의 성당기사가 될 것이다.

그리고 나는 미궁에서 은밀히 눈에 띄지 않도록 살아간다. 그러기로 결심했다.

"……뭐, 기생하고 있다는 건 부정할 수 없겠군요. 리프레이아 **씨**는 워낙 착해서 절 추켜세우는 모양인데, 실제로는 그녀의 발목을 붙잡기만 했어요. 그러니 부디 올바르게 평가해주세요. 1등은 리프레이아 씨입니다. 저도 정령술로 조금은 공헌했는지도 모르겠지만, 기본적으로 짐만 들었을 뿐입니다. 다른 포터랑 똑같이 평가해주세요."

"그렇군요……. 뭐, 사정은 대강 알겠습니다. 그럼."

여성 직원이 어이없다는 듯 어깨를 들먹이고는 발걸음을 돌렸다. 내 말을 이해해준 것인지 상당히 의심스러웠지만, 길드 입장에서도 다른 탐색자들이 납득해줄 것 같지 않은 사람을 평가해본들 무슨 소용이 있을까.

어차피 본인이 부정했고, 다른 탐색자들은 자신의 활약만 과시하려고 할 테니 굳이 남의 이야기는 하지 않겠지.

그 뿔피리 소년은 열렬히 말할지도 모르겠지만, 고마운 민폐라고 할 수 있겠다.

리프레이아에게도 신신당부했어야 했다. 이곳에 오기 전에 그녀가 1등이 될지도 모른다고 말했을 때는 늘 듣던 과대평가인 줄 알고 무시했다. 그러나 설마 정말로 이렇게 될 줄이야…….

"후우……."

……직원이 느닷없이 1등 공헌자라는 말을 꺼낸 바람에 끝까지 그이야기밖에 하질 못했다. 마왕을 토벌하는 과정이 지리멸렬했다고도 언급해두는 편이 낫지 않았을까?

첫 참가라서 모르는 게 많긴 했겠지만, 그렇다고 해도 이번 토벌은 허술했다. 자칫 잘못됐다면 후반조 토벌대는 전멸했을 것이다.

아무리 후반조 토벌대가 단순 감시역을 맡았다고 해도 다른 식으로 더 활용할 수 있지 않았을까?

'……뭐, 새삼스러운 얘긴가? 다 끝난 뒤이니 무슨 말인들 못 하겠어.'

애당초 나는 마왕이 어떤 존재인지 거의 알지 못했다. 이번 마왕이 얼마나 변칙적으로 행동했는지도 모르고, 의외로 늘 이런 느낌일 가능성도 있었다.

더욱이 나는 면허를 딴 지 얼마 안 된 브론즈다. 의견을 개진할 만한 입장도 아니었다.

내가 할 수 있는 것은 기껏해야 다음을 대비해두는 것 정도?

'다들…… 즐거워 보이네.'

이렇게 파티 회장에서 홀로 어두운 얼굴로 선 채로 겉돌고 있었다.

지인도 거의 없고, 할 이야기도 딱히 없었다.

말할 수 없는 게 너무 많다고 표현하는 편이 적절한지도 모르겠다.

"여어, 히카루! 즐기고 있나?"

"그리 보여?"

"음, 아니. 따분해 보여."

할 이야기가 있는 몇 안 되는 지인인 알렉스가 말을 걸었다.

아까 전까지 카니벨과 둘이서 이쪽저쪽 돌아다니며 여성 탐색자에게 말을 걸고 다니던데, 결과가 신통치 않았는지 작업을 잠시 쉬기로 했나 보다.

알렉스는 기름으로 머리를 단정히 정리했다. 우람한 체격과 어우러져 꽤 남자다웠다.

나는 표준적인 일본인이라서 무심코 기가 죽었다.

"그 옷 대단하네. 그런 걸 다 팔아?"

"괜찮지? 마왕을 토벌하여 포인트가 들어와서 교환했어."

알렉스는 정장을 근사하게 차려입었다. 그것도 1포인트나 사용하여 교환했다고 하니 역시 서양인다웠다. 파티에 참석하려고 기합을 잔뜩 넣고 왔다.

"포인트 교환으로 장비를 사면 꽤 좋다고? 치수도 딱 맞고 말이야. 히카루도 포인트가 들어왔지?"

마왕을 토벌하여 3포인트가 들어왔지만, 가불한 포인트를 갚느라 사라졌다. 그와 별개로 1포인트가 『용사』 칭호와 함께 들어오긴 했지만, 역시나 옷을 사는 데 소비하고 싶은 마음은 들지 않았다.

"내 분수에 용사는 너무 거창한데."

"오, 역시 히카루도 받았어? 마왕을 쓰러뜨려서 준 것 같던데, 칭호 따위 받은 적이 없어서 좀 기쁘더라, 난."

문화의 차이인가? 아니, 나도 원래는 용사 소리를 들으면 내심 싫지만은 않은 성격이었을 것이다. 어딘가에서 무언가가 비뚤어져 버렸을 뿐이고.

"그보다 정장, 정장이야! 히카루도 어때?"

"생각해둘게."

적당히 얼버무렸다. 돈을 지불하면 구입할 수 있는 물건과 교환하는 것은 손해겠지.

457

결계석은 못해도 늘 하나는 쟁여두고 싶고, 마음 같아서는 치유의 스크롤 (대)도 늘 갖춰두고 싶었다. 그 두 가지만 있다면 어지간한 상황이 아닌 한 죽지는 않으니까.

"이봐, 히카루. 하나 물어봐도 돼?"

"내가 대답할 수 있는 내용이라면."

"너, 리프레이아 씨랑 어떤 관계야?"

내심 언젠가 물어볼 줄 알았지만, 역시 궁금했던 모양이었다.

"파티 멤버야."

"흐응, 사귀는 거 아니었나?"

"설마. 게다가…… 이제 파티도 해산했어."

"왜? 마왕과 싸울 때 그리도 죽이 잘 맞았으면서."

"애당초 기간 한정으로 파티를 맺었을 뿐이거든."

나는 손에 들기만 하고 마시지는 않았던 와인을 홀짝였다.

리프레이아와의 파티는 해소하기로 이미 정했다. 애당초 대부분의 사람들에게는 알려지지도 않은 파티. 그러니 그런 관계를 끝내 본들 별로 대수롭지도 않았다.

그걸 잘 알면서도 남에게 말하니 가슴이 욱신거렸다.

술의 힘을 빌리지 않으면 태연한 표정을 유지할 수 없을 정도로.

스스로 선택했으면서.

"너…… 괜찮아?"

알렉스가 나와 마찬가지로 벽에 기대며 물었다. 나는 대답해줄 말이 없었다. 자신이 어떤 표정을 짓고 있는지도 모른 채 잔에 남은 술을 비웠다.

"오, 리프레이아 씨."

조금 떨어진 곳에서 환담을 나누던 리프레이아가 나를 알아채고서 이쪽으로 걸어왔다.

나는 그만 눈길을 돌리고 말았다. 지금은 어째선지 리프레이아와…… 아니, 그 누구와도 대화를 잘 할 수 없을 것 같았다.

"근데 리프레이아 씨는 오늘도 아름답네."

"그러게."

"……이봐, 히카루. 날 리프레이아 씨한테 소개해주라."

옆에 있는 인기남이 그렇게 말했다. 소개하라고 해본들 마왕과 함께 싸웠으니 이미 안면을 튼 사이 아닌가? 어쩌면 알렉스 나름대로 나에게 마음을 써줬는지도 모르겠다.

"상관없지만."

"소개 말이야. 알지?"

다시 한번 당부했다. 즉…… 작업을 걸고 싶다는 뜻인가?

솔직히 싫었지만, 나에게 거절할 만한 정당한 이유도 없는 듯했다.

이러는 사이에 리프레이아가 말을 걸었다.

"아~! 히카루, 술 마시고 있어! 나, 참았는데~."

쾌활하게 아하하, 웃는 리프레이아가 여신처럼 반짝여서 나에게 너무 눈부셨다.

그에 비해 나는 파티를 즐기지도, 다른 탐색자와 환담을 나누지도 못하고 그저 하염없이 시간만 보내는 존재였다.

—그 미궁에서. 그 어둠 속이었기에 나는 리프레이아와 함께 할 수 있었다.

우리가 함께할 수 있었던 것은 정말 우연이었다. 리프레이아가 발하는 빛은 우리가 원래는 섞이려야 섞일 수 없는 존재임을 강하게 강조하는 듯했다.

그 후에 어떤 대화를 나눴는지 기억은 나지 않았다. 지구에서 온 전이자인 알렉스를 소개하고서 나는 그곳을 쓱 빠져나왔다.

알렉스 역시 빛나고 있었다. 키가 크고, 하얀 이가 드러나는 웃음이 매력적이었다. 리프레이아와 나란히 서 있는 모습은 아주 잘 어울리는 한 쌍 같았다.

휘황찬란한 파티 회장. 반짝이는 참석자들. 그곳에 내가 있을 자리는 없었다.

『빰빠라밤~! 이세계 전이자 여러분, 고생했습니다! 2주에 걸친 제1회 시청률 레이스에 참가해줘서 감사합니다! 고대하던 결과 발표 시간입니다!』

갑자기 머릿속에서 경박하고 명랑한 목소리가 울려 퍼졌다. 아마도 시청률 레이스가 끝난 모양이었다.

그 후에 그 목소리는 내가 아닌 입상자들의 이름을 호명해 나갔다.

내 이름은 없었다. 12일차에 기권해버렸으니 당연했다.

"이로써 드디어 정말로 끝났……나."

나나미를 되살리지 못했다. 이제 눈에 띄기 위해서 무리를 할 필요도 없었다.

나는 시청자들에게 미움을 받으면서 앞으로도 현실과 적당히 타협하며 이 세계에서 살아가야겠지.

알렉스가 뭐라고 신나게 말하자 리프레이아가 고상하게 미소 지었다. 나는 두 사람의 대화를 듣는 것은 물론이고 지켜볼 수도 없어서 조용히 그곳을 나왔다.

테라스에서 밖으로 나와 어둠에 갇힌 정원을 걸었다. 파티회장에서 나는 떠들썩한 소리가 들리지 않을 만큼 멀리 떨어진 곳에 있는 벤치에 앉았다. 가로등이 없는 정원은 어둠에 휩싸여 있었다.

달빛도, 깜빡이는 별빛도 내 모습을 비출 만한 힘은 없었다.

아무도 볼 수 없는, 이 어둠이 나에겐 아늑했다.

댄스라도 시작됐는지 멀리 떨어진 파티장에서 경쾌한 음악이 가라앉은 밤공기를 타고서 전해졌다. 우주에서 바라보는 지구가 빛나게 보이듯, 먼 세계에서 벌어지는 일처럼 느껴졌다.

사람들의 웃음소리가 들렸다. 화려한 음악이 울렸다. 나와는 관계 없는 빛 속의 세계.

그것은 나와 리프레이아가 앞으로 떨어지게 될 거리를 연상케 했다.

빛과 어둠은 양립할 수가 없다. 그 당연한 진리를— 격절을 새삼 인식하고 말았다.

……내일부터는 홀로 미궁을 돌며 잔뜩 부풀어 오른 시청자수가 줄어들도록 생활하자.

2층에서 사냥만 하며 살아간다면 죽지도, 눈에 띄지도 않으리라.

여관을 나와서 어디에다가 집을 빌리는 것도 좋겠다. 불필요한 지출을 줄일 필요성을 느끼던 차였고, 지금이라면 집을 빌리는 것 자체는 가능하겠지. 그런 평범한 생활이라면 시청자의 이목을 끌지도 않을 것이다.

나나미를 되살리는 데도 실패한 나는 그저 미움을 받으면서 조용

461

히 살아갈 수밖에 없었다. 그 이외에 인생의 다른 선택지를 찾아낼 수가 없었다.

벤치에 앉아 지구와는 다르게 반짝이는 별들을 멍하니 바라봤다.

2주 동안 리프레이아와 함께 했던 나날을 떠올리지 않을 수가 없었다.

─앞으로도 나와 함께 파티를 맺어줬으면 좋겠어.

그렇게 한 마디라도 전한다면─.

……그런 욕망이 떠오르지 않았다고 한다면 거짓말이겠지.

그러나 그럴 수는 없었다. 그 말을 내뱉어버리면 나는 스스로를 평생 용서하지 못하리라.

그녀는 꿈을 이룰 수가, 성당기사가 될 수가 있으니까.

감상에 조금 젖어 한동안 그렇게 밤하늘을 올려다봤다.

─갑자기.

느닷없이 밤하늘에 작은 빛의 구슬이 파앙, 솟아오르더니 정원을 비췄다.

"찾았다!"

멀리 떨어진 파티 회장에서 귀에 익은 목소리가 들렸다. 그 목소리의 주인공이 이쪽으로 성큼성큼 다가왔다.

"히카루! 왜 말도 없이 사라진 거예요! 얼마나 찾은 줄 알아요?!"

"리프레이아……."

예상 밖이었다. 오늘은 이제 이대로 얼굴을 마주할 일은 없겠다 싶었으니까.

"앗…… 히카루……? 울고 있었어요?"

리프레이아가 얼굴을 가까이 댔다. 나는 얼굴을 보이기 싫어 고개를 틀었다.

"하하, 설마. 밤바람을 좀 쐬고 있었어."

"근데…… 얼굴이 엉망이에요."

"술을 조금 많이 마셨나 봐."

나는 리프레이아의 얼굴을 똑바로 보지 못하고 적당히 얼버무렸다.

"히카루……. 안 돼요……. 나도 참고 있으니까……."

"뭘 말이야……?"

"마지막까지 웃자고…… 웃으면서 헤어지자고. 나, 기껏 그렇게 결심했는데."

리프레이아가 고개를 떨구고서 어깨를 떨었다. 그녀가 그런 생각을 했으리라 한순간도 생각하지 않았다. 나는 어떻게 해야 좋을지 당황했다.

밤의 장막이 드리워진 정원에서 리프레이아의 오열만이 나직이 울렸다.

"히카루……. 저…… 내일 떠나요."

그 말을 듣고 나는 가슴이 옥죄이는 듯했다. 그런 날이 오리라 알았으면서도.

스스로 바랐으면서.

"히카루가 기절한 동안에 마음을 굳혔습니다. 히카루가 의식을 되찾고도…… 결심을 바꾸지 않는다면 내 결의가 무너지기 전에 떠나자고……. 그러지 않으면…… 나, 히카루한테서 더는 떨어질 수가 없게 되니까."

"그렇구나……."

오늘 내가 눈을 뜬 뒤에 리프레이아는 이 이야기를 하지 않았고, 나도 하지 않았다.

우리의 관계는 마왕을 기다렸던 4층으로 이어지는 계단에서 이미 끝났으니까.

나는 리프레이아를 거절했고 그녀는 울었다.

그리고 그녀가 포톤 레이를 구사한 순간, 이별은 결정적으로 굳어졌다.

내가 우두커니 서 있으니 리프레이아가 내 가슴에 이마를 툭 부딪쳤다.

이런 순간조차 수억 명의 시청자들이 지켜보고 있으리라 생각하니 민망했다. 그걸 신경 쓰는 내가 싫었다. 최후의 순간만은 그녀와 똑바로 마주하고 싶었는데.

"……그때 말했던, 시청자 수를 겨루는 레이스? 그거, 어떻게 됐나요?"

그녀가 고개를 숙인 채로 쭈뼛쭈뼛 물었다.

"안 됐어. 꽤 괜찮게 올라가긴 했는데, 역시 위에는 위가 있더라."

"……그런가요……. 그럼 소꿉친구를 되살리는 것도?"

"어……. 안타깝지만."

이렇게 말로 하니 좋은 일이 하나도 없었던 것처럼 느껴지지만, 꼭 그렇지도 않았다.

좋은 일도 있었다.

"그래도 리프레이아가 포톤 레이를 쓸 수 있게 돼서 참 잘 됐어. 내 부탁으로 미궁을 함께 탐색해준…… 보답을 조금이라도 한 기분이거든."

"난 포톤 레이 따윈 익히고 싶지 않았어요."

"리프레이아—."

"난! 히카루랑 헤어지고 싶지 않았어요!"

치밀어 오르는 감정을 토해내듯 리프레이아가 고개를 떨군 채로 내 손목을 잡았다.

"줄곧…… 줄곧 함께 탐색자로 활동하면서 살 수 있다면 이제 친가에 돌아가지 않아도 좋다고— 나, 너무하죠? 내 생각만 하고. 지금도 여동생은 병으로 고생하고 있는데. 자기 생각만…… 좋아하는 사람을 찾아서 푹 빠지다니……."

그녀에게 성당기사가 된다는 꿈이 얼마나 중요한지는 잘 모르겠다.

그러나 그 꿈을 차면서까지 나와 함께 하고 싶다고 말해준 그녀의 마음은 거짓이 아니겠지.

나도 만약에 이세계인이 아니라 현지인이었다면…… 아니, 아무 사연도 없이 그저 우연히 이 세계에 떨어진 한 개인이었다면 나는 리프레이아와 함께 하는 길을 택했을 것이다.

단지— 우리의 이야기가 그렇게 흘러가지 않았을 뿐이었다.

"리프레이아. 이제와 이런 얘기를 하는 건 잔인하다고 생각하지만…… 나, 리프레이아를 좋아했어. 영문도 모르는 세계에 온 이후로 넌 나를 헤아릴 수 없을 만큼 구해줬어. 목숨뿐만 아니라 마음까지도. 그러니…… 고마워."

나는 끝까지 할 생각이 없었던 그 말을 그녀에게 전했다.

전하지 않고는 배길 수가 없었다. 그것이 내가 그녀에게 해줄 수 있는 마지막 성실함이었다.

"후후…… 알고 있어요. 히카루가 날 얼마나 소중히 여기는지. 그 후로 줄곧…… 줄곧 느껴왔거든요. 마음만 먹으면 내 인생을 얼마든지 휘두를 수 있었는데도, 바보네요…… 정말로…… 순진하고 우직하고 진지해서…… 사랑스러운 사람."

먼 파티 회장에서 흘러나오는 선율이 조용한 곡조로 바뀌었다.

구름 없는 하늘에서 별이 반짝반짝 깜빡였다. 보름달이 동쪽 하늘에서 휘황하게 빛났다.

"……히카루, 춤출까요.

"미안…… 전에도 말했지만, 우리가 이러고 있는 광경도 전 세계 사람들이 다 보고 있어. 그래서 난—."

내가 말을 채 끝내기도 전에 리프레이아가 두 손으로 내 몸을 확 끌어당겼다.

부드러운 것이 닿아서 두근거렸다.

거의 끌어안고 있는 것이나 마찬가지인 자세였다. 서로의 심장 뛰는 소리마저 들릴 것만 같은 거리였다.

"난 괘념치 않는다고 했어요. 게다가…… 춤 정도는 문제없잖아요?"

이렇게 우리의 거리가 가까울수록 앞으로 떨어지게 될 거리가 느껴져 가슴이 괴로웠다.

리프레이아는 그렇지 않은 걸까?

……아니, 그렇기에 내일 떠나겠다고 한 건가? 이것이 둘이서 보내는 마지막 시간이었다.

"자, 하나둘 셋. 하나둘 셋. 후후, 잘 하네요?"

"여동생이 주입시켰으니까."

여동생 세리카는 사교적인 녀석인지라 춤 정도는 추는 게 기본이라며 한때 나를 연습대로 삼아 특훈을 했다. 그 덕분에 간단한 스텝뿐이긴 하지만 나도 습득할 수 있었다.

"있잖아요, 히카루. 아까 알렉스 씨가 말을 걸었을 때 왜 달아났던 건가요?"

"……그걸 묻는 거야……."

"예, 왜냐면 그 사람이랑 친구잖아요?"

"글쎄."

알렉스는 같은 지구인이고, 뭐 괜찮은 녀석인 것도 같았다.

그래도 친구라고 단언할 수 있을 만큼 교분을 나눈 것은 아니었다.

"내게 작업을 거는 줄 알았겠죠. 그걸 차마 볼 수가 없었고."

그녀는 짓궂게 키득키득 웃으며 몸을 밀착했다.

언젠가 과거의 기억이 되살아났다. 혹시 술을 마셨는지도 모르겠다.

"……그래. 알렉스는 나 같은 놈보다 훨씬 남자다우니까……. 리프레이아 같은 미인이랑 난 전혀 어울리지 않는다고 줄곧 생각했으니까."

"후후, 솔직해서 좋아요. ……하지만 내가 좋아하는 사람은 히카루뿐. 앞으로도 쭉, 함께 하고 싶은 사람은 당신뿐—."

리프레이아가 웃듯 노래하듯, 그리고 울듯 나를 향한 감정을 스텝에 실었다. 나는 그녀에게 아무 말도 해줄 수가 없었다.

"알렉스 씨는 히카루, 당신 이야기를 했어요. 왠지 혼자서 잔뜩 가시를 세우고 있고, 친구도 없는 것 같아 걱정이라고요. 딱딱한 녀석이긴 하지만, 함께 해주면서 도와주라고요. 내게 그렇게 부탁했습니다.

"그 녀석이, 그런 말을⋯⋯?"

"예. 그래서 반대로 내가 부탁해뒀어요. 내가 떠난 뒤 여기에 남게 될 당신을 말이에요."

"그랬구나⋯⋯."

나는 굳이 말하자면 그 녀석을 피하고 있었건만. 알렉스는 근본적으로 좋은 녀석이겠지.

반면에 나는 불쾌한 녀석이다. 이따가 사과해야겠네.

템포가 느린 음악이 몇 곡쯤 이어졌다. 나와 리프레이아는 천천히 천천히 둘만의 마지막 시간을 확인하듯 스텝을 밟았다.

그리고 음악이 멎고 우리도 발을 멈췄다.

리프레이아는 밀착한 몸을 떼지 않고 그대로 조용히 고개를 들었다.

달빛이 그 아름다운 얼굴을 훤히 드러냈다.

결의를 숨긴 반짝이는 눈동자. 홍조를 띠는 뺨. 무언가 할 말이 있는 듯 살짝 벌어진 입술.

"히카루⋯⋯."

"리, 리프레이아⋯⋯. 안 돼⋯⋯ 모두가 보고 있다고⋯⋯. 실감을 못 하는 것 같은데 정말로⋯⋯."

"괜찮아."

리프레이아는 딱 한 마디 대답하고서 눈을 감았다.

근거 없는 말이었지만, 이때 나는 그녀의 기세에 꺾이고 말았다.

숨결이 닿을 만큼 얼굴과 얼굴이 가까워졌다. 나는 그것을 저항할 수가 없었다.

쪽, 아주 잠깐, 닿기만 한 키스.

한 번 얼굴을 떼고는 그녀가 새빨개진 얼굴로 미소 지었다.

"그쵸? 아무도 안 봐요. 달님을 빼고는요."

그렇게 말하고서 다시금 입을 맞췄다.

맞닿은 입술에서 사랑스러움이 넘쳐흘렀다. 우리는 한동안 서로의 존재를 갈구했다.

—그것이 우리의 마지막 추억이 되리라는 것을 알면서도.

전이자별 게시판 나라별 JPN【No. 1000 쿠로세 히카루】 4000th

6: 지구의 무명 씨
이런 연애 하고파~.

7: 지구의 무명 씨
이런 연애 하고파~.

10: 지구의 무명 씨
내가, 우리가 달님이다!

14: 지구의 무명 씨
히카루가 홀로 파티 회장을 빠져
나갔을 땐 세리카랑 카렌이 엄청
떠들어댔는데, 리프레이아 님이
등장한 후로는 말수가 점점 줄어
드는 게 은근히 웃겨.

18: 지구의 무명 씨
키스한 순간, 세리카가「앗……」
하고 탄식을 흘리는 모습에 내
마음이 뭉클했어.

21: 지구의 무명 씨
둘이 춤을 추기 시작한 대목부터
세리카랑 카렌의 영압이 사라졌
지…….

27: 지구의 무명 씨
가족의 로맨스는 그냥 민망하잖아.

36: 지구의 무명 씨
그 둘은 진심 오빠 러브이니까.

50: 지구의 무명 씨
그런 친여동생은 없어. 좋은 거
아냐?

54: 지구의 무명 씨
왜 저 둘은 헤어져야만 하는 거
람……?

59: 지구의 무명 씨
나쁜 달님 때문이야…….

61: 지구의 무명 씨
나는 이미 가슴이 먹먹해서 아무
말도 못 하겠어.

63: 지구의 무명 씨
결국 키스만으로 끝나버렸구
나…….

71: 지구의 무명 씨
넌 그 뒷 장면을 보고 싶었던 것
뿐이겠지.

74: 지구의 무명 씨
우린 모두 한통속…… 나쁜 달님
이야…….

80: 지구의 무명 씨
태연히 거짓말을 하는 리프레이
아 님이 귀여워서 좋아.

87: 지구의 무명 씨
무슨 거짓말?

89: 지구의 무명 씨
알렉스한테는 「히카루는 내게 맡
겨줘요!」 하고 말했다고. 그뿐만
아니라 밀어서 안 된다면 당기는
작전으로 나가려는 꿍꿍이까
지…….

95: 지구의 무명 씨
리프레이아는 정말로 시험만 치
르고서 바로 돌아올 작정인 것
같던데. 히카루는 완전히 영원한
이별로 받아들였지만 말이야.

99: 지구의 무명 씨
〉〉89
뭐어어어어?! 그래? 완전히 속
았다……. 여자는 무서워…….

101: 지구의 무명 씨
온도차가 확 달라지는 것도 대단

하고, 다 알면서도 은근슬쩍 속이려는 리프레이아 님도 제법이야.

104: 지구의 무명 씨
히카루는 사랑하는 소녀의 돌진력을 잘 몰라. 하물며 리프레이아 님은 빛의 스토커이니 말귀를 알아들을 리가 없는데…….

108: 지구의 무명 씨
아마 진짜로 리프레이아는 바로 돌아오겠지……. 그런 쪽으로 의문의 신뢰가 있으니.

113: 지구의 무명 씨
사랑에 푹 빠졌을 때는 며칠 떨어져 있기만 해도 마음이 찢어질 듯 외로운 법이야. 너희들은 경험한 적이 없을지도 모르겠지만.

117: 지구의 무명 씨
리프레이아 님, 상당한 연애뇌의 소유자인걸…….

118: 지구의 무명 씨
둘은 아직 어리다고. 그런데도 둘 다 그런 경험을 겪고서 다시 앞으로 나아가려고 하다니……. 우우~(눈물).

122: 지구의 무명 씨
진정해.

125: 지구의 무명 씨
아니, 연애뇌야말로 인간 본연의 사고방식인지도 몰라. 우린 나쁜 의미로 너무 성숙하고 말았어. 이성한테 환상조차 품지 않게 되면 끝장이라고……. 이러니 출생률이 떨어질 수밖에.

131: 지구의 무명 씨
어라?! 약속은?!

134: 지구의 무명 씨
리프레이아 「바로 돌아올 생각이지만, 쓸쓸하지 않다고는 하지 않았어.」

돌아와 주세요!!(애원)

139: 지구의 무명 씨
시청률 레이스에서 1위를 할 가망도 없었다면 그 전가의 보도를 뽑을 작정이었겠지, 히카루는. 결국 1위를 코앞에 앞둔 상황에서 기권을 한 바람에 그 보도를 뽑지 않고 끝난 거야.

143: 지구의 무명 씨
뽑아라 보도를!
난 그 보도를 보고 싶었어!

149: 지구의 무명 씨
보도를 무언가를 은유하는 데 쓰지 마ㅋㅋ

160: 지구의 무명 씨
리프레이아는 아마 약속이 아직 살아 있다고 여기겠지.
무조건 약속을 완수하러 돌아올 거야.

167: 지구의 무명 씨
「약속」이라는 건 지역마다 차이가 있으니까. 리프레이아는 얼마나 무겁게 받아들였을까? 히카루는 필시 가볍게 생각한 것 같은데.

180: 지구의 무명 씨
히카루는 왜 알렉스한테 리프레이아를 간단히 소개해버린 거야? 남한테 보이는 게 싫다면 알렉스도 당연히 NG잖아??

189: 지구의 무명 씨
아직도 사람들이 자신을 싫어한다고 착각하고 있으니까…….

191: 지구의 무명 씨
>>180
제발 부탁이니 TwiN/SiS의 해설 생방송이랑 같이 봐라.

세리카가 대부분 설명해주니까. 정답인지는 모르겠지만.

196: 지구의 무명 씨
세리카「아아, 이건 오빠답네요.」
카렌「무슨 의미?」
세리카「예를 들어 알렉스 씨가 불쾌한 사람이었다면 오빠도 거절했을 거야. 속으로는 싫어했을 거고. 하지만 알렉스 씨는 좋은 사람이잖아.」
카렌「뭐, 그러네.」
세리카「그런 사람이 부탁하니 자신한테 거절할 권리가 없다고 생각해버린 게 아닐까? 그건 엄연히 마음의 문제이지만, 오빠는 나쁜 의미로 진지한 면이 있으니까.」
카렌「아~ 그런가? 오빠는 리프레이아 씨를 차버렸는걸. 그래놓고서 『내 여자니까 안 돼』하고 차마 말할 수 없었던 건가?」
세리카「바로 그거야. 남한테 보이고 싶어 하지 않는 이유도 오로지 내 감정만으로 그럴 수는 없다는 이상한 고집에서 비롯된 것 같고 말이야……. 오빠답다면 오빠답다고 할 수 있겠지만. 여심에 관해 조금 더 강의해둘 걸 그랬나 봐.」
카렌「딴 여자한테 인기를 끌지 않도록 일부로 놔뒀으면서.」
세리카「난 있는 그대로의 오빠를 좋아해!」
라고 해.
세리카는 심리학의 선생님인지 뭔지.

220: 지구의 무명 씨
>>196
진짜로 감사.
근데 히카루는 남자답질 않네.
본 스레드의 해외 유저들한테서 꽤 두들겨 맞고 있다고.

440: 지구의 무명 씨
결국 레이스는 예상한 대로 잔느가 1위를 차지하면서 끝났나. 히카루도 하다못해 나나미를 살릴 수 있었다면 그나마 위안이 됐을 텐데 말이야.

534: 지구의 무명 씨
히카루가 스마트하게 댄스를 춘 순간, 가슴이 무지 뜨거워지더라.

540: 지구의 무명 씨
세리카가 교육한 성과…….

545: 지구의 무명 씨
아니, 실제로 히카루는 멋있어.

558: 지구의 무명 씨
알렉스의 말에 따르면 이번 마왕은 기존에 출현했던 녀석들에 비해 꽤 강한 편이었대. 탐색자들을 전반조, 후반조로 나눌 때 전반조에 강한 파티를 너무 많이 배치한 것이 문제였다나?

570: 지구의 무명 씨
잘단이 알렉스한테 설명했는데 옛날에는 전력을 균등하게 분산했대. 근데 희생자가 늘 몇 명 이상씩 꾸준히 나올 뿐만 아니라 마왕이 강력할 경우에는 전투가 너무 아슬아슬해져서 길드가 이번처럼 강한 파티와 약한 파티로 나눈 뒤 강한 파티로 쳐부수는 스타일로 변경했던 거야. 더욱이 그 방식이 줄곧 잘 먹혀서 실패하는 비율이 10번에 1번꼴로 줄었다나? 즉, 길드는 이번 같은 돌발적인 상황을 상정해두고 있었다는 거지.

587: 지구의 무명 씨
잘 되리라 믿고서 실시했던 전략이 오히려 화근이 됐다는 뜻인가? 히카루는 진짜 큰 공적을 세웠네.

599: 지구의 무명 씨
일반 은 등급 파티는 거의 손도 쓰지 못했으니 히카루는 진짜 금이나 마도은급 실력이라고 봐야 해.

618: 지구의 무명 씨
그러고 보니 포상은 어떻게 됐어?

629: 지구의 무명 씨
나, 알렉스 쪽도 동시에 봤는데 파티 회장에서 발표됐어. 히카루가 1등이고 리프레이아 님이랑 알렉스 파티가 2등. 히카루 본인은 활약을 부정했지만, 뭐, 사실 감출 수 없을 만큼 두드러진 활약이었으니까.

642: 지구의 무명 씨
파티에 참석한 사람들의 의견을 모두 수렴해서 결정하는구나. 의외다.

651: 지구의 무명 씨
길드 직원은 거짓말을 간파하는 마도구를 갖고 있다고 자잘단이 그랬어.

657: 지구의 무명 씨
그걸 알면서도 카니벨이랑 둘이서 무용담을 부풀렸던 알렉스는 꽤 뻔뻔스럽네. 바보라고 해야 할지도 모르겠지만.

666: 지구의 무명 씨
히카루의 거짓말이 뻔히 보였다는 뜻이겠네. 근데 왜 거짓말을 하면서까지 제1공훈자가 되는 걸 꺼려했을까? 실제 실력만 봐도 1등인 건 틀림없는 사실인데.

671: 지구의 무명 씨
자잘단이 히카루를 입이 닳도록 칭찬하더라. 정령술사끼리 통하는 바가 있었겠지.

675: 지구의 무명 씨
좋네…… 히카루×자잘단…….

679: 지구의 무명 씨
자잘단이라고 그만 좀 불러! 그의 이름은 잘단이야!

682: 지구의 무명 씨
>>666
「오빠는 남한테 평가를 받는 게 트라우마가 돼버렸으니까」래. 세리카가 중얼거리는 걸 난 흘려듣지 않았어. 왜 평가를 받는 게 트라우마가 됐는지는 모르겠지만.

690: 지구의 무명 씨
보수는 뭐였어?

701: 지구의 무명 씨
금화 10닢이었대. 하룻밤에 떼부자가 됐네.

712: 지구의 무명 씨
진짜? 금화 10닢은 가치가 1000만 엔쯤 되지 않나?

718: 지구의 무명 씨
>>666
잘 생각해보면 알 수 있잖아. 천재 여동생이 둘이나 있잖아? 아무리 기를 써도 여동생에 비하면 달과 반딧불만큼 차이가 나는데. 한숨과 함께 「노력한 게 고작 이거?」라는 잔소리를 듣는 건 진짜로 고역이야.

783: 지구의 무명 씨
아카이브를 봤는데 알렉스는 진짜 좋은 녀석이네. 난 영락없이 이번 파티를 계기로 리프레이아 님을 자기 파티로 끌어들이려고 할 줄 알았는데.

799: 지구의 무명 씨
나도 알렉스를 다시 봤어요.

812: 지구의 무명 씨
뭐, 히카루는 누가 봐도 걱정이
들 수밖에 없지. 모처럼 이세계
에 왔는데 전혀 즐기질 못하니.

871: 지구의 무명 씨
파티장의 리프레이아 님은 아름
다웠다…….

877: 지구의 무명 씨
재봉 기술이 뛰어나서 놀랐다.
드레스 소재는 뭐였지?

890: 지구의 무명 씨
실크인 것 같은데…….
누에가 있다는 소린가?

900: 지구의 무명 씨
아니, 면 혼방이겠지. 면이랑 뭘
섞었는지는 몰라. 화학섬유는
아닐 테니 역시 비단 같은 소재
아닐까?

904: 지구의 무명 씨
패브릭 계열 전이자가 있잖아.
그 사람이라면 알 텐데.

912: 지구의 무명 씨
울 소재 하나만 비교해 봐도 지
구랑 동일하지 않으니 따져봤자
소용없어.

924: 지구의 무명 씨
수수께끼를 풀려면 현지로 날아
가는 수밖에 없어.

929: 지구의 무명 씨
마물한테서 채취할 수 있는 소재
도 있을 테니까.

932: 지구의 무명 씨
마물은 죽으면 돌로 변하지 않던
가?

947: 지구의 무명 씨
그건 미궁 안에 있는 녀석만. 밖

에 있는 녀석은 사체가 남아.

951: 지구의 무명 씨
마왕의 정령석은 어떻게 됐어?
쓰러뜨린 리프레이아 님이 챙겼
나?

960: 지구의 무명 씨
영주가 가지겠지. 마왕 토벌에
참가했던 탐색자한테 그만한 보
수가 나오니까.

967: 지구의 무명 씨
마왕한테서 나온 커다란 마석은
꽤 귀중하다고 하더라. 히카루가
받았다면 언데드 마왕을 생성할
수 있었을 테니 보고 싶었는데.

975: 지구의 무명 씨
마르코시아스 좀비라니, 그건
비장의 패 수준이 아니잖아.

988: 지구의 무명 씨
그거, 대마왕과의 결전을 앞두
고 전 스테이지 보스들이 러쉬할
때 그런 식으로 나오지 않나?

990: 지구의 무명 씨
그나저나 내일은 리프레이아 님
과도 작별인가. 히카루, 진짜 어
쩔 셈이지?

999: 지구의 무명 씨
잔느가 이제 곧 도착할 테니 한
바탕 소동이 벌어질 것 같다.
기대가 되기도 하고, 무섭기도
하고…….

이튿날.

나는 도시 동쪽 출구까지 리프레이아를 배웅하러 나갔다.

그녀의 고향은 여기서 도보로 닷새쯤 떨어져 있다고 한다.

빛의 대성당이 있어서 성지로서 여기는지라 가도가 잘 정비되어 있고, 작은 여관 마을들이 여러 군데 있어서 노숙하지 않아도 된다나? 마차는 요금이 비싸서 돈을 절약하겠다고 한다. 리프레이아는 미궁에서 위계를 올렸기에 얼마간 걸어가는 것쯤은 별문제가 없겠지.

"……그럼…… 작별이네요, 히카루."

평상시처럼 탐색자 장비를 착용한 리프레이아는 변함없이 아름다웠다.

그녀는 좋은 성당기사가 될 수 있겠지.

죽음이 늘 짊어지고 다니는 탐색자 같은 직업을 계속할 필요가 없었다.

"나…… 이런 날인데 아무것도 준비하질 못했어. 줄 게 이것밖에 없지만 받아줘."

"꽃인가요……?"

"어. 시들지 않는 꽃이라서 계속 장식해둘 수 있대."

"후후, 히카루가 꽃이라니 왠지 안 어울리네요."

"너무하네."

언젠가 숲에서 캐서 그대로 섀도 백에 넣어뒀던 빛나는 꽃이었다.

밤에도 은은한 빛을 발하기에 조명처럼 쓸 수 있을지도 모르겠다.

가련하게 빛나는 자태가 왠지 리프레이아를 연상케 했다.

그녀가 꽃을 드니 마치 한 폭의 그림처럼 잘 어울렸다.

"우와…… 귀여워라……. 근데 시들지 않는 꽃이라니 비싼 거 아닌가요?"

"글쎄? 내가 숲에서 캔 꽃이라 잘 모르겠어."

이 꽃은 특급 레어 소재? 그런 물건인데 이걸 딴 덕분에 나는 3포인트를 획득하여 결과적으로 숲을 빠져나올 수 있었다. 그런 의미에서는 목숨을 구해준 꽃이기도 했다.

현재 생활이 안정돼서 계속 갖고 있어도 될지 마음에 걸렸는데, 이별 선물로서 리프레이아에게 준다면 나쁘지 않을 듯했다. 내가 갖고 있어봤자 자리만 차지할 뿐이니.

"별거 아니라서 미안해. 아, 그리고 그거, 무슨 병의 특효약도 된대. 여동생의 병과는 관련이 없을 테지만."

"무슨 병에 효과가 있어요?"

"뭐였더라?"

아이템 감정으로 살펴본 지 꽤 오래됐다.

나는 스테이터스 화면에서 감정 이력을 불러냈다.

『창월은사초(蒼月銀砂草) : (통상) 깊은 숲에 보름달이 떴을 때만 출현하는 쌍둥이바람꽃. 하얗게 빛나서 어둠 속에서도 눈에 잘 띄는 편이다. 하지만 정령력이 국지적으로 변화해야만 발생하기에, 발견하는 것 자체가 지극히 어렵다. 정령력으로 인해 빛을 발하는 성질이 있다. 땅에서 뽑아내더라도 시들지 않고, 불사의 상징으로서 호사가들 사이에서 고가에 거래된다. 흐트러진 정령력을 가다듬는 효능이 있으며, 뿌리를 달여서 먹으면 정령골계색실조성 마비(精靈骨繫素失調性麻痺)에 특효약이 된다. 특급 레어 소재.』

"……정령골계색실조성 마비에 잘 듣는데. 난 이 세계의 병을 잘 모르는데, 흔한 병인가?"

"정령골계삭……? 미안해요. 들어본 적이 없네요. 여동생의 병은 난마병이라는 드물게 걸리는 병이에요. 죽을병은 아니지만, 꾸준히 치료해나가는 것 말고는 치료방법이 없다고 하던데."

"그렇구나……."

우연히 주운 꽃이 여동생의 병에 도움이 되는 그런 동화 같은 이야기가 있을 리가 없었다. 나도 전혀 기대하지 않았다.

그래서 그저 확인차 말해본 것이었다.

"뭐, 만약에 사겠다는 사람이 있다면 팔아버려도 돼. 시세는 잘 모르겠지만, 의외로 비싸게 팔리는 꽃인 모양이니까."

"예? 히카루가 모처럼 선물해줬는데 팔 리가 없잖아요."

"아니, 뭐 그렇게까지 소중히 간직할 필요는 없다는 말이야."

나와 함께 했던 기억은 앞으로 인생을 살아가는 데 방해만 될 뿐이겠지. 서로 헤어지고 시간이 지나면 그녀의 감정도 분명 차차 옅어질 것이다. 저 꽃이 그 감정을 언제까지고 붙들어두지 못하도록 얼른 팔아버려서 여동생 치료비에 보태줬으면 좋겠다.

그런 의미에 음식 등 소모품을 선물하는 편이 나았을지도 모르겠다.

"아, 그리고 이것도. 약인데 이쪽은 효능이 있을지도 모르겠어. 맹세코 이상한 약은 아니니까 여동생한테 먹여보도록 해."

나는 작은 병에 담긴 그것을 리프레이아에게 건넸다.

"이건 약이군요. 후후…… 히카루가 준 것이니 정말로 잘 들을 것 같네요."

"뭐, 안 먹는 것보다 그나마 나은 수준에 불과할지도 모르겠지만."

"아뇨, 고마워요. 히카루의 마음이."

"대단한 건 아니지만, 내 고향…… 저쪽 세계의 물건이니 어디서 구했는지는 비밀로 해줘. 일단은."

실제로 이 약이 잘 들을지 어쩔지 확신은 없었다. 효능을 눈으로 보기 전까지는 100%는 없다. 묘한 기대감을 심어주고 싶지는 않았다.

다만 치유의 스크롤은 리프레이아에게 확실히 통했고, 포션도 문제없었다.

그렇다면 이 **만능약**도 효과를 기대할 수 있을 터.

어떤 병이든 당장 치료한다는 이 『만능약』은 치유의 스크롤 (대)와 마찬가지로 3포인트나 하는 물건이다. 오늘 아침에 『한 달을 연명한 상』이라는 웃기지도 않은 명목으로 신이 1포인트를 증정했다. 그리고 모아뒀던 크리스털 30개를 교환하여 아슬아슬하게 교환할 수 있었다.

약의 출처를 추궁당하는 것이 유일한 걱정거리지만, 리프레이아라면 입을 다물어주겠지.

"……그럼 나, 갈게요."

"그래. 잘 지내."

"히카루도……. 나, 시험을 치른 뒤 만나러 올게요. 절대로 죽으면 안 돼요?"

"안 죽어. 난 죽지 않아."

"히카루……."

나는 머뭇머뭇 손만 잡고서 리프레이아와의 이별을 아쉬워했다.

시험이 언제 끝날지는 알 수가 없었다.

그러나 그때는 이미 성당기사로서 인생을 걸어 나가기 시작하겠지.

글썽이는 눈동자에서 눈물이 쏟아질 것 같았지만, 그녀는 털어버리듯 몸을 홱 돌렸다.

"그럼…… 다녀오겠습니다!"

"응. 잘 가."

그녀의 뒷모습이 서서히 멀어져갔다. 이따금씩 멈추고서 망설이다가 다시 걸어나가는 리프레이아의 뒷모습을 나는 머릿속에 새겨넣었다.

그녀가 또 나를 만나러 올까? 모르겠다.

나 또한 이 도시에 줄곧 있을지 잘 모르겠다.

어차피 이 작별로 무언가가 끝난 것도, 시작된 것도 아니었다. 나는 이 세계를 살아나가야만 했다. 악의가 섞인 시선들이 나를 지켜볼지라도 지금 여기 있는 나 자신만이 유일한 진실이니까.

나는 리프레이아의 모습이 시야에서 사라질 때까지 그곳에 우두커니 서 있었다.

앞으로 남은 인생에서 여자 때문에 이토록 가슴을 태울 일은 이제 없겠지.

—그때, 맨티스에게 습격당했던 리프레이아를 도와주길 잘했다.

내 남은 인생이 정해진 결말에 도달하기 위해 소화해야만 하는 시합일지라도 그녀를 구해낸 것만으로도 이 세계에 온 의미가 있었다.

사랑의 맛도…… 알 수 있었다. 노을이 주변을 붉게 감쌌을 즈음에 나는 발길을 돌렸다.

미궁 출입 규제는 한동안 더 이어진다고 했다.

조금 모아둔 돈도 있으니 여관을 나와 어디에 집을 하나 빌리는 게 좋을지도 모르겠다.

인생은 앞으로도 계속될 테니까—.

한 성의 최심부.

원래는 왕을 알현하는 장소이었을 널찍한 공간의 중앙에, 두 다리로 선 소대가리 괴물이 있었다.

"호오…… 미노타우로스인가. 중간보스로서 흔하긴 하지만……
나쁘지 않아!"

근육으로 우락부락한 모습이었다. 키는 3미터에 가까워 보였다.
또한 너덜너덜한 양손 배틀액스를 들고 있었다.

반달 모양의 칼날은 이가 빠져서 거칠었다. 피가 묻었는지 칼날이
검붉게 변색되어 있었다. 지금까지 수많은 자들의 피를 빨아먹어왔
으리라.

정면에서 공격을 받는다면 제아무리 나일지라도 일격으로 전투불
능에 빠지리라.

'스크롤 오케이. 체력 좋아. 스태미나 문제없음. 만전이로군.'

스스로의 상태를 점검했다.

여차할 때 쓰기 위해 보험처럼 챙겨둔 결계석도 있었다.

어쨌든 여기까지 왔으니 도망친다는 선택지는 없었다.

"간다!"

나는 기합을 불어넣으며 달려들었다.

상대는 정령술을 구사하지 않는 듯했지만, 그렇기에 성가셨다.

힘과 힘, 기술과 기술의 승부. 승패에 관여하는 요인이 적으면 적을수록 돌발적인 변수가 끼어들기 어렵기 때문이었다.

하물며 상대는 인간을 몇 명이나 죽였던 마물.

주변에 널려 있는 사람 뼈들은 이 녀석을 토벌하기 위해 왔던 용사들의 것이겠지.

나는 방패를 든 채로 맹렬히 대쉬했다.

내가 이렇게 나올 줄 미처 예상하지 못했는지 상대가 조금 늦게 반응했다. 그럼에도 재빨리 몸을 비스듬하게 틀고서 침입자를 요격하기 위해 전부를 휘둘렀다. ―예상했던 움직임이다.

'전부는 무기로서 범용성이 떨어져. 승리는 따놓은 당상이군.'

조건이 동일하다면 전투는 본질적으로 공격하는 쪽이 유리하다.

수비하는 쪽은 무수히 많은 선택지 중에서 최적의 답을 순식간에 선택해야만 한다.

상대가 무술에 정통한 인간, 혹은 전투의 감이 뛰어난 마물이었다면 적절한 행동을 취할 수 있었을 것이다. 그러나 마물은 그리 영리하지 못했고, 무술이라는 개념도 갖고 있지 않았다.

그래서 잘못된 행동을 취했다.

양손 무기 베틀액스는 상대를 베기 위한 무기다. 위력이 높고 리치도 길고, 방패로 사용할 수도 있겠지. 자루가 긴 무기이니 찌르거나, 자루를 짧게 쥐고서 잘게 휘둘러 견제하는 것도 가능하긴 하다. ……그러나 어디까지나 무기를 잘 이해하는 자만이 가능한 기술이다. 마물에게 그만한 지성은 없다. 근본적으로 전부는 요격에 어울리는 무기가 아니다.

적을 요격하기 위해 휘두르는 것은 어리석음의 극치였다. 그러나 상대는 그 실수를 범했다.

나는 적의 타이밍을 빼앗기 위해 더욱 가속했다. 그러고는 양손으로 전부를 쥐고서 내려찍느라 텅 비어버린 상대의 옆구리를 스쳐지나가듯 베어버렸다.

"우워워어어어어어어!"

미노타우로스가 고함을 지르며 나를 붙잡기 위해 팔을 뻗었다.

나는 방패를 내던지고는 자세를 낮추며 몸 전체로 마물의 다리를 후렸다.

체력 업 레벨5를 취득한 내 체술은 미노타우로스를 넘어뜨릴 만한 위력을 발휘할 수 있었다. 옆구리를 베여 가뜩이나 균형감이 떨어진 소 괴물이 온 체중을 실은 내 공격을 버텨내지 못하고 땅바닥에 세차게 충돌했다.

"끝이다!"

그대로 무방비로 노출된 괴물의 목을 향해 검을 전력으로 내리쳤다.

선혈이 튀고 거대한 마물의 숨이 끊어졌다.

"……HP제가 아닌 세계의 전투는 싱겁군."

나는 무심코 감상을 흘렸다.

내가 전이할 때 선택했던 체력 업 레벨5의 혜택은 굉장했다. 여태껏 전투를 하면서 고생해본 적이 거의 없었다.

이 세계는 레벨제 RPG 세계에 가까웠다.

힘이 세다면 곤봉을 들더라도 충분히 강하기에 좋은 무기가 없더라도 나름 싸울 수가 있었다. 실제로 초창기에는 발로 차서 쓰러뜨렸던 나무를 무기로 사용했을 정도였다.

나는 스스로가 약한 여자에 불과하다는 것을 알았기에 이 치트를 선택했다. 그런데 상상했던 것보다 난도가 너무 팍 내려갔는지도 모르겠다.

미노타우로스의 정령석을 단검으로 적출한 뒤 전리품인 전부를 둘러메고서 돌아가려고 했을 때 「꼬르륵~」하고 배가 울었다.

"⋯⋯자, 맛은 기대할 수 없겠지만, 양만은 풍부했으면 좋겠어."

내가 이런 곳에서 몬스터와 싸웠던 이유는 지나가다가 들렀던 마을의 의뢰를 수락했기 때문이었다.

보수는 오늘의 저녁밥.

오랜만에 제대로 된 식사를 할 수 있겠다는 기대감을 품고서 걸어 나가려던 차에, 전자음이 가차 없이 『삐롱』하고 울렸다.

나는 한숨을 내쉬면서 스테이터스 화면을 열었다.

성에서 한창 싸우던 도중에도 이 소리를 여러 번이나 들었지만 무시했다.

메시지 박스에 표시된 숫자는 48. 고작 한나절 만에 이렇게나 쌓였다.

초창기에 비해서는 줄었지만, 그래도 많았다.

확인하는 것만으로도 정신적으로 지치긴 하지만—.

'이게 모험의 지침이 되는 경우도 있었으니⋯⋯.'

우리 전이자는 그냥 이 세계에 내던져졌다. 목적도, 그것을 이룰 수단도 모두 스스로 찾아내야만 했다.

준비 기간은 반년이나 있었지만, 어중간한 정보밖에 얻질 못해서 그동안에는 또렷한 목적을 찾아내기가 불가능했다. ……아니, 애당초 나는 밀린 게임을 깨는 데 바빴던지라 이세계의 일은 전이한 뒤에 생각하자는 입장이기도 했지만. 느닷없이 전이자에 뽑힌 이후로 방송 출연료 같은 것도 들어와서 아르바이트를 그만두고 매일 게임 삼매경에 빠졌다. 오직 나만을 위한 충실한 시간을 보냈으니 어쩔 수 없었다.

그래서 메시지를 통해 얻은 정보를 일단 지침으로 삼았다.

이래라저래라 성가신 지시도 많았지만, 튜토리얼이라고 생각하니 나쁘지 않았다. 무엇보다 나에게는 아무런 목적도 없었다.

역시 현실적으로 어려운 내용이나 비상식적인 내용은 무시했지만, 통나무로 좀비를 쓰러뜨리라느니 약초를 채집하라는 지시는 그 야말로 게임을 실제로 하는 것 같은 느낌이라서 나쁘지는 않았다.

이번에 마을 사람에게서 의뢰를 받아 마물을 퇴치하러 낡은 성에 왔던 이유도 튜토리얼의 일환이었다.

나는 깜빡이는 신규 메시지를 열었다.

〈미노타우로스를 토벌한 것을 축하합니다! 저도 축배를 들었습니다!〉

〈조마조마했다고! 무리하지 마~.〉

〈그쪽 세계는 먹을 게 풍부하니 식사를 마음껏 즐기세요! 잔뜩 먹는 당신이 좋아!〉

〈미노타를 손쉽게 격파하다니 역시 놀라워! 멋있습니다!〉

〈사랑해!!〉

몇 개 열어봤으나 시답잖은 내용뿐이었다.

확실히 말해서 정신적으로 피곤한 메시지들뿐이었다. 그러나 가끔 유용한 정보도 섞여 있어서 모든 메시지를 눈으로 훑어보긴 했다. 나는 정보를 별로 갖고 있지 않기에 시청자가 주는 정보가 의외로 중요했다.

〈북쪽 멜티아에 던전이 있는 거 알아? 잔느도 도전해보지 그래?〉

'음? 이게 사실인가? 이따가 촌장한테 물어볼까.'

멜티아가 어디에 있는지는 고성능 세계지도로도 알 수가 없었다. 가장 가까운 도시의 이름은 표시되지만, 특정 도시의 위치를 파악하는 기능은 없기 때문이었다. 다만 이런 메시지를 보낼 정도이니 그리 멀지 않겠지. 좋은 정보를 얻었다.

'던전이라……. 이번에 갔던 성은 외관에 비해 난도가 낮았어. 던전은 기대해도 되나?'

이 세계에서는 무장한 인간이 태연히 돌아다녀도 문제가 없었다. 마을 사람은 역시나 무장하지 않았지만, 문지기는 있었다. 마을도 외적의 침입을 막고자 간소한 울타리를 쳐놓았다.

그런 세계의 던전이니 당연히 마물이 있겠지.

보기만 해도 아찔한 마물과의 전투. 새로운 무기. 든든한 동료. 술집에서 먹는 맛있는 식사.

응, 제법 괜찮을 것 같은걸!

그 후에도 쌓인 메시지를 착착 열어나갔다. 의미 없는 내용이 대부분이었다. 목적이 정해졌으니 이제 메시지는 안 봐도 될 것 같다는 생각이 들 정도로.

그 중에서 몇 번 봤던 내용의 메시지가 떴다.

〈히카루를 얼른 죽이러 가라고.〉

〈살인자인 주제에 태연하게 미궁에서 나짱쎄 플레이를 하는 히카루한테 정의의 철퇴를!!〉

〈당신이 히카루한테 신벌을 내려주길 전 지구인이 기대하고 있어요.〉

'또 이 녀석들이냐.'

메시지 기능이 해금된 이후로 이 히카루라는 전이자에 관한 내용을 수십 통이나 받아봤다. 각기 다른 사람들이 보낸 것인지, 아니면 망집에 사로잡힌 한 개인이 보낸 것인지는 모르겠다.

이 히카루라는 녀석은 소꿉친구를 죽이고서 이세계로 도망친 극악무도한 인간이라서 시청자들은 내가 이 녀석을 죽이길 바란다고 했다.

사실이라면…… 용납할 수가 없었다.

왜냐면 이 히카루에게 살해됐던 전이 예정자는 전이자들끼리 모였던 파티에서 조금 친해졌던 나나미라는 소녀였기 때문이었다.

나나미는 인상이 흐릿한 소녀로 나보다 두 살 연하라고 했다. 그런데 동양인이라서 그런지 더 앳되게 보였다. 나나미는 홀로 있던 나에게 말을 걸어줬고, 어눌한 영어로 게임 이야기를 했다. 이세계에 간다면 이제 게임을 할 수가 없으니 아쉽다―. 그렇게 중얼거렸던 그녀의 옆얼굴을 지금도 나는 선명히 떠올릴 수 있었다.

그래서 나나미의 죽음을 알고서 나는 분개했다. 용서할 수 없었다.

정말로 범인이 이 세계에 와있다면 그 녀석을 처단하는 것이 나의 그랜드 퀘스트일지도 모른다는 생각마저 들었다.

그 후에도 한동안 히카루에 관한 정보를 보내왔다.

소꿉친구를 죽이고 전이하여 이세계 모험을 만끽하고 있는 쓰레기.

소꿉친구를 죽였으면서도 아무런 죄책감도 없이 정령술을 구사하며 까불어대는 쓰레기.

소꿉친구를 죽였다는 사실로 주목을 끌어서 획득한 포인트로 아이템을 마구 교환하는 쓰레기.

감정만 앞세운 논리적이지 않은 메시지도 많았지만, 나는 그 정보를 믿었다.

적어도 정말로 죽였는지, 왜 죽였는지 정도는 따져 물어야만 한다…… . 나는 타인에게 무관심하고 얽히는 것을 최대한 피해왔지만, 그런 생각이 절실히 들었다.

『띠롱』

"또냐…… ."

그때 또다시 새로운 메시지가 들어왔다. 시청자수를 생각하면 어쩔 수 없는지도 모르겠지만, 이제는 지긋지긋했다. 한숨을 내쉬면서 열었다.

〈히카루의 여동생입니다. 메시지에 현혹되지 말고 본인의 눈으로 진실을 똑바로 확인해요. ─세리카〉

'음? 히카루의…… 여동생이라고……?'

그것은 예상치 못한 메시지였다.

'……본인의 눈으로 진실을 확인하라…… .'

오빠의 억울함을 호소하는 게 아니라 정말로 살인자인지 아닌지 본인의 눈으로 판단하라고 했다.

짧은 메시지였지만, 강한 신뢰가 느껴졌다. 「만나보면 알 수 있다」─고.

"—맞는 말이네. 만나보면 알아."

소꿉친구를 살해했다는 의심을 받는 소년. 그것은 진실인가 거짓인가.

흥미가 없다고 한다면 거짓말이겠지.

'……히카루라. 어떤 녀석일까.'

나는 메시지를 모두 확인하고서 다시금 귀로에 올랐다.

걷고 있는 동안에도 메시지가 퐁퐁 들어왔다. 더할 나위 없이 짜증스러웠다.

그러나 나는 성격 때문에 그것을 무시할 수가 없었다.

〈히카루는 무고해. 자신의 머리로 생각을 좀 해봐. 근육뇌야?〉

〈멜티아에 가거든 이제 아무도 히카루를 의심하지 않는다고 전해줘.〉

이런 메시지도 늘어났다. 히카루를 죄인이라 단정하는 메시지와 정반대인 옹호하는 메시지였다.

결국 메시지만 보고서 무엇이 진실인지 판단하는 것은 불가능했다.

어차피 개인의 선입견으로 범벅이 된 「의견이나 감상」에 불과하니까.

어쨌든 이 녀석들이 시키는 대로 행동해줘야 할 이유는 없었다.

"난 메신저 걸이 아냐."

그래서 나는 이것들의 의견을 차단했다.

나와 이세계에 관한 일이라면 시청자의 의견을 다소 참고한 적도 있긴 하지만, 다른 전이자까지 어떻게 챙겨주냐.

—이제 내 눈으로 보고서 판단하기로 마음을 정했으니까.

◇ ◆ ◆ ◆ ◇

"오오오~! 그것은 그 증오해 마지않는 괴물의 도끼! 설마 정말로 쓰러뜨려 주시다니……!"

전리품을 가지고 돌아오니 촌장이 큰소리로 감탄했다.

나에게 폐성에 있는 마물을 퇴치해달라고 의뢰했던 촌장이다.

보아하니, 부탁을 하면서도 큰 기대는 하지 않았던 듯했다. 기쁨보다 놀라움을 먼저 드러냈다.

"그럼 약속한 음식을 받도록 하지."

"예! 예! 물론이고말고요!"

촌장이 마을 사람에게 지시를 내리고, 마을의 젊은이가 저택에서 뛰어나왔다.

아마 이 세계에는 식량이 비교적 풍부한 모양인지 내가 음식을 받는 대신에 골칫거리를 처리해주겠다고 제안했을 때 거절당한 적이 없었다. 오히려 의아해하는 얼굴에 「그런 조건으로 괜찮나?」 하고 적혀 있는 듯했다.

틀림없이 내가 밑지는 거래일 테지만, 이 세계에 온 지 아직 한 달도 채 지나지 않았다. 애당초 나는 최초 한 달은 튜토리얼 같은 기간이라고 인식하기로 했다.

"어서, 어서 들어오세요! 잔뜩 차려놨으니 마음껏 드십시오."

"……아니, 역시 이렇게나 많이 먹을 수는 없어."

"또 겸손을! 그 미노타우로스를 쓰러뜨릴 만큼 위계가 높으시니 이 정도는 날름 먹어치우실 거면서."

"그런가?"

물어보니 이 세계에서는 위계가 올라가면 식욕이 늘어난다고 한다.

요컨대 레벨이 올라가면 연비가 나빠진다고 해야 할까? 뭐, 나는 워낙 소식가였기에 먹을 수 있는 양을 다소 늘리는 것도 좋겠지만, 대식가가 되는 것도 싫은데.

마을 사람들이 차린 요리는 상상했던 것보다 맛있었다.

나는 그동안 최초 전이했던 도시를 떠나 작은 마을만 돌아다녔는데, 이 마을은 비교적 유복한가 보다.

그 성에 사는 마물 때문에 어려움을 겪었으니 앞으로는 더 발전할지도 모르겠다.

"아아, 맞다. 이것도 그쪽 거다."

나는 가방에서 미노타우로스의 정령석을 꺼내 테이블에 올려뒀다.

"앗?! 그렇게 훌륭한 정령석을 어찌 받습니까요!"

"난 보수로 음식만 받기로 했어. 이건 마을을 위해서 사용하도록 해. 또 곤란한 일이 닥치면 그걸로 모험가를 고용할 수도 있겠지."

촌장은 그 후에도 단호히 사양했지만, 나는 돌을 억지로 떠밀었다. 가난한 마을에서 보수를 뜯어내는 취미는 없었다. 내 힘은 치트이니 이 튜토리얼 퀘스트를 통해서 음식과 경험치만 얻더라도 오히려 이득이었다. 시청자수 보수로 매일 크리스털도 받고 있고, 난도가 낮아서 하품이 나올 지경이었다.

"그러고 보니 촌장. 멜티아라는 도시가 여기서 가깝나?"

"멜티아를 모르신단 말씀입니까? 여기서…… 나름 떨어져 있습니다만, 당신이라면 보름쯤 걸어가면 도착할 수 있겠군요."

흠. 일단 목적지로서 설정하기에는 나쁘지 않을 듯했다.

커다란 도시를 목표로 하는 것은 RPG의 기본이기도 했다.

"듣자하니…… 미궁이 있다던데?"

"맞습니다. 멜티아 대미궁은 이 일대에서 가장 큰 미궁입니다. 거기서 산출되는 정령석은 우리 같은 마을에서도 구입할 정도인데."

던전이 있는 것이 틀림없는 듯했다. 결정됐군.

"그리고 하나만 더. 미안하지만, 하룻밤 재워줄 수 없겠나? 내일 떠난다."

"물론이고말고요! 방도 미리 준비해뒀습죠!"

"신세 좀 지겠다."

이런 대화를 나누면서도 나는 마음속 한편으로 「게임이랑 똑같군」 하고 생각했다.

내가 셀 수 없이 플레이해왔던 게임들도 의외로 현실을 바탕으로 제작됐다는 뜻인가.

설마 이세계에서 게임 지식이 정말로 도움이 되다니 거짓말 같은 이야기였다. 그러나 의도치 않게 잘 헤쳐 나가고 있는 것 같아서 감개무량했다.

이세계는 밤이 이르다.

해가 졌다면 이미 잘 시간이 됐다는 뜻이었다. 그 대신에 아침도 이른데, 일출 조금 전에 일어나는 게 보통인 듯했다. 나는 오랫동안 밤을 새는 생활을 보내왔던지라 조금 괴로운 습관이었고, 아직 익숙해지지 않았다.

그러나 남의 집에 묵고 다니는데, 언제까지고 늦게까지 퍼질러 잠만 잘 수는 없는 노릇이었다.

스테이터스 보드에는 알람기능이 표준으로 탑재되어 있어서 나는 아침 일찍 눈을 떴다.

자는 동안에는 매너 모드로 되어 있기에 띠롱 하는 소리는 듣지 못했지만, 메시지가 몇 통 와있었다.

〈당신이 전투를 목적으로 삼는다면 오빠는 최고의 파트너가 될 거예요. 오빠는 당신보다 강하니까요. ―세리카〉

'……오호.'

그 히카루의 여동생이 새로운 메시지를 보냈다.

지금까지 받은 정보들을 종합하자면 히카루는 멜티아 던전에서 활동하며 마물을 사냥하는 듯했다.

나는 짐을 꾸리고서 방을 나왔다.

마음을 이미 굳혔으니 멜티아로 향하는 여정을 서두르자.

'기대된다.'

발걸음이 가벼워졌으나 나는 알아채지 못한 척했다.

메시지에 따르면 히카루 말고도 알렉스라는 전이자도 있다고 한다. 뭐, 나는 전이자와 적극적으로 관계를 맺을 생각은 없지만, 그쪽에서 적대할 가능성은 있었다. 일단 경계해두는 편이 낫겠지.

"어라? 여행자님, 벌써 출발하십니까?

"응. 목적도 생겨서 말이야."

"그렇군요. ……이런 것밖에 마련하질 못해서 송구스럽습니다."

촌장은 보존식량을 나름 많이 나눠줬다. 크리스털로 교환할 수 있는 샌드위치도 나쁘지 않지만, 포인트나 크리스털은 되도록 절약하고 싶으니 잘 됐다.

"그럼 이만. 잘 지내라고."

"아, 예에. 감사했습니다. 여행자님— 죄송합니다. 아직 성함을 묻질 않았군요."

촌장이 이제 와서 깨달았는지 헉하는 표정을 지었다.

나도 촌장의 이름을 물어보지 않았으니 피차일반이었지만, 이름은 닳는 물건도 아니니.

"잔느야. 잔느 콜레트."

이제 나는 어느 누구도 아니었다.

출신지도, 고향도, 친척도 없다.

전이자임을 밝히지 않겠다. 지구도 잊어버리자.

그저 잔느 콜레트.

그게 바로 나다.

© Niθ

2권이 무사히 발행돼서 안도하는 호시자키 콘입니다.

2권은 1권에서 이어지는 내용인지라 요 몇 달 동안 안달복달하시지 않을까 싶습니다. 히카루의 모험을 즐겨주셨다면 기쁘겠습니다.

대놓고 「제1부 완결!」 같은 느낌으로 끝을 맺었습니다만, 히카루의 이세계 생활은 앞으로도 계속되니 안심해주십시오. 다음 권부터 시작되는 장에서는 지구 쪽 시점으로 히카루의 여동생인 세리카와 카렌이 그때 어떻게 움직였는지 묘사해나갈 생각입니다. 그리고 친가로 돌아간 리프레이아는 어떻게 됐는지. 그리고 권말 단편에 등장했던 인기 넘버원 전이자인 잔느 콜레트의 참전까지……. 이야기는 이제 막 시작된 참입니다.

자, 제가 이 작품을 집필하는 동안에는 아직 시작되지 않았습니다만, 현재 코미컬라이즈 기획이 진행되고 있습니다! 뭐, 그 이야기자체는 이미 1권 띠지로 알려드린 바 있지만, 그때는 아직 아무것도 결정된 게 없었지요. 현재는 작화를 담당해주실 만화가님도 결정돼서 조금씩 모양을 갖춰나가는 중입니다. 어쩌면 이 책이 출간될 즈음에는 뭔가 정보가 나올지도 모르겠습니다. 부디 제 Twitter를 팔로우&체크해주세요.

저에 관한 이야기를 조금 쓰겠습니다.

최근에 다이어트를 또 시작했는데, 마침내 오트밀 생활에 도전을 시작했습니다. 「오트밀이 다이어트에 좋다」는 사실은 몇 년 전부터 알고 있었고, 구입한 적도 있었습니다. 그러나 잘 먹는 방법을 몰랐기에 「왠지 느낌이 이상한 먹을거리네……」하고 실망하여 그 이후로는 끊어버렸지요. 그러나 대 피트니스 유행이 도래하여 오트밀을 맛있게 먹는 법을 찾아봤더니 많이 나오더라고요.

애당초 오트밀이 뭐냐면 오트(귀리)를 탈곡 가공한 식품으로 동유럽이나 미국 북부 등 조금 한랭한 지역에서 먹는 모양입니다. 죽처럼 조리하여 먹는다고 하기에 저도 물로 끓여서 먹어봤더니 나쁘지 않았습니다. 양념 소금이나 오차즈케에 뿌리는 고명 등으로 간을 해도 맛있게 먹을 수 있습니다. 칼로리가 낮으면서도 영양분은 풍부하니 언젠가 칼로리를 과도하게 섭취하기 일쑤인 현대인의 새로운 주식이 될지도 모르겠습니다. 저는 조금 익숙해져서 물을 조금 넣고서 전자레인지에 띵, 하고 돌려서 밥 대용으로 먹고 있습니다. 헬시!

이세계물을 쓰다 보면 주식을 어떻게 설정할지 매번 조금 고민하곤 합니다. 대부분의 경우에는 깊이 생각하지 않고 빵을 주식으로 설정하기 마련인데, 저는 개인적인 취향 때문에 반드시 우동을 등장시킵니다. 멜티아에서도 야키소바나 야키우동을 먹을 수 있습니다. 똑같이 밀에서 유래한 식품인 빵과 달리 발효 과정도 필요 없고, 가루만 있으면 해먹을 수 있기에 문화 수준에 좌우되지 않아서 참 좋지요. 뭐, 빵도 나오고 있긴 합니다만. 언젠가 오트밀도 등장시켜보고 싶습니다. 곡물은 참 좋군요.

마지막으로 감사 인사를 올리겠습니다. 일러스트를 맡아주신 Niθ 선생님. 이번 권도 멋진 일러스트를 그려주셔서 감사합니다. 담당 편집자 K씨, 이번에도 여러 가지를 함께 고민해주셔서 짐을 덜었습니다. 앞으로도 잘 부탁드리겠습니다. 그리고 GA편집부 임직원 여러분, 본서를 제작하고 판매하는 과정에 참여해주신 모든 분들께 최대한의 감사를 올립니다. 고맙습니다!

2022년 길일 호시자키 콘

나에겐 이 어둠이 아늑했다 2

초판 1쇄 발행 2023년 7월 20일

지은이_ Kon Hoshizaki
일러스트_ Niθ
옮긴이_ 박춘상

발행인_ 최원영
편집장_ 김승신
편집진행_ 권세라 · 최혁수 · 김경민 · 최정민
편집디자인_ 양우연
관리 · 영업_ 김민원

펴낸곳_ (주)디앤씨미디어
등록_ 2002년 4월 25일 제20-260호
주소_ 서울시 구로구 디지털로 26길 111 JnK디지털타워 503호
전화_ 02-333-2513(대표)
팩시밀리_ 02-333-2514
이메일_ lnovellove@naver.com
L노벨 공식 카페_ http://cafe.naver.com/lnovel11

ORE NIWA KONO KURAGARI GA KOKOCHIYOKATTA
-ZETSUBO KARA HAJIMARU ISEKAI SEIKATSU, KAMI NO KIMAGURE DE KYOSEI
HAISHINCHU- 2
Copyright © 2022 Kon Hoshizaki
Illustrations copyright © 2022 Niθ
All rights reserved.
Original Japanese edition published in 2022 by SB Creative Corp.
This Korean edition is published by arrangement with SB Creative Corp., Tokyo
in care of Tuttle-Mori Agency, Inc., Tokyo.

ISBN 979-11-278-6938-0 04830
ISBN 979-11-278-6715-7 (세트)

값 11,000원

*이 책의 한국어판 저작권은 Tuttle-Mori Agency를 통한 SB Creative Corp.와의
독점 계약으로 (주)디앤씨미디어에 있습니다.
저작권법에 의해 한국 내에서 보호를 받는 저작물이므로 무단전재와 복제를 금합니다.

*잘못된 책은 구매처에 문의하십시오.

©Umikaze Minamino, Laruha 2022
KADOKAWA CORPORATION

마술사 쿠논은 보인다 1권

미나미노 우미자캐 지음 | Laruha 일러스트 | 박춘상 옮김

눈이 보이지 않는 소년 쿠논의 목표는 물 마술로 새로운 눈을 만드는 것이다.
마술을 배운 지 불과 5개월 만에 교사의 실력을 뛰어넘은 쿠논은
역사상 최초의 도전에 임하면서 그 재능을 더욱 꽃피운다!
마력으로 주변 색깔을 감지하거나, 물마술을 응용하여 손난로나 파스를 개발하거나,
초급 마술만으로 고양이를 재현하거나─.
그 기술과 상상력은 왕궁 마술사조차 혀를 내두를 정도였다.
마술 실력을 높이 평가받은 쿠논은 최고의 실력을 지닌 마기사의 제자가 되는데?!

호기심으로 세계를 개척해나가는 천재 소년의 발명 판타지!

고블린 슬레이어 1~16권

카규 쿠모 지음 | 칸나츠키 노보루 일러스트 | 박경용 옮김

"나는 세상을 구하지 않아. 고블린을 죽일 뿐이다."
그 변경의 길드에는 고블린 토벌만 해서
은 등급까지 올라간 희귀한 모험가가 있다…….
모험가가 되어 처음 짠 파티가 괴멸하고 위기에 빠진 여신관.
그때 그녀를 구해준 자가 바로 고블린 슬레이어라 불리는 남자였다.
그는 수단을 가리지 않고, 수고도 마다치 않으며 고블린만을 퇴치한다.
그런 그에게 여신관은 휘둘려 다니고, 접수원 아가씨는 감사하며,
소꿉친구인 소치기 소녀는 기다린다.
그런 가운데 그의 소문을 듣고서 엘프 소녀가 의뢰를 하러 나타났다―.

압도적 인기의 Web 작품이 드디어 서적화!
카규 쿠모 × 칸나츠키 노보루가 선물하는 다크 판타지, 개막!
TV 애니메이션 방영작!

세계 최고의 암살자,
이세계 귀족으로 전생하다 1~7권

츠키요 루이 지음 | 레이아 일러스트 | 송재희 옮김

세계 제일의 암살자가 암살 귀족의 장남으로 전생했다.
그가 이세계에서 맡은 임무는 단 하나.
【인류에게 재앙을 가져온다고 예언된 《용사》를 죽이는 것】.
그 고귀한 임무를 완수하기 위해 암살자는 아름다운 종자들과 함께
이세계에서 암약한다.
현대에서 온갖 암살을 가능케 했던 폭넓은 지식과 경험,
그리고 이세계 최강이라고 칭송받는 암살자 일족의 비술과 마법.
그 모든 것이 상승효과를 낳아 그는 역사상 견줄 자가 없는 암살자로
성장해 나간다.
"재밌군. 설마 다시 태어나서도 암살하게 될 줄이야."

전생한 「전설의 암살자」가 한계를 돌파하는
어쌔신즈 판타지!!

라이트노벨의 새로운 빛! L북스의 신간은 매월 20일에 발매됩니다. http://cafe.naver.com/lnovel11

스파이 교실 1~8권, 단편집 1~2권

타케마치 지음 | 토마리 일러스트 | 송재희 옮김

아지랑이 팰리스 공동생활 규칙.
하나, 일곱 명이 협력하여 생활할 것.
하나, 외출 시에는 진심으로 놀 것.
하나, 온갖 수단으로 나를 쓰러뜨릴 것.

—각국이 스파이로 그림자 전쟁을 벌이는 세계.
임무 성공률 100%, 그러나 성격에 난점이 있는 뛰어난 스파이, 클라우스는
사망률 90%를 넘는 「불가능 임무」 전문 기관 「등불」을 창설한다.
하지만 선출된 멤버는 실전 경험이 없는 소녀 일곱 명.
독살, 함정, 미인계— 임무를 달성하기 위해 소녀들에게 남은 유일한 수단은
클라우스를 속여 이기는 것이다!

1대7 스파이 심리전! 통쾌한 스파이 판타지!!

라이트노벨의 새로운 빛! L북스의 신간은 매월 20일에 발매됩니다. http://cafe.naver.com/lnovel11

헬 모드 1~3권

하무오 지음 | 모 일러스트 | 김성래 옮김

"로그아웃 중에도 저절로 레벨이 올라? 이건 쉬운 게임을 넘어 방치 게임이잖냐!"
야마다 켄이치는 절망했다. 열심히 플레이하던 온라인 게임은 서비스 종료.
몇만 시간을 쏟아부어 파고들 가치가 있는 작품은 거의 살아남지 못했다.
"어디 보자……. 끝나지 않는 게임에 당신을 초대합니다, 라고?"
그런 켄이치가 우연히 검색하게 된 타이틀 없는 수수께끼의 온라인 게임.
난이도 설정 화면에서 망설이지 않고
최고 난이도 「헬 모드」를 선택했더니 이세계의 농노로 전생해버렸다!
농노 소년 「알렌」으로 전생한 그는 미지의 직업 「소환사」를 능숙하게 다루며
공략본도 없는 이세계에서 최강으로 향하는 길을 더듬더듬 걸어 나아가는데—.

© 2021 by Nabeshiki, Kawaguchi
EARTH STAR Entertainment Co.,Ltd

나는 모든 것을 【패리】한다 1~3권

나베시키 지음 | 카와구치 일러스트 | 김성래 옮김

재능 없는 소년.
그렇게 불리며 양성소를 떠났던 남자 노르는
홀로 한결같이 방어 기술 【패리】의 수행에 열중하며 살았다.
그러던 어느 날, 마물에게 습격당한 왕녀를 구하게 되며
운명의 톱니바퀴는 뜻밖의 방향으로 돌기 시작한다.
밑바닥 랭크의 모험가임에도 불구하고 왕녀의 교육자로 발탁되었는데…….
본인이 지닌 공전절후의 능력을 아직껏 노르 혼자만이 알지 못한다…….

무자각의 최강은 위기에 빠진 왕국을 구원할 수 있는가?

라이트노벨의 새로운 빛! L북스의 신간은 매월 20일에 발매됩니다. http://cafe.naver.com/lnovel11